愛し、きつメロ

ー看取りと戦争とー

小林孝信

桂書房

目次

I

故郷

どのようなひともそのせいをうけるに、時と所をえらべず、なげだされるようにこのよにしゅつげんしてきます。それはもちろん人にかぎらず、すべてのいのちがそうであり、美戸もまたその小さな現象のたったひとつにすぎません。しかし、おおげさにいえば、またそれは地球と宇宙の時空の中でたった一回のできごとでもあるのです。そして、他の人と同じく時と土地の制約の中でそれをわずかに乗り越えつついきてきたし、またいきてゆくのです。

彼女の場合、天が与えてくれた時は、「米よこせ！」のほぼ半年前。そして、所はその騒ぎの漁村からわずかに離れた小さな地方都市でした。北陸の一角のこの地では、性格の強い、あるいは強すぎる、極端にしっかりものの女性を、時にはやや上向きの評価をもこめて「きつメロ」と呼んできました。おそらく「きつい」と「女郎（メロウ）」からうまれたことばなのでしょう。まさに「米よこせ！」を最初に主導したのはそのきつメロたち。そして、決して多数ではないその無名のきつメロたちが歴史の舞台に登場したまさにその年、それは、この地上界に美戸がやってきた時でもありました。

大正七年（一九一八年）七月、当初、それは富山県の魚津郊外の市場を舞台として発生。主に漁民の主婦たちが米価の値上げや売り惜しみに抗議し、値上げ前の価格で販売を求める形で始まりました。なにしろいのちに直接かかわる食の問題。発火点に達しつつあった民衆の怒りは人々の噂も交えて燃えたぎる炎となって瞬く間に全国に広がり、やがて軍隊が出動、時の内閣が倒される事態まで引きおこすことになるのです。

美戸が生をうけた土地。越中富山の平野部は七つの川が重なり合う扇状地でかたち作られています。この地を象徴する霊山の立山に連なる峰々からその地を遥か遠望してみましょう。七つの河川が長い月日をかけて創造してきたゆたかな景観が広々と展開してゆきます。日本に三河地方があり、中国に四川省があって、インドには五江（パンジ・ャブ）州があるならいでゆけば、当地には七流という地名があってもおかしくはない、そうつぶやきたくなるのかもしれません。

そのうちの二大河川のひとつが富山市を挟みこむように県の中央を流れるが常願寺川で、美戸の生家はその下流部に位置していました。すぐ近くには、やや西方の神通川からの支流も流れ込み、実に水系豊かな土地なのです。そして、これらの河の名はこの土地の人々の信仰深さも象徴しているかのようです。「真宗の国」といわれるこの地では川の名にも「常に願をかけ」るくらいに、各地に多くの寺を有しています。一方ではもうひとつの川の名は神の力を意識させます。二つの川に挟まれたこの地は、まさに「神仏」に守られるべき祈願されたのでしょうか。いにしえの命名者たちは、いのちを育むこの相並ぶ清流に生きるものたちの深い思いを長く留めたかったに違いありません。そして、この地に生きるものの心の形成においても大きな影響を与えてきたことでしょう。

土地名に「七流」こそなかったものの、二つの大河に挟まれた市域の東部から南部はまるで水の郷のおもむきです。その周囲には「清水」「泉」「大泉」「小泉」「堀川」「長江」などの地名が湧き水のように点在し、そのみずみずしい土地の雰囲気を今もよく伝えています。

美戸が生をうけたのはまさにその清水地区で、市街区の東端近くに位置していました。そして、その地名に恥じず、市中にもかかわらず生家の庭の井戸からは飲用できる水がゆたかに自噴しているのでした。

初景

ひとにとって、人生最初の思い出というものは霞がかかっており、靄のなかにあります。ただ、一方では心に灯がともるとなにかにつけて微光を発する蛍石のようにも思えます。加齢とともに記憶なるものを徐々に失なってゆくとき、最後に残るのが実はこの最初の思い出なのかもしれません。

美戸の初めての記憶もまたフェイドアウトしかかって白い霧がかかっています。画像のなかに多くの人がうっすらと佇んでみえるのです。なんとなく夕暮れ近くの木立のように人々が見え隠れしています。なんとも寂しげな光景です。ところがその中で、自分は少しも寂しくもまた哀しくもないのです。むしろうれしくてはしゃぎたい気分のなかに立ちすくんでいます。

(大勢の人が幼いわたしを次々と取り囲んで、抱き上げたりちやほやしてくれている。外の風景と内なる心象とはなんとも関係ないようで不思議なアンバランスのなかにいるのだ。でも、幼いわたしにとってはなんとも晴れがましい思いなのだ)

実はそれが生母キクの葬儀の光景だったのです。そのことに美戸はかなりの年齢を重ねるまで気づきませんでした。小学校の教員をしつつ、五人の子を育てながら胸の病で急逝した母は当時わずかに三十八歳。それは美戸が三歳になる直前のことでした。

残されたのは亡母より一回り年上の父榮次郎と十七歳の長兄榮三を頭に男二人女三人の子どもたちでした。父はよもや年齢差の大きい妻に先立たれるとは思うはずもなく、その衝撃から容易に立ち直れません。かなり日を経ても、よくぼんやりと遠くを見やる姿が、子どもたちの目にも留まりました。それはなにか重い影がからだを覆っているようでもありました。

母なき家庭には、まもなく近くの実家から足しげく来訪する人がありました。それは他界した若き母キクの実母ユキで、なにかと家事の手伝いに来てくれるのです。生前の母の記憶は全くない美戸でしたが、いつも身近にいるユキのせいか幼い頃の寂しい思い出はほとんどありません。それにくわえて、なんといっても父も長兄も頼りがいがあったし、子どもたちの仲がとてもよかったのです。勝ち気で明るく元気いっぱいの末っ子は皆からとてもかわいがられていました。そんな美戸でしたが、それでも小学校に行くようになってから、自分の母親のことを語るごく親しい学友にこうつぶやいたこともあったのです。

「あんたちゃいいがやねえ。わたし、いままで『かあさん！　かあさん！』と一度も呼んだことないがやぜ。顔もよう知らんがや。夢でかあさんらしい人が出てくることもあるけど、雲のなかに住んでるみたいでよう見えんがやちゃ」

父は、美戸の誕生の少々前までは、数人の若い衆を使い家業の売薬の卸店を続けていました。昔日、大谷家は富山藩内を二分するほどの、何代か続く「越中富山の売薬」の老舗のひとつでした。しかし、西洋医学を主流とする明治政府による政策転換や新薬を主力とする新興勢力に押されて商売は急速に下降線をたどっていきます。

売薬業は江戸時代中期から富山藩にとっては非常に重要な地場産業でした。そして先代たちの経済力は他の産業にも強い影響力を発揮していました。配置薬業では、薬の梱包、薬箱、宣伝用のチラシなど何かと紙類を多用します。そのため、紙業や印刷業も発展するという道理です。幕末近くまで、富山の薬業界は東部の小倉屋を仕切る大谷家と西部を代表する中塚屋の中塚家の両総代が強い勢力を誇っていました。他にも減鬼屋の杉谷家などいくつかのライバルはあったものの、この両巨頭にはやや水をあけられていました。

この時代の婚姻の多くは家系と門閥の維持をねらった政略の一環でした。政治家や官僚、また金満財閥の世界のみならず、地方の有力商家の世界でもご多分に漏れません。幕末近く、大谷家の次女ヨネと中塚家の三男源三郎との婿入り婚姻がまとまります。強力な商売敵であった両家の接近には、やはり漢方薬業界が西洋薬に押され気味という時代背景があったのかもしれません。

夫妻は二男二女を授かり、その次男が美戸の父榮次郎というわけです。次男に特別商才があったわけでないのですが、長男が県庁勤務に専念し家業に無関心だったので、売薬業を引き継ぐこととなりました。当時は土地や財産などの家督は長男が相続しましたから例外的事例だったといえるでしょう。

父榮次郎と母キクは、それぞれの父同士が兄弟でしたからいとこ婚でした。キクの実家の家業はこれまた同業の滅鬼屋でしたが、その後しばらくして印刷業に転じました。ことほどさように、洋の東西、時の新旧、また資産規模の大小を問わず、金持ちは財産の散逸を恐れて一族にそれを留めようとするのです。いずれにせよ、こうして美戸の親は両系ともに近世からこの地を象徴する薬業との縁がとても深かったのです。いとこ同士だった両親は幼馴染、年の差にかかわらず、気があって結ばれたのは、自然のなりゆきだったのでしょう。そして、五人の子宝に恵まれ、末娘が三歳近くになったときの悲運でした。これから家族そろって人生を大いに展開させる直前の悲劇。若さをとどめる三十八歳、わかれゆく母キクの思いはいかばかりだったでしょうか。

いまやそれを引きつぐようにして、祖母ユキは美戸をいとおしむのです。

斜陽

こうして榮次郎は時流からくる商売の停滞のみならず家庭でも困難に直面、男手ひとつで家族をまとめあげねばなりません。また、ともかく時代の流れをなんとか乗り切らなければ、経済的にはジリ貧が待っています。後年、彼は孫たちにたびたび先祖たちの薬業での繁盛ぶりや宴席での大盤振るまいぶりを語りました。ただそのことは実の子たちにはほとんど語りませんでした。

やはりごく身近なわが子に話すには時代が近すぎて、ためらいと辛さがあったのでしょう。家には、かつての大店舗や屋敷の写真がほとんど見当たりませんでした。写真撮影が普及する頃には、既に薬業商売の方が傾き始めていたのでしょうか。それともそうした昔日の写真を見ることがつらかったのでしょうか。いずれにせよ榮次郎にも子や孫たちにも、すでに繁栄は幻影のかなたにあったのです。

漢方系を主とした家庭薬業は衰退の一途をたどります。榮次郎はついに使用人を雇う財力も絶え、一介の配置薬業者として再出発。主に長野方面の得意先を回っていました。数世代も前から薬の紙箱や木箱を置いてくれている各家庭の訪問。玄関先で腰を下ろして、古くなった薬を回収して廃棄し、持参した新しい薬との差し替え。先代からの付き合いのある家では座敷まで通してくれ、食事で歓待してくれることも少なくありません。また、時には、その近隣で新築の住宅を見つけると、早速新しく薬を置いてくれる家の開拓活動。他方で、長く未払いの家では集金も大切な仕事でした。

配薬仕事は、かなり長く家を留守にします。ですから、本人にとっても家族にとっても、なりわいとしてはなかなかきつい家業といえます。まだ業界に勢いのあった先代の頃であるならば、店の帳場に座って若い衆たちの稼ぎの計算三昧が日課でした。しかし、今やそういう時代は既に遥かな過去のことでした。榮次郎はその後、個人業者としての配薬業もやめて転職をします。ただ、自らが若い時代から汗を流してきたこの仕事には、あれやこれやと語りたい思い出も多々あったのです。

榮次郎は時々幼子や孫たちを集め、懐かしさもこめて楽しそうに昔話をしてくれました。町屋から離れた奥深い山間地を回っていた時、苔と雑草が目立つ茅葺屋根の一軒家を訪れます。かなり軋む木戸をようやく開けてお得意の家の玄関へ上がります。と、突然目の前に青くて太いヒモがその上方からぶらりと目の前に下がってきました。なんと、このヒモが動いているのです。目を凝らすと、これが実はたくましい青大将の尾の部分。驚いて数歩後退。この大将もきっと同様に驚愕したのでしょう、あっという間に身をひるがえすようにして天井の柱の奥に消えてしまいました。

ある時は山道途中でついに日没になってしまいました。提灯を片手に懸命に歩き続けます。ところが、後からなにか奇妙なものが後をつけてくるような気配。宿屋の灯を見つけるまでの心細さ。何度振り返ってみても後方には暗い森の小道が続くだけ。幼い美戸は息を凝らして聞いています。

売薬の旅道中の持ち物もまた話題となります。父はいつも杖代わりとして蝙蝠傘を兼用。それが、長年使っているうちに柄の部分が曲がってしまうのです。ただ、愛着があって分身のように思えたらしく、手放そうとはせずに常々旅のお供としていました。そうした曲がった傘が家には何本も捨てずに置いてあったのです。

と思えば訪問先の家々のことにも話が進みます。お得意先の農家は年によっては不作で、また一般の民家でも諸事情でその年の支払いが完済できないこともあります。こうした場合、榮次郎は三通りの対処をしました。一番多いのは残額の支払いを翌年まで待つこと、その次の手は食材や小間物などとの物々交換、そして最後の手段はもちろん配薬中止の決断です。ただ、それぞれの家庭の生活ぶり事情をよく観察し、また近隣の人々の情報や噂なども参考にし、できるだけ縁切りを避けるべく待ちの姿勢を維持するのです。というのも、医療機関のない山間部などでは、生薬の有無が文字通り生死を分けることもあったからです。売薬史に残る文書では、得意先の家人が行商人を医者のように接する記録も残っています。また、宿泊施設がない所では、よく得意先の家が行商人を泊めてもくれました。もちろん親切心からですが「売薬さんが泊まるほどの家」ということで、地域では尊敬の目で見られることもあるのでした。

榮次郎は自慢げには話すことはありませんでしたが、この仕事は表からは見えにくい地域社会の維持にも貢献していました。というのは結婚情報屋としての側面もあったのです。今風にいえば「歩く結婚相談所」とでも言えましょうか。何しろ家から家へと戸別訪問して世間話をしながらの薬の交換。どこどこの家にお年頃の娘がいる、息子がいるといった情報が筒抜けです。それどころか、何代にもわたって、ごひいきの家庭も少なくありません。出生の時からその子たちの成長過程を通して熟知。「あの娘の性格にはこの子があうのかも」といったことさえ予想がつきます。もちろん縁談話をまとめ、その結果、新家庭を持てば新たに配置薬の客となってくれるわけで、持ちつ持たれつの関係といえます。ただ、見合いの情報提供はしても、ふつうは仲人にはなりません。そこは商売人の感性と直感力でしょうか。深入りしすぎると、時には好意がのちのちの逆恨みにつながる可能性もあることを見抜いているのです。それは離婚や家庭内のトラブル、また縁を結んだ両家の関係が将来悪化した場合の予防として画された一線でもあるのでした。こうした大人の世界にも少々足を踏み込んだ話を含めて、子や孫たちは驚きと多少の敬意を込めて榮次郎の話を聞いていたのです。

さて、話を大谷家の家庭と家業のいきづまりに戻します。今や父の旅生活を支えていた母はなく、子どもたちの生活には無理が生じてきます。榮次郎には売薬を廃業したことで先祖に顔向けができないという悲壮感はすでにありませんでした。幸い家業を通して知りあった有力者から市内の砂糖の卸ろし問屋の番頭役を紹介してもらい首尾よく転職したのでした。

売薬業にとっては命の次に大切なのは、『懸け帳』と呼ばれる顧客名簿です。ここには得意先の個人情報や過去の取引明細のすべてが記載。一目でその家庭の内部事情がわかるという考えようによっては怖い帳簿でもあります。後継者がいない、体力が続かない、転職する、家庭問題などの諸事情で配薬業を止める、となるとこの『懸け帳』が売られることになります。客件数が多く、内容が詳しくて信頼度の高いものであればあるほど、売り価格も高くなる道理です。大谷家の帳簿はかなりその内容が濃密だったようです。ただ、榮次郎が手放す前に既にかなりの部分は先代によって売却されていました。彼が最後の部分を売りさばいた時は、もうかなり安価となっていてあまり家計の助けにはならなかったのでした。

亡母キクの実家の中塚家は大谷家から至近の距離にありました。それが幸いしてキクの他界後も二年ほどは、家に子どもたちを残して榮次郎は長旅の売薬に出かけることができたのです。ただ、転職と前後して榮次郎は家を手放さざるを得なくなりました。妻キクの医療費や子だくさんのなかで、これまでの経済的な無理が限界に来たのでした。また、斜陽の家業に加えて、薄給とはいえ小学校の教員だった妻の収入源が絶たれた影響は小さくはなかったのです。なにしろ育ち盛りぞろいの家庭ですから食費だけでもなかなかの負担。しばらくして持ち家の処分と借金を清算して借家に移ることができました。

こうして美戸は生家のあった市東部、清水町を離れます。ただ、亡母の記憶がなかったので特別の寂しさは感じません。移転先は市南部の郊外、西中野町という周囲に田畑の残る土地です。美戸は街中も好きでしたが、新しい家の先の畑の向こうに見える青くて凛とした立山連峰のすがすがしさに何となく新しい生活へのあこがれも感じるのでした。

転職の上に転居、しばらくは周囲からも榮次郎は寂しげにみえました。父祖からの家業を潔くあきらめたとはいえ、複雑な思いがよぎっていたのでしょう。太平の江戸世をゆっくりと生き抜き、それなりに地元を代表する薬業を担ってきた父や祖父らの記憶へのこだわりでした。

榮次郎は明治三年（一八七〇年）生まれで、時代背景としては明治の家父長制的教育の元で育ってきた世代のひとりです。ただ、とても優しい人で、家族は彼が激怒したのを見たことがありません。また、その育ちからくるお坊ちゃんぽさと、何とはない脇の甘さも混ざっているのでした。そのせいか家族だけではなく、近隣の人たちからもとても好かれていたのです。子どもたちが、母を失くしたにもかかわらず明るいのは、彼の優しい人柄によると思われました。そして、近所が評判にするほど五人のきょうだいたちが仲良しだったのも、それと大いに関係していたのでしょう。

＊＊＊＊＊

訪問者（美戸の後年の回想メモ紙片より）

富山の冬はまったくの雪世界である。その重い雪を屋根にのせた家々の下では、仲良しの兄弟姉妹がだんらんを続けている。そんな夜には雪がその姿を人に変じて、前ぶれもなくやってくるような気がするものだ。

それは、新しい年を迎えてから三日、四日と過ぎたころ。夜の外界は音が消えた世界を呈している。凍てつく金属のような静謐は、雪が降り続いている、という音色の表現に違いあるまい。その静寂を重ねるようにして、北陸特有の太くて水っぽい雪が白く白くずっしりと積もってゆくのだ。たまにはサクサクと人が通り過ぎては遠くへと消えてゆく。雪がすぐにその音を吸い込んでしまう。

七草粥の夜食を済まし、部屋は明るく暖かい。年上のいとこが遊びに来て、わたしたちのコタツに一緒に入っている。彼は亡母の兄である伯父の子で、十四歳なのにもう黒縁のメガネをかけた男の子。

父は親戚に行ってしまった。集まっているのは子どもたちばかりだった。今年十八歳の長兄榮三は富山県模範織物工場の職員で、胡坐足をして座り炬燵にあたっている。当時、四歳のわたしは兄のその場所へ腰かけて暖まるのが気持ちよく、何度も乗ったり下りたり。わたしはそこから顔だけ出してみんながトランプや花ガルタをしているのをじっと見ている。

「さあ、また次の始めるよ。みんな準備はいいけ？」

運動好きで、すばしっこい次兄の正雄が、長兄と長姉をさておいて花札を切って配る。わたしとすぐ上の姉のキクエちゃんは彼をちい兄さんと呼んでいる。

父親に似て優しい長兄は軽くうなずき、もう母代わりのような長姉モトエは台所からやかんの湯を持ってきてまた炬燵に入った。

「正雄ちゃん、だんだん手つきよくなってきたがでないけ？」

モトエ姉さんがそういうと、皆それぞれにほほ笑んだ。父は明るい人ではあるが静かな環境が好きだ。そのせいもあってか兄姉たちは、表情は活き活きしているが、大声や喜怒哀楽をあまり現わさない。でも、わたしだけが少々例外のようだ。今はともかく寒いし、長兄の膝の特等席で人形のようにおとなしくしている。

いとこの重泰は重《しげ》ちゃんと呼ばれていて少々うるさい。彼の家が母の実家で、昔はわが家同様に配薬業だったが今は印刷業。だから、そこはいつ行っても印刷機が回っている。自宅がうるさいせいか、重ちゃんはわが家でも大声で話すのがふつうだ。そしてゲラゲラとよく笑う。しかも大福のような顔が化けてしまうくらいに笑うのだ。こうしたゲームの最中の大笑いは、なにかでたらめな音楽のようでもある。

私は長兄の膝上から顔を時々見上げる。兄はいつも落ち着いていて、二重の大きな目がときどき私の方を見てくれる時はとてもうれしい。炬燵に入れていた足がちょっと熱くなって横へ投げ出す。するとモトエ姉さんが目ざとく見つけて、すぐにやってきてわたしの足をコタツの中へ戻してくれる。わたしは、そういう姉さんがとても好きだ。だから、そのあとすぐにまた足を出して姉さんを呼び寄せてしまう。

「美戸っちゃん、風邪ひいたらダメだよ、ちゃんと足入れとられ」

そう優しくいってくれるのを聞きたいのだ。

キクエちゃんは兄の膝にいるわたしの横に座っている。まだ尋常小学校に入ったばかりなのに、しっかりと場の一員として参加している。わたしと三つ違いだが、いつもいろいろとわたしを助けてくれ何だかもっと年の差があるように思える。そのくせ、どこでもわたしは一緒に行くので、まるでふたりは同級生のようだ。

　わたしも早く仲間に入りたくて一生懸命に花札のきれいな模様を覚えようとする。

「美戸っちゃん、一緒にしよう。早く覚えられるよ」

　キクエちゃんは優しい。だから大好きだ。キクエちゃんといるだけで楽しい。いつもわたしを大切にしてくれる。わたしは時々キクエちゃんに身体を近づけて手のうちの花札を見せてもらう。

「おいおい、膝から滑り落ちられんな」

　長兄がわたしに注意する。

　すると今度は「美戸、ぼくの所にも来られや」と、炬燵の対面にいる正雄ちい兄さんが、少し意地悪な提案をしてくる。

　わたしは父と長兄の膝が一番好きなことを知っているくせにそうやって誘うのだ。わたしはちい兄さんをとても気にいっている。でも、いろいろとスポーツをしているせいなのかわからないけれど、なにか身体がごつごつしていて、座るにあまり感じのいい席ではない。ちい兄さんは長兄同様に大きな目だがやや切れ目で細面。

「わたし、キクエちゃんと一緒にやっているから」

　そう言ってうまく、なんだかお尻が痛くなるような膝に行かないようにすませた。

こうしてみんなを見まわしてみると長兄とキクエちゃんが、長姉とちい兄さんがそれぞれ何となく似ている。ただ、それは眼だけで、うりざねで鼻筋がよく通っているところはみんな似ている。父のようにやや厳しい目つきの人はいないけれども、顔立ち全体はそろって似ているみたい。重ちゃんはいとこだけれど、どうしたわけか皆と似ていない。細目でがっちり顔に近い。わたしは横のキクエちゃんとおしゃべりしながらも、みんなの顔、花札の変化で一喜一憂する表情の変化を面白く眺めている。そのうちしっかり花札を覚えて、一番小さいわたしが一番になってやるから。

わたしは幼心に闘志いっぱいで長兄の膝座布団の上で夢想にふけっていた。

＊＊＊＊＊

（キクエの回想メモ紙片より）

私は花札が大好き、特に正月に兄や姉たちとするのがとても楽しい。今年もそれが始まった。長兄が横にいて美戸はその膝の上で大満足。しきりと私の手の内を見ようとするので、私は一緒に遊ぶつもりできまりをなんとなく教える。

小休息の時、私はふと三年ほど前のことを思い出していた。

生まれて間もない美戸に皆が夢中だった。私の大好きなかあさんもいつも「美戸ちゃん、美戸ちゃん」そしてみんなも美戸ばっかり！私はとても悲しい。私も美戸がかわいいけれど、それをうわまわってくやしさが心の奥で溜まっている。

そんなとき、かあさんが美戸を兄や姉に預けて川辺のお花を摘もうと誘ってくれ二人で散歩に出かけた。私は久しぶりにかあさんを一人占めできてとてもうれしかった、そこでクローバでキレイな花の冠を作って渡した。そしていろんなことを思いのままに話して心の奥にあったこともほとんど消えていった。

その時、かあさんは私に名前の話をしてくれた。

「キクエちゃんの名前はかあさんのキクから来ておるがだよ。キクエがホントウにかわいい子になるようにと思ってね。だから、皆と相談して同じ名前をいれたがだよ」

そして私をしっかりと抱きしめてくれた。

だから、私はかあさんが自分のことがとても好きなんだと知った。うれしさいっぱいに満たされた。自分がほんとうに大好きなかあさんに一番愛されているのだ。だから小さい美戸をかあさんと一緒に可愛がろう。もうくよくよしたりしない。そしてずっとずっとさきのこと、かあさんがいなくなったときも私が美戸のかあさんになろう。だって私はかあさんと同じ名前なのだから。

＊＊＊＊＊

（再び美戸の後年の回想メモ紙片より）


みんなで花札を始めて二、三時間くらいした頃だったろうか、突然、玄関でなにか音がした。父が帰って来るにしては早すぎる。すると、すぐに重そうな靴の音が聞えてきた。みんなが顔を合わせる。それぞれの不審な表情がその場を急に覆ってゆく。

と思うと突然、ふすま戸が開いた。

背の高い黒マントの男が一人立っているのだ。いきなり二枚屛風を引き寄せ土足のままずかずかと部屋へ入りこんできた。

深くかぶった制帽の下から、きつい目がじっと炬燵の上を見ている。

怖い。皆、氷のように固まってしまった。

「子どもばっかりやね。お金かけたりして遊んだらあかんがやよ。わかっとるやろうね」

その人は皆をゆっくりと見回す。それだけ言って、炬燵上の花札を片手でわしづかみして取り上げる。そして黙って、五、六枚を引き裂き軽くそこへ投げ捨てた。そして、もう一度見回した後、無言のまま外へ出て行った。

わたしの小さな胸がドキドキとなっている。

刑事が子どもたちと思って静かに注意してくれたのだ。

こうして、予期せぬ来訪者の去った後、雪国北陸の冬は、静かに暮れてゆく。

（十年ほど後だったろうか、わたしはこの時のことを思い出して、内務省の地元事務所の勤務を始めた次兄に聞いたことがあった。それによればあの男はふつうの刑事ではない。戦争遂行の政府方針に反対の動きや思想関係を取り締まる特別高等警察の刑事に違いないというのだ。嫌疑があれば裁判所による令状などなしで民家にも立ち入ることができる。人が集まって話し合っていると、そうした動きの可能性を疑って、突然立ち入ることもあるのだ）

＊＊＊＊＊

父子（同じく、美戸の回想メモ紙片より）

父は末っ子のわたしをことのほか可愛がる。彼はもともと薬の行商人、今は番頭仕事だからか、人当たりはとてもよかった。もともとの性格もあったのだろうが、誰に対しても優しかった。母親亡き家庭にとってそれがどれほど大きい意味を持っていたかはわたしはよくわからない。たぶん、父にもわかってはいなかっただろう。

幼き日々の父とのとても大切な思い出は結晶化していつまでも生きていて、それは常に人生の宝であり続けた。後に成長して友人たちから家庭内の不和や混乱話をよく聞いた。それにつけては、いかに幼き日の温かい記憶が貴重なのかを何度も痛感し反芻した。そして、また改めて父やきょうだいに感謝した。

わたしは夕食後、よく父と炬燵にあたった。父はこわい髭とあご、自分の顔をゆっくりとなでながらいくつも童話を披露する。『舌切スズメと意地悪ばあさん』や『一寸法師』『中将姫』などで、それを聞くのが楽しくて、父の帰宅を心待ちにしたものだ。

「舌切スズメのお宿はどこじゃいな、チョンチョンチョン、チュンチュンチュン……」とそれは、今も耳の奥に父の声のままで残っている。

「一寸法師はこんなに小さいがだぞ」と指を出して見せる。そして歌が出る。すぐに立ち上がって、歌いながら台所からお椀を出してくる。戻ってきては「ギッチラコー、ギッチラコー」と舟を漕ぐ。

「指に足りない一寸法師……」

そのややしわがれた声は、わたしが人生を終えるその日まで心の中で鳴り響いているのだろう。父の頭頂はまさに月代のようで総白の髪はかなり後退している。顔の造作は一見怖そうなのだが表情に温かみがある。

母亡きのあとに残された父を、兄姉たちが随分と気を遣って支える日々が長く続いた。長兄は織物工場へ、長姉はお針学校へ、次兄次姉は小学校へ。だから、家には小学校入学前のわたし一人が残されてしまう。それを避けるためにわたしは母の実家の祖母の元によく預けられた。勤務してゆく父のあとを追うわたし。よく元気いっぱいに泣いたものだ。

長姉モトエとは十歳違い。幼いわたしにはとても若い母のようだった。母代わりと和裁の習い事でまだ十代の身ながらなかなかに多忙な日々を送っていた。趣味らしきこともなくて運動や体を動かすことも苦手。ただ、誰から習ったものかハーモニカが得意だった。お針仕事で疲れると、縁側で庭に向かってときどき奏でる。よく触らせてもらった。そして、わたしは楽曲というよりは基本音階に多少の色をつけて息を吹きこんでみたりした。

（姉の音楽好きは母の影響なのだろうか）幼心にそう思うこともあった。

亡母は私に子守唄を歌ってくれたのだろうか。幼いころから、ときどきそんなことがふと心に浮かぶことがあった。

「でんでん太鼓に笙の笛……」

それがかすかに遠く、でも確実に耳の奥に残っている。不思議だ。三歳少々のころまでの記憶に留まるものだろうか。

小学校に通うようになったある日、モトエ姉さんが台所でこの歌を口にしていた。そこで、すぐに尋ねた。

「姉さん、その歌、子守唄でないがけ」

「何か急に思い出したがや。そうだちゃ。美戸ちゃんが小さい時にもわたしがよく歌ってあげたよ。母さんがいた頃は、かあさんも一緒に声をそろえて歌ったがだよ。あんたが生まれる前、かあさんと私とで正雄ちゃんにもキクエちゃんにも小さいとき歌ってあげたがやぜ」

そうか、下のきょうだいの三人とも母と長姉からこの歌を聴いて育ったのか。

「姉さん、わたしずっとどうしてこの歌おぼえているのかな？と思っていたがや。母さんは三歳のとき亡くなってたし……」

「そうや、かあさんと私の合唱だったたちゅわけだちゃ。亡くなった後は、私が歌ってあげたし」

姉はちょっと恥ずかしそう、でもまたうれしそう。ただ、そのあとわたしはちょっとうれしくて、そして少し寂しくなった。

わたしは写真でしか知らない母を思い浮かべた。そして、目の前にいる姉が写真中の母と一緒に歌っている幻夢を見たような気がした。

「さとのお宮で、なにょもろた　でんでん太鼓にショウの笛」

＊＊＊＊＊

原風景（美戸の回想が続く）

亡き母の実家であり近くで印刷業を営む伯父宅は、なんとなく別世界だった。そこでは広い自宅の一部を建て増し、小型中型の印刷機を多少配して十人ほどの若い衆を使っていた。工場と呼ぶには程遠かったが、薬品関係の商品見本や新聞折り込みのチラシ、商店の宣伝文書、また学校関係の資料なども印刷していた。富山で印刷業が盛んなのは製薬業が関連していると聞いている。

印刷場に並んだ十数台の印刷機は騒音も激しく、その動きも猛獣を想像させる。高速回転している機器類に巻き込まれそうで恐ろしい。ただ、その近くに並んだ活版印刷用の小角柱の鉛文字は何かを生み出す魔法の用具のように魅力的。工場操業の時間が終了して作業員たちが帰宅した後、わたしはそこに潜り込む。そして、大小のいろいろな寸法の鉛文字棒を見て手にするのが面白かった。

亡母と伯父はたった二人だけの兄妹であり、子だくさんが普通だった当時としては珍しかった。伯父はわずか三八歳の妹を先に亡くすとは夢にも思ってもおらず、やはり大変な衝撃だったようだ。そして、ひとり娘を先に送った祖母ユキにとってはそれはもっと大きかったに違いない。祖母はわたしの前で早逝した娘の思い出をほとんど話したことがなかった。いったい祖母は強い人だったのだろうか。思えば、わたしも不思議な子だったのかも知れない。あまり母のことを聞こうとしなかったような気がする。それは、祖母の心を乱したくないといった配慮からではなかっただろう。今となっては、母代わりの祖母や長姉によってわたしの心が充分に満たされていたからだと思いたい。祖母が母のことを語らなかったのは彼女が強いということ以上に、わたしの心を慮ったからかもしれない。

もし、わたしが仮に五歳近くで母を亡くしていたのであれば、心に残る思い出とぽっかり空いた喪失感で、常々後ろを見るような子になっていたかもしれない。全く記憶がないのが幸いしたのだろうか。

そう思っては、またそれを他方では打ち消すわたしもいた。というのも、ちい兄さんもキクエちゃんもとても明るい人だからだ。長兄、長姉もしっかりしていて愚痴るようなことがない。やはりこれは父と兄弟姉妹の心が通い合っているからだと小さい頃から何となく感じていた。


思いはまた幼い日々へ還ってゆく。

祖母はよく着物のホドキ物をしていた。それを長姉が何日もかけて改めて縫って別物として仕上げる。わたしはそれを見るのが楽しくてたまらない。

「ねーさん、それなにけ？モコモコのそれ？」

姉はやや照れる。

「これ、ほこり。長い間着ているうちにたもとに自然にたまってくるがやよ」

「へえー、それ集めて布団入れるといいがにね！」

「あんた、さあなんちゅこと言われるがや。こんなに汚いもんを布団にいれるちゃ」と苦笑する。

そんなとき、祖母はニコニコしているだけ。

あるとき、わたしの口のあたりに草（オデキ）ができた。伯父の妻のムラがぬくい湯でその患部を洗い、薄茶色の臭い薬をつけてくれる。わたしはそれが嫌でたまらない。

「おばちゃん、この薬臭い。そして苦いがや」

「あんた、草で痛かろうがいね。痛いのが取れるまでの我慢我慢ながだよ」

　そういう時も近くで祖母はじっと見てくれている。背もピンと伸びて、しっかりした佇まいだけれども目は優しい。それでわたしは少し元気になって我慢しようと思った。

　伯父の子どもら、いとこたちは重泰を頭に五人の全てが男。しかもいたずら盛りばかりなのである。特に下の二、三人は始終、取っ組み合いや追いかけっこ。真剣みが増すと周囲のことが目にはいらなくなる。そしてついには、印刷作業場までなだれ込むこともあった。工場で響いていた伯父の声の調子が変わる。

「おまえら、なにやっとんがか。ここから出ていけ！ここは仕事するところだぞ！」

　それでも彼らはすぐには出てゆかない。高速で回転している何台もの機械の周囲で走り回るとかなり危ない。

　急に印刷機の回転音が止まった。入れかわりに伯父の怒号が一段と高まる。そしてしばしのしじま。まもなく、伯父と若い衆が悪童三人を引きずるようにして作業場から出てくる。わたしはなんだか怖くなって、すぐに別の部屋へと逃げかくれる。

　すぐに静寂は戻ってきた。印刷機が再び動き出す。

　わたしは恐る恐るその部屋から顔を出して、いとこたちの行方を捜す。広い家のいくつかの部屋を抜けて台所にたどり着く。いたいた。三人は縄ひもで結ばれて台所の柱に縛り付けられている。まるで枯れ木のようにしていて、しょんぼりと首をうなだれているのだ。それを見たわたしはただただ怖くてしょうがなかった。そしてその日は早めにわが家に帰ったのだった。

伯父宅の台所は天井が高く土間である。その中心には直径四十センチ位で二メートル近い杏子の木がある。その先端から雨の日には小さなミミズがはい出して下って来るものの春には美しい花が咲く。また、実がなると種子ときれいに分かれ、とても美味しくいただいた。庭は広くて伯母がそこの一角で洗濯をする。わたしは伯母が庭先で干すあとさきへと付いて歩く。手伝った記憶はほとんどないのだけれども。

今日も、工場では機械がガチャガチャと動いている。活字を拾う人、用紙をタテヨコの線で画する機械で四、五枚合わせる人、伯父は器用に紙をそろえる。そして、七、八センチ位の厚みのある板サシを当てて乱れぬように切っている。いろいろな機械が油で黒く光っている。伯父も若い衆の顔も汗で光っている。ここが、わたしの大好きな祖母の家で、亡き母の実家だった。

＊＊＊＊＊

長兄

長兄の榮三は高等小学校の成績が優れていたと、美戸は他の兄姉たちから聞かされていました。

ただ、旧制中学校へ進学しませんでした。早くから実業社会での成功を胸に秘めつつ、小学校の卒業直後から、実務を学ぶため市役所に勤務するかたわら、父の仕事の手伝いを始めたのです。だが、家業の雲行きがますます怪しくなって、数年して、俸給のいい富山県織物模範工場に転職しました。

転職先のこの名称だけを見ると、明治初期に事業を開始した官営模範工場のいわば地方版の県営事業かと思えます。しかし、その実態は私設の絹織物の株式会社なのです。明治三五年（一九〇二年）に設立され、大正時代から昭和初期には県内でも有数の従業員数を誇っていました。会社の英語名はThe Toyama Mohan Silk Textile Factory Ltd.で、この方が会社の性格を明快に示しているようです。ただ、約半世紀の後、敗戦直前に富山化学に合併されるという歴史をたどっています。

この時代、絹織物の生産では北陸の三県は日本をリードしていましたが、富山県は他の二県から水を開けられていました。生産されていたのは主にシフォンと呼ばれる絹モスリンの薄織物で肩掛け、窓掛やマフラーなどに使われました。また、独立前のインドやいわゆる南方諸国や豪州、南米にも輸出され外貨を稼ぐ一端を担っていたのです。

榮三が生まれたのは、この会社設立の二年後のことでした。そして彼は三年間の市役所での勤務の後、大正九年（一九二〇年）、十六歳でここへ入職することとなります。その少々前の大正二年（一九一三年）に、この会社を取材した大阪朝日新聞の記者は、工場内の整備状況、制度や規則、職工らの職務態度が熱心なことなどを高く評価しています。

また、昭和初期の会社案内によれば分工場が新潟の高田市（現、上越市）に、出張所が横浜市南仲町通り、京都市三条通りと神戸市下山手通りにありました。それぞれ、明治四四年（一九一一年）、大正九年（一九二〇年）、同一二年（一九二三年）に開設されています。神戸出張所は、横浜が関東大震災によって壊滅し、顧客が移転したことに伴い急遽、開設されたものです。

大正六年時点では、富山市で従業員十人以上の工場は五八に留まっていました。多くは売薬、麻と真田（木綿の織物）、簾製造といったところで、百人以上の工場を有するのは二社だけでした。最大なのが当の富山県織物模範工場の一九五人で、次が売薬最大手の広貫堂の一四六人です。それが昭和初期には職員四六名、工員六一四名（女五二〇、男九四）、合計六六〇名の大所帯となります。工場敷地も約一万五千坪（約四万五千㎡）の規模を誇っていました。

榮三は向上心が人一倍に強く、明治人間としては偉丈夫ともいえる百七十センチほどの体躯に力がみなぎっていました。話し方も明瞭、木の実のような大きな目で相手の目元をじっと見つめて、まるで透視するかのようです。その底力で若いながらも社内で徐々に頭角を現してゆきます。

入職してほぼ三年めのことでした。十九歳になってまもない彼は突然、転勤を命じられます。その行き先は当時、繊維や織物業の交易が盛んだった横浜出張所でした。ところがこの異動に対して家族たちのなかで多少なりとも高揚しているのは父くらい。他のきょうだいたちは、止めさせれるものなら止めさせたいという思いでいっぱいです。

「兄さん、どこかへ行かれるがけ？」

兄姉たちへの美戸のとぼけた問いに、明るく応えるものはありません。いつもと違うその雰囲気は、四歳の美戸にも敏感に感じ取られてすぐに口を慎んでしまいました。それを見て、直ぐそばにやって来たキクエが美戸の耳元で話し掛けます。美戸は息を整えるかのように大息をついて、

「ヨコハマけ？　ヨコハマちゃ遠いとこながけ？」と、驚いてキクエの顔を仰ぎみて尋ねます。

「ずっと遠いがだよ。美戸っちゃんが毎日見ているあの立山よりもっともっと遠いがだよ。ちい兄さんがそう言うておられたがだちゃ」


数日後、その日の宵は珍しく長兄が縁側で一人胡坐をかいて庭の草木を眺めていました。美戸は後方の兄の背がいつもと違っているように見えました。なんとなく声をかけにくいのです。兄姉たちと一緒のときは元気よく兄と話すのですがどうにも声が出せません。ゆっくり廊下を兄の背をよけるようにして歩いてゆくと、おもわず躓いて転びそうになりました。

「どうや、だいじょうぶかいね？一緒に庭でも見てみんけ」

兄が声をかけました。

美戸は黙ってその横に座りしばらく一緒に外を見ていました。そしてやや思い詰めて聞いてみることにしました。

「にいさんは遠くの立山よりもっとむこうへ行ってしまうがけ？」

「まあ、そうやの」

「なんでそんな遠くへ行くがけ？ あの山ちゃ、人が住んでいる一番遠い所よりもっと遠いところにあるがに。そんなとこに人ちゃ住んどるがけ？」

「山の向こうにもたくさん人が住んどるよ。そこに大事な仕事もいっぱいあって、わしはそこでそういう仕事するがやね」

「うちにいつ帰るがけ？」美戸が一番聞きたいことでした。

「直ぐに帰るちゃ。心配しられんな」

（そこにはどんな人たちが住んでいるのだろうか。それにしても、炬燵でいつも膝に自分をのせてくれる兄が本当に直ぐに帰ってくるのだろうか）

ただ、美戸にはとてもあらためて尋ねることができないのでした。


榮三の出立の日が来ました。駅舎の屋根を覆う木造の太い柱は立山の山麓から切り出されたのでしょうか。それはとても分厚くて、豪雪地帯のこの地方の重い雪にもしっかり耐えられそうです。年輪を重ねた木々たちは山にいるときもじっと風雪に耐えてきたことでしょう。

父をはじめ家族たちの駅頭での見送り集団、そのなかにいて美戸は一番隅で小さくなっていました。なかなか兄の姿を正視できなくて、駅構内の方ばかり見ているのです。榮三は親族たちや近所の人達にひとしきり挨拶した後、美戸に近づきます。そしていきなり両手で抱き上げました。

まず、「父さんに甘えすぎたらだめながだよ」と念押し。それから、声をやや落として「でも、こっそりとなら少し甘えてもいいがだよ」と周りを笑わせます。

美戸はもう四歳でしたから、赤ん坊のように高く抱き上げられるのにやや抵抗を感じました。ただ、なぜかその時の感覚はいくつになっても覚えているのでした。兄は美戸をゆっくりと下ろすと、見送りの人たちに最敬礼のようにして深く頭を垂れました。そんな兄を見たことのない美戸にはそれが珍しくて目を凝らします。榮三は意気揚々と汽車のデッキに足をかけ、そのまま見送る人たちに手を振りました。美戸は何か落ち着かなくて、駅構内の高い天井の板張りを仰ぎました。すると、角の小さな蜘蛛の巣に小さいうす茶色の蛾のような虫が、ひっかかってもがいているのです。こちらのほうも気になってしまいます。

（抜け出せるのかな。どうなのかな）

その時、ポーッと長い汽笛が鳴りました。白い息のような機関車の巨大な蒸気。すぐに今度は、ボボーッともっと強く列車本体からの発声が場を覆います。ガタンと音がしたとき、ちょうど早春の一陣の風が抜けて行きました。サーッとやってきて、漆黒の巨体の突き出た煙突から吐き出された黒灰の煙を招き込んでは辺り一面に吹き飛ばします。

春三月、桜はまだつぼみ。がらんとした駅の周囲にはいくらも空地があって、幾本かの若い桜木がまだ寒そうに立っています。列車の煤煙はその木々の間を抜けて北陸の冬の湿った寒気の中を流れてゆきます。美戸は別に哀しいとは思いませんでした。ところが、横を見るとモトエもキ

クエも目から涙がこぼれんばかり。美戸はそれを見て、急に泣き出したくなるのでした
　列車は故里の駅を離れます。残雪の広がる富山平野。鉄路に沿ってその前面の白くて広い絨毯を切り裂いて進んでゆきます。そしてまもなく、立山連峰のふもとに吸い込まれるようにして、冬の一景に同化してゆくのでした。

　また汽笛が鳴りました。ただ、ぼんやりと汽車を見送っている美戸。

「美戸っちゃん、もう帰ろ」

　すぐ横にキクエがいました。キクエの涙はもうすっかり乾いています。

「キクエちゃん。キクエちゃんそこにいたがけ?」

　美戸はたもとの端でいそいで目を拭きました。

「わたしいつも美戸ちゃんのそばにいるがだよ。いつもいてあげるから」

　それを聞いて美戸は少々うれしくなりました。

(キクエちゃんがいるから兄さんがいなくても全然淋しくない。そしてみんなもいるんだから)

　そのときふと、先ほど駅の構内の隅の蜘蛛の巣で見た薄茶色の虫のことを思い出しました。

(あすこから逃げ出したのかな)

　しばらくして空を仰ぐと、よく似た色と形をした虫が山並みを背にふらりと舞ってゆくのがみえました。その羽の色が兄の外套の色とどうにも重なって見えるのでした。

美戸が満五歳、長兄が横浜に赴任して一年半ほどたった頃。たしか正午直前のことです。美戸は近くの母の実家で祖母と一緒に昼飯の準備を終えて、かまどの周辺の薪を木箱に戻したり消炭を灰箱に片づけていました。

その時です。なにやらゴーッという音。

と思うと、家が激しく揺れました。厨房の食器類が次々と落下。すごい音とともに割れて散乱。美戸は近くの柱まで這い懸命につかまります。数分間でしょうか。揺れの収まるのをただ待ちます。姿が見えず底知れぬ巨大な地底の魔物が荒れ狂っています。それが、ようやく周辺から消え去り美戸はゆっくりと立ち上がりました。幸いにして腰は抜けていません。すぐに祖母を探すと居間でまだ座り込んでいました。なんとか腰を上げて、

「美戸、大丈夫やったけ」と、自分のことはさておき美戸を見やります。

しばらくして伯父が奥の方からやってきて、

「うーん大変やぞ。印刷機がめちゃめちゃや」と声を絞りだし、重い嘆息を漏らしました。美戸が伯父と一緒に恐る恐る印刷場へ行くと、若い職員たちは後片付けで右往左往で大忙しです。工場だけでなく台所も食器棚も家じゅうで物が散乱。時計は止まるし本棚やタンスが打ち震えたせいか将棋倒し状態です。この激しさから震源地は近隣かと思われました。だが、実は当地の被害はむしろ軽微、と後で知ることになるのです。

そのころ、立山連峰のはるか向こうでは、ビルや橋、公共機関や大工場まで倒壊、街は壊滅状

態。そして、通信網は切断され全交通機関が停止。当時はラジオ放送も始まっていない時代ですから、関東地方で大変な事態が発生していることを家族が知るには少々時間が必要でした。

美戸はまもなく祖母に連れられて自宅まで戻りました。玄関へすぐに出てきた父が祖母と暗い顔でしばらく立ち話を続けています。それから父は「すぐ戻るから」と祖母と一緒に出掛けていきました。

その日の夕食です。帰宅した父が子どもたちを集めゆっくりと話をはじめました。

「みんな、よう聞かれや。困ったことになったがやちゃ。今日、中塚の印刷屋へいってから模範工場に電話してみたがや。そしたら榮三の上司の佐伯さんがすぐ電話に出てくれた」

皆、息をひそめて聞いています。

「横浜も東京も大変なことになっとるらしいがや。横浜の出張所と連絡がまったく取れんゆうとられるがやちゃ」

「被害がものすごくひどいがや、ちゅことけ」正雄が珍しく眉間を寄せて推測します。

「とにかく連絡が取れんほどの状態だとちゅうことながやね」

モトエは目を閉じて天上を仰いでいます。キクエは下方に目を落として泣き出しそう。皆、なにやら落ち着かず、元気に見えるのは美戸だけ。眼を不安定に周囲に巡らし、人々の顔の表情から気持ちを計ろうとします。

「ヨコハマちゃ、なんかあったがけ？　兄さんおられるところやね。どうかしとられるがけ」と小さくつぶやきますが誰も応えません。

そして「元気、元気！、みんなみんな元気！」といつもの口癖のように大声を上げました。しかしいつもは一緒に唱和してくれるキクエも無反応のままです。

夜になると母の実家のいとこの重泰が意気込んで家へやって来ました。

「おじさん、今ほど模範工場からうちに電話あったがだよ。とうちゃんから伝えるように言われたから来たがです」

「どう言うとられた？」

「東京で号外が出たらしい」と。

「号外か。他には？」

「なんか、カイメツ状態だと」

「何！　壊滅！」

「重ちゃん、あんた壊滅ちゃ、意味わかっとるがけ」モトエが優しく聞きました。

「何かめちゃくちゃになっとるちゅことらしい」

「横浜は?横浜はどうなっとるか聞いたけ？」父が畳みかけます。

「なあん。聞いとらんがや」

そこまで聞くと榮次郎は、すぐ羽織をとって、子どもたちに

「模範工場にまた電話してくる」と重泰と一緒に出掛けて行きました。

一時間たっても父は帰らず、真夜中近くになってようやく戻ってきました。

会社との電話の話では要領を得ず、父は出かけて状況を確認してきたのでした。子どもたちは誰一人寝ずに待機。父の顔は汗いっぱいで紅潮しています。

「何ちゅうことや、横浜が震源地だと。東京と同じで壊滅や。横浜からは何の連絡もないがや。電話も電報もつながらんし、工場長が県庁や他にもいろいろ聞いても何もわからんそうだ」

そう言い残して父は奥の部屋へ引きこもってしまいました。

幼い美戸もまさに地震を体験したし、異常事態は感じ取れました。見たこともない父の憔悴ぶりと紅潮、そして眉間の深いしわ。声さえもかけにくく、日ごろは明るいきょうだいたちも別人のよう。ただ、キクエはふと感じるところがあったのか美戸に目をやり声を掛けました。

「心配しられんな。兄さんいつも元気な人やから大丈夫やちゃ」

それで、美戸は少々安堵しました、ただ、しばらくすると、再び心配の虫が頭をもたげてくるのでした。

（また、炬燵で兄さんの膝の上に乗ったりしてみんなと遊びたいがに）

その翌日、九月二日には首都圏の深刻な状況は、富山の新聞でも報じられます。しかし、長兄から大谷家には何の連絡もありません。

長いようで瞬時のような数日が経過しました。しかし、依然として音信は不通。よりによって横浜は、壊滅状態の東京よりももっと被害が大きいという知らせが届きます。ついに父は「横浜まで探しに行く」と言い出す始末。家族に親戚、長兄の友人や同僚たちは懸命にそれを制止しようと説得を続けるのでした。いま、現実問題としては肉親や友人にできるのは兄の無事を祈ることだけです。

横浜の状態が詳しく知らされるに伴い、父親は長男の生存をほぼ諦めたようでした。いや、早くそう思い込まないと精神的打撃が波状化して心身の奥底まで浸潤して来そうだったのでしょう。重すぎて自分を維持し切れなくなるのです。

「わしゃ、これからあんま（長男）の骨を拾いに横浜へ行くがや」

その父を子どもたちと親族がまたまた必死で押し留めます。この状況下、現地の混乱のなかで今度は父自身が不明になるかもしれません。長兄の他に父まで不在となってはたまりません。十五歳の長姉は世話上手ですが線が細い。他はまだ十二歳、八歳に五歳、子どもたちだけでは家庭の維持はできません。

だが、ついに父は旅支度を始めました。長らく売薬で鍛えた旅人生、準備は手慣れたものです。その父の目を盗んでは手荷物類を隠す子どもたち。そのささやかな合戦が続きます。母の実家からも伯父夫妻がしきりとやってきては父を押し止めます。

＊＊＊＊＊

横浜（榮三の回想メモより）

わしは十九歳、東京や横浜はずっと若い頃からの憧れの夢の土地だった。去る大正十一年（一九二二年）、家族や多くの友人や親族に見送られ故郷を離れ、降り立ったはじめての横浜。早もう一年半が過ぎた。ここはわしの想像を遥かに超えて、人いきれにあふれ活気がみなぎる街なのだ。

この地が、明治が始まる二、三十年前までただの寒村だったとは、とても信じがたい。それが第一印象だった。そして、港町には海を背景に大空が広がり積雲が立ち上っている。自分の夢も希望も同じように湧き上がるのを心から感じたのである。

人々は実にあかぬけた感じだ。外国人がごくふつうに街路を歩いているのを日常的に見る感動。何か自分までもが少々華やぎ、なんとなく偉くなったような錯覚すら漂ってくる。とにもかくにもすべてが魅力的だ。そしてまた、わが好奇心を根底から刺激するのだ。

改めてこの町の周囲を見つめれば、そもそも街のつくりそのものが故郷と全く違っている。なんといっても海辺がものすごく近い。故郷でも海浜が遠いというわけではない。北回り船で知られる北部の岩瀬地区などは港湾が海に面している。ただ、富山市の中心部からはそこそこの距離がある。しかし、この横浜はそこが違う。街のほんとうの中枢が海岸のまさに真前。そしてその海にそそぐ実に小さくて短い水路が実に多い。町中が小運河網のなかに浮いているといっていいほどだ。

丘もまた多い。しかも海近くまで迫っている。だから当然に坂道や屈曲した小径が多い。そこがまた故郷とまったく違う。わが古里は平野のなかに広々としてある。そこを二分するかように中央部に位置する呉羽山丘陵は海からも街の中心からもやや離れている。この丘上から立山連峰と富山湾を望む展望はとても素晴らしい。ただ、街歩きをしていて、いつの間にか坂を登っていたり丘をくねったりということはない。それとは対照的に、横浜の街はともかく丘、海、坂が面白い。

だから、わしは休日になると横浜の街を歩き回る。丘を歩いて角地や高低で次々と変わる街風景と海浜と丘陵の風光を楽しむのだ。名所や旧跡の見物などは二の次でいい。歩くだけで感動のため息が漏れて出てくるくらいだ。気候の微妙な変化や四季ごとの木立のちょっとした色模様の移ろいのなかで、街の造作や人々の生業が変化する。そしてそれを愛でるのだ。こうして、来浜から一年以上を経ても散策にあきることがまったくない。しかし、まさかこの街歩きのわしの趣向が、わしにとって重要な意味を持つことになるとは思ってもみなかった。

その日も、わしは関内からほど近い、南仲通三丁目の土蔵風の作りの二階家の上の一室にいた。

内装には木材が主に使われ、梁や支柱、また扉や廂なども木製でやや年数を経ていた。少々改装され、また畳上に厚いゴザを敷きその上に洋式に椅子と机を並べていた。

株式会社富山県織物模範工場の横浜出張所は総勢六人ほどの職員で、絹織物の輸出部門としてここに居を構えていた。その日は土曜日で午後からは休み。ただ、職員は紡績工場や貿易会社、また生糸試験場や港湾関係の官庁まわりなどに出かけていて、そのまま帰宅するものが多い。事務所には中年の林所長しか残っていなかった。わしは彼とはさほど親しくはない。何事にも細かすぎて肌合いもあまりあわない。

月が変わっての九月の初日、土曜の正午近くだった。その時、「ゴー」という山なりのような音が聞こえた。まるで地下を強力な機関車が掛けぬけてゆくような感じだった。直後に激しい縦揺れが来た。何十秒か続く。次いで横揺れが一、二分。あるは五分近かったのかもしれない。わしは椅子から引きずり倒され、床をすべるように流された。天井の方で激しい音がした。柱が歪み、「アッ」と叫びそうになった。その直後に後頭部を殴られたような衝撃が走った。一瞬で闇世界が全身を覆った。

どのくらい時間がたったのであろうか。気が付くと頭に激痛が走った。頭頂に触れるとたいそう大きなこぶ。手で拭ってみたが出血はわずかだ。分厚い堅牢な木製の書類棚が後方からすごい勢いで転倒してきたのだった。室内のいくつもの柱が折れ曲がっていた。幸い建屋は何とか持ちこたえている。ともかく身体中を覆っていた書類の山をかき分ける。

なんとかはい出て立ち上がると、頭の瘤以外はかすり傷くらいでたいしたけがはしていない。ただ、近くにいたはずの林所長が消えている。書類に埋もれてしまったわしに気づかずにすぐに避難したのだろうか。窓ガラスはすべて割れ散り窓枠も屈曲している。そこから外へ放り投げられたのかもしれない。

古い柱時計が背を向けて床に転がっていた。手に取って見ると十一時五五―六分を指して止まっている。梁が数本倒れそうになっていた。その下に目をやると倒れた書類棚の端に白い壁粉にまみれた両足が覗いている。棚をどかしてみると失神したままの所長だった。息はある。目立った外傷はない。彼の顔や体を柔らかく擦る。ほどなく顔をぶるると震わせすぐに視線も回復した。そして大息をついてわしの方を向いた。と、突然叫んだ。

「危ない！　うしろ！」

わしのすぐ後方の梁が今にも崩れ落ちそうだ。

わしは弾むように立ちあがって、仁王立ちとなり両手で支える。五尺七寸近い筋肉質ではあるがきつい。顔が紅潮してくるのが自分でもわかる。わしが支えている間に所長は身体をひねり、棚と書類の山からなんとか抜け出す。そして窓のそばまで飛ばされていた厚い木机を引っ張り戻して梁の下方に運びこんで叫ぶ。

「もう離して大丈夫だ！」

わしが手を離し後方へ飛び去るや梁は木机と書類棚の上に崩れ落ちた。

「仁王さんに助けられたな」

あまり冗談の言わない生真面目な所長は、わしの仁王立ち振りがよほど印象深かったらしい。ただ、直ぐに再び座り込んで、打撲した足を懸命に擦っている。

「ともかく、早く逃げんとあかんな」

彼の目はまだよく定まらぬようで座ったままつぶやく。部屋は舞いあがった漆喰の粉末で埃にまみれ視界が悪い。壁からはげ落ちて散ったようだ。

火元が心配だ。すぐ給湯室へ行ってみる。昼の味噌汁の調理中だったが、大鍋の湯がこぼれて七輪の火を消してくれたようである。

ひん曲がった窓から恐る恐る外を見た。直下には人影が見えない。目をやや遠方にやると、少々前まで黒瓦が美しかった民家地区は見渡す限り全滅状態だ。平屋も二階屋もすべて潰れて家の中から這い出した人々がなすすべもなく瓦の上で佇んでいる。浴衣や半纏（てん）も泥だらけで座り込んでいる人たちも見える。周囲一面、ガラクタ一杯の荒れ野と化している。二階や三階建屋やいくつかのビルもかなりが損壊が激しい。完全に倒壊しているのも見える。土蔵作りで何とか立ち続けているこの建屋もいつまで持ちこたえるかわからない。

恐ろしいことにあちこちで黒煙が上がっているのが目に入る。三本、四本、いやもっと。他にも数本がその先に見える。近くの煙柱には炎が見え隠れするのもある。この建物にも早晩、火が襲って来るだろう。

「家族が待っているはずの社宅へ戻る」と、所長はいう。だが右足にかなり痛みがあるようで引きずっている。ただ、肩を貸すほどひどくはないようだ。わしは給湯室に置いてあった和傘を持ってきて「杖代わりに」と渡す。そして手早く重要書類や印鑑などを捜しては取り出して所長へ渡した。他の書類にも一応目をやって室内を一通り点検した。

「大谷くん、大体重要なものはとりあえず手に入ったから、後はあまり無理せんでいいぞ」

それから、彼は何度かめの礼をいった。そして崩れた階段を和傘を頼りにしてかがみ、這うような姿勢で降り、事務所をゆっくりと後にした。お互い状況を見て明日、事務所で落ち合うこととした。そこで、わしはやや迷った。

(どうしようか。社員寮に一旦帰るか)

まず戸部近くの丘陵下の民家借り上げの社員寮のことを思った。ただ、かなりの揺れだったたからそこらも倒壊しているだろう。家族持ち用の社宅はやや出張所から近く、崖からも離れている。ただ、火炎と風向きが気がかり。すぐ近くの海岸へ行けば船が救援してくれるかもしれない。

丘陵近くには不安があった。日頃の散歩経験がそう判断させた。というのも、散策中に『崖地、落石御用心』という看板をあちこちでよく見かけたからだ。落石の多い場所が地震に強いはずがない。ともかくつい今しがた所長がしたようにわしもしゃがみこんで一階へ降りる。木片や割れた瓦などが散乱する小路から大通りに出た。

すでに多くの人々が避難を始めていた。ただ行き先がバラバラだ。まさに右往左往の体。海の方面へ向かう人、丘の方に行く人。陽ざしはまだ傾いてさえいない。崩れた家々の間からは生活の名残が生々しく顔を出す。あちこちで放り出された時計はどれも正午直前を差したままで動いているものがない。これだけ多種多様の物体が散開しているのに、時刻だけがまるで決め事のように同じ針の角度で勢ぞろいしてるのは何か予言的で怖い。不気味なのは大きめの日本人形だ。どうにも生体のようでギクッとする。がれきから顔を出す仮面、彫像の類もなにか怪奇的である。

わしは失神していた時間がどのくらいかもよくわからぬ。二、三時間は経過したはずだ。が、まだ建屋の下で埋まったままの人もいるようで、数人でがれきを必死でかき分けている場所に何回も出会った。ようやく軍隊や警察の小隊、救護隊や消防団員の姿も行きかうが、一般民家救援よりは大きな建物での被災者を優先しているようだ。

あちこちで上がっている黒煙に赤い炎がひどく目立ってくる。風が気になる。強まっているようだ。これは恐ろしい。倒壊から逃れたといっても、火炎にやられるかもしれない。ともかく自分が広い海岸の方へ向ったのは、本能的に明るく開けた方を選んだのだろう。海岸近くの広場や岸壁近くは、すでに数百人もの人々でごった返していた。埠頭の方を臨んで救援船が来ないかと探した。だが大きな客船などは逆に港から難を避けて離岸している。

集まっている人々はあまり荷物を持っていないし、大八車や馬車などはほとんどない。周辺を散歩していた人や、とる物もとりあえず火災を避けた人が多いのだろう。集団は勤め人と地域住民とが相半ばだろうか。わしはその避難群衆のなかで途方にくれた。暗い予兆を象徴するような長い黒煙が空高く昇り、火焔がドンドン迫まりくる。とともに、周囲に人がだんだん増えてくる。そのときだった。誰かが「津波が来る！」と叫んだ。その声がまさに高波の怒涛のようにざわわーと広がる。顔を見合わせで耳元で何かささやきあう人、上天や海上を険悪な目で見やる人、しゃがみ込んでぶつぶつと何かを唱える老男老女。ほどなく周囲から丘の方向に向かって走り出す人があちこちに出現する。そしてみるみるうちにそれに続く人が増えてゆく。時を経ずして、それがすでに人々の潮流となっている。

気が付けばその場から人々がかなり減ってしまった。だが、丘に向かう途中の道筋には何本も煙が立ち上っているではないか。わしは散歩の記憶を反芻した。急坂、細い坂、近くに工場や燃料タンクのある場所は危ない。将棋倒しや引火爆発が起こる。織物の追加買い付けの仕事などで何度か訪問した各所の紡績工場の動力機器からの発火も連想する。津波襲来を焦りながらも、どのルートが丘上に抜けるのに最も安全かと思案を続けた。

その時、こんどはすぐ近くで「津波はデマだぞ！ここは大丈夫だ」という声が発された。どっちを信じていいのか。いずれにしても海岸で待っても救援は来ないようだ。やはり丘か。だが今度、耳に届いたのが、「丘が崩れているぞ、危ない！」という声であった。結局そのままそこに留まる人々も出てきた。いやむしろへたり込んだのかもしれない。わしは、丘や崩れ落ちた商店街跡の方に駆けてゆく群衆を目で追いながら迷いに迷った。いくつもの黒煙柱は、人びとを空からにらみつけるように威嚇しつつ先ほどよりかなり増えている。火災は風を呼ぶのか、燃えた紙片や破れちぎれた軽い衣類が空を漂い、また降り落ち始める。焦げ臭いにおいもますます強まってくる。ふと頭に浮かんだのは大岡川に接した公園のことだった。あすこはかなり広い。池もあったはずだ。火災の広がりを考えると水の存在は大きい。

そう判断すると、まず日本大通りに出た。風は丘のある南から海方面の北へと流れていたから、火炎も海岸へ向かっているようだ。何本もの火柱が次々と破壊された建屋を食い尽くす。竜巻のようにやってくるのだ。近くの十数人はわしと同じ発想をしたらしい。彼らと一緒に火柱と黒煙柱をさけるようにして公園へとなんとかたどり着いた。

かなりの人がすでにそこに避難していた。勤務先と同じ町内にあった旅館や料理店、繊維業者などの顔見知りも少々いてずいぶんと安堵した。彼らによれば、街の西の人は主に正金銀行や横浜駅の方面へ逃れ、東の人はこの公園に来たということだった。

火の勢いは恐ろしく強かった。ただ、瞬く間に燃やせるものは燃やし尽くしていたようだ。予想外に四、五時間くらいで公園周辺は大火災の危険からは脱したようにおもえた、辺り一面は鼻を衝く焦げ臭さ、そしてばい煙にあふれ、よどんだ空気。ともかくそこで一息つくとふと浮かんだのは故郷のことだった。

もう当分、横浜の出張所は再開しないだろう。一刻も早く帰郷したい。なんとか生きて帰らねばならぬ。父が待っている。まだ幼い五歳の末妹をはじめ自分を頼りにしている四人の妹弟が待っている。母代わりの祖母も心配しているだろう。今一番大切なことは横浜に残って会社のために献身することではなく家族に無事な自分を見せることだ。

だいぶ薄暗くなってきたが自然と足は横浜駅に向かった。

駅の周辺も大変な群衆だった。駅舎は半壊状態でようやく形を留めていたが、中は焼けただれて無残。ともかくその前で腰を下ろしてひと休みする。空腹なうえに喉のきつい渇き。そうこうするうちに、残り火が駅に迫りだしたという声が聞こえた。

ふと、社員寮のあった戸部からさほど離れていない所に、造りのしっかりした坂道があったのを思い出した。

（あすこからは丘の上へ逃れられるかもしれない）

故郷に直結しているように思える駅を背に、後髪を引かれる思いでそこを離れる。わしの勘はあたっていた。その坂道は崩壊しておらず、周辺に危険物の置き場などなかったせいか火災からも逃れていた。

這うような思いで丘上に出てまもなく日が落ちて夜陰が来た。眼下にはまだ何ヵ所も火炎と黒煙が幻影のように広がっている。丘上のその辺一帯もほとんどの民家は倒壊か焼失状態だったが、ぼろ小屋に地蔵尊がいくつかけなげにも佇んでいた。そして、そこがその夜の宿泊所となった。

疲れ切っていたのか、翌日目覚めると日はもうかなり高くなっていた。丘から街を遠望すると、火災はほとんどおさまっていた。ただ、白煙ともやのような薄いとばりがそこいらを漂っている。

丘から下って周辺を少々歩いたがともかく、破壊と焼け跡の連続である。一部倒壊を逃れた商店街では炊き出しも行われていて、具のないおにぎり一個と味噌汁一杯に生き返る思いがした。ただ、社員寮があった一帯も社宅附近も全壊しほぼ焼失していた。

（どうしようか）

帰郷への思いと、社員としての責任の間で再び揺れ動く。そしてともかくこの二、三日は社員の安否を確認しようと、決断する。将来を期待される職員として無責任と判断されたくない、その思いが強くなった。

その日は歩きに歩いて、わしはすっかり抜け殻のようになってしまった。会社の先輩や同僚たちと出会えなかったばかりではない。いたるところの死体群の多くはまだ処理に手が付けられていない。何度も反吐を催し、実際に一度は焦土にわが汚物をまき散らしてしまった。歩きながら汗だか涙だかわからないのが顔面中を覆う。建物の下敷きの圧迫死は家のがれきでわかりにくい。一方、焼死体や運河群の中で浮かぶ溺死体はむき出しだ。残暑の厳しさは腐敗に容赦がない。公園や空き地のところどころに軍隊用らしいテントが張られ始めた。焼け焦げた木材でバラックも作られだした。被害の少なかった学校も避難場所として用意されたようだ。

歩き回って、結局は最初に避難した大公園に戻り、とりあえずの安息の空間を見つけることができた。そこは、まだ避難の群衆でごったがえしている。確保した場所に飛来していたトタンと焦げた木材でなんとか雨よけを作った。しばらくして飲み水と堅いパンのような配給があった。

ありがたい。ただ、死臭と腐敗臭が身体じゅうに染み付いたようで、どうにもすぐには口にできない。

その夜、その公園から天上を仰ぐと焼け残った木々の間から星座が見えた。ちょっとのことで死んでいたかも、と思いかえす。すると、なにか星がうなずいたように思えるのだった。そして再び望郷の思いが激しく募ってきた。

（やはり明日は、歩いてでも東京へ向かおう。東京も被害が甚大かもしれない。ただ故郷への交通手段への手がかりを得られよう）

社員たちの安否の確認はあきらめることにした。仮に確認できたにしても電話も電報も通じていないのだから本社へ連絡しようもない。

流言（榮三のメモの続き）

救助隊の人たちが用意してくれた、ワカメらしき海草だけが入った夜の味噌汁はともかくうまかった。身体全体がよみがえる思いだった。ただ、汁をすすりながら、周囲の中年の男たちが奇妙な話をしているのが耳に入ってきた。

「本牧あたりで朝鮮人が暴動を起こした」というのだ。

わしはやや違和感を懐いた。模範工場の横浜出張所には自分とほぼ同年代の朝鮮人の青年が半雇として勤務していたからだ。雑務一般を任されていて勤務態度もまじめだったし、ごく普通に話す関係だった。姓を高といい、なんでも朝鮮半島の南にある大きな島の出身とのことだった。二年近く横浜にいるので日本語に問題はなかったが、朝鮮語の訛りは完全にはとれていなかった。

彼のここでの勤務開始は自分より少々早かった。その意味ではわしより彼の方が職場ではやや先輩なのだ。ただ、年は一歳下らしく、いつもわしにも丁重だった。他の職員は彼を「高」と呼び捨てたり、「高くん」と呼んでいた。ただ、わしだけは、「高さん」と彼を呼んだ。自分はこの横浜と職場では彼より新入りのまだ見習い待遇、という思いが意識の底にあったせいだろうか。ただ、小学校の教員のままで早逝した母の口癖が深層心理に影響しているのかもしれない。

「どんなひととでも分け隔てなく仲良くしとられや」

これほど誰もがわかりきっていて、そのくせ難しいこともない。これは大正デモクラシーの僅かな余波もあったのかもしれない。

男たちは続ける。

「暴動はどんどん広がっており、自警団ができて警察や軍隊も動き出したらしいぞ」

「自警団は鮮人を捕らえて処罰、成敗しているという話だ」

そこまで聞いて、わしは思わず彼らに訪ねた。

「さあ（それは）なにけ。処罰、成敗ちゃなんのことけ」

連日の疲れのせいか、望郷の念にかられていたせいか、口をついたのは、予期せぬことに故郷の方言であった。

「あんたはん、なんか言葉がヘンだね」目つきの鋭い一人がそういった。

「北陸の富山の生まれでして」

「本当だろうね」横の別の男が念を押す。

「こちらへ来てまだ一年ちょっとです。標準語にかなり慣れたんですけど、ときどき故郷のことばが出るんです」

「まあ、本当なのだろうけど気をつけた方がいいよ」

「ええっ、なにを？」

「ことばがおかしいと鮮人にされてしまうよ。そうなったら、ただじゃすまないから」

「ただじゃすまない？」

「処罰、成敗さ」鳥打帽を深くかぶった後ろの男が吐き出すようにいった。

「自警団では、そういうことをしてるようだ。わかるだろう。消している、ということさ」

わしは戦慄を覚えた。これはもうひとつの災害ではないか。震災でなんとか生き残った人々が消されている。本当の話だろうか。「暴動が起こされた」ということは。そして処罰されているという話も。津波の噂と同様にどちらもウソ、デマであってほしい。

翌朝、わしは東海道線沿いで東京の南部まで歩くことにしていた。その前にまず、出張所があった建屋跡をもう一度訪れて置手紙などないかを確認した。目に入ったのは漆喰片と焦げたけし粒のような木片ばかりである。また、しばらく周辺を歩き回り、昼過ぎに北へと足を向ける。半纏は埃とすすまみれだ。震災前に給金をはたいて購入した新しい革靴も泥だらけ。だが、寮にいたら草履のままで飛び出していただろうから安全からいってこの点は幸運だった。

歩きはじめてからの昼下がり、神奈川鉄橋が見える近くまで来た時である。堤の周辺に黒だかりの群衆が動いている。そのあたりから激しい言い争いの声が聞こえてくる。そのうち十数人が小突かれて鉄橋の端まで押しやられ、川に落ちそうである。その数倍の群衆が彼らを取り囲んでいて、手には鉈やのこぎりのようなものを持っているようだ。どうも猟銃を持っている者も見える。しばらく続いていた言い争いが一瞬途切れた。と思うと絶叫が川面を抜けるようにして響いた。

刃の一刀を受けて二、三人の男が鉄橋から落下してゆく。

わしがこの時とっさに思ったのは、昨夜の中年男の忠告であった。

（このまま歩いて行って、もしや、わしの訛りが、怪しまれたら……）

怖いもの見たさの好奇心はあっても、一旦中心地へ戻って状況の鎮静を待った方がいい。わしの直感がそう判断した。

引き返し始めて次に思ったのは、職場の同僚の高のことだった。もしかして、高もあの鉄橋端にいるかもしれない。もしいたら、自分は群衆に対して「彼は俺の友人だ」といえるだろうか。あるいは彼が社員寮へ逃げ込んできて「かくまってくれ」といったら自分にはできるのだろうか。

わしはもう一度振り返って橋を見た。ひとり、またひとり、川に落ちて行く。わしは身ぶるいが止まらない。そのまま、結局元の避難場所の公園へ戻った。


その夜はなかなか眠れない。ようやくうとうとしたが、すぐまた目覚めてしまった。天上の星空に何やら陰険な暗雲がかかりはじめている。周囲で寝入っている避難民やその足元の柳行李や唐草模様の大きな布袋をよけつつ、海からの空気を吸おうと公園の外へ出た。

すると、すぐ先の暗い一角に人の気配がして、突然幽鬼のように十人ほどが現れた。中には昨日、忠告してくれた男も混じっている。彼がこちらをにらみつけて皮肉っぽく笑う。

「こいつ、お前の知り合いか」隣の男が薄暗いなかで問い詰めてくる。

なんと、そこには高が彼らの間で頭から押さえつけられているではないか。

全身に戦慄が走る。何と答えればよいか。

「はっきりしろ。お前も同類か」

「違います！　知りません！」

「うそだろう！　お前の日本語の発音もおかしいぞ！」

突然、後方にいた影のような男が、いきなり手にしていた竹槍をわしの腹部めがけてに打ち込んできた。

　激痛が全身を走る。

　目覚めると背も腹も冷汗だ。

　そっと腹部に手を当ててみると、そこに木製の杖が倒れて当たっている。すぐ横で寝ている、足の不自由な老人が避難所に持ち込んだ一物であった。天上を仰ぐと、暗雲がかかっていたはずの夜空は星の光で満たされている。

　まだ奇妙な痛みの残るわき腹をさすりながら、ふと古い記憶で思い出すことがあった。確か亡き母が、子どもの頃に話してくれた聖書の一節である。

　世に知られたイエスとその弟子のペテロとの逸話。キリストに罰を求める群衆のなかにいたペテロが周囲から「この人もキリストと一緒だった」といわれる。しかし、ペテロは「その人のことは何も知らない」とそれを懸命に否定するのだ。

　これは人にとって生きる上では永遠の問いかけなのであろうか。わしはペテロのように後で泣き崩れることはなかったが、この夜の夢はとげのように鋭く心に刺さるのであった。

　翌朝、人びとの間で噂が広まっていた。「朝鮮人の暴動はデマだった」というのだ。なんでも既に軍部や警察が自警団の違法行為を止めるよう指示を出したという。一方では妙な噂もあった。

「『朝鮮人暴動』のデマが出る前から、軍警が動いていた」というのだ。

「そもそもデマを流したのは誰なのかな。さんざん外地の朝鮮で朝鮮人をいじめ酷使している連中が、仕返しされると思っていたかもしれん。噂をたてて先に叩いておこうという魂胆だったかもな」

公園の避難民のなかで親しくなった学者風の老人は小声でわしの方を見てそうつぶやいた。この人は、実に物静かで思慮深い感じの人だった。

「わたしは歩いてともかく東京まで行って、そこで帰郷の算段をするつもりです」

わしは彼に正直にそういった。だが、老人は穏やかに忠告する。

「まだ違法行為の制止は徹底していないよ。横浜はもちろんおそらく東京もそうだろう。もう二、三日この辺で様子を見た方がいい」

確かにそれには一理あった。震災で多くの屍と流血を見たことも、群衆の行動を過激化させたことだろう。暴力の嵐がすぐ治まるとも思えない。

そこで、また街を歩くことにした。死体はかなりかたづいていた。しかし焼け跡はまだまだくすぶっている個所もあって焦げ臭さは依然として容赦ない。死臭はやや減じた。ただ、倒壊しただけで延焼しなかった家からはすえたかび臭い匂いが充満し始めている。

その日は昼になって焼けおちた出張所の跡地前まで行き、ぼんやりとしばらく腰を下ろしていた。

そのとき突然後から、「大谷さん」という声がした。

反射的に振り返ると、なんと高である。

一瞬わしの背に悪寒が走り、ことばに窮した。言い知れぬ良心の呵責のような思いがわしを覆った。

彼は意外にもこざっぱりしたメリヤスのＹシャツ姿で元気そうである。

「大丈夫だったのか」それしか言うことができない。

「ええ、なんとか」

「大変だったようだね」

「ええ、まあ」

わしはどう尋ねていいのか迷いつつ自問するようにつぶやいた。

「ひどいうわさだよね。どうしようもないデマだ」

「……」

彼はそれからしばらく何も言わずに頭を垂れた。それから目を何度もぬぐう。その間わしは、空を仰いだり、遠方の丘を眺めたりしていた。

まもなく、彼も空を仰ぎ、独り言のように語り始めた。

「私はこのひどいことを決して忘れません。ただ、私を守ってくれた人たちのことも忘れません」

「守ってくれた……」

「数人の自警団に追われ必死で走りました。そして丘のふもとの曲がり路地の先に逃げこんだのです。火災にあっていない半壊気味の数軒の家並みのひとつでした。ともかくかくまってくれるよう頼み込みました。おそらくダメかと思っていましたが、老夫妻は黙って家に入れてくれ、押入れの布団の奥に隠れるようにいってくれました」

「…………」

「自警団は次々と周辺の家を尋ね回っていたようで、すぐにその家にもやって来ました。その老夫妻と玄関で何か話していたようですが、結局、家のなかには入らずに他へ行きました」

「…………」

「三日間もそこでお世話になりました」

「そのシャツはそこの家から」

「ええ、息子さんが日露戦争で戦死されていたそうです。まだ、その方の衣類が少々残してあるようでした」

「そうでしたか。ただ、デマということがはっきりしても、まだ危ないかもしれないな」

彼はしばらく無言の後、喉から押し殺すように発した。

「息子さんの写真が仏壇の横に置いてありました。わたしと年恰好がよく似ていて……」

そして、再び伏せるようにして泣いた。

わしは思った。

彼の最初の涙は、自分と仲間たちのためのくやし涙だったのだろう。そして次には安堵と感謝の涙を流したのだろう。おそらく戦没した青年とその老親を自らと故地の肉親に重ねながら。

彼は一息おいてから続けた。

「そのご夫妻によると、軍や警察は文書でも『暴動はデマ』と発表を始めたそうです。また、新聞でも掲載され、号外も出ているのを見せてもらいました」

「それを見た後で、ここに来たというわけだね。この厳しい被災状態じゃ、それにデマ騒ぎで、うちの他の職員のことなどとてもわからないよね。私は何回もここに来ているのだけれど、会えたのは高さんが初めてだよ。木板を立てて、私のいる公園の場所も書いて置いていたんだけれど」

「残念ですが多くは絶望的なのでしょうね。仕事熱心な人たちですから、亡くなるか大けがをしていなければここに来るはずです」

「そうだね」

私はしばらく高さんと話したあと、故郷の実家の住所を渡して再会を約束した。彼はこれから友人たちの安否を尋ねて回るという。

翌日の九月五日、わしはようやく東京へ向かって歩き始めた。そこは、横浜以上に被災状況がひどいかもしれない。

初秋

大地鳴動からちょうど十日目。いまだ残暑厳しい昼下がりのことでした。伯父の印刷屋にいつものように大谷家の父子はまるで通夜のような雰囲気で集っていました。父がいよいよ明日東京へ出立するというのです。祖母や伯父たちの力を借りてなんとか今度もそれを押し止めようというのがこの間の子どもたちのねらいでした。

そのとき、家の前に突然、しかし静かに人力車が止まったのです。

美戸は広い居間の端の方に座ってすだれ越しに玄関を見ました。木陰にやや薄暗い影がリキシャを降りています。大工職人の着る大きな文字の入った印半纏を羽織った男。乱れた髪の下からはとても日に焼けた赤銅色の顔の一部がみえました。リキシャでの来訪者は珍しいので両家の人びとはそろって玄関の方へ出てゆきます。居間に残ったキクエと美戸だけは、客を下ろし帰ってゆくリキシャをぼんやり目で追っていました。すると、すぐに玄関で悲鳴のような声が上がり、ざわめきが起こりました。奥にいた二人も急いで玄関に駆けだします。

家族たちの先で突立っているのは長身の真っ黒な人。髪はぼうぼうで不精髭は伸び放題。印半纏姿はまるで煤やほつれでボロだらけ、乞食のようです。美戸は立ちすくんでしまいました。

「美戸っちゃん！　兄さんよ！兄さん」

こわばっている美戸を見てモトエが珍しく大声です。

父はやや離れて黙って立位不動の姿勢です。そのとき、美戸は生まれて初めて父の目に涙を見たのでした。長姉はやや涙ぐんでいるようですが次兄はただうれしそうです。美戸はキクエと同じく、長兄がどんなことがあっても帰ってくると信じていました。とてもうれしいのですが当然のことでもあったのです。父そして年長のモトエには、一週間以上の音信不通の意味の重さが理解できていました。ただ、あとの年少の三人には、兄との永別の可能性は想像を超えた世界のことだったのでしょう。

兄姉たちのひと騒ぎがやや収まると、ようやく父は兄に向かって一言発します。

「ようぶじだったな」

「わしは運が良かったがですよ」

「なんせ、まあよう戻られたちゃ。ほんとに」

「もうだめかと思ったことも何度かあったがやけど、そんなときやっぱり故里のことを想うがやね。歯を食いしばっても皆と会うために帰るぞと。みんなの顔とそれに……」

「…………」

「山や川も。そして、もうこの地の土になった人のことも思い浮かぶがやちゃね」

「そうか。そういうもんだちゃ、人間ちゃ。そりゃみんながお前をここへ呼び戻そうとしとったがや」

ボロ着で亡霊の様な兄の姿。まるで煤が蜘蛛の糸みたいにそこに絡みついています。美戸は思いもかけず、その瞬間、一年以上も前のこと、兄が故郷を発つ朝に記憶が飛んでしまいました。あの日、駅の天井近くで見た蜘蛛の巣にとらえられた蛾のような虫のこと。ああ、あのときの虫は満身創痍で大量の鱗粉の汗を吐き出して奈落の淵から抜け出したのだなと。

みなの驚きと大喜び。兄はすぐに姉たちに奥に通されました。風呂場では大根を洗うように姉たちに身体を擦られているようです。「イタイ、イタイ」と華やいだ兄の声が聞こえてきました。しばらくすると浴衣姿で別人のようにすっきりした男が居間に登場。懐かしい本来の兄の姿。かなりやせこけてはいますが広い八畳間で改めてみんなとの再会となります。

皆の一番の心配のケガも一見したところないようです。部屋の端では祖母も手ぬぐいを目に当てながらうつむきかげんです。彼女の端正な顔がややくずれてちょっといつもと違って見えます。まもなく広間には一尺以上の大きく円形の黒いお盆が運ばれます。その上には大きく切り取られた真っ赤な果物。井戸から揚げてきたところで、ふるさと名産の黒部西瓜の縞模様がくっきり。伯父宅の庭には大きな一位の木があります。そのすぐそばが深い井戸。その前にはひょうたん型の泉水があって緑色の藻に赤い金魚が可愛いシッポを振り振り回遊。兄はその側へ近づいて、まるで何か愛しむようにしてしばらく見た後、御膳の前にやって来ました。

居間の一番端にいた美戸はなんとなく居づらいのです。そこをそっと離れて、刷り上がった印刷物が置いてある部屋へ向かいます。そして、ひとりでぼんやりしていました。すぐにキクエが気づいたようで、美戸を呼ぶ声が聞こえてきます。

久し振りに見る兄の前に出るのがとても気恥ずかしいのです。そこで、美戸はキクエが呼びに来る前に、印刷所の紙が切っておいてある棚の横に隠れました。その紙というのは近所の子どもたちが遊ぶためにとってある印刷の端紙や刷り損じたクズ紙です。印刷後の二十センチ×十センチ巾くらいの紙片束で、童らが小銭を手にして買いに来るので重ねてあります。美戸はそこから、そっと兄の姿を探ろうとします。キクエが再び美戸を連呼。ただ、珍しく探しには来てくれません。だから美戸はそのままそこでしゃがんだり座りこんだりしていたのです。そして日が陰り出してから、ようやく居間の端へ戻って兄の顔を見つめなおします。その夜は近所の人も呼ばれて、即席の生還祝賀会が開かれたのでした。時に美戸は五歳半、温かい初秋の忘れ難い一夜が更けてゆきます。

日本の近代史上、最大の自然災害として今なお多くの人々に語り継がれているのが、この関東大震災です。一般にはこの大災害ですぐに横浜が連想されることは少ないようです。というのも首都東京での被害が甚大だったからです。陸軍の軍服工場の跡地だった被服廠跡の惨事での四万人近い焼死は凄惨さの極みでした。そこでは避難民がもち込んだ家具や道具類が猛火を呼び込んだのです。しかし、この大地震の震源地はそもそも相模湾で、神奈川県内の被害はきわめて深刻。

人口当たりの死亡者割合がそれを如実に物語っています。なんと、横浜市は東京市の五倍。横浜は地盤が軟弱な埋め立て地帯が広いこと、中心的建物がそこに建築されていたこと、港のすぐ近くに丘や崖が位置すること、そこに至るための細道や坂道が入り組んでいることなどがその背景にあるとみられています。

榮三にとっては、繊維模範工場の新人職員として貿易業務の見習い修行中の遭遇でした。事務所の位置は横浜の市街地のまさに中枢。県庁や税関などへも歩いて十数分、震災後には野っぱらのように変貌した一帯です。榮三は機会あるごとに書き留めたメモを元に弟妹らにその体験を語りました。それは彼らを驚かせ、また怖がらせもしました。ただ、長兄はそのような状況下でも日記風に手記を付けていたことは彼らを大いに感動させせました。幼い美戸やキクエには手記の内容がまだよく読み取れません。ただ、記録することの大切さをモトエや正雄の感銘ぶりからなんとなく学んだようでした。

「横浜駅はひどく壊れてしまって傾き、オンボロ小屋のようだった。まわりの家々は壊れたり焼けたりでもう見渡す限り焼野原だちゃ」「結局、四日くらいかかって埼玉県の大宮まで歩いたがやちゃ。道にも迷ったし、暴漢のような集団にも襲われそうになったがやぜ」「わしは軒下や橋下でも寝たがやぞ」「汽車は無料になっていたけれど本数が少ないし、待ってても満員続きで、だちあかんがや（どうしようもない）。電報を打とうにも不通やし、一部復旧しても順番待ちの人であふれとる。しかも、よくつながらんようだったし」

兄はその後も伯父宅などで何度も被災の街の様子や故郷へ戻る苦労を語りました。その話の途中までは、美戸も真剣に聞いていました。だが、話の内容が死傷者の様子に移る頃から恐怖感に襲われだします。そして、しずしずとその場を離れ、早めに伯父宅の客間の寝床にはいってしまうのでした。

するとほどなくキクエも美戸の横の布団に入り込んで来ました。

「キクエちゃんも……」

「うん、わたしも怖くなってきたがや。たくさんの人が丸焦げ……」

「やめられ、もうやめられ」

「死んだ人の腐る匂いがひどくて、兄さん、鼻と口に手ぬぐい巻いて歩いたがやと」

美戸は耳を両手で押さえました。居間では兄の話は留まることなく続いています。モトエ姉やちい兄さん、伯父宅のいとこの男の子たちは怖いもの聞きたさで残っているようでした。後日、年上のきょうだいたちはそのときの怖い話を、ふたりに聞かせようとしました。ただ、その時もふたりはやはりそこを逃げだしたのです。それからは、毎年九月一日になると、長姉が兄の無事と家族の健康安全を祈り、赤飯を作ってくれるようになりました。

藻屑となった横浜出張所は一ヶ月以上も休業。そして、外国人貿易商を始め顧客や関係機関の多くが、いわば貿易では横浜のライバルともいえる神戸へ移転しました。しばらくして富山県織物模範工場も遅れてはならじと神戸に出張所を開設しそこで鋭意、事業回復への新しい機会を探ることになったのです。

妹や弟、そして周囲の人から次々と被災体験を尋ねられ、近隣では講談師のように語る榮三。数ヶ月後、家族に「忘れないうちに手記を参考に少々覚書を書いておいたちゃ。たいした内容じゃないけど、見たいもんおったら、見ていいよ。わしの机の横に置いておくから」と告げていたようです。ただ、美戸が次兄からそのことを聞いて、じっくり読んだのは、十年近く後のことでした。

その時なぜだか。こんな経験なぞしたくない、という思いと同時に、私だってこんな目にあうことがあるかもしれない、との不安が入り混じる奇妙な感じがよぎったのです。

学園

七歳になった美戸は今日も元気いっぱいに通学。彼女には暗い影をみじんも見出せません。それでも、身近な人びとは彼女が母親を知らずに育ったことを気にかけています。そのことでつらい思いをしないようにと、祖母や長姉が常にこぎれいな服装で学校へ送り出すのです。大谷家は経済的に恵まれているとは決していえません。ただ、そうした配慮から学級や周囲からはそこそこ余裕のある家庭の子と見られていたのでした。

歩いて十分少々の小学校へ、三つ年長のキクエと一緒に通うのはとても楽しい日々です。長姉のモトエはまだ若いのに和裁に加えて洋裁の勉強も始めています。手の込まない洋服を縫ったり帽子までも作っては美戸に試着。その上に自らもいつも身ぎれいにし、十六歳の身で母代わりとなって家庭を助けていました。一家族にとって幸いなこともありました。キクエの担任の女教師が亡き母と師範学校女子部での同級生。そのため、小学校では何かとキクエや美戸に心配りをしてくれたのです。

学校での遠足が明日という夕方のことです。美戸とキクエは待ちに待った翌日の品揃えの用意で果物と菓子を買いに近所へと出かけます。帰路、闇がそろりと濃くなり出した頃でした。中年のがっちりした男が大通りの先をなにか重そうに背負ってゆっくりと歩いてゆきます。よく見ればそれは荷物ではなくてかなり高齢の人らしいのです。その御仁は足一杯に包帯だらけ、半纏を上から体全体にかけられていて、かなりのケガのようです。背の上でまるで布の塊のようで生きた気配が感じられません。

遠巻きに、美戸は「あの人、足が痛いがやろうね」とキクエに話しかけます。でも、歩みを進めるうちにすぐにこの一件を忘れて、いつものように一緒に唱歌や童謡を歌い始めます。そして、川沿いの小径を寄り道をしながら昨日同様に家に向かうのでした。

ふたりが帰宅して玄関に入ったときです。そこに異様な雰囲気が漂っています。老人を背負った筋肉質の男性がゆっくりと草履を脱ごうとしているところでした。しかも、真向かいからモトエがその老人の脇辺りを支えているのです。

　上を覆っていた半纏がスッと取り払われました。その老人を見た美戸とキクエは目を疑います。というのも、先ほど目撃したそこにいるケガ人、それが紛れもなく父だったのです。父は再びその男性の肩にのせられて居間にはこび込まれました。モトエが急いで用意した布団の上に降ろされましたが、うつむいて臥したままです。それでも、すぐにその姿勢で聞きにくい声を振り絞っていきさつを語り始めました。

　それによれば散歩中、後ろから駆けてきた数人の若衆のひとりに抜きざまに押されて転倒したのでした。彼らは半纏を翻しそのまま路傍に父を置いて走り去ってしまったのです。そこをたまたま通りかかったのがその中年の男性。親切にも助けてくれたのでした。街はずれで人通りも少なく倒れたままだったなら、深刻な事態になっていたかもしれません。

　それにしても、この世は、捨てる神と拾う神の折なす世界。悪ガキ連中がいなければ、父はこんな目に合わなかったのです。しかしそのおかげで、心優しい人とも出会えたのです。モトエは、玄関前で正座してその方に丁重にお礼を言っていました。結局その人は住所も氏名も言わずに辞したのです。

　キクエはお礼をして見送るモトエ姉の姿を見て、

「姉さんまるで、かあさんみたいやがいね」とちょっと茶化しました。

「私まだまだ若いがに、あんた、さあなんちゅうことといわれるがや。かあさんはもっと丁寧だったがやよ」と少々笑います。

それを横で聞いていた美戸は、そうか、姉二人にははっきりした母の思い出があるのだ、と気づかされたのでした。と同時に、子ども心に思いがよぎりました。

（いやなことがあればいいこともある。人にもいやなことをする人もいればびっくりするくらいうれしいことをしてくれる人もいる。これから先、わたしはどんな人と出会うのだろうか）

幼さゆえの希望と不安、父の不慮の事故は、人生が始まったばかりのひとりの子にささやかな暗示をさしむけてくれたのでした。

美戸とキクエはとても楽しみにしていた遠足参加を断念しました。ふたりで相談して、父のそばを離れず交代で看護をすることにしたのです。

「あんがと、あんがと、美戸は包帯巻くのが上手になったがやのう」

父にそういわれるのが美戸には心からうれしいのです。また、美戸は消毒薬の匂いがそれほど嫌いではありません。こうして美戸は七歳で初看護と初介護を体験することになったのです。

子どもたちがとても楽しみにしていた遠足を止めてまでも父の介護に尽くす。このことを、当時の父親の家庭内における権威の度合いから推し量ることもできるのでしょう。ただ、それ以上にこの父の優しさが子どもたちを自然にそうしむけさせたに違いありません。

ただ、父は予想外に重傷でした。そして結局、全快するまでに半年近くも要したのです。その間、寝床に手と肘をついて食事をしたり、ほとんど大声で笑うこともなく痛々しそうでした。時には作り笑いはしてくれましたが。

「キクエちゃん、とうさん笑わなくなったね。とうさんらしくないがいね」

するとキクエは美戸の耳元で、

「とうさん、笑い過ぎると傷口が痛むがやぜ。本当は笑いたいがや。今度笑わせてやらんけ」といって美戸の頭をちょんちょんと指でつつくのでした。美戸はキクエにそうされるのがなんとなく好きでした。

ほぼ半年後、父が回復してもとの砂糖会社に復帰。家族もようやく明るさを取り戻したのでした。

大正時代末から昭和初めの小学校。その木造校舎と近郊の風景に幼い姉妹は大いになじんでいました。美戸が通ったのは市街地の中心近くの星井町小学校。美戸はこの学校名が何となく好きでした。「星井」という地名は出生地の清水町のようには、すぐに湧水を連想させないものの、やはり井戸水に縁がありそうです。それにきらきら星は大好きだからです。名称からは、覗いた井戸の奥に夜空の星が映っている感じがしないでもありません。

教室をともにする級友にはそれぞれにありがたくない課題を抱えた子も散見されました。当時はまだ、全国的にもシラミを囲っている子は少なくありませんでした。ただ、星井町は県庁所在地の中枢の学舎だけに、さすがにシラミと共同生活する子は珍しかったのです。とはいえ、やはりクラスに何人かは潜んでいました。外からは見えにくい頭髪の奥などで密かに飼育している子どもはそこそこいたのです。

ふつう虫が宿主から遠慮がちに暮らしている分には、はた目にもさほど気に障りません。ところが、なかには髪の叢林中に大量に培養している子もいるのです。若くて豊かな黒髪のなかを白い米粒のような連中がゆっくりと運動会を開催しています。そういう子となると、やはり周囲から白眼視され遠ざけられがちでした。美戸のクラスには、少女にしてはえらく馬面、そして、しっかりと頭髪に虫をかこっている女の子がいました。美戸はそんな子とも、特に意識もせず、避けたりもせずにふつうに付き合っていたのです。

美戸は下校時、よくキクエと校庭の端で待ち合わせ。そこで道草の相談したり、楽しく語り合います。

「キクエちゃんの教室にもシラミのいる子ちゃおるがけ」

「おるけど、二、三人くらいかねえ。でもあんまり目だたんシラミやちゃ」

「うちの教室の子のなかには、離れたところからでも髪のなかで白いものが動いているのが見えるもんもおるよ」

「やっぱりシラミちゃ見えると嫌やね」

「でも、わたしそんなに気にならんよ。わたしは虫ちゃ嫌いじゃないし、ニョロニョロはいややけど」

「私は美戸っちゃんと反対だちゃ。ヘビは平気だけれど、虫はいややな。特に痒くなる虫、いやながだちゃ」

美戸とキクエは学級でのあれやこれやについてよくやりとりをしていました。高学年ともなるとシラミとの共存は、児童の間では懸命に回避されていて、目立つ子はほとんどいないようでした。

教室はまた、さまざまな病気を持つ子たちの小さな博物館のようなものでした。トラホームは悪化すると失明に至る怖い眼病。眼が異様に赤かったり、目ヤニをため込んでいる子がちょっと見渡しても数人はいます。そういう子たちは、よく眼をこすりながら黒板を見ていました。青洟をたらしている子も少なくありません。その子たちは鼻が詰まって息苦しいので、例外なく常時ほぼ半開口状態で授業参加。蓄膿症とか慢性鼻炎などは男女ともかなりいます。ときには長袖や袂、袴の端が手拭い代わりとなり、青洟を拭くので繊維が光沢を発していることもあるのです。

美戸はきょうだいから誰とでも仲良くするように言われていました。ですから、こうした級友たちを避けるようなことはしまいと思っていました。それでも消しゴムなどを貸すときにその子の手のひらに触れて、粘る感覚を味わうのはいい気持ではありません。青洟がその粘り気と関係しているように思えるのです。ただ、そう思うことがなにかとても、悪いことをしているという気分にさいなまれながらも、早めにこっそりと洗面所へ向かい手を洗うのでした。

こうした疾病以外に、当時は子どもに限らず、おとなたちにも無視できない深刻な課題がありました。まさに獅子身中の虫のことです。その横綱格はなんといっても回虫。人体に巣食っている寄生虫集団の半分以上を占める独占的存在で別格なのです。続く大関格が鉤虫《コウ》ですが、発生数はその半分以下。また、住血吸虫や肝臓ジストマは命の危険もあるのですが、富山ではまれで一安心。回虫は大きさも形もまるでミミズの眷族風です。他方で鉤虫は釣り具のひっかけ先のような口を持つゆえのこの命名。回虫よりやや小さいですが子どもたちにもとても多い困りものです。

回虫は体内に入って成虫になると小腸で産卵、やがて肝臓などの他臓器へと移住を開始します。まさに臓物間をかけ回るわけで、この高名のいわれでもあります。そして、増殖すると腹痛、めまい、嘔吐、けいれんなどを生じさせるのです。ですから、体調不良の児童にはまずこれを疑ってみる必要があるのでした。

こうした連中はふつうはおとなしく身中で謹慎気味の生活。もちろん、しっかりと宿主の各臓器から栄養を吸い上げてはいます。ただ、何かのはずみで温室のような胃や腸などから外界に散策としゃれこむのです。幼い子の場合、便のチビリとともに本来の舞台であるぬくぬくできる内臓から世間風の厳しい世界に出現。学童用の木製椅子に姿を表した回虫は身をゆっくりくねらせながら、床に落ち、子どもたちの目に留まります。

直後、教室に小さなパニックが発生。虫好きの美戸もこれはあまり好きでありません。虫の一種なのかもしれませんがなんといってもヘビに酷似。ときに勇敢な男の子が、鉛筆二本ではさんで窓の外に投げ捨てることで大事件は幕となるのでした。

美戸の級友には濃褐色肌の女の子もいて、髪の毛も縮れているので、なんと「土人」とあだ名されていました。美戸はその子ともふつうに遊びます。その子がときどき他の子からからかわれているのを見ることもありました。美戸は語調も強くなく、弁舌の立つ方でもありません。ただ、彼女のために身体を張って少々抵抗することもありました。教室では日頃明るくてそういう態度とは正反対の印象を持たれていたためか、それなりに効果がありました。ただ、子どもたちの教室でのひどく目立ついじわるは目に入りませんでした。教師に時間的余裕とそれを断じて許さない雰囲気があったに違いありません。

美戸は道草が大好き。歩いて十数分の短い通学距離を、わざわざ遠回りが日課です。自宅のある西中野は市街地の南端に位置し、少々先が南富山駅という郊外への電車の乗換駅。自宅は町屋が農村地帯に入る、いわば結界のようなところにあって、その地ではその両様の土地の香りが味わえるのです。

すぐ近くの清流はいたち川と呼ばれていました。急流として全国にも知られた常願寺川の支流のひとつです。ただ、さすがに街の中では名うての暴れ川の面影はうかがえません。

美戸は今日も両手を元気に振りながらあぜ道や細流に沿ったり、小さな林のある道を抜けます。級友達とよく声をかけあって鎮守様の境内での綾取りや石蹴りに興じるのも楽しいひとときです。立山連峰の方面からゆったりと下ってくるそよかぜに髪をなびかせるときは、なんともいい気分に浸れるのでした。

時には空を見上げて流れるさまざまな雲の形を見つめます。そして、天上にいるはずの母親の顔をそのなかで探してみることもありました。はっきりしないセピア色の写真でしか記憶にない想像世界の母。でも、その夢想の時間はとても大切なひとときでした。とはいっても、ひとりっきりよりはキクエや級友たちと一緒に過ごすことのほうがずっと多かったのです。

同級生とではなくてキクエの級友らと夕方近くまで遊びふけるときもありました。同学年の仲間たちとは違った姉たちからは、また別の刺激も受けるのです。美戸は一見、彼女たちの会話にさほど関心のない風ですが実はしっかりと傾聴しているのです。三歳の年齢差、遥か未来に思えるその三年後の自分もそこに重ねます。帰宅が遅くなると、祖母や長姉が迎えにやって来ました。ただ、わけを知っている彼らは美戸らをとがめることはありません。

「美戸っちゃん、楽しかったけ?」と聞くのが常なのです。きっと祖母もモトエもどこかで美戸の姿を見ていたに違いありません。空を仰いで、なにか懐かしそうに雲を眺めている少女の姿を。

別離

祖母のユキはたいそう活気あふれる人でした。夫は四十歳直前に他界。そのために、嫁ぎ先の家業の印刷業を、二十歳になったばかりの息子安太郎に継がせます。ただ、それは表向きのことで当のユキが実際の継承者でした。形ばかりのその若輩の家主のたったひとりの妹がのちの美戸の母親のキクです。祖母のユキは夫との長くはない共同生活のせいなのか、子どもはその二人きりで当時としては珍しい少子家庭だったのです。そして、そのひとり娘が老母を差し置いて三八歳で早逝したのでした。

キク亡き後、ユキは自らが昔日にわが娘にしたように孫たちへの教育に非常に熱心でした。また、ユキにとっては末の孫娘の美戸は娘キクの生まれ変わりに映っていました。ユキの教えの核心は周囲への感謝の心と日々の向上心の維持。夭折した娘が教師の道を選んだのも自分の教育の結果と考えていたようです。

伯父の安太郎はその妹のキク同様に五人の子持ち。というわけで、祖母には息子と娘の双方で五人ずつ、ちょうど十人の孫がいたのです。だが、伯父の子は全て男。そのせいか、ユキはついつい三人の孫娘のいる、歩いて十分ほどの亡き娘の嫁ぎ先の大谷家にやってきます。そして生活一般の相談相手やらとまさに母代わり。また、三姉妹もなにかにつけてよく祖母宅を訪ねるのでした。

祖母はよく口癖のように言います。

「あんたたち三人はいくつになっても仲良くするがだよ」

「はい、いつもそう思っておるがです」とモトエ。

「いつも、モトエ姉さんを手伝います」とキクエ。

そして、美戸は「わたし、姉さんたち大好きだちゃ」と一番大きな声で。

祖母は男兄弟だけで育ち、一人娘に先立たれいまや実子は同居の息子がたったひとり。実家の五人と美戸の兄二人をあわせて孫七人は男児。ですから三人の孫娘たちの存在とそのむつまじさが身に染みたのでしょう。

祖母の家へ行くといつも、彼女はつむぎ風の和服の袖のたもとに手を入れます。そして、そこからいくつもの果物や干しいもや栗菓子、金平糖などを大事そうに孫娘たちひとりひとりに手渡すのです。そういった品々を、長時間たもとにしまいこんで待っていたのでしょう。体温で温かくなっています。孫娘たちはいつもおいしく頂戴しました。それは、祖母の温もりも味わいながらの幸せな時間なのでした。

毎年の春と秋の遠足では、祖母や長姉が海苔や鰹節入りのおいしい弁当を作ってくれます。ただ、ちょっとだけ物足りなさを感じることがありました。それは、他の子たちが、「これ、かあちゃんが作ってくれた弁当」というときでした。そのときは自分もそんなふうに言ってみたいな、と思うのです。ただ、幼き日々の亡き母の思い出をはっきりと留める兄姉たちの方が実は美戸以上に、「かあさん」と声にしてみたかったにちがいありません。そして、彼らもまた、ぽっかり浮かんで家路を急ぐように流れて行く雲に想像の母親の姿を、またそよ風のなかにそのにおいを求めていたのかもしれません。ただ、現実には祖母が充分すぎるくらい母の役割を果たして、美戸たちが亡き母への重い追慕に走ることをおし留めていたのでしょう。

美戸がちょうど十歳で五年生になったころから、子どもの目にもユキにはそれまでの覇気がなくなっているように映りました。彼女はもともとなかなかのおしゃれで、よく髪結いに通い、背はまっすぐで顔面は色白。しっかりとした話し方をする人で子ども心にも立ち振舞いも美しい人だと感じていました。それが目だって背が丸くなり、発話も少々聞きにくくなってきたのです。居間の火鉢の横でじっと座り、印刷工場へ来る客や通りを行く人々をながめては何か思いにふけっていることが多くなりました。

一年ほどしたとき、息遣いが苦しそうな表情をよく見かけるようになりました。しばらくして、キクエがこっそりと「おばあさんが肺病になったがや」と美戸へ教えてくれました。まもなく、ふっくらしていた頬もこけて、骨っぽさが目立つ顔貌に変じてきました。高齢のせいで抵抗力がなかったのか病状が急に進んだようで、まもなく床を離れることができなったのです。

枯葉が風に舞い、秋霖が淋し気に続くころでした。実家の従兄の重泰が、いつもと違って暗い表情でやって来ました。父と長兄は彼と玄関で少々立ち話。重泰は珍しく家に上らずにすぐに引き返してゆきます。二人は居間に戻り、「おばあちゃんに会いに行こう」と子どもたちに伝えました。

玄関で迎えに出た実家の人々は言葉少なく肩を落とし気味でした。通された床の間の前でユキは深く眠っていました。息は荒くてやや擦れた音が断続的にくり返されています。美戸ら兄姉五人と実家の男五人の孫が見守るようにそこを囲みました。そのなかで最年少の美戸がその枕のすぐ近くに座らされます。

多くの人のいつもとは違う息遣いがユキに伝わったのでしょうか。それとも何か別の力がユキを呼び起こしたのでしょうか。目は開いているとは思えませんが、もうろうとした表情の中からゆっくりと右手を差し出すのです。

周囲からの目配せで美戸は祖母の骨皮だらけの手を握ります。すると、ユキはごくかぼそい声でつぶやくのでした。

「あんた、遠くへ行かれんな。行かれんなあ……」

しわがれた別人のような声に美戸は戸惑います。

「……遠くに行くと危ないから此処に居られや……」

病気でこけた顔でまるで周囲を見廻すようなしぐさ。半目なのですが見えてはいないようです。それを何度か繰り返しています。

美戸はなんども、ただただ「わたし、ここだちゃ。ここにおるよ」と応えるのが精一杯。そして、周囲からせかされるように美戸はそれを繰り返します。何回目かに、美戸がやや大きめの発声をしたとき祖母の唇に確かにかすかな微笑みが浮かんだのでした。そして、それが彼女の冥途への旅の最後の置き土産となったのです。

美戸はその後、長い間「どうして、祖母はわたしがすぐそばにいるのにそんなことを言い続けたのか」と思いあぐねていました。そして、しばらくして、ふと気がついたのです。あれは、祖母が先に逝った娘キクの最期に際して言ったことばだったのでは、と。

母の他界の記憶どころか生前の感触すら全く残っていない美戸。祖母の最後の微笑は、美戸のなかに住むわが娘の存在に出会ったからに違いありません。それは美戸にとっては祖母からの「あんたは、『かあさん』の分まで長生きしなさいよ」の天啓にも思えるのでした。

安政四年（一八五七年）生まれで享年七十三歳。当時としては長命といえるのでしょう。十一歳の美戸にとってこれが記憶に残る最初の親しき人との永別となりました。それはまた他の孫たちにとっても、はるか江戸の世を生きた人との最後の別離でもあったのです。母代わりだった祖母の他界。いや実母の思い出のない美戸にとっては、実のところこれは母との別れなのでした。

美戸の耳には常に残って何かにつけてよみがえってくる子守唄があります。美戸は亡母が歌ってくれたのだろうと長く思い込んでいました。その後、長姉が自分も一緒に歌ったと伝えてくれました。

ところが、祖母の臨終に立ち会ってから、ひとつの思いが確信に近づいてゆきます。（実は、祖母もまたときどき歌ってくれたのでは。また、それはきっとわたしだけでなく、幼かった母にも歌ったに違いない。そして祖母もまた、その母から歌ってもらったのかもしれない）

『江戸の子守歌』は文化文政の頃から日本各地で歌われ、時代と地方によってさまざまなバリエーションがあります。

「……里のお宮でなにょもろた　でんでん太鼓に笙の笛……」

この「里」が美戸の大好きな故里にかぎりなく通じて心に響いてきます。「でんでん」の弾みと「ショウ」の落ち着き。その対照的な感触。よく意味は分からなかったのですが、心を巡る二つの対照的な響きがそこに漂っていると感じられるのです。そして、いつの日か自分も母親になる日が訪れるとすれば、必ずやこの歌を歌って聞かせよう、そうも思ってみるのでした。

遠い遠い江戸のいにしえ、祖母を育み、母を育てた江戸という名の長い時代の帯、それが美戸のなかにも生きているように思えるのでした。

新家族

悲嘆の中にあった美戸でしたが、日を置かず明るい知らせが耳に届きます。長兄が見合をするらしいとの話は聞いてはいました。それがまとまったのです。時に兄が二十五歳、相手のセツは十八歳。

しかし、美戸の思いは複雑に入り乱れます。十四歳年長の第二の父。これまで、亡き祖母、二人の父、そしてきょうだいたちが、美戸を支える共同体のように動いてきました。その若い方の父が知らない女性と一緒になる。子ども心にも長兄が自分から遠ざかることを直感できました。幼き日から、そのアグラ膝の上で遊ばせてくれた兄がわたしから離れてしまう。

（そうだ、キクエちゃんはどう思っているのだろう）

「もう一人おねえさんが増えるがやろうがいね。にぎやかになるがでないけ」キクエはあっさりしています。

（そうか、新しい姉が家にやってくるのか。今いる二人の姉だってとても大好きなのに、もう一人増えるのか。そう考えれば予期しなかった贈り物をされたということかもしれない）

兄嫁になるはずのセツとは七歳違い。教師のようなモトエとは十歳、双子のようなキクエとは三歳。だから、三人目の姉はその間でちょうどいい。またまた楽しくなるはずと、美戸は夢を膨らましてみようとします。こうして父をいれて男女三人ずつだった大谷家の生活は、女がやや優勢の世帯となったのです。

かなりの長身ですらりとした榮三とは対照的に新妻のセツはやや小太り。また上背は当時の女性としては平均的。美戸はセツが初めて自宅に来た時のことを思い出します。その日、居間では長兄が年の順に三人の妹たちと弟を紹介しました。その若さに似合わず、かなり地味で緑を基調とした和服姿のセツは一人一人に丁寧に礼をしてゆきました。そして、キクエと美戸の前では、おっとりとほほえむのです。

「よう似とられるね。おふたりさん、仲良しながでしょうね」

日頃、美戸は遊びでもなんでもキクエのまねごとのようにして動いていました。だから、周囲からは常々「双子みたい」と言われていたのです。ただ、それは行動からの印象であって外見の相似をさしているのではありませんでした。美戸は心のうちでは、器量はキクエが自分よりずっといいと信じていました。だから、セツのその言葉には意表を突かれたのです。そして、自問したのです。

（セツ義姉さんにはきっと透視力があるに違いない。わたしの心の奥底を見透かしている。私がキクエちゃんの器量と行動力に憧れとほんの少しの羨みをもっていることを見通したのだろう。だからそれに気をつかって、ああ言ったに違いない）

家族の一員となって、セツは兄姉たちとすぐに打ち解けました。彼らは皆、もう大人の世界へ踏み出しつつあるという点でも共通だったのです。そしてさっそく若い母代わりの役回りを演じ、長姉を支え始めます。まだ子どもの世界に生きているのは末っ子の美戸たった一人だけ。それもあってか当初、美戸は母であり姉のような兄嫁には微妙に距離を置いていました。ただ、人の心理をよく読み細かな気配りのできるセツに、時を置かず他の兄姉たちのように親しみを増してゆくのでした。

長兄は家族の期待を一身に背負い、職場でも仕事に精勤。当時の繊維工場の現場は、明治末期や大正初めの『女工哀史』の状況よりはかなり改善されてはいました。とはいえ、まだまだ労働条件も良くなく福祉も不充分でした。

そこで榮三は職員の健康増進のため職場に集団体操を導入。ただもともと軍隊嫌いなので、それが軍事訓練と重なる点がやや気をそぐのです。とはいえ簡単に職員の身体をほぐす他の案が思いつかず、苦肉の案ではありました。また、工場内の空き地を利用してバスケットコートも設置。同時に、チームを作り、職員が楽しみながら健康をつくる環境も整えます。また、社宅や社員寮では交流会なども企画。偉丈夫で押し出しもはっきりしている榮三の職場内での存在感と評価は着実に高まってゆくのでした。


美戸が尋常小学校を卒業する時、父や長兄は中等学校か女学校まで進ませようと思っていました。だが、和裁をたしなむ長姉モトエの姿を常々目にして、美戸は同じ道への思いが日々募っていたのです。そういえば姉が祖母からよく指導を受けていた姿もこの頃よく思い出します。

(進学よりは実務に早く取り組みたい。若くして仕事に就いた兄もそうではないだろうか。また、姉の自営業的な仕事選択も魅力的だ)

美戸の決意にはこの二人の、そして祖母の懐かしい姿の影響もあったのかもしれません。

美戸は調理も読書も、また作文を書くのも大好き。でも、ともかく手作業の仕事を始めたくてたまらないのです。気持ちがなによりもはやります。実は口には出しませんでしたが、和裁をとっかかりとして洋裁にも取り組みたい、と心に決めていたのです。高等小学校卒業で実社会に飛び込んだ長兄を除いて上の二人は、女学校や旧制中学を卒業していました。キクエもまた女学校へ進学しました。ただ、美戸には形式的な学歴はどうでもいいのです。

ただ、キクエには美戸のそのことが少々気がかりでした。

「美戸っちゃん、あんたは本も好きだしメモもよくしているし学校の勉強も好きやろがいね。どうして進学せんがいね」

「学校行くがちゃ嫌いじゃないけど」

「勉強ちゃ面白いがだよ」

「でも、わたしそんなに勉強好きでもないし頭もよくないし」

キクエの学校での好成績ぶりは家族の皆が知っていました。美戸の直感はキクエと同じ道を進むことの不都合も察知していたのでしょう。似たような進路をゆくと、何かにつけてキクエと自分は比較されるだろう。そういう計算を無意識にしていたに違いありません。

大正から昭和初めにかけては、そんな風に習い事をしながら「嫁入り」に備える生活に入るのがごくふつうでした。表向き習い事といえば和裁技術の手習い、また茶道や華道などです。ただ、周囲の多くや本人のホンネは「嫁入り修業」と「家事手伝い」だったというわけです。比較的経済状態のいい家庭の女性の多くがそうなのでした。

美戸は市内の中心街に近い和裁の塾に歩いて通い始めます。家での復習では、多忙な長姉の暇を見つけて指導を受けるという好条件にも恵まれていたのです。

美戸は和裁学習のかたわら、新来の義姉セツを誘っていろいろと遊んだり学んだりしたいと思っていました。というのもキクエは女学校から女子師範への進学勉強のほかに母校の有力な卓球選手としての大活躍で超多忙。美戸が気楽に誘える雰囲気ではなくなりつつあったからです。ただ、セツを連れ出すのはなかなかの難問なのです。そもそも新家庭で最も期待されたのは義理のきょうだいたちの母代わりの役目ではありません。なんといっても勤務で疲れ切った夫榮三の世話です。また、長姉が率先して世話しているとはいえ舅榮次郎への配慮も欠かせません。義父は心優しき人とはいえ、明治の黎明期の生まれで家長絶対君主的な世界で育った男です。それに加えてもともと実家は幕末までは富山の薬業界で、東西を二分する存在でした。その後、多少なりとも苦労を重ねたとはいえ、根幹部分は全くのお坊ちゃん育ち。衣食住や身の回り雑務処理がともかく苦手で周囲の手を煩わせがちです。

美戸はこういう周囲の人間関係には人一倍敏感で、セツを取り巻くこうした状況をしっかりと把握していました、ただ、うまく口実を作っては自分の買い物や散歩などにセツを誘い出すのです。

間もなく予期せぬ事態が発生します。これは美戸にとってやや残念でまた、うれしい誤算でもありました。セツの妊娠がわかったのです。美戸が反射的にまず思ったことがありました。

（ああ、これで当分、義姉と一緒にあちこちへは行けなくなる）

それから、いろいろと代案の連想を巡らします。そして、しばらくして、気がついたのです。

（わたしに妹か弟みたいのが誕生するということか。そうか、わたしもお姉さんになれるのか）

それは二つのことを意味していました。まず、生まれてくる子にしっかりいろいろと教えこまねば、というやや粋がった先輩意識。それと同時にそれはその子と遊んでやりながら、その実は自分も遊びながらやりたいという思いです。ただ、もう一つの方はやや深刻なのです。これは十一歳の少女であってもかなりはっきりと直感できたのです。

（父や兄姉たちの視線がわたしよりはわが家への新しい「来訪者」に向くだろう。おちおちしていられない。いい子にならないと。しっかりと、わたしにもみんなの気を向けさせるようにしないと）

少女の小さな胸は光と陰のなかで揺れ動くのでした。

新来者

翌年、大谷家の末っ子が待ちに待っていた子が誕生しました。兄夫妻にとっては最初の子宝であり、祖父榮次郎にとっての初孫は英子《えいこ》と名付けられ、同家の八人目の家族となりました。家庭は女五人と男が三人となり、女の優位がますます強まります。初めて父親となった長兄、初孫と対面できた父、また姪という存在の出現に歓喜する兄姉たちで一家は明るい笑いに包まれます。特に姉二人は、まるで自分の子のようにかわるがわる抱《かか》えて頬ずり。学業にもスポーツにも秀でた次兄は一旦しっかりとかかえるとなかなか離さずに姉たちと取りあい合戦。そのはざまに、うれしさとやっかみに挟まれて自分の位置をまさぐる美戸がいるのでした。父と長兄の喜びは大変なもので、英子を抱きかかえて近所にもお披露目に回ったりの日々です。

しばらく日をおいてからキクエが美戸に耳打ちしました。

「父さんや兄さんは英ちゃんを、ちょっと前に亡くなられたユキばあちゃんの生まれ変わりと言っとるがだよ」

美戸はそのことが何となく納得できました。父や長兄にとって祖母ユキは亡き妻のあとを支えてくれた恩人。子らには母代わりであり皆が、もっと長生きしてほしいと願った大切な肉親でした。

(ユキばあちゃんとよく似た人になってね、英《えい》ちゃん)

美戸にとってひとつ幸いなことがありました。確かにきょうだいたちの英子への愛情はとても深いのです。ただ、それぞれが自分たちの仕事や学業でとても忙しい日々を送っています。で、かれらと姪との接触時間は乏しくなりがちです。そして、それとは逆に美戸と英子とは一緒の時間が徐々に長くなってゆきます。美戸によくなつき、可愛さばかりが増してくるのです。知らぬまにやっかみと疑念の虫がすっかりしぼんでいるのでした。

　初めての姪は、年齢がちょうど十二歳違いで十支が同じ。そんなことさえもなにかうれしさを増しました。それは長兄と自分との年齢差よりも近いのです。ですからまさに実感として妹ができたのでした。

（わたしはお姉さんになり、もう末っ子ではない。だから、周囲が自分の守護神だらけの過保護世界からはすっかり卒業だ。わたしのほうが守るべき対象が身近にできたのだ）

　それは、自分が大人に近づく一歩のようにも感じられました。他方ではまだ子どもの自分が背伸びしているのかも、と思ってもみます。そしてちょっとだけ、ひとり笑いもこみあげてくるのでした。


　その年の暮れのことでした。いつもの散歩の途中でキクエに尋ねます。

「セツねぇさん。最近少し太ったみたいがやね」

「私もそう思とるがやちゃ。もしかしたらアレかな」

「アレちゃなにけ？」

「アレよアレ、わからんかいね」

きらりとしたキクエの瞳が、ますます光彩を高めて美戸を見つめています。少し美戸に考える時間を与えているようです。

「エエッ、だって英ちゃんが生まれてまだ一年ちょっとだろうがいね」

やや間をおいて美戸は驚きを込めて問いかけます。

「でも、一年もたてばまた子どもはできるがだよ」

美戸には、女性がどのくらいの間隔で妊娠できるのかというはっきりした知識がありませんでした。自らの兄姉を見ていて、子どもは三年から五年おきに生まれるものという漠然とした思い込み。アレとすれば、美戸の想像を絶する事態だったのです。

（信じられない知らせ！　ということはわたしは早晩二人もの姉になるのか）

今度は英子の誕生の時のようなやっかみに近い感情はまったく影を潜めています。美戸は、想像をたくましくし、自分の登場舞台を連想してみます。

（セツや家族の手が次の子にさかれるだろう。ということは自分が英子と接する機会がもっと増えるはずだ。よおし、うんと可愛いがってやろう）そう直感し、決意を新たにしてみるのでした。

翌年、九番めの家族として誕生したのは今度も女の子で睦子と名づけられました。そして、ついに大谷家の女男の勢力図は六対三と二倍差にまで拡がったのです。

睦子は生まれてしばらくは英子同様に元気そうでした。すくすく育つと思われましたが、普通の赤ん坊に比べてよく乳を吐き戻すのです。原因がはっきりせず、まだ乳児の身の上ながら転院を重ねました。ようやく何軒目かの病院で、その原因が判明。喉の奥の気管と食道の位置が標準よりかなり近くて、気管に飲食物が入りやすいのです。後の世であればいくらかの処置や手術などが可能だったのかもしれません。だが、当時はこの病態への対応は想像以上に難問でした。それでも、幼子の小さな喉は、乳などの液体はなんとかある程度はそれなりに受け付けてくれます。ただ、固形物となると、吸収できるのが半分以下なのです。そして、成長するにつれてその悩みは大きくなってきました。睦子の成長は同時期の英子に比べ二、三割方も遅いのです。吸収困難による栄養不足が主因でした。

若くして二児の母となったセツは睦子の通院やら食事の配慮などに忙殺されています。そして英子の簡単な世話などを美戸に頼むことが増えてきました。責任感が強いセツはそのことを気にしていましたが、美戸にはむしろうれしいことなのでした。

きょうだいたちは以前にもましてますます多忙。美戸の思惑通り、英子との関係はますます近しくなって、姉妹感覚が日々深まってゆきます。英子が言葉を操るようになってからは、他の家族と同じく「美戸っちゃん」と幼児声で呼びかけてくれます。一時、父や長兄が「美戸おばちゃん」と呼ばせようとしましたが、結局、そのままになってしまうのでした。

憧憬

モトエ、正雄、キクエはまさに青春謳歌の真っただ中にありました。長姉二十二歳に次兄十九歳、次姉は十五歳。美戸はそれぞれを「ねえさん」「ちい兄さん」「キクエちゃん」と呼んでいました。父が大いに期待する長兄の昇進で、家族は、経済的な安定も得られ始めていました。ひと昔前、生母の夭折という悲運が一家を一時的に暗闇におとしいれました。ただ、その後はそれなりに不充分とはいえ幸運の星の下にあったといえるでしょう。それぞれが、これからの人生設計を胸にひめつつ、日々の課題に取り組んでいます。

姉は長身で目鼻立ちのすっきりしたうりざねで、才色兼備を絵に描いたような人。ただちょっとやせ過ぎの感はあります。もうすぐに和裁の師範心得の待遇に恵まれそうです。キクエは、長姉が醸すような江戸世に親和的な器量とはやや趣が違っていました。目元はきりっとして愛嬌のある明るさが根っからの性分です。美戸は学校での彼女の評判をよく聞いていました。そして妹としても、キクエが今の時代にもてはやされそうな予感を何となく感じ取っていました。

（わたしは姉たちに比べると、いろいろの面でとても及ばないけれど、いい姉たちで幸せ）常々、素直にそう思っていたのです。

正雄は商業中学（現在の高校に相当）で行政職の道を目指し、その一方、テニスでめきめきと力をつけていました。庭球同好会にも参加し十七歳の時は市の大会でのダブルス決勝に進出、残念ながら敗退しましたが、新聞では「炎天下、万場白熱」と報道されたのでした（富山日報、昭和四年（一九二九年）七月二二日付）。その後、地区や市大会を総なめにして、ついに主要メンバーとして中学対抗で県大会団体優勝に貢献します。新聞でも、また放送が始まって間もないラジオもにぎわして、家族も近所で意気軒昂です。試合に出ては表彰状、入賞カップや記念メダルなど多く獲得し、本棚の上にズラリと並べてご満悦です。

一度は中部地方代表の一員として優勝旗を手にすることもできました。このときは市内あげての凱旋の大祝賀行事の開催。校長、教師やコーチ、選手たちは総勢で行列。まず市一番の繁華街のにぎやかな総曲輪通りを行進で抜けます。そこから富山駅前へと祝賀の人垣の声援を受けながら事務所街の木町を通過。最後に駅から再び中心地へ戻り、今度はその近くから千石町の校長宅でまで数キロメートルの行進をするのです。「万歳万歳！」の歓声と祝福の拍手の嵐。なにしろカイザル髭で権威あふれる風体の校長までも、浮かれ様子で一緒に凱旋パレードへ参加。校長宅前を通過してからは最も活躍した選手の家に向かい、そこで優勝旗を並べるという念の入れようなのです。

いったいこれは富山という土地柄のせいなのでしょうか。特にスポーツにこだわりがあったのでしょうか。地方ではこうした快挙は特に珍しくて、喝采のいい機会だったのでしょうか。それとも向上心が強力で頑張り屋が多いといわれる県民性も関係しているのでしょうか。他県の様子は推し量りようもないのですが、いまだ軍靴の音も遠い時代の平安さが漂う街のささやかな叙事詩だったのです。

さて、優勝旗は、その後一週間、わが家の中で鎮座。次兄は何回もその凱旋旗を眺めながめてにんまりの日々。団体戦での優勝ですから次の選手宅へと旗を順送りに廻します。ともかく、テニスラケットを手にしたときの次兄は家族や美戸、そして近隣をおおいに興奮させてくれるのでした。その次兄には奇妙な自慢がひとつありました。それは右腕を伸ばすと左腕より二、三センチほども長いのです。そのため服などは片腕だけのため特注で長くしてもらわざるをえないほどでした。


キクエもまた、市立高等女子学校の二年生の時、卓球大会の第二回県下女子代表として優勝、当時の北陸タイムス（現、北日本新聞）昭和六年（一九三一年）二月二日付に掲載されました。準決勝では対戦相手の体調不良による棄権で不戦勝になりました。ところが予期せぬ噂がたったのです。表向きの話とは違って実はキクエが準々決勝でかなりの強豪に大差で勝利したため、準決勝のその相手が戦意をなくしたのでは、と周囲でささやかれたのでした。キクエはその一年後も県大会で優勝。県を代表して明治神宮大会（現在の国体）に出場するため東京へ出向くこととなります。

キクエが東京に出向く前夜、家族だけの歓送会で父の手から封入りの餞別が贈られました。加えて、大きな包み紙を渡されました。きつい顔立ちの父に笑みが浮かんでいます。やや戸惑いながら包みを見つめるキクエに皆の視線が注がれます。

「すぐに開けれられんか」長兄は笑顔で促します。

キクエは紙紐をやや不器用にほどきます。すると、真新しいひだ付ケープ型のラクダ色のマントが現れました。美戸の両眼はこの間、キクエのその手元を凝視し続けるのでした。


その夜、並んだ寝床で美戸はキクエに語りかけました。

「キクエちゃん、うれしいね」

「うん、なんか夢みたいがや」

「東京ちゃ、どんなとこかね」

「なんかすごい街みたいがやと。兄さんが十年ほど前に横浜の出張所にいた時、ときどき行ったことあると言うとられた。なんでも、富山駅前のようににぎやかな所がそこらじゅうに何十もあるがやそうや」

「さあ、どんなことけ。よう意味わからんな」

「どう言うたらいいかね。富山駅の隣の呉羽駅も、またその隣の小杉駅もみんな富山駅前みたいに店がいっぱいあって、人がたくさん歩いているがやと」

「田んぼとか畑とか呉羽山みたいのちゃ、東京にないがけ」

「汽車に乗ってずんずん行けばあるらしいやけど、あっちもこっちも家ばっかりらしいがや。兄さんは大震災の後からはまだ行っとられんし、最近の東京の詳しいことあまり知られんな。でも、震災の後、道も広くなったり、かなり街も変わったらしい、というとられた」

「東京け。わたしもいつか行けるかね」

「行けるちゃ。必ず行けるよ」

「わたし、運動も勉強も得意でないし」

「でも、あんたは和裁を習ろうとるがやし、上手になったら東京の学校に行くこともできるかもしれんよ」

「そうやったらいいけど」

その夜、キクエの枕の上にはもらったばかりのマントがきちっとたたんで置いてありました。美戸は首を少々起こし腕を伸ばしてそっとそれに触れてみます。ちょっとさらりとして温もりもある感じ。そうしながら、雑誌などで見た東京の観光写真を頭で巡らしながら寝入ったのでした。


翌日、キクエはそのマントを着て、家族や卓球部の仲間たちの駅での見送りのなか、颯爽と出発してゆきます。光るような黒髪を清風に軽くなびかせ、やや照れて、憧れを追うような目の先には立山連峰。美戸には、それはいつも隣の寝床で一緒に語り合う相手とは、違って見えるのです。そして、キクエのみなぎるような若さに、年少の美戸の方がうらやましさを禁じ難いのでした。

（わたしがいつの日か、東京へ行く時、家族はこのように見送ってくれるのだろうか。素敵なマント。キクエちゃんはいいな。運動も上手だし、頭もいいし、それに……他にもわたしより）と思ってからちょっと自分が恥ずかしくなりました。

（自分も買ってもらえるように和裁の勉強を頑張ろう）

美戸十四歳の初秋、それはささやかな決意なのでした。

さて、キクエにとっては大東京での晴れの試合。ただ、残念ながら全国の壁は厚くてキクエは二回戦で敗退してしまいました。しかし、試合の後の東京見物はしっかりと充分に楽しみます。そして、帰宅してからしばらくは、しきりと周囲にはその話ばかりとなります。

美戸と二人きりでの川沿いの小道での会話でもまた同様です。次兄も加わっての街はずれの山並みが望める公園での語り合い。帰宅してからの長姉やセツも一緒の兄一家との食事を囲んでの団らんでも、もちろんその話題が続くのでした。

それは美戸をいつもワクワクさせるのです。

「浅草ちゃ千石町の山王さんみたい所ながだよ。浅草寺というお寺だけれど中に神社もあるがやちゃ」

「山王さんより大きいがけ」

「もう比べられんくらい大きいがだよ。仲見世という参道があってもう人でいっぱいながやちゃ」

「山王さんのお祭りの時みたいがけ」

「そうやそうや。それが、お祭りの日でもないがに毎日お祭りみたいがやちゃ」

「わたしやったらすぐに、迷子になりそうや」

すっかり話に夢中で自分が東京を歩いている気分の美戸に、キクエは思わず笑い声をたてます。

「銀座とか日本橋もすごいよ。富山駅前や総曲輪や別院あたりよりもっともっとにぎやか。ここでも人が一杯。キレイな和服の人がよく似た色の番傘をひょいと肩にかけて歩いていたり、何かここと違うがやちゃね」

「銀座の近くにちゃ、やっぱり金座とか銅座とかもあるがけ」

「なに言うとんがけ。そんなもんないちゃ。もともと銀座しかないがや」

やや向きになるキクエに、それまでじっと聞いていた次兄が口をはさみました。

「昔は金座もあったがだよ」

キクエは驚きの声を上げます。物知りの次兄はややもったいぶっています。

「御茶ノ水駅のやや北の方に金座があったちゅう話や。京都にもあったらしいし。それにしてもキクエちゃんよくいろいろ回ったね。ぼくが東京でのテニスの全国大会にいった時は、試合の後あまり時間がなくてゆっくり見れんかったがや。行く前に東京のことといろいろ調べておいたがやけれど残念や」

次兄の学校は試合で準々決勝まで残り、全国第六位だったことが却って仇になったようです。

予期せぬ健闘ぶりで東京遊覧の時間が削られてしまったのでした。

「キクエちゃん、そんなによう回れたね」次兄が改めて繰り返します。

「先生やつきそいの人たちと遊覧バス使ったがやちゃ」

「そんなもんが、あるがけ」美戸は遊覧バスを知りません。

「東京駅や上野駅前を午前九時に出て、宮城《きゅうじょう》、そして國會議事堂、日比谷公園、銀座、上野、浅草など回るがやちゃ」

「なんや、それやったら楽やね」美戸はやや拍子抜けの感じです。

「田舎もんが自分たちだけで市電で遊覧しようと思ったら大変だちゃ」と、次兄は冷静です。

「街の説明もあるがけ」

「それがまた、いいがだちゃ。午後五時に遊覧が終わるまで、頭のよさそうな若い女の人が案内してくれるがや。私は一番目の席に座っていろいろと街のこと尋ねたけど全然嫌な顔しないでいつもニコニコして答えてくれたちゃ。私、聞く時ちょっとうっかり富山弁が混じったりしたけど」

そこで、美戸も次兄も笑ったのでした。


数日して、正雄の発案で大谷一家と実家に向けてのキクエの「東京観光案内」が開催されることとなりました。

さて、その当日の日曜日、午前中からキクエはメモ帳やら東京で購入した絵ハガキやらを座机の上に並べ、準備に余念がありません。昼食後の午後一番、観客は大谷家の八人（といっても乳幼児が二人）だけではありません。それに加えて中塚家から伯父夫妻や子どたちも何人か来て、十数人を前にしての一大発表会となりました。

居間のふすまに地図が貼り付けられました。キクエは回覧用にもう一部用意しています。その横に貼り付けられた藁半紙数枚には墨で東京名所の地名がいくつも書いてあります。

【経路】上野〜上野公園（◎印は下車箇所）〜日本橋〜日本橋通り〜歌舞伎座〜銀座通り〜新橋駅〜桜田門（◎）〜宮城《きゅうじょう》（◎）〜馬場先〜九段坂（◎）〜靖国神社（◎）〜國會議事堂〜青山御所〜赤坂離宮〜明治神宮（◎）〜神宮外苑（◎）〜乃木邸跡（◎）〜高輪御所〜泉岳寺（◎）〜増上寺〜愛宕山（◎）〜日比谷公園〜三越（◎）〜国技館〜被服廠跡（◎）〜吾妻橋〜浅草公園（◎）〜上野。

それを見て、中塚家の重泰はすぐに「そんなにたくさん見たがけ」と口をはさみます。それは参集者の多くの疑問でもありました。キクエは「たった一日で見たがだよ。手品みたいだろがいね」

「では、今から標準語で話します」と、キクエはガイドよろしくバスを発車させました。

「最初の出発地は完成したばかりの上野駅前です。二十人乗りのバスは引率の先生らも載せて満員。ガイドさんは三十歳くらいでとても頭がよさそうです。『なんでも、いつでもご遠慮なく聞いてください』と優しい感じです。案内係は教養ある婦人しか雇われない、といわれています。また今、回覧している当日配布された案内しおりにもありますように、案内係の署名を入れる欄も用意されているのです」

「最初の見学地の上野公園では、不忍池、寛永寺、ドーム付の表慶館のある帝国博物館（現、東京国立博物館）と見どころは多いです。でも時間がありませんから通るだけで窓から見ます」

「なんや、インチキや」の重泰の声に笑いが起こります。

「それから、南に向かいここが御茶ノ水ですね。ニコライ堂があります。いま流行っている『東京行進曲』に出てきますね。ロシア正教というキリスト教の教会です。富山には似たようなものはありません。ただここも通過です」

「なんやまたか」重泰が再び口をはさみます。伯父は「少し黙って聞かれや」と一言。

「バスは日本橋通りから銀座通りへ三越、白木屋、高島屋、松屋などの百貨店の前を抜けます。この辺にはふすまに貼った地図にありますように大屋根の歌舞伎座、築地には海と掘割に囲まれた中央市場、古いインド式の屋根の本願寺もあります。その前を流れるのが有名な滝廉太郎の作曲の『花』で歌われる隅田川。それからバスは、築地から新橋を過ぎます」

そして一息ついて「重ちゃん、新橋って何あったか知とるけ」とキクエは子どもたちの方に目を向け質問をしかけます

「えぇっと」と頭を掻く重泰。すぐ下の弟の重友が「鉄道が初めて走ったところや」と答えると、

「そうやそうや」と重泰が口とがらせます。

「そして、バスは宮城《きゅうじょう》の桜田門へ到着。それから歩いて二重橋と大楠公銅像を巡ります」

「大楠公ちゃなにけ」美戸が尋ねます。

「誰かわかる人いるけ。とうさん、伯父さん、兄さんたちは答えられんな（答えないでください）」

しかし、若者たちの誰も答えられません。

「ヒントはくすのき」キクエが付けたします。

「歌に出てくる楠木正成やろがいね。でも、あのっさん（あの人）、そんなに偉いが？」中塚の重友はなかなかの物知りです。

「キュウジョウちゃなにけ」と中塚の年少の弟が、また予期せぬ質問。

「陛下のご一家が住んでおられるところです」

「へ、へ、ヘイ」とまたまた重泰、即座に伯父が「コラ！」と一喝。

「『ジョウ』ちゃお城のことやちゃ」ちい兄さんがゆったりと付言。

「でもあの写真に全然、城は写っておらんね」

重泰にしては鋭い着眼です。

「江戸時代に燃えてしまったがです。その後は再建しとらんがです」

「それなら、富山城とおんなじや。石垣だけはあるけど」とまた重泰。

「そろそろ先に進まんかいね」大人たちはせかします。

「馬場先まで歩いてそこで待っていたバスに乗車し九段坂で下車。鳥居を潜ったところが神社です。ここに軍人の銅像がありますが帳面に名前を書き忘れました。次は國會（国会）議事堂で、中央の建物はまだ建設中です。その後は青山御所。ネオ・バロック様式という赤坂離宮を経て明治神宮へ。それから、神宮外苑の屋上にドームのある絵画館周辺を散歩しました。遊覧バスは次に乃木邸跡、高輪御所を経て赤穂浪士ゆかりの泉岳寺に着きます。そのあと、徳川家ゆかりの増上寺の前を通り、愛宕山の東京放送局です。放送開始は大正十四年のことで……」

ここでキクエは父と長兄の方をチラリと一瞥。

「家も早くラジオが欲しいですね。とうさんよろしくお願いします」

榮次郎はただ苦笑。

「そこから次は日比谷公園です。前に帝国ホテル、近くに帝国劇場、すぐ先に丸ノ内ビル、レンガの東京駅の駅舎がみられます。丸ビルは震災の時まだ建築中でしたが被害を受けませんでした。バスは銀座をちょっとだけ過ぎますが富山の総曲輪通りよりもっとにぎやかです。ここから東に向かい、下町へは両国橋を渡って「大鉄傘」架け屋根のある相撲の國技館から、被服廠跡へ向かうのです。ここは関東大震災で避難した多くの人々が犠牲になったところです」

「亡くなった人の一番多かったとこやちゃね。わしはその四、五日後にすぐそばを通って大宮の方に歩いたがや」初めて長兄が口をはさみます。

「ここには遺骨を納めて慰霊する納骨堂と三重の塔があります。さて、いよいよ最後の見学地、浅草公園です。ここでは雷門前から仲見世を通って浅草寺に参拝。兵隊さんたちも多いです。戦争で怪我したりしないためにお参りに来るのです。そうして最後に出発地の上野駅前に戻ります」

キクエの熱演は終了。皆から拍手喝采ですっかりバスガイド女史の気分のようです。


思えばこの昭和七年（一九三二年）という年は東京の歴史上なかなか感慨深い年でもあります。ほぼ十年前東京は大震災で壊滅状態にありました。そしてこの十年少々後には相次ぐ空襲で再び東京は焦土と化すのです。いわばキクエは震災と戦災の間隙をぬって東京を訪れたのでした。キクエが実見した完成直後の上野駅、完成間近だった国会議事堂は空襲での焼失を逃れ今日でもその姿を留めています。


キクエが一息ついていると、「一日で盛りだくさん遊覧するがやね。無駄なく見れてよかったちゃね」次兄がまたまた残念そう。先年、見物できなかったことをまた思い出しているようです。

「慌ただしく巡るのが日本人向きなのかのう」と、外国人との付き合いの多い長兄。そして言い足して、

「明治の建造物だけでなく大震災後の建物ももう名所扱いになっとるがやの」ほぼ十年の時間経過は大惨事を過去のものにしつつあるようでした。

時代は、世界においても日本でも、昭和前期の怒涛の中に入り込もうとしていました。小さな大谷家もその例外ではありません。キクエの記憶に刻まれた東京の風景は、その直前のあだ花のようだったかもしれません。

キクエは観光名所だけを見物したわけではありませんでした。漱石や子規と縁のある個所もしっかりと歩いたのです。宿泊していた本郷の旅館から漱石の『三四郎』を手にして、今やほとんど暗渠化されてしまっている藍染川周辺や帝国大学の構内、また根岸の子規の旧宅あたりを探索したのでした。

家族発表会の数日後、美戸、次兄と三人で近隣を散歩します。その時、キクエは本郷やその界隈の街の雰囲気を含め、なにやら懐かしい話でもするように語るのです。何軒もの古式ゆかしき旅館やいかにも稀少本が潜んでいるような書店、また、大小いくつもの学生寮、その中には木造三階建の壮大で見上げるようなのもありました。キクエは続けます。

「環状線は山手線と呼ばれていて大正の末に完成したけれど、市電や自動車のように地べたをゆくがでなくて二階のような所を走っとるがや」

「二、三年前に電車のドアが自動開閉になったから、のんびりしていると袂や袖、裾をはさまれるからご用心ご用心です」

「市内はいたるところに市電が走っていてとても複雑、もうようわからんかったちゃ」などなどと。

美戸は何度もため息をつき、次兄はやや羨ましそうに聞き続けました。

（いつかわたしも東京へ行って、勉強だけでなく存分に遊んでもやろう）

美戸は再び念じるのでした。遠くの立山連峰が薄闇につつまれるなか、三人は川に沿っていつものように今日も家路をたどります。


キクエは明るくほがらかで、教師や友人からもとても好かれていました。文学も音楽も大好きで、よく美戸を呼んでは学校の講堂でピアノをひいてくれます。いつの頃からだったかキクエの学友からのうわさが美戸の耳にも入ってくるようになりました。

「女優の及川道子に似ている」というのです。

（及川道子。その名を聞いたことはなんどかある。確か姉さんやちい兄さんが及川の出演する映画を見たと話していた。ただ、映画の内容を尋ねると「まだ美戸っちゃんにはちょっと早いがやちゃ」といわれてしまい、ちょっと落胆した。どうも、男と女のややこしい話らしい。映画鑑賞はいいとしても、書店へ向かう姉に及川の顔写真数枚を入手してくれるよう頼んでみよう）

「美戸っちゃんも及川さんが好きながけ」姉はやや不思議そうです。

「うん、まあそいがやちゃ」

なんとなく、長姉にはこのキクエのうわさを伝えるのがはばかられるのでした。

しばらくして姉から入手した及川の写真。そのなかでは、正面の一枚よりやや斜めからの肖像が確かにキクエを思わせます。

（そうだな、いわれてみれば確かにどことなく似ている）

大きめの瞳、木の実型というよりやや細くて横長。またすっきり通った鼻筋はその大きさも程よいのです。そして、つい自分と見比べてしまいます。自分は目はクリッとしていますが、どうにも知性の光はいまひとつ。鼻の形は悪くなさそうですが、ちょっと大きすぎるかな。それに加えていつも気になるのは、どうも自分の手指が節くれだっていること。他の兄姉たちはだれもがスラリとした指筋。父もそうです。だから、ピアノを弾くキクエは指まで様になっているのです。

（わたしだけが指は母譲りなのかな）美戸は自問します。

（ところで、及川さんはどんな指をしているのだろうかな）

もちろん、肖像写真には指までは写っていないのでした。

家族内ではキクエをめぐるこの噂を話題にするものはいません。そして、美戸は結局、直接そのことをキクエには言い出さずに、及川の写真だけは大切にしまっておいたのです。

キクエはほどなく女学校を卒業、裁縫と茶道も習いにゆく予定をたてています。と同時に師範学校に進むための勉強も続行しています。他方で次兄の親しい友人たちともよく外出するのを見かけます。かなり仲良く見える相手もいるようです。美戸はそれをいつも遠目で見ているだけ。一度は、いたち川に沿って二人が歩いているのを偶然見たこともありました。美戸は隠れるつもりは毛頭なかったのですが、なんとなく木陰に身を寄せて、遠回りして帰宅したのでした。自分は次兄の友人たちの相手としては年が離れすぎ。人生の早春にさえまだ早すぎ。だから美戸にとってはキクエは幾重にもごく近くに映る憧憬であったのです。

美戸とキクエの散策は、家近くの田畑が徐々に広がる森や小川のごく周囲が多かったのです。ただ、時には少々足を延ばして西の神通川の方へ向かいます。こちらは片道二十分近くかかるのですが、夕陽がとてもきれいです。西方の海抜百メートルほどの呉羽丘陵が日没のなかで見事な影絵として浮上するのを心から楽しむのです。日曜や祝日ともなると、もっと遠方へも家から歩を進めます。常願寺川が渓谷から平野部に向かう扇状地の扇央に位置する大川寺の近くにある上滝公園へも電車に乗って出かけます。冬にはスキー場にもなる遊園地には、出来たばかりのコンクリート二階建ての大観台もあって素晴らしい展望が楽しめるのです。

市内を流れるもう一つの大河である神通川の上流の笹津などへも時々出かけます。県内の最大河川である神通川が険しい渓谷を最後に抜けて扇状地へと展開する始点。そこでは渓谷の急峻さと、その先の平野部の壮大なパノラマの両方が展開しています。

夏には家族そろって市の北方、富山湾に面した浜黒崎の海水浴場への避暑。この海岸には有名な松並木街道が平行して走っています。その下を歩く時、何か江戸時代に時間を抜けて旅しているようで美戸にはとてもお気に入り。実はこの地は別の意味で美戸には記念すべき土地なのです。というのはこの浜辺で、いとこたちから習って横泳ぎを体得できたのです。この点では、きょうだいたちのちょっといじわるな予想は裏切られました。テニスも卓球も上達しない美戸。周囲から「この末っ娘は運動音痴なのかも」とうすうす見定められつつあったからです。一方で実は彼らは皆、水泳が不得意科目だったのです。特にモトエは金づちでキクエもようやく浮く程度の木づちでした。そのため、美戸はこのさわやかな松風の地で、彼らに自慢し凌駕できるスポーツの趣味を手に入れたのです。この浜黒崎という土地への思い入れは見事な松林とともに深まってゆくのでした。

キクエは川辺を歩きながら歌を口ずさみ、美戸も一緒によく声を合わせます。特に情景的な歌詞の曲にはキクエは熱唱といっていいほどで、そういう時には美戸は聞き手に徹するのでした。雪国に暮らす人々がわずかでも春の兆しを感じる候、口をつくのがなんといっても『早春賦』です。立春のあとさき、まだ、はるか先で待っているはずの春のはしりに、時としてやや温い風が迷い雲のようにスーッと平野部を抜けてゆきます。それは何か錯覚のようでもあり、案の定、直後に寒さの再襲来とあいなります。また、なにやら小鳥の声も聞こえてくるようですが、幻聴なのかもしれません。天を仰げばまだまだ北国の冬の鉛色の空。今日もそうなら明日もそうかな。

美戸はキクエの歌声が疎林に抜けるのを後方で聞きながら、大空を、山並みを、川面をゆっくりと見渡します。キクエは歌が終わってしばらくして、振り向きます。そして、

「美戸ちゃん、この歌、心の動きの歌ながだよ」とニコリとしました。

「えっ、春のはじめの季節の歌でないがけ」

「そうやけど、心の歌でもあるがやちゃ」

「ふーん。早く暖かい日が来るのを持っているがやと思とったけど」

「美戸ちゃん、春ちゃね、季節のこともあるし、青春のこともあるがやぜ」

「青春？　青春け。早春ちゃ早い青春ということながかね」

「そうや、人生の若い時でこれからおとなになるちゅうところやちゃ。美戸ちゃんももうしばらくだね。わたしはもう青春の真ったただ中や。これからいよいよ、ということだちゃね」

そう言ってキクエは林の奥までに届くかのように、楽しそうに声を立てて笑い、また歌うのでした。

（いかにせーよとーのこのごろかー、いかにせよとーのこのごろかー）


卒業の時になると二人の声で『仰げば尊し』が林間に響きました。それは学校で歌わされるときの練習も兼ねているのです。時に正雄が加わることもありましたが、ほとんどはふたりでの斉唱でした。キクエの女学校の卒業式の数日前のことです。珍しくキクエが歌いながらかすかに涙ぐんでいましたので美戸は尋ねました。

「キクエちゃん、友達や先生と別れるの淋しいがやね」

「…………」　しばらく沈黙が流れました。

「かあさんが歌っていたのを少しだけ覚えとるがや」

「かあさん？」

「かあさん、小学校の先生だったから、子どもたちに教えていたし、わたしも学校へ行く前から習っとったがや。それ思い出してしもたがや」

　美戸は、写真のなかでしか知らない母親が児童らに歌を教えている姿を想像しようとしました。ただ、数少ない写真のいずれもが、家のなかでの肖像風のものか学校での集合写真ばかり。そのため教室での光景への思いが追いつきません。

「かあさんちゃ、歌も好きだったがやね」

「そいがだちゃ。かあさんはこの歌、生徒が先生に感謝するために歌うだけではない、と言うとられた」

「でも、卒業式で、生徒たちが歌うがやろがいね」

「学校の先生も生徒に感謝するがやと。みんながみんなに感謝するがやと。人が人と別れるのは卒業式だけでなかろうがいね。人は一回一回会っては別れるやろ。かあさんは、その時にこの歌を思い出され、と言うとられたがや」

「ふーん。なんかわかったような、わからんような」

　美戸の戸惑い顔にキクエは軽く笑ったようでした。そして、美戸はその夜、寝床のなかで考えたのでした。

らちゅことかな）

（ひとりひとりみんなが先生みたいなもんやちゅことか。いろいろ遊んだり教え合ったりするか

そう自分なりに納得すると、ようやく眠りにとけこめそうなのでした。

春が少々その装いを増してくると、小学校唱歌の『朧月夜』もよく口ずさみました。若い姉妹二人が誕生するほんの少し前に、世に生まれ出る命を歓迎するようにして現れたこの詩。

菜の花畠に、入日薄れ、
見わたす山の端《は》、霞ふかし。
春風そよふく、空を見れば、夕月かかりて、にほひ淡し。
里わの火影《ほかげ》も、森の色も、
田中の小路をたどる人も、
蛙《かはづ》のなくねも、かねの音も、さながら霞める　朧月夜

その日は次兄も一緒でした。天空には雲がゆっくりと流れています。そのなかで大きめの雲塊の先端でくすぐられて笑っているような満月。三人でそれを眺めていました。そこに目を向けたままで、キクエは美戸に語りかけます。

「この歌詞は短いなかに、目、耳、鼻、肌のことを歌っているがやぜ」

そして、いぶかしげに顔を寄せる美戸に「私のゆうとることとわかるけ？」と謎を畳かけるのです。

美戸はこの謎かけの意味をまったく解せずに降参の体です。

するとキクエは「視覚、聴覚、嗅覚、触覚のこと！」と弾むように言い足します。

それでも美戸にはますますわかりません。

「歌詞の中に菜の花と入日のきれいな風景が出てこようがいね。それは目で楽しむがや。それにかわずの声と鐘の音、これは耳で聞く味わいやね。そんで、においも淡し、で、これは鼻……」

「なあんだ、そんなことながけ」

「そんなことが大事ながやちゃ、歌詞のなかで感覚ちゅうもんがとても大切ながやぜ」

「でも、最後の『肌』が出てこんかったがでないけ」

「『春風』があるやろうがいね。風は皮膚をなぜてゆくがやちゃ。だから触覚ちゅうわけやね」

「ふうん。そんなもんなんかね」

すると、次兄はやや教養をひけらかします。

「こういう歌詞ちゃね、中国の七、八世紀の唐時代の詩人たちの作品の影響をたくさん受けとるがやぜ。それが『枕草子』のような平安文学やその後の和歌、連歌、俳諧、俳句などを通して伝えられ、明治以降の日本の詩人たちの感覚も磨いてきたちゅわけだちゃね」

美戸にはよくわからないことですが、三人で丘の上からあらためておぼろ月を眺めます。そして、ところどころ水鏡となった陶器模様のような水田を心から美しいと思うのでした。

睦子の誕生から二年目のことです。「セツ妊娠」が美戸の耳に飛び込んできました。驚きが半ばで既視感が半ばの不思議な感情が交差します。自分たちの兄姉五人のことを思えば、信じられないほどの甚だしい子作りではありませんか。しかも、まだセツ義姉さんは二十二歳。すぐに三人の母親。

「このようすだと、三十五歳で十人……」美戸は指折り計算をしてみてつぶやくのでした。

（義姉さんはすごい）

数ヶ月後、産声を上げたのは男の子でした。父と長兄の数年来の願望が実現したというわけです。最初の子はともかく元気な子であればとの思いだけでした。二人目は、できれば男。まあ、半ばどちらでも、の気分。そして三人目。ともかく女の子が二人続いたのですから、次は男を、の気持ちはごく自然なのでしょう。長男の英夫がこうして十人目の家族となったのでした。

義姉セツは幼い三人の子育てにますます忙殺。十五歳の美戸は家族の中で自分の役回りを考えざるを得ません。生まれた時から一緒に暮らす長兄の子どもたちはどうにも世間でいう姪甥といった感じではないのです。そこで、美戸はまた指折り。（わたしは五人の兄弟姉妹の末っ子。いまや、その下に三人。ということはつごう八人のほぼ真ん中が自分の位置）そう気づいて改めて三歳、二歳に加え誕生直後の嬰児が並んで寝ているのをしずしずと見つめるのでした。

そしてまた考えが巡ります。（末娘の自分はまだまだ可愛がられる存在ではあるのだろう。ただ、同時に姪甥に甘えさせることも自分の役割なのではないだろうか）そしてしきりと、まだ始まったばかりの自らの人生のなかでの兄弟姉妹と姪甥のことに思いふけるのです。ひとつ屋根の下に広がった八人のつながり。そのなかで、これからどんな風に自分は過ごしていくのだろうか。何かそれだけで楽しさといくばくかの戸惑いが交差してくるのでした。

家族に小さな心配事がないわけではありません。二十五歳になった長姉モトエのことです。当時は平均寿命がほぼ五十歳で、二十歳前後が結婚適齢期でした。「二十五歳」は現在の感覚でば三十五歳というよりは四十五歳に近いのかもしれません。しかも今日のように未婚者が巷にあふれているという時代ではありませんでした。

細面でスマートというよりかなりやせ形で上背もあり、知的で面倒見のよい姉。美戸も心の奥底とは逆に、頭では姉に早く嫁いでほしいと思っていました。実は彼女が週の半分ほど手伝っていた和裁塾の教師仲間の筋からも、いくつか見合いの話がありました。そのうちの二、三には父も長兄も乗り気だったようですが、当の本人は全く関心がない風なのです。

「モトエちゃん、親父や家のことは何とかなるから自分のことも少し考えたらどうけ……」

長兄がモトエに話しているのを、美戸は廊下で障子越しに聞いたこともありました。その時もモトエの返事ははっきりしないものでした。

長兄がそうはいうものの、実際のところ弟妹たちのこまごましたことはモトエがやりくりしていました。榮三には年齢の割には既にかなりの収入があり、また、正雄も内務省の富山事務所への勤務が決まり大谷家は経済的には安定しつつありました。

　とはいっても、なにしろ十人家族です。モトエの和裁教師としての収入はさほどでもなく、家計への貢献はそんなに大きくありません。ただ、芸は自らの身だけでなく家族も助けるようです。裁縫で大家族の下着類はもちろんのこと、様々な衣類を仕立ててくれるのです。それだから、仮にモトエが家を離れてしまうと、家計のなかで衣料費の負担はかなり大きくなりそうでした。

　モトエは父や弟妹たちの面倒見について愚痴っぽいことは一度も言ったことがありません。また自分の生活のリズムをしっかり保っていました。やや埃っぽい物置の一部を和裁の作業室に改装し、家事を終えてからも夜遅くまで裁縫をしていることが多かったのです。

　初冬の寒い夜、美戸は父や長兄から「姉さんに、もう休むようにいって来られ」と言いつけられ物置に向かいました。傷の様な筋のはいった無粋なガラス窓から薄茶色の窓覆いを通して、姉の影がうっすらと写って見えます。彼女はいつも夜遅くまでそこで座机や裁縫台に向かっていました。布の裁ち板や絎《く》け台の薄い影もみえます。美戸はふと最近、キクエから聞いた物語『鶴の恩返し』を思い出すのでした。

翌、昭和八年（一九三三年）は国内外で歴史的事件が続発した年として知られています。そして、大谷家では、その年は予期せぬ連鎖の始まりの年となったのでした。最初に暗い影が襲ったのは長姉モトエだったのです。甥の英夫が生まれて間もない頃から「咳がよく出るがや」とときどき口にするようになりました。

その秋あたりからモトエの咳き込む頻度が多くなりました。もともとやせていて、顔色も弟妹に比べてよくありません。それが目立ってきたと美戸にも思えました。モトエは、文学、特に中古から現代にいたる女流文学を愛でていました。また、俳諧や和歌への関心も高く正岡子規の著作も愛読書のひとつ。その作品はもちろんのこと、病床の子規を懸命に看病する母親や姉の姿に言い知れぬ感動を覚えていました。そして美戸にもときどき、彼らの献身のすばらしさを語ってくれるのでした。

ある夜、モトエはかなり疲れていたようで、珍しく居間にいて縫物途中の帯締めを前にしてうとうとしていました。その横に『病床六尺』が置いてあるのを帰宅した正雄が目にとめます。その足音で丁度、目を覚ましたモトエに話しかけました。

「姉さん、僕たちのために遅くまで働いてくれるのはありがたいがやけれど少し休まれよ。からだを壊したらどうするがけ。それに姉さんの器量だからすぐ、いいお相手も見つかるやろうし、そのことにもっと時間使ってよ。読みたい本もたくさんあろうがいね」

「なあん、私は自分のために働いとるがやぜ。誰の為でもないがだちゃ。裁縫するのが楽しいがや。教えるのもとてもやりがいがあるがやし。そんなに心配しられんな」

そこへ、仕事から帰った長兄が縁側を通りました。

正雄はすぐに「兄さん、お帰りなさい。お疲れ様でした」というと、兄は軽く返事をして振り返り、やはりその本に目を止めました。そして、正雄とは違ってちょっと陰のある表情をしました。正雄は素早くそれを感じ取り「兄さんもかなりお疲れみたいやね」とねぎらいます。

「いや、そうでもないちゃ……、モトエちゃん、その本、子規のでないがけ」

「ええ、私これ、とても好きながや。兄さんもそいがけ」

「まあ、ひどく患ってる病人やけれど書かれとる内容はしっかりしとるちゃねぇ。でもちょっと寂しすぎんけ」

「でもね、子規さんちゃ病気でいても明るいがだよ。それに本にはわずかしか出てこんけれど子規さんの母親と妹さんがなんともいいがやちゃ。子規さんはちょっとわがままそうやけど。身体中がひどく痛いのがだから仕方ないちゃね」

榮三は思いました。

モトエは弟妹にとっての頼りがいのある姉であり母代わりです。おそらく無意識に彼女自身を子規の母や妹に重ねているのでは。それにしても『病床六尺』は題材があまりにもよくないのです。

榮三が特定の本にこれほど忌避感を覚えるのは珍しいことでした。自分の直感がこれを避けたがるのです。ホトトギス、絹を裂くばかりのその高唱が血を吐くかのように思わせる小鳥。十四年間もその喀血と葛藤してついに敗れるのが子規です。自らをホトトギスになぞらえるなんてなんとも縁起がよくないのです。

年が明けて、咳がひどくなり寝汗が続くようになっても「冬で寒いからやちゃ」とモトエは言うだけです。桊三が何度もしつこく医者に診てもらうよう勧め、ようやくモトエは従いました。ただ、近所の初老の開業医の診断は「風邪のこじれ」。粉薬をもらい、モトエはそれで納得したようでした。ただ、しばらく投薬を続けても咳は軽減しません。桊三は気になって精密な検査装置のある病院に行かせようとし、何ヵ所か問い合わせていました。

ところがその話をしていた数日後の夕刻、彼女が台所で調理を終えた直後のことでした。悲鳴のような声が小さく響きました。家族がかけつけるとモトエがかがみ込んでいます。その先に目をやると鮮血が点々と飛び散っていました。木製の床は使いこんで黒ずみ、そこに血潮を受けて血の色をより深刻に見せています。それがモトエの最初の喀血でした。

彼女はすぐに二階の奥部屋に寝かされ、その夜、父と長兄は一階の客間で二人っきり夜遅くまで話しこんでいました。翌日、父からは正雄、キクエと美戸に「あんたたち、モトエに顔を近づけられんな」と厳命されました。

そのあと、父から美戸だけが残るように言われます。お願いがある、というのです。それは姉の看病のことでした。キクエは女子師範の進学の勉強で忙しく他のことには時間をさけません。兄嫁のセツは乳幼児を三人も抱えて、てんてこ舞い。結局、モトエの今後の見通しが定まるまでは、しばらく看病は十代半ばの美戸が中心で進めざるをえないのでした。

十歳も年下の妹に看病されることになった姉はしきりと気を遣います。美戸は、「私、将来看護婦さんになりたいから丁度いいがだよ。予行練習のつもりながや」と茶化します。実際、美戸には看護婦への憧れがありました。「胸の病で他界した」と聞いていた亡き母のことが心のどこかにあったのかもしれません。ですから、「嘘も方便」というわけではなかったのです。結局、美戸は和裁塾通いとともに少し習い始めていた、大好きな洋裁や華道も半ば中断して看病に取り組む決心をします。

勘と判断力に優れ、関東大震災のなかも生き延びてきた榮三にとっては、モトエの発病は、なんとはない予感が当たった厳しい現実でした。家族の前にはこの先三つの選択肢がありました。入院させるか、隔離のため地元の療養所入れるか、そしてこのまま往診をベースにして自宅での治療か。経済的には厳しい選択ですが、モトエ本人も榮三もまだ幼い子どもたちのことを考え療養所入りを希望しました。しかし、父や弟妹たちは家で看護することを強く求めます。父はこうした状況を見越して、美戸へ早々に打診していたのでしょう。ただ、きょうだいたちは、美戸だけに任せようとするのではありません。

「僕たちが交代で面倒見るちゃ。なにしろ体力は運動で充分鍛えてあるがだから」と正雄。「わたしもいつも元気いっぱいだよ、病気の方で避けてゆくがやちゃ」というキクエ。ただ二人ともひとつの重大なことを忘れていました。それはセトエが大好きな子規のことです。子規もまた運動大好き人間だったはずです。

「わたし、このままずっと手伝うちゃ」

十五歳になったばかりの美戸も負けずに割り込みます。

話し合いは、父と長兄だけで夜半にひそひそと行われていることもありました。またモトエを入れないで他のみなでの話し合いも何度か続きました。そして結局、父の意見が尊重され家で面倒を見ることになったのです。榮三の最大の不安は、幼いわが子らへの伝染でした。家族の上向きかけた運命を下降させようとする見えざる魔手から守らねばならないのは、なんといってもまずは幼子たちです。やさしき父親とはいえ、ここは家父長制社会のなかにあった家族。榮三は父の判断を優先することにしたのでした。

モトエと大谷家を襲った大波は別の波浪に再び揺さぶられます。

秋に入ってすぐのことでした。三歳にもならぬ姪の睦子が発熱下痢を繰り返し始めました。睦子は生まれつき食道と気管の位置異常で栄養を充分にとれずにいました。また、消化力も弱く、それらが積み重なり幼い命をむしばんでいたのです。日を追うようにるい痩が進行。往診に来た高齢の医者も「難しい、難しい」と繰り返すだけで、よく目にする胃薬のような投薬をつづけるばかりです。二週間もせぬうちチアノーゼのような症状が現れ、家族が入院を決心した直後のことでした。容態が急変し幼い息はまたたくまに絶えてしまったのです。

この急展開は家族にとってまったく予期せぬ事態でした。生まれつき病弱な彼女に対して、周囲は常に世話し心配りを怠りませんでした。これまでの尽力を裏切られたという意味では二重の衝撃ともいえました。

美戸は、モトエの発病後はその看護に専念していました。また、最初の姪の英子と過ごす時間が長く、睦子をかわいがるような機会がほとんどなかったのです。ただでさえ小柄な睦子の人形のような小さな亡きがら。それを目の前にして、ことさらにそのことを悔やみました。

幼子の早世が自分たちの未来の喪失のようで一家は悲しみに沈みます。その悲嘆の奥底にはもっと暗い塊が沈潜していました。ただ、誰もそれを口にしません。想像するも恐ろしいことなのです。というのは、寝込んでいるモトエにこの事態をどう伝えればよいかという難問です。そのうえ、その先にはもっと恐ろしい展開もありえました。振り払おうとしても、モトエの今後への予兆にそれぞれが疑心を巡らわせざるを得ないのです。

睦子の絶命の数時間後だったでしょうか。家族の多くはそれぞれ連絡などで出払ったり家事などに追われていました。兄嫁のセツは半ば放心状態で睦子をしっかりと抱いてモトエが寝込んでいる二階へ上がっていったのです。

モトエは自らが病で臥せる直前まで、日々セツを支えるようになにかと睦子の面倒を見たり、とても可愛がっていました。ただ、喀血後は父や兄は二ヶ月近くもモトエに睦子を会わせていなかったのです。そのため、セツは二階のモトエに食事を運ぶたびに「睦子ちゃん、どうしとるけ」と尋ねられていました。そしてその度に、セツはふたりを会わせたい衝動に駆られていたのです。ただ、やはり虚弱な乳児を肺病の患者に近づけるのは恐怖との葛藤。しかし、今や睦子は天界の児となってしまいました。荼毘の前に最後の別れの挨拶のつもりでモトエに遺児を見せようとしたのでした。

そのとき美戸はモトエの側にいて身体を拭いていました。睦子を抱いて二階へ上がってきたセツの姿を見て驚愕動転します。強い違和感で身体が硬直するのを禁じ得ません。できれば睦子の死をモトエに内緒にしておこうと思っていたからです。ただ、制止の言葉を発しようにももう間に合いません。

「モトエちゃん、睦子よ」セツは思いつめた表情で、やや距離を置いてモトエの布団の横に座りました。そして両手で柔らかに抱いた睦子のうなじをゆっくりとをモトエの方に向けます。

「睦子ちゃん……」しばらく、しじまが続きました。

美戸は横で憤然としています。ただ、ここで無理に止めると却って場が壊れる気がします。そこで、どうやってこの場をごまかすかで頭のなかは急回転中です。その時、モトエがセツに呼びかけました。

「セツねえさん、私わかっているがだから睦子の顔をもっと見せて」

セツはゆっくり、すやすやと眠っているような睦子をモトエにやや近づけます。美戸は慌てて、

「セツねえさん、睦子ちゃん起きると何やから、もう下に連れていってもらえんけ」と苦肉の対応で芝居を打とうとしました。

モトエがゆっくりと美戸の方を見ます。

「美戸っちゃん、私、もうわかっとるがやぜ。睦子ちゃんとは昨夜夢で会ったがやよ。私、よく可愛がっていたし。きょうだいのなかで私に一番なついとったから、夢で挨拶に来たがやね。そのうち私もまた睦子ちゃんのところへ行くから……」

美戸は突然立ち上がりました。

「姉さんは大丈夫だちゃ。そんなに痩せとられんし、咳も少ないし、わたしも何冊も病気の本を読んでだいたいわかるがだから。心配しられんな。睦子ちゃんは小さい時から、身体も弱かったし……しかたなかったがやちゃ」

「私ね、睦子ちゃんよう頑張ったと思うがや。生まれた時から重い病気ながに、みんなに可愛がられて少しでも長く生きようとしとったしね。だから私も病に負けんように一生懸命がんばるちゃ」


モトエの病状は、思いを込めた美戸の看病と皆の祈りが効いたのか、るい痩化は進行せず、悪化も見られず晩秋を迎えつつありました。

当時、結核は死病として恐怖の対象でした。ただ、多くの病と同様に、自然治癒もときどきもたらされるのです。また、感染しても七〇％は発病しないとも言われていました。そして、この病気の進行は実のところ非常に多様です。重い症状の人が意外と持ちこたえて寛解したり、逆に軽く見える人が急に悪化もするのです。あるいは急に悪化したと思うとまもなく安定してそれが長く続くことも珍しくありません。また、そのパターンを繰り返すケースとか。加えて、免疫力の違いからか発病までの個人差もとても大きいのです。そのうえ、菌のタイプや病人を取り巻く環境によっては、発病の初期の方が開放性や伝染性が強く、発熱や喀血後はむしろそれが弱い、という一般的には誤解を生じやすい現象もありました。また、身体から血の気が引くことから欧州では「白ペスト」とさえ呼ばれたことがあったのです。

日本では、一九三〇年代から四十年代にかけて急激に死者数が増加。三四年には死因の第一位となり（五十年まで）、四十年には歴史上のピークの十五万人に達しました。また、一九三〇年代の人口十万人当たりの死亡率は、一七五人から二百人強。一九四三年には二三五人となり、それは二〇一八年の約二百三十倍となります。なお、一九三七年の患者数は約百五十万人で死亡者は十四・五万人、患者に限れば一〇％に近い非常な高率なのです。

それだけに医療関係者の対応も大変でしたし、家族もまた一喜一憂。ただ、その治療の知見や防疫対策はまだまだ不充分でした。国としても『病室の清浄』というパンフや参考写真まで配布して、「畳からの埃に注意」「窓をよく開けて」「消毒薬を忘れずに」などと徹底を図ろうとしていました。

週に一、二回モトエの往診に来る医者と看護婦は白衣にマスク、手袋もして接していました。ただ、美戸はじめ家族はしばらくの間、全くの無防備状態。家族は医者の指示に従って、クレゾール液の洗面器を寝床の横に用意しておきました。医者と看護婦は帰る際には必ずそれで手を洗った後に部屋を退出してゆくのです。しかし、家族の間ではしばらくの間、それをほとんど使っていなかったのでした。それはともかく、モトエの症状の安定は、美戸たちにとっては回復の可能性を暗示してくれていたのです。

栄光

姉が二階の即製病室の住人になってから、美戸とキクエで姉が喜びそうなものをそこへどんどん持ち込みます。そして、部屋はまるで小さな博物館のように一変したのです。姉とは一心同体ともいえる裁縫道具一式に髪結用具、気にいった着物や浴衣、和下駄、母や祖母の和服、それにもちろんハーモニカ。それらをタンスから出してその上に飾り、しかも何日かごとに置き替えるのでした。ただ、病状はかんばしくありません。もともと少食の姉ですが、それがますます細くなっていました。ですから家族も食事で大いに好みを刺激しようとします。富山湾からの賜物である大好物のさしみを多種多彩、あえもの、アジ開き、漬物、団子などをそろえます。他にときどきは松茸のお吸い物やキノコ類もいろいろ。神通川からとれる富山の名物「鱒のすし」や旬の鮎も御膳を飾ります。

咳や痰が少なく体調がよい時、モトエは自分でお茶を立てます。じっくりと新聞を読む気力はまだ維持しています。それを楽しんでいるようですが、よく読みながらうとうとしていました。咳や喀痰以外は苦しい表情はなく、美戸やキクエに小言をこぼしたり、無理難題を求めることもありません。

妹たちは姉の誕生祝いも忘れません。正雄も交ざって三人での斉唱をモトエに聴いてもらうこともありました。ただ心配は褥瘡がやや拡がり、その周囲に軽痛があることです。幸い、姿勢変換や出張してくれる按摩施術がうまくいっており、患部をひどく痛がることはありません。浴槽には美戸やキクエが付き添って入れます。ただ、徐々に動くのが億劫そうになり、医者の指示もあってほぼ清拭ですませるようになりました。顔色が徐々に白みを増し、もしや病が進行しているのではと、ふたりは気が騒ぐこともありました。ところが、二、三日してまた、やや元気な風に転じたりするのです。

「美戸っちゃん、疲れんけ。私そんなに病気ひどくないから。頼みたいこととあったら呼ぶから一階で少し休んどられ」

「なあん、わたし、姉さんと話すが好きやし楽しいから」

二人でよくそんな会話をします。身近で世話していて美戸には不思議に感じられることがありました。というのは、モトエには闘病への苦悩、生への焦りがあまり感じられないのです。美戸はいろいろと想像してみました。

（これは若い頃に最愛の母を亡くしたことと関係あるのではないか。死への恐怖より諦めの気持ち。大きな流れに逆らわない心持が強いのだろうか）

モトエは介護されつつ常に感謝のことばを忘れません。そのことも、美戸は気になり始めました。

（これは母からの教えにちがいない。姉は身をもって、わたしにそれを示しているのではないだろうか。いやいや、それはわたしの勝手な想像でひとりよがりなのかも知れない）

二人の妹はタンスの上だけでなく布団の周囲にも小品を並べたり壁の前に飾ったりしました。父の趣味でもあった盆栽からいくつか小品を選び出します。元気が出るようにと枝ぶりの力強い松なども並べました。また、おみくじ、ガラス玉に金魚、日本人形、雛飾り品から内裏様と御姫様、絵画は色のくすみの妙が織り込まれている白亜に冠雪した立山連峰などです。

姉は四季の変化を楽しむとともにまた惜しんでいるようです。春には父の飼っていたウグイスの籠がどきどき一階から持ち込まれます。夏はヒグラシとアブラセミの合唱の鑑賞。そして、「わたしの日暮しはアブラ汗ばかり」というような掛け遊びさえも時には口にするのです。蚊帳の中ではホタルのほろ酔い舞い。これは美戸たちが近所の小川から採集。秋口からは早くもゆたんぽで暖をとり、冬は火鉢が必需品です。そうして、モトエがいつも見つめる障子には変化するさまざまな木影が春夏秋冬を映しだしてゆきます。ただ、持ち込んだ筋肉隆々とした若松の影はなんとなく病室には場違いな風景でもありました。

部屋には、断りなく訪れるクモ、ハエ、ハチ等といった小動物も四季を反映しています。

「子規さんちゃ、自らの筆名を四季へのいとしさにも掛けたのかも知れんね」

御膳を下から運んできた美戸に、モトエは窓先の紅葉を見ながらつぶやきました。美戸は一瞬、「シキ」を取り違え、焦り慌てて頭の中で否定したのでした。

（姉さんの病は進行していない。死期が近づくはずもない）

花々もまた四季を彩ります。窓越しの梅、木桶に入った水仙、机上の藤、雨の中の山吹、牡丹、桃、れんぎょう、そして夕顔の白さ。また、長い一日のはじまりとおわり、朝の光のさわやかさと夕方の愉快さ。それに加えて、いくつもの思い出、ままごと、たこあげ、紙芝居、あやとり、川遊び、線香花火、体育館の窓越しの山麓、校庭先での散歩、弟のテニス試合の応援、妹の卓球大会での歓声。それが積み重なり、また輪舞しています。

モトエの病状は悪化せずとも寛解もしません。ただ、睦子の急逝はやはり明るかった大谷家に暗い予兆の影を落とし始めていました。

その年の師走のはじめのことでした。正雄はテニスの合宿で不在、他の家族は全員そろって夕食を囲んでいました。そのとき、伯父宅の末っ子が血相をかえて息を切らして玄関へ駆けこんできました。

「正雄さんが合宿先で血を吐いたがや！　病院に担ぎ込まれたがやと！」

正雄の友人が電話で中塚家に急を知らせたようです。食卓は一瞬水を打ったようになりました。それは目に見えぬ砲弾が一家の頭上でさく裂したような瞬間でした。全員の心がそこら中に飛散状態。辛気臭い表情などあまり見せない父と長兄。そのふたりがそろって眉間にしわを寄せたまま黙りこくっています。家族は三ヶ月前の幼子の旅立ちへの涙もまだ乾ききっていません。しかもモトエは闘病の真っ最中です。

（いやまさか、あれほどのスポーツ選手の正雄が、ちい兄さんが。いかにも繊細で病弱のような姉と同じ厄病に。何かの間違いではないだろうか）

皆がそう思い、また誤報であることを願ったのです。

しかし、その願いは冷厳に絶たれます。正雄は市内の中央病院へ緊急入院となったのです。商業学校代表でテニスの県大会団体優勝への貢献者。全国大会にも参加し、県内の運動愛好家の中では知られていた次兄。妹二人から「ちい兄さん」と慕われ、好青年を絵にかいたような兄。その兄が喀血……。

今日では信じがたいことですが、当時のスポーツ選手の栄養管理というのはないにも等しいものでした。めっぽうな努力家であり、運動神経に優れていればいるほど、それこそ軍事教練の延長のような練習の日々。ともかく根性に忍耐、頑張りで精神一到何事かなさざらん、の世界です。

正雄が中等学校のテニスで活躍を始めた昭和二年には、それまで県内で上位に食い込めなかった母校は準優勝を達成。その翌年には各地の大会で立て続けに三回も優勝を飾るのです。ただ、正雄の卒業後、同校は再び低迷へ逆戻りとなります。

正雄は就職してからも勤務後の自由時間や休日はほぼテニス三昧。食事が不規則になろうとも練習だけはするという毎日でした。病魔は強靭な体のほんのわずかな透き間に忍び込んできたのです。「右腕が左腕より二、三センチも長い」ことが自慢だった次兄。猛烈な練習ぶりを見事に示すこの事実がその肉体にも危うい間隙を生み出していたに違いありません。

正雄の発病は美戸にとって幾重もの衝撃でした。

（テニスの試合のたびに級友や近隣の遊び仲間たちと応援に行き、周囲の人にも自慢していた次兄。新聞にも名前がたびたび掲載。ともに歩き、語り、歌う楽しき日々。長兄が伴侶と子宝を得てやや遠い存在になった後、一番身近で信頼できる異性である次兄。それが病院に閉じ込められる。これからの兄との隔絶の日々を想像すると天を仰ぐしかない）

しかし、事態は美戸の予想をやや外れます。父と長兄の話し合いでモトエ同様に次兄も自宅療養になりそうな雲行きなのです。医者はそのまましばらく入院を継続することを勧めていたようです。ただともかく大量喀血は収まっていました。また、モトエの往診に医者が定期的に来ていましたので、自宅対応が可能というのが二人の結論でした。もちろん入院費、医療費をかなり抑えることができることは大きい理由だったでしょう。

こうして大谷家の二階にある三部屋のうちの一部屋はモトエと正雄が布団を並べる病室に化したのです。数え年で二十五歳と二十二歳、まさに青春の意気にあふれ、智と知を大いに求める年ごろのふたり。太陽の下で飛び跳ね、かけまわり、燃える血潮を沸き立たせたい若者たち。しかし彼らの毎日は、天井を仰ぐ生活を強いられるのです。

榮三は日頃、会話で重苦しい伝達の仕方を好まない人物です。娘の英子にもつとめて軽く、二階に上がらぬように言いくるめました。父に似て勘のいい幼女は、ことの深刻さをすぐに感じ取ったようです。

榮三はキクエと美戸にもそう厳命したいところでした。ただそれでは二階で病の床に伏すふたりに「すべて自己管理しろ」というに等しいでしょう。若い二人は大けがをして唸っているわけではありません。内臓の痛みでのたうち回っているわけでもありません。そこがこの病の悩ましき所ともいえます。「身の回りのことを自分でせよ」と言われればやれないことはありません。外見的には、陽ざしと光線具合では健康人にさえ見えます。ただ、「できるだけ安静にせよ」「しっかり滋養を取るように」が医者からの厳命なのです。榮三は無念を飲んで若い妹ふたりにその姉と兄を世話することを依頼します。ただ、十八歳のキクエはかなり受験勉強に時間を割かざるを得ません。そのため、十五歳の末妹がこれまで以上に和裁塾通いの頻度を減らし看護と介護に努めることとなりました。

胸を病む二人には栄養価の高いものを与える必要があります。結核は過労やストレス、栄養不足や食生活の不規則とアンバランス、また心理状態でも悪化することが多いのです。経済的に無理をしてでも質の高い食材の用意が必須。妻セツはといえば、睦子を失った悲しみも明けぬままに、四歳の長女に加え、まだ半年の嬰児に手を奪われています。

美戸の思いはねじれて入り組んでいました。正直なところ、女学生たちにも人気者だった次兄をキクエとふたりだけで抱え込めるような感じもするのです。ちょっとうれしい奇妙な気分。それに対するギクッとする罪悪感。それらが、父と長兄のとても辛そうな表情を日々横目にしながら続くのでした。

二階の私設病室での長姉と次兄と美戸との日常、看護婦を体現したような日々が始まりました。次兄は大喀血の後、小康状態で痰もあまり多くありません。ある日、美戸はうっかりと厚手のゴム手袋をしないで痰壺を室外へ運ぼうとしました。すると、めったに大声を出さない次兄がとっさに「美戸っちゃん、ダメだちゃ！」と声を張り上げました。美戸はひるみます。すぐに次兄は声を落とし「手袋しとかんと」といい添えました。業病の深刻さに無頓着な美戸とはいえ、一応は理解しているつもりです。ただ、なかなか、身体はそれを体現できていないのでした。

父も長兄も美戸やキクエに看病をさせたかったはずはありません。看病される次兄本人ももちろんそうです。当時、大谷家は経済的にひどくは追い詰められている状況ではありませんでした。ただ、なにしろ大家族です。榮三にとっては、妻と父と幼いわが子二人に加えて四人の弟妹の生活費が両肩に掛かかっています。しかも、今や長姉と次兄の収入が途絶え逆に大きな支出要因となってしまったのです。また、先に逝った次女睦子の長期間の治療・看病にもかなりの出費がありました。今後、医療費は何とかできても、看護婦や家政婦を常時雇うには苦しい台所事情があります。

美戸は看護には意欲的でした。姉と兄は、母を知らない自分を幼いころからずっとそして今もいたわり続けてくれています。日常生活で何事にも熱心取り組む二人は尊敬の対象でもありました。ですから、かれらのために何かできることはささやかな喜びでさえありました。ただ、まわりは美戸の勝気さと責任感の強さからかなり無理をしていると思っていたのです。

美戸は自らがこの業病の次の感染者になる可能性を漠然と考えないわけではありませんでした。内心では少々看病への不安はあったのです。ただ、何となく自分は大丈夫そうな予感もしていました。もちろん全く何の根拠も理由もありません。十代半ばの少女のただの楽天的な独りよがりに過ぎません。自分の直観力への自負が妙な自信を与えていただけなのでした。

しばらくして、父と長兄は看護婦や家政婦を週に何日か雇うことを思案していると家族に知らせました。だが、美戸もキクエも「ちい兄さんは、私たちに見てもらうほうがいいみたい」とかわすのです。まもなく、榮三と父が夜半に長く話すことが多くなりました。しばらくして何が語られていたかが家族の前に示されました。それは冬の寒気が本格化する前にモトエを療養所へ移す決定でした。モトエの新しい居所は富山湾沿いの松林に面したとても風光明媚な景勝地にありました。美戸はそれを聞いてハッとしました。水泳を覚えたあの浜黒崎の海岸の近くなのです。

そして、そこは家族にとって四季を通して楽しい思い出がいっぱいの土地でした。それもあってか、モトエは喜んでこの提案を受け入れました。家族と別居する寂しさより、業病者が離れることで感染の危険を避けることができることで、むしろ安堵したのです。

モトエの入所後、美戸とキクエはよくそこを訪ねました。美戸の印象では、モトエの友人たちの見舞いの来訪は、療養所に移ってから後の方が自宅療養中より増えた気がしました。モトエにはかなり浄土真宗への信仰心があったようです。ただ、一方で曼荼羅への関心も高く、壁などに写真を貼っていました。また、幼いころには亡母からキリスト教の訓話なども聞いていたと言っていました。いつも何となく寂しげに見えるのは、一番多感な思春期に最愛の母を亡くしたせいかと思われました。これまでも正雄やキクエはときどき母の思い出を語ることがありました。ただ、モトエからは聞いたことがほとんどありません。ふたりが母のことを語っている時も、モトエは話題に乗ってこないのです。だから、美戸はモトエの前で母のことを尋ねるのが何となくはばかられたのでした。モトエには孤高の雰囲気が漂い、またあまり将来の夢を語りません。それは、どうも教育者としての夢を追いつつも早逝した母を常に眼前にしたことも関係しているのかもしれません。

二人がまだ自宅で静養中は、床を移すため美戸が掃除をしたり、指圧師が訪問する時も、モトエの表情はとくに変わりませんでした。また、近隣の路上での人々の大声や笑い声に対しても、嫌悪の表情をあからさまにすることはありません。曼荼羅への関心は単なる鑑賞の対象以上です。

救いの世界をそこに見出しているようで、人生の楽しみと自由の味わいはごく身近な所で発見できるとの思いでしょうか。処方される薬への関心も高くありません。「悟り」などというたいそれた業ではなくて生への諦念のようなものが漂っているのです。少々以前には万一のことがあれば、あとに残す父や長兄への不安もあったでしょう。しかし、今は兄にも頼れる連れ合いがいますし仕事も順調にいっています。

モトエの友人は多くはなかったのですが、少ない良き友がよく見舞いに来てくれます。来訪時にモトエが友人の前で感涙を流しているのを美戸は見たこともありました。ただ、病状をこと細かく聞かれることへの苦しさも時にはあったようです。稀ではありましたが、「答えに窮す」表情も見かけました。そして、また「絵画の鑑賞や習いごとの話はとても慰められるがや」とも。時には、来訪の友がモトエと同病の友のことを話題にします。そんなときモトエはかなり真剣な表情となりました。

療養所内の軽症の病人と話すときもやはりそうでした。病人にとっての同病者の存在の大きさ。そして療養所のもつ別の意味あいも美戸は知ったのです。

訪問者がそばにいてもしばらく沈黙が覆っている時もありました。話はしなくとも親しい人がそばにいてくれるだけでもなぐさめられるのだな、と美戸は気づきました。ある日は、モトエが友へ淡々と「私の分まで長生きして」と語るのを廊下で耳にしました。その友は焦って懸命に否定している光景も目撃したのです。

全く友のこない日はよく、遠くの山並み、近くの海浜と松並木に見入っています。松は療養所の広い庭にもいく本か植栽。モトエはそれを見ながら、家族とともに夏、この地で遊んだことを思い起こして、美戸に話しかけます。

「松並木の樹々もここの松も一本一本違うがやね。よく見ると、まとっとる着物もそれぞれの装いをこらしとるがやぜ。気が付いたけ」

「まとっとる着物ちゃ、なんのことけ」

「今度、近くへ行ったら松を一本一本よう見てみられや。根元まで幹はそのまま同じ木肌の松もあれば、苔や宿木をいろいろとまとっているものもあるがだよ」

「そういうことけ。そりゃそうやろうがいね」

「それが大切ながやちゃね。一本一本が一生懸命それぞれの姿で生きとるちゅうことやね。長く生きるのもあれば、病気や虫にやられて枯れてしまったり、大嵐で根こそぎ吹き飛ばされたり。短くしか生きれんものあるがやちゃ」

そこまで言われて、美戸はやや恥ずかしい思いがしました。そして姉のことばを重ねながら、同じ視線を松林に向けてみるのでした。

(短くしか生きれん松か。松枯病で松もまたやせるのやら)

姉の大好きなハーモニカは病の関係で医者から止められていたようです。それでも、ときどきこっそりと奏でます。以前、姉が吹き終えたあとでこのささやかな楽器を姉から受け取り、美戸が消毒もせずに吹き続けようとしたことがあります。もちろん、感染を危惧してモトエは直ぐに制止しました。その後、美戸は自分用を持参するようにしました。少々吹けるようになって曲数も増え、時にはごく控えめな音で病室で二人で合奏することもあったのです。

モトエは家でもそうでしたが、療養所の生活でも不満めいたことはまったく言いません。ただ、一度、やや意外なことがありました。それは実になんともない一場面で、入所前の自宅の二階での生活を思い出してのことでした。

「家では、ときどき下で米をとぐ音が聞こえたがやね。でも、ここでちゃそれが聞けんようになったがや、ちょっと寂しい気もするちゃ」と漏らしたのです。モトエが目を閉じていたので、美戸も少々目を閉じてみて米を研ぐ音を連想してみます。すると音が聞こえているような気がしてつい口を突いて出ます。

「家の方を向いて、耳を澄ますと聞こえてくるよ」

「そうけ、そんなら私も時々やってみるちゃね」

年が明けて昭和九年（一九三四年）の立春の頃。いつものように美戸は二階へお粥と卵とじを運びます。少し前まではモトエが痩せた蝋人形のように寝ていましたが今は次兄ひとり。正雄の寝息には不可思議なカスレ音がまざっています。それは、まるでこの世のものではないようで、恐ろしさより寂しさが美戸の耳奥から身体を伝わってゆきました。足音に気がついたのか正雄は薄目を開けます。もともと痩身だったモトエと違って、名うてのテニス選手の面貌と肉体が、まだ名残をとどめています。筋肉質で若い鋭気にあふれていた次兄。美戸はその日もその当時の兄を思い出しつつじっと見つめていたかったのです。ただそうすることは、美戸の今の心象を逆に見透かされそうでした。躍動する兄の姿は今なお美戸の中では生きています。いまの病身とはなんという大きな違い。それが美戸に与えている戸惑いとためらい。そのことを兄に気づかれないようにと、やはり視線を避けてしまうのです。

美戸は正雄の枕元に食事を置き、彼の顔の汗を温タオルでゆっくりとぬぐいます。美戸の顔が彼の耳元に近づいたとき、「美戸っちゃんそれ以上近づかれんな」と声を絞るように言いました。

「えっ……」

「うつるから……」

二階で正雄がモトエと同室の時のことです。美戸やキクエはモトエ好みに飾り上げた部屋模様の一部を正雄向きに変えようとしました。しかし、正雄かたくなに避けるのでした。ただ、今や姉のその品々の半分近くは療養所に移されていたので、二人は次兄にあらためて部屋模様を替えたいと提案しました。正雄はただ苦笑しているだけです。

三ヶ月ほどの間に正雄の病状はよくない方へ速足で向かったようでした。急速にるい痩が進み、目もかなりくぼんでやや黒ずんで見えます。往診を終えた医者は、一階で父や長兄からその急変ぶりの説明を求められました。正雄は就職してからも多忙な仕事の合間に無理にテニスを続けていたようです。それで肉体が限界に来ており、いったん発病するとその進行が一般の患者より早くなるのです。二人にはその説明を確認するすべはなく、ただ苦々しく聞くことしかができないのでした。

その頃から、正雄はなにかにつけて、美戸やキクエを呼び出すようになりました。口にこそだしませんが無性に淋しくてたまらないようです。そのため、美戸は裁縫をできるだけこの部屋でしようと決心します。

症状の変化はおそろしく急激でした。美戸は姉の看病の経験と比べてその変化の激しさに驚愕し恐怖にかられます。元々健康そうに見えなかった姉の方は病状が一進一退。ところが全身筋肉質だった兄の方の変貌がとても激しい。まるで肺病の毒菌集団が高質の肉体を好餌としてむさぼり食い荒らしているようで寒気を催すのです。

一ヶ月もしないにうちに正雄は近くの歩行さえ困難となり排便補助さえ必要となりました。床ずれを防ぐための床移し、そして部屋の埃が舞うと肺に悪いので毎日朝晩二回の拭き掃除を徹底します。また、浴衣を重ね着し、汗がひどい時に直ぐに取り替えます。

正雄は美戸に新聞を読むよう求めることもあります。だが美戸にはよく読めない漢字もたびたび。そういう時、最初の頃は新聞を渡すと正雄は読み方を教示し、またその意味や漢字に関連する話も提供してくれました。しかし、病が進むにつれてウトウトを繰り返すようになります。逆に苦しまぐれの小言を繰り出すこともありました。元気だった頃は、兄から些細なことでも気に障ることを言われたことのない美戸にとってそれはかなりの衝撃なのでした。

理髪師が訪問した時はややご機嫌でした。他方、巡査が通行人をとがめる大声が路上からきこえるときはかなり不快そうでした。人々の立ち話が聞えてくることもありました。そのたびに、正雄はかなり真剣な表情で聞き耳を立てているのです。

「ぼくのことは話題になっとらんだちゃ」とやや安堵した感じ。そして、やや間をおいて、「テニスのことも、肺病やみのことも」と口にするのでした。そして、ぼそりとつぶやきました。

「庭球での先輩の清君も僕と同病で療養中だけど、以前、見舞いに行った時、言うとったちゃ。近所の子どもたちが自宅前を通る時、皆、鼻を抑えて駆け抜けるがやと」

美戸はそれを聞いた後、廊下に出て思わず日頭を押さえてしまいました。


小雨の朝のあとは大雨という夜のことでした。美戸も正雄も黙って窓と空を見ています。すぐにも止んでほしいような。けれども、なんとなくいつまでも止まないような。部屋の壁には、美戸とキクエが貼った次兄のさまざまな写真が並んでいます。学生服姿、白い足袋に下駄ばき浴衣のさわやかな一枚、ゲートルや国民服を着用したもの、そしてもちろんテニスの試合でのまさにボールのうつ瞬間の一番のお気に入りの写真も。

父の盆栽のいくつかは姉の療養所に移されていました。ただ、正雄がとても気に入っていた鶏頭の大鉢だけは部屋に残されています。姉の部屋を装っていた火鉢、蚊帳、ブリキ缶とおみくじは残され、ガラス玉類と金魚は姉とともに移動。代わりに寒暖計に地球儀、剥製のホトトギス、また正雄が初冬に立山の麓に広がる弥陀ヶ原を歩いた思い出の雪靴やかんじきも忘れずにタンス上に置いてあります。

そしてこの私宅病室の白眉はやはり、テニスの優勝旗と楯の大判写真でしょう。それに表彰状。こうしてこの部屋は正雄のというより妹たちにとっての次兄を飾る栄光の小博物館だったのです。

「もう、全部仕舞ってくれんけ！」

ある日、美戸とキクエの前で正雄がそう叫んだことがありました。二人は寂しそうにそのままそこで並ぶようにして正座を続けていました。すると、しばらくして、正雄は「ごめん、ごめん。やっぱりそのままでいいちゃ」とひとりごとのように言うのでした。

もともと健啖家であった正雄は、かなり痩せてからも食欲は結構ありました。ただ、時にはそれがやけ食いではないか、と思えることさえあったのです。どうも、彼の大食いには父榮次郎からの提言もあったようです。正雄の学生時代、父は運動部の活動や生活全般に一切口をはさみませんでした。だが、それが食事時間を減らしてまで運動にのめり込ませた原因との思いが父にはあったのです。日に何度も食を抜くなどの極端な不規則生活もよくありました。父にとっては、そのことの後悔と猛省だったのです。父の疑念の核心は、その食生活がついには結核を呼び込んだのではという点にありました。栄養を取ることは即、大飯を食うことという理解が父の提言の背景にあったのです。

次兄も姉と同様にほとんど食の好き嫌いがなかったため、美戸は食事の準備で苦労はさほどありませんでした。大方の富山びとと同様に、正雄も多種多様のさしみは大好物。なにしろ目の前に広がる超大ないけすのような富山湾には宝石ともいってよい魚介類があふれています。それを行商の婦人たちが腰までの重い荷を背負って、午前中には街の家々を回って届けるのです。その魚といえば漁師の夫がそれぞれの自宅前の広大な庭ともいえる漁場で、早朝に釣り上げたキトキトの絶品群です。触れると表面の色が変化する生体反応のあるイカやカニの新鮮さ。それを、人々は刺身以外にも心を込めて天ぷらや押し寿司などに調理するのです。


三月に入って正雄の病状が一段と進むと、夜に一旦寝入った後に目を覚まし、「手が冷える」とうったえることもありました。そんなときはカイロを準備します。その数日後、ついにはうめき、さらには叫ぶことさえも生じるようになります。「叫ぶと痛みがやや減る」といってみたり、「肺がぶつぶつ泡だっている」とつぶやいたり、「夜は長いな。寝るのが怖い」とため息交じりに吐露することもありました。それは美戸になんともいえぬ恐れを与えました。ちい兄さんが変わってゆく。敬愛する兄が崩れてゆく喪失への恐怖感です。

そんな状態になってからも正雄は夢を語ることがありました。美戸へ懐かしそうに思い出を語りかけることもたびたびなのです。「ぼくはまた旅をしたいがや。今度は東京をもっとゆっくり歩いてみたいがだちゃ」「ともかくちょっとでも外へ出て歩きたくてたまらんな」

また、彼は過ぎた懐かしき日々も見つめ直しているようでした。

竹馬、竹とんぼ、ベーゴマ、ビー玉、けん玉、チャンバラごっこ、凧あげ、紙芝居、蝉取り、神通川での鮎などの手づかみ、家族で楽しんだ線香花火、そして校庭先のテニス練習中にヒマラヤ杉の間からから見えた四季折々の立山連峰。兄の語る記憶のいくつのものが美戸の風景に上書きされてゆきました。

そして自らの友のことも。

「いろいろと激励をしてくれたちゃ」と学友たちへの感謝を忘れません。一方で、友から病状を聞かれることへの苦しさへのつつみ隠しのない思いも吐露もします。「答えに窮すちゃ」は美戸にもよくわかりました。ただ、「健康体を人一倍誇っていたぼくを、せせらわらっている連中もいるがでないかね」といういじけた心情のすざましき言葉を聞いたときは、次兄の人柄が変わってしまったようで寒気もしたのでした。ただ、それが急に方向を変えることもあったのです。

「生きている人間ちゅうもんにとっては、もっとも大切なものはやっぱり自由やな。今ぼくはそれを奪われとるがや。それがいちばん辛いがやちゃ」

そして「もっと生きたいがや」と何ら臆することなく口にする生への執念。また、次兄の長兄への深い尊敬の念、と同時に強い対抗意識さえときにのぞかせるのは美戸には想像しにくい世界なのでした。

「負けたくないがや。できることなら兄さんを越えたいがやちゃ。もちろん、いろいろと協力もしたいがやよ。だからこそ学業にもテニスにも励んできたがやし」

時に独り言のようにそのようなことをつぶやくこともありました。

そして、ついには恐ろしい幻夢も語り出したのです。

「逃げても逃げても閻魔が追ってくるがやちゃね。手にしていたはずの薬が、よくみると泡を吹いたような臭い毒薬だったがや。飲もうと思ったら燃え上ってしもうた。閻魔が火を仕組んだがかもしれんちゃ」

そしてしまいには、自らの最期とその後のことまでも口にしはじめました。父が熱心だった真宗にも距離を置いていた正雄兄。常々「宗教に頼らずに」が口癖でした。友人たちの多くは肺病が悪化してからは見舞いに来なくなりました。それも淋しいのか「会葬も戒名もいらんよ」をやたらと唱えたりするのです。その一方でかつての優勝パレードの思い出と重なるのか、葬列にさえこだわります。ついには、

「座棺ちゃ狭かろうね」とまでも口にしました。

孤独との闘い、死の煩悶、涅槃と救いを問いつつさまよう日々。そのなかで、徐々に深い諦観の心境へと変化してゆくようでした。そこでは自然と四季の変化の移ろいの持つ意味はきわめて大きいのでしょう。そのひとつの象徴である山河と森の多彩な緑世界の変化、そして花々のいろどり。

「れんぎょう、梅、桃、桜には間に合っても水仙や藤、あじさい、牡丹はもう今年は見れんかもしれんね。朝顔ちゃいいなあ。単純だけど素直。昼顔と夕顔の青さと白さもいいがやちゃね」

「ああ、階下から米をとぐ音が聞こえてきた。なんか新鮮な響きながやの」

うち続く不安、クモの糸のようなか細い希望、そのなかで正雄の魂は浮沈を続けるのでした。


かつては死病といわれていた結核は、特効薬ができる前のエイズや前世紀末のガンと似ているように思われるかも知れません。ただ、エイズやガンとは違って結核は飛沫によって空気伝染をします。その深刻さと恐怖感は想像以上でした。

大谷家は一時期、正雄やキクエの運動競技会での大活躍で近隣で注目されていました。「地元の名誉の家」ともてはやされたのです。

最初のモトエの発病の時は、近隣の対応の変化はあまり伺えませんでした。彼女の活動は和裁関連者の間でこそ少々知られていましたが、目立つ存在ではなかったのです。しかし、正雄は何度も新聞に載り地方都市の限られた範囲とはいえ、栄光の世界を味わった花形でした。しかし、今やかつての輝きへのベクトルが真逆に動いているのです。一年も置かずして同じ屋根の下で若き姉弟が連続して発病。近隣から吹いてくる風がみるみる冷気を増してゆきます。

美戸は二階の窓の合間から、近くを歩いている二、三人連れが、わが家を指しているのを何度も見ました。いにしえの「誉あふるる家」は今や「遠ざけるべき家」へと転落しつつありました。

時と所を問わず病魔は病人だけでなく家族も浸蝕してゆくのです。正雄はずいぶんと繰り返しました。

「美戸っちゃんはしっかりと生きんと。こんな病気なんかにならんで」

「わたしは大丈夫だちゃ。ちい兄さんもすぐ治っちゃ」

美戸も何度も繰り返しました。正雄は何も言わずに美戸を少し見つめた後、またすぐに天井を見つめるのでした。長方形の木張が格子様に並ぶ天井の奥に、過ぎし日のテニスコートを見ていたのかもしれません。


ある日、美戸は正雄の体を清拭した後、一息ついてほんやりと障子戸に目をやりました。そこを小指の先ほどのハエ取りグモが一匹ゆっくりと上方に向かって這っていました。正雄も同じようにそれを眺めています。すると、そのもっと上方からクモよりひと回り小さな真っ黒な米粒のような虫が下ってきました。そして、まもなく二匹のご対面。まるで力士がにらみ合うように両者は対決姿勢です。これは絶体絶命、黒米虫は風前の灯。ところがクモはいきなり左への方向転換。斜め左上を天井方向へと歩み続けます。と、何か思い出したように急停止。やや後方を見やった後、今度は引き返し下りはじめました。これは獲物に追いつくのか。こんどこそ虫の命はついに。そう思っていると、クモとの距離はまだちょっと離れているに、黒米虫はふーと飛び立ったのです。

（なんだ、あいつは空を飛べたのか）

正雄も同じことを考えたようです。

「あいつもう危ないな、と思とったがやけどうまく逃げたがやね」

「わたし、あの虫、空飛べると思わなんだちゃ。ちい兄さんは飛べると知とったがけ」

「なあん、ぼくも知らなんだ。じっと二匹を見とって、なんやら虫どうしの出会いとは思えなんだね。虫の衣装を着けた役者同士の大道芝居を見とるがみたいだったちゃ」

正雄は珍しく少々微笑みました。

それから、そのクモは、道を誤ることなく再び引き返すように上り、少々前に黒米虫が留まっていた位置までやって来たのです。すると急に口のあたりから白くて厚い唇のようなものが出てきました。それを出したり入れたりしながら今度は逆に下へ下へと歩きだしました。歩いても歩いてもその動作を止めません。どうにも、「残念残念、ごちそうをのがした。ぺろぺろ、ぺろぺろ」といって愚痴りながら歩いているようなのです。正雄は今度はかるく声をたてて笑いました。

美戸にはクモと黒米虫の遭遇に特別の感慨はありません。ただ、久しぶりに正雄を笑わせてくれ、この立ち回りを演じた二匹に少々感謝したい気分なのでした。

美戸は確か二年ほど前、キクエと神通川支流の松川上流を散歩していた時のことを思い出していました。そこは磯部の堤の桜並木が有名で、初夏には青葉がとても美しいのです。そのとき出会ったのが次兄と親友に彼の妹の三人連れでした。美戸がそれを話題にすると、正雄もそのときの記憶を手繰り寄せたようで、その友人の話もしてくれました。

「清先輩は元気かなあ。美戸は覚えとるけ」

「テニスの先輩の方やろがいね。前に磯部の土手で出会った人やね」

「そうや、ぼくがまだ元気な時、その先輩の見舞いに行ったがや。行ってびっくりして、がっかりしてしまったがやちゃ」

「そうけ、やっぱり病気されとるがや。でも、なんでがっかりしたがけ」

「先輩ね、家ではなくて、庭にある離れで一人寝かされとったがだちゃ」

「なんちゅうひどい家族やね、病人にそんな扱いするちゃ」

「なあん、なあん。ちがうがだちゃ。先輩の家族は先輩と一緒に母屋で住みたかったがや。だけど先輩は家族に肺病をうつしたくないもんだから、無理やり『離れにやってくれ』と頼んだがやと。世間では清先輩の家とは反対に、表向きは『自宅療養』と言われていても、患者の気持ちに反して、実際は家の裏山の小屋に入れられていることもあるらしいちゃ」

「先輩の方は自分から言われたがや」

「そうやちゃ」

「一人ちゃ寂しかろうがいね。よう決心されたね」

「ぼくね、病気になってみて清先輩の気持ちがよくわかったがや。だから、ぼくも『納屋に移して』と、とうさんに言ったけど取り合ってくれんがやちゃ。美戸ちゃんからも、とうさんに言ってくれんけ。ぼくは自分の病気のことの心配以上に、家族に肺病がうつるがが嫌ながや」

「みんなは丈夫やから、ちい兄さん心配し過ぎやちゃ」

そう言ってから美戸はハッとしました。丈夫といえば、ちい兄さんこそ家の中で一番の健康で元気いっぱいの運動家だったのではなかろうかと。

美戸はこの業病についていろいろの書物のことを人づてに聞いていました。大正の末から『療養生活』という雑誌も出版されており、そこには多くの患者のさまざまな声が載せられています。「ぶらぶら病」といった中傷と嘲笑、いろんな形での患者の隔離が「格子なき牢獄」と呼ばれていること、患者の思いを吐露した和歌などの紹介、家族に患者がいることを近隣に隠すために、巡回の保健婦さえ門前払いされることもあることなどが満載なのです。

そしてふと、モトエが以前、美戸に読んで聞かせてくれた蘆花の『不如帰』が思い出されました。そこでは、結核がもとで離縁される夫人が登場します。しかも、それは実話に基づいているようなのです。その夫人も、小鳥の不如帰《ホトトギス》が絶唱し血を吐くようにして逝きます。そして、その話が世に出た二年後、かの子規も同じく倒れたのです。

（ああ、哀れホトトギスたち）

利枝は今日も来ませんでした。三ヶ月ほどして、正雄は半ばあきらめたようでした。正雄の辛い気持ちは利枝の実兄の清も肺病であるから、充分通じているはずです。とはいえ、同じ業病をかかえてしまった正雄の所に見舞いに来ることは両親が許さないのでしょう。正雄はよく清のことを話題にしました。ある時ふと、美戸は清の話の影に、次兄の青春の最も大切な思い出が潜んでいるのではないだろうかと気づかされました。

記録し懸帳に残すことが商売の継続のいのちである売薬人の血筋なのでしょうか。正雄もキクエも覚書や一筆挿絵が大好きです。美戸は正雄の寝床周辺を整頓している時、小さな発見をしました。その雑記帳のなかに、利枝とよくにた和服姿のスケッチ挿絵を見てしまったのでした。

もうすぐに五月という頃でした。二階の正雄の隣部屋で寝ていた父が、真夜中に異様な音で目覚めました。すぐにふすまを開けると正雄がうつぶせています。枕横に置かれた木桶には大量の血。

父の呼び声で下から家族が駆け上がり、皆その場に立ちすくみます。布団の手前にも血痕は飛んでいました。すでに意識は朦朧としているようで父や榮三が声をかけても応えはありません。しばらくして、いつもの医者が駆けつけたときはもうその肉体はすでに抜け殻に見えました。

その後、正雄の意識は時に蘇る気配もありましたが結局は会話にはいたりませんでした。朦朧としつつも、何度か美戸たちへ聞き取れない言葉を繰り返していました。そして、その数日後、何か小さくつぶやいたのが永別の一言となりました。三月に美戸が十六歳の誕生日を迎えてほぼ一ヶ月半後のことです。二十四歳での旅立ち、その顔貌には消すことのできなかった悔しさが潜んでいるようでした。美戸はそこに自慢の次兄を救えなかった自らの悔悟をたたみ重ねたのです。

正雄の自宅療養中は、美戸の期待ほどには見舞客が多くありませんでした。ただ、自宅での葬儀にはテニス関係者など予想よりかなり参列者は多かったのです。美戸は、会葬中、次兄が優勝して富山市内を凱旋行進したときの賑わいを思いだしていました。あの時のなんともいえない賑やかさ。そして今日の底知れず深い静謐。いのちある日々と終末に思いを馳せました。そして、美戸は反芻します。幻夢のなかの母との別れ、早逝の娘を呼びかけつつ逝った祖母、人形姿で帰天した姪、そしてたったいまの壮絶だった次兄。十代半ばまでに遭遇したさまざまな永別。そこまで思いをめぐらしたときふと、長姉の姿が脳裏に出現しました。すぐに美戸は無心で頭を振ります。

（姉さんは大丈夫。療養所にいるし症状は悪くなっていない）

立方形の白木の棺に座位で納められた次兄。これからが人生の本番だった次兄。スポーツ以外でも仲間たちからとても好かれていたすてきな人物。

多くの会葬者への挨拶に忙しい父や長兄。それを美戸はやや遠巻きに見ていました。家族への躊躇はあったのですが、美戸は喪服ではなくて兄が最も好んでいた薄紫を基調とした和服を身に着けています。姉が師範の指導のもとに縫いあげてくれたものです。その袂には大切な写真が入っていました。それは美戸が長らく座机の上に置いていた写真。次兄がテニスラケットで返球する直前をとらえた自慢のポーズ。

（兄は燃え続けていた。生と死のはざまでぎりぎりまで生の炎を燃やし続けようと葛藤していた。だから喪服は着たくない）

正雄は本音では知己たちによる葬列で送られることを希望していました。父や長兄は迷いつつ何度も話し合っていましたが結局は断念。それは、経費の重い負担や準備の大変さ、また既にこの慣習があまり行われなくなったというだけではありません。むしろ、葬列があの栄光の優勝凱旋の行列を思い出すことがなんとも辛いのです。家族だけではなくおそらく周囲の人たちにとってもそうでしょう。

正直のところ父や長兄は、モトエの方が先に旅立つのではと案じていました。モトエも正雄も病魔に侵される前は同じように連日、身体を酷使していました。裁縫・家事一般と事務仕事、また文芸への関心とテニス三昧などと二人は仕事や趣味では、違った世界で過ごしていました。ただ、肉体的な負担と無理強いという面では似たようなもの。そしておそらく、正雄の方がずっとその度合いが激しかったのでしょう。家族にとっての救いといえば、正雄がその短い生涯を自分の大好きなことに精一杯に生き、燃焼しつくしたことでした。

それにしても昨年の秋から今年の春にかけ二つも葬式を出すとは。そして気が付けば今や五人の仲良し兄姉が四人に、三人いた姪甥が二人に減じてしまったのでした。

それから一ヶ月もせぬうちに新たな事態が家族を襲います。美戸がよく咳き込むようになったのです。父や長兄はなんども病院への検診を進めます。でも美戸は「すぐ直るちゃ」といって頑として受けつけません。そこで二人は策を練ったようで、キクエも一緒に検査にいくように説得されていました。

「美戸っちゃん、私と一緒に病院へ行かんまいけ」

「わたし病気にならんから大丈夫。わたしちゃわが家の看護婦さんながだから、おちおち病気になっとられんがや」

「私も一緒に検査するがだよ」

それは、なんとも魔法の一言なのでした。

「キクエちゃんも一緒に検査に行くがけ。わたしに付いて来てくれるだけやなくて」

「うん、とうさんやにいさんに言われて、私も念のため検査することにしたがや」

「そやけどキクエちゃんいつも元気だし、別に行かんでもいいようなもんだけど」

二日後、市の中心部にある病院には若い二人の姿がありました。X線の直接撮影による検査が一般化し始めるのは一九三六年ごろからで、それまでは一部の病院での実験的な試行でした。二人が病院で受けた検査は問診に胸部の打診、聴診器による呼吸音の確認、痰の採取で顕微鏡による結核菌の特定といったものでした。かなり進行してからでないと発見されない場合も多く、血痰や喀血でようやく深刻な事態が判明することの方が多い時代でした。

検査の二週間ほど後、家族で夕食を終えキクエが友人宅に出かけた後のことです。

美戸は長兄から小声で呼び止められました。

「美戸ちゃん、驚かれんなや。この前の病院での検査のことや」

「病院？」

美戸は咳も収まりほとんどそのことを忘れかけていたのです。

「そうや、キクエちゃんと行ったやろうがいね」

「ああそうやった、そうやった。検査はどうだったけ。もうわたしちゃ元気やよ」

美戸にはもはや咳は遥か過去のことのようです。しかし、憔悴気味の兄の口からは、意外な言葉が飛びだしました。それを知らされた時、美戸はまさに腰が抜けそうになりました。

「キクエちゃんが？　キクエちゃんだけはそんなことにならんと……」

長兄の勧めで、唾液や痰などの検査したキクエと美戸、美戸には細菌汚染の兆候は無し。ところがキクエの方の結果はどうも怪しいのです。

来たる年は少しでもよき年であってほしい。それが、長姉を療養所に送り、幼子を失った家族の昨年末の願いでした。しかし、その直後の次兄の永別と続いた悲嘆。だが暗い影はまだ去らないどころか、ますます膨張して大谷家を蝕もうとしているかのようです。

キクエの検査結果は間違いであってほしい、それが皆の思いでした。

この間、家族が一番気にしていたのは美戸の健康のことでした。なにしろ、姉と次兄という重い結核患者の看病をすぐそばで続けてきたのです。キクエに比べその接触時間が数段に長かったのです。

「咳は出とらんがけ?」「微熱はないがやね?」「痰に血は混じっとらんけ?」

日頃、父、長兄、兄嫁そして親戚の面々もしきりと美戸に尋ねていました。

そのたびに「わたしは大丈夫。こんなに太っているし」と答えます。たいして肥満でもないのに皆を笑わせたい思いもこめていつも繰り返します。ただ、皆の深刻そうな表情が和らぐことはないのです。

次は美戸が犠牲になるのでは。当然、業病からのがれることはできないのではないだろうか。そういった雰囲気が父と兄夫妻を覆っていました。だか、事態は予測をあざ笑うかのように反れたのです。力がみなぎるように見えたキクエの方に、病魔が目を付けこんだのでした。

その少し前のことでした。正雄の他界の前後に大谷家の父子の間でちょっとした摩擦があったのです。いつも親し気で、家族からだけでなく近隣からもいい親子関係とみなされていた間での珍しい対立。実は桊次郎の考えにそった、ほぼ美戸だけによる看病に対して、兄桊三は終始反対していました。昼の看護は美戸に任せるにしても夜は自分も看病したい、と桊次郎に申し出ていたのです。しかし、父は決して首を縦に振りません。榮三はことあるごとにその主張を続けていました。経済的には大黒柱である榮三ですが、家長たる父の意思を無視しての強行はできません。説得への努力が続きます。

「とうさん、美戸ばかりに看病させすぎると菌にやられてしまうがいね」

「うん、しかし、他に手がないがやちゃ。わしも時々手伝っとるし」

「それやから、わし方でも少し手伝うようにしてみるわいね」

「いやいや、それはダメやちゃ」

「なんでね」

「おまえはあんま（長男）ださかい」

「…………」

「…………」

「美戸はがまん強いから弱音をはかんけれど、実際はかなり疲れとるかもしれんちゃ。わしはともかくとても元気だし」

「……おまえはこの家を継ぐがやぞ……」

「そういうても、このままひとりだけに任せておくと疲労しすぎて肺病を引き込む恐れがあるがでないけ」

「美戸は一番若いし、いつも元気でよう食べとる。だから大丈夫だちゃ」

「正雄だって若かったろうがいね。療養所にいるモトエだって若いがですよ。それでも病気にかかったがやし、やっぱり疲労が問題やちゃ。わしもまだ若いがだから少々看病しても大丈夫や」

「だけど、お前の体はお前だけのものやないがやぜ」

「それは美戸も同じやろうがいね」

「お前とはやっぱ違うがやちゃ」

「大事ないのちでは同じだちゃ」

「お前は大谷家のあんま、長男ながやぞ。お前に何かあったらどうするがや。大谷家はどうなるがや。まだ小さい子どもたちもどうなるがや」

兄は黙りました。しばしの沈黙が続きました。障子に映ったふたつの影はややうつむいたままでした。兄は黙ってその場を離れたのです。

(次は自分ではなかった。まさかキクエちゃんが……。一番の仲良しでいろんなところへ一緒に出かけるキクエちゃんが)

このところ、美戸の頭はそのことで堂々巡りをしています。

近所の人さえも二人の親しさをよく口にしていました。モトエの発病後、睦子に正雄と永別が続きました。その前後にも、しっかり者のキクエがなにかにつけていつも美戸の近くにいてくれたのです。一方、キクエは進学勉強に専念するため、妹が看病に尽くしていることをとても感謝していました。キクエは相手が年少の妹であろうとその気持ちを美戸へ表わすことに躊躇はありません。まだ十代の二人。病がもたらす諸環境が彼らを年少の成人にしむけるのでしょうか。お互い尊敬し感謝しあうことの大切さを知らず知らずに学んでいたのかもしれません。天が与え続ける試練を、美戸はさほど苦にもせず受け止めているように周囲には、みえました。ただ、美戸の脳裏には、キクエとはこの先も長く長く自分と人生を共に過ごしてゆく存在、ということはものごころがついて以来、ゆるがない確信だったのです。それはほぼ無意識にもかかわらず確固たる大前提だったのです。

梅雨入り間もない夜のことでした。キクエには重篤な病症も特に現れず美戸の強い希望もあって相変わらず二人は床を並べて寝ていました。静けさのなか、しみいるような雨音が外に響きキクエが隣でかすかな寝息を立てています。

美戸はなかなか寝つけません。そのとき、父と長兄が隣部屋で声を落として話し合っているのを聞きとめました。それは、この間、すでに他界した二人分を含めて療養中の姉とあわせて三人の治療費用のことでした。経済的には苦しい状態だが、まだ症状の軽いうちにキクエを入院あるいは療養所に入れるか、それとも自宅で看病するかという話でした。二人の心配はキクエと同時に美戸についても及んでいました。

「キクエを隔離しないと美戸にもそのうち感染するちゃ。キクエは正雄と夜によく運動の話していたし、正雄からうつったがや」と父が推し量ります。

「そうとも限らんちゃ。キクエも友人が多いし、外で肺病をもらったということもあろうがいね」と兄は家庭内感染にやや否定的です。ただ、なんとかして美戸を業病から遠ざけようという点で二人の意見は一致していました。美戸は聞き耳を立て続けます。よく聞き取れないところもあるのですが二人の結論は、キクエの病状が悪化する前に病院か療養所へ入れようということでした。たとえ借金をしてでも、なんとかしよう。二人は何度も長い沈黙を置きながら話を続けていました。美戸は濡れてしまった枕に手ぬぐいを置いて天井を仰ぎました。

（キクエちゃんとは離れて住みたくない。そのためのに和裁塾に通うのを全て休んでも看病したい。離れるくらいなら自分も病気になって一緒に入院したほうがまだいいくらいだ）

キクエは隣ですうすうと寝息を立て続けています。

翌朝、美戸が目覚めるとキクエは既に鏡台に向かい軽い咳をしながら髪を整えていました。美戸は昨夜のことをすぐに思い出し、ぬれた枕を布団の中に押し込みます。そしてキクエに悟られないように、うまく畳んで押入れしまい込みました。キクエは軽い整髪の後、再び自分の布団に戻ります。

「美戸っちゃん、急がないと塾に遅れるよ」と美戸の背を押すようにして言いました。

「わたし、キクエちゃんの看病するから今日からずっと休みや」

「大丈夫だちゃ、私ちゃ咳がちょっと出るだけだから。感染しとるゆうてもおいしいもの食べて休んでいればだんだん良くなるがや。友達で軽い人はみんな治ったがだよ。あんたはそんなこと心配せんと早く行かれんか」

美戸はそれを聞き終えないうちに、となりの居間へ飛ぶようにして行きます。そして、食卓を整えている兄嫁と長兄に、「わたし、キクエちゃんの看病するから今日は休むちゃ」と告げるのでした。

勘のいい長兄はその一言で昨夜の話を聞かれたことを理解したようでゆっくりと言い添えます。「キクエちゃんは重くないし、今日は家政婦さんが来る日だしあんたは心配せんと塾へ行かれ。正雄と全然病気の程度が違うがだから。でも、キクエちゃんは軽いけど用心のため明日から二階で寝てもらうちゃ」

やや離れ、黙って新聞を読んでいた父は、やや意味ありげに美戸を見やりましたが特に付言はしません。

「でも、わたしが看病せんと、そのうちキクエちゃん病院に入れられるかも知れんし……」と美戸。すると奥の方から「美戸っちゃん、私、大丈夫って言ったろがいね」の声が居間に反射的に届きました。美戸は小声で話していたつもりでしたが、隣部屋からキクエがさえぎったのです。「ほんとにキクエちゃん、病院に入れんがけ?」美戸はささやくように兄に聞きます。「そうだちゃ」長兄は即座に返答します。その確固とした表情に美戸は昨夜のことがなんとなく夢のような気がしてきました。そして、まだ少し考えていましたが、「塾へ行く」と周囲を安堵させたのでした。父も長兄も入院についてまだ結論を出していなかったのでしょう。

その後、ほぼ二ヶ月間は小康状態でしたが、春の盛りにキクエは少々喀血しました。病状はとどまってはいなかったのです。そんなに日を置かずに、咳の響きが重苦しさを含み始めました。ただ、正雄の時ほどの血量も咳のカスレ音もひどくはありません。二階で次兄が使用していた寝具類は既にほとんど焼却処分されていました。今度は同じ場所にやや明るい色合いの寝具が敷かれていました。美戸はモトエ姉の発病のときにキクエと一緒に準備したように、部屋の飾り付けを提案します。けれどもキクエはあまり乗り気ではありません。なにか、長姉と同じようにすることで病が長引くのを避けたいとの本能が働いたようにも見えました。美戸は、立山連峰を背にした富山市内の大きめの写真だけを部屋に飾っておくこととしました。二年前から二階の一室はまるで次々と負傷兵が入れ替わる野戦病院そのものです。そして、美戸の本業は看護と介護であって、和裁の勉強のほうが副業になってしまったのでした。

正雄が帰天した頃はまだ小康状態だった療養所のモトエは、夏の暑さが激しくなるにつれて病魔の浸潤は恐ろしく速くなってゆきました。台所での最初の喀血から一年もたつころには、ますますやつれた姿を家族の前にさらし出します。目のまわりの隈ばかりが増して正視するのが辛くなってきました。

この間、正雄の悲報とキクエの発病はモトエには知らされていませんでした。美戸が療養所を見舞うときはともかく、和裁の話題を連発するのです、モトエはこの二人の世話をその乳児時代からしてきました。そこへ話題がいかぬよう工夫するのは至難の業です。ともかく、弟も妹も学業や趣味で超多忙な日々なのです。長姉は、故郷の自然や季節の変化をこよなく愛でます。その関心を引くように浜黒崎周辺の早春の様子や自宅近隣のいたち川、やや離れた松川、そして神通の大河の四季や風物の映えと移りを美戸は次々と伝えるのです。

晩春の頃、モトエはきょうだい二人が見舞いに来なくなったことを時々尋ねました。ともかく仕事や勉学でとても忙しい、という口実で家族はごまかしてきたのです。その頃から、貧血のせいもあってかモトエの判断力にむらが生じ、日によってはかなり落ちていました。皮肉なことですが、かえってこの点では幸いしているともいえるのでした。

初夏になってからは、モトエの意識が不鮮明な日々も増え、そういった問いかけも出なくなりました。ハーモニカを吹く気力も減じてきました。それでも美戸が訪れた日の体調は珍しく良かったようで、一緒に『旅愁』と『荒城の月』をゆっくりと合奏しました。

「美戸っちゃん、この楽曲と歌詞をつくるとき滝廉太郎と土井晩翠は富山のお城跡を心にとめておったがそうやよ」

「そいがけ。わたしなあん知らなんだ。二人で一緒に富山城址を見に来られたがかいね」

「なあん、そうでないがやと。廉太郎は子ども時代に父親の仕事の関係で富山に住んどったがや。晩翠の方は詩を作るために、会津や仙台、そして富山などの城跡を歩き回ったがらしいがやと。二人で相談もしないで、偶然ここが舞台になるがちゃ、なんとも不思議やねえ」

「そうやね。そんなことも世の中にあるがやねえ」

童謡や唱歌好きのモトエ。体力と精神力が減退してもそれが慰めになっているようでした。それから、モトエのハーモニカによる『故郷の空』と『蛍の光』がゆっくりと室に流れました。その両曲はなんとなく似ており、実におだやかな時間がメロデーとともに流れます。それは窓を通して深い青に染まったはるかな連峰の方に漂ってゆくようでした。

美戸はややぼんやりとこれらの曲の歌詞を思い起こします。そこにはすぐ近くの山陵や日ごとに変わる月模様が重なります。また、今年はもう過ぎさった蛍の群舞、やがてやってくる降雪、それに加えてセピア色の亡き母の像も思い浮かぶのです。そして、そのすべてを包んでくれるような故里の大地も。

「美戸っちゃん、これからも、ハーモニカの練習をしられや」

山並みから下ってくる微風のような消え入るような声。モトエはさほど苦しげもない表情のまま美戸を少々見やり、窓の外の連峰に再び目をやるのでした。

その数日後のことでした。初秋の静かな雨の日でした。痩せ細った二十代半ばの身体は昏睡のまま、その父と長兄夫妻、美戸に見守られていました。幼い姪甥たちは親族に預けられ病人との同室は回避されていました。モトエは最期の数ヶ月がそうであったように、青白い顔のまま枯れ木が静かに朽ちるように旅立っていったのです。

葬儀は正雄のときとはうってかわってごく内々でとりおこなわれました。肉親以外では、よく姉を慕っていた和裁塾の生徒たちが数人参列。美戸は胸から腹部に穴が開いたような感覚にずっと襲われていました。時はちょうど金木犀が巷間にその存在を届け始める頃でした。モトエはその芳香も、そしてまたそのつぶらな花模様もとても好んでいました。それは、満天下のひとびとに、その香りが清秋を送り届けるなかでの旅立ちでした。無性に懐かしく、永久にかぐわしい金木犀。悲嘆のなかでそれがささやかな救いでした。だから美戸は思ったのです。

（金木犀の花開く候、それは姉さんがわたしたちを訪ねてくれる時）

若すぎた別れ。棺に折り込められるモトエを見送りながら十六歳の美戸は濡れかすむ視界のなかで反芻していました。

（神さまも仏さまも、母とその代わりの良き人たちをわたしからまた奪ってしまった。初めは産みの母、次にはその人の母親を、そして今度は……。最初の母はわたしに命を、母の母は優しさと感謝と向上心を、そしてこの若き母は技術、和裁をわたしに与えてくれた。心から尊敬していた姉。神さま、仏さまはどうしてこんなにわたしと家族には厳しくされるのでしょうか）

美戸は火葬場の煙突から姉の化身の白い煙が青空に消えるのを仰ぎながら、またこんな風にも思ったのです。

（姉さんだって十二歳で母を亡くしたのだ。本当はわたしよりももっともっと、「かあさん」と呼びたかっただろうな。わたしには母代わりだったのだけれども）

上空を突風が吹き抜けて棒状の煙が身をくねらせ、美戸は現実に戻されました。そしてすぐに、今の自分にとって一番大切なことを自覚したのです。

（キクエちゃんだけは絶対に守るのだ）

美戸はこれまで以上にキクエの衣食の世話をきめ細かく準備しはじめます。その言動が変わって、なにかに憑かれたようです。ただ、長兄夫妻は美戸が過労で病魔を呼びこまないかとますます気がかりになるのでした。この家に相次ぐ厳然たる宿命から一刻も早く逃れたいと願いつつ。

実の姉妹であってもキクエはモトエとはいろんな点で対照的でした。モトエはひとりでいるのが大好き。まだ、療養所に行かず自宅の二階で静養中のときは「美戸っちゃん、あんた自分のしたいことしとられ。私、困ったとき呼ぶから。一階にいてもいいがだよ」とよく言っていました。そう言われても美戸はあまり姉のそばを離れませんでした。実は単に姉を慕う心からだけでもなかったのです。姉の体調のいい時には裁縫の教授を受けるという下心も少々あったからです。当初はまだ排便補助が必要ではなかったから、介護や話し相手と同時に、習い事もちゃっかりとしていたのでした。

一方、キクエは寂しがりでひとりが好きではありません。教室でも人気者で成績も上々、しかも運動選手で県代表も経験。ですから、いつも周りに人が寄り添ってきます。

美戸は今日もキクエの部屋の清掃、床の移動、身体の清拭、浴衣の着替えなどの日々を続けています。あるとき、ふとキクエの介護に際して、表現しがたいとまどいを感じることに気がつきます。モトエを看病していたときは、年の離れた妹に面倒をかけることへの後ろめたさと遠慮の感じがじんわりと伝わってきました。ところが、キクエの場合は、それとは違う感覚なのです。それはとても親しいことと関係がありそうでした。なにやら看病している現実感が伴わないのです。なんともいえぬ「そうじゃない」といった違和感が終始漂ってくるのです。いわば幼いころに一緒に楽しんだままごと遊びの感覚。昔日とは違って今度は自分が親役になって面倒を見ている感じといえばいいのでしょうか。他方、キクエの方は年齢が近い妹に世話をかけるのに抵抗を感じているようです。

そうして美戸は思いいたりました。

（こうした抵抗感覚また苦労や逡巡は、年の差の多少に関係ないだろう。看られる側も看る側にも、心身に病や障りがある時は「お互いさま」なのだ。また、こうしたことは人生のなかでそれぞれに立場が逆転することも往々にしてある。そのことをどうまく伝えたらいいだろうか。年下にとってはその点がなかなか難しい）

モトエは髪結も単純なものを好みましたが、キクエはやや派手好み。和服よりは洋服が好きで和下駄等もあまり持っていません。食事は長姉と同様に好き嫌いがなくその点は調理を手伝う者としては有難いです。ただ、やはり最初は普通だった食欲が、先の少量喀血の後、徐々に細くなってゆくのが気になります。幸い日常、新聞もよく読むし、胸の苦しさを訴えることはほとんどありません。

キクエの症状は明らかに姉や正雄とは違っていました。半年たっても痩せることなく、本人も「そろそろ勉強を本格的に再開せんと遅れてしまうがや」ということも口走ります。ただ、足腰の筋力の衰えのせいか、ときどき支えを必要としましたが、ほぼ自力で入浴もできます。褥瘡はなくただ腰の下部にほんわりと肌が赤黒くなっているのがやや気にかかる程度です。そこには軽痛はあるのですが看護には差しさわりません。

美戸はできるだけキクエと一緒にいる時間を作るようにしました。話し好きのキクエはいくつもの夢を美戸に語ってきかせます。「また東京を旅したい」は何度も繰り返します。美戸は東京はそんなに魅力あふれるところなのかと改めて思いました。と、同時にキクエがともかく若くして招待で上京できたのにはやはりうらやましいと思い、そう感じる自分が恥ずかしいと反省もするのでした。そして以前と変わらぬ発想を繰り返す自分を発見して、成長してないな、とますます恥じいってしまうのです。

キクエは夢を語るだけでなく睡眠中も夢をよく見るようでした。役者になった夢も美戸にだけ話したことがあります。友人たちの間で広がった「女優の及川神話」が彼女自身にも投影していたのでしょうか。美戸は本心に反して、そのことで少々冷やかしてみたりもしました。ただ、ここでもまたそんな夢さえ見ない自分とキクエとの大きな違いを再発見するのでした。

キクエは六歳で最愛の母を亡くしました。この年齢では知恵も付きだして母親をとても求める年頃であったことでしょう。キクエの死への強い恐怖心はその時の喪失感から来るのかもしれません。ただ他方で、死を平気で口にすることも時にはありました。なにか奇妙な憧れさえある風なのです。母と再会できるような幻想を語ることもあり、ただ、それは観念だけの言い回しとも思えました。また、次兄や長姉の他界の衝撃はキクエにも大きかったはずなのに、美戸ほどには繰り言も繰り返しません。美戸はモトエから和裁など直接習っていましたし、看病での長い共有時間がうみだす一体感がありました。一方、キクエにはなんといっても外に良き友人が多かったのです。

美戸は先の兄姉の介護時のようにキクエにも誕生日の祝いを考えていました。意気込んでそれを父と長兄に話すのですがあまり乗り気ではありません。なによりも家族二人を失った今、誕生会はむしろ辛いことなのです。というのも彼らの誕生会とその後の経緯の連想を避けたいのです。キクエは比較的元気なだけに周辺のものごとへの関心は高いものがあります。その一方、路上の人々のうわさ話や笑い声には姉たち以上に耳をそば立てているようです。

キクエは病床に就いた当初、部屋の飾りはいらないと言っていました。しばらくすると父の盆栽で実がなるはずの金柑を置いてくれるよう頼みました。また、モトエと同様に初夏には蛍をとってきてくれというのです。そして、やはり蚊帳の中にそれを放して楽しんでいました。美戸も父や長兄に内緒で家族用の大きな蚊帳の中でキクエと一緒に蛍と遊んだこともあります。そういうとき、キクエは「美戸っちゃんも蛍たちも肺病にかからんように」とよくつぶやくのでした。また、モトエとは違って部屋の紙障子に移る影には、どんなものでも喜んで眺めていました。そこはある種の影絵遊びの場にもなっているのでした。

そのうち、キクエは気が変わったようで部屋飾りを希望しました。モトエの時に活躍したブリキ缶入りのおみくじ、金魚鉢も復活。秋になると卓球大会の記憶がよみがえったのでしょうか。優勝額、優勝旗の写真、表彰状をタンスの上に鎮座。他の晴れやかで輝かしい写真も貼ってくれるようせがみました。

「全部、夢みたいちゃ、私ちゃ本当に優勝したがかな」

キクエはタンス上のそうした品々を見てつぶやき、美戸は直ぐに反応します。

「キクエちゃんまだ十八だろうがいね。卓球すごく強いがだから、まだこれからいくらでも優勝できるちゃ。今度は北陸大会で、そしてその次は東京でも勝ち残れるよ」

低い茶箪笥の上には四季にあわせて花が部屋に飾られていました。モトエが元気な頃、花を活けるのを美戸はよく観察していました。そのとき、その要諦だけは耳学習していたのです。そうした門前の小僧でしたが、それを思い出しつつ飾るのです。キクエはとても喜んでくれ、そのことは活けること以上に、美戸の気持ちをさわやかにしてくれるのでした。

「これモトエ姉さんから習った池ノ坊流です」といったあとで、「ということにしておくちゃ」と言い添えます。すると、キクエはほのかな笑顔を見せてくれました。そして、その笑顔だけで美戸はその一日は元気に過ごせそうなのでした。

木桶の水仙、机上の藤、父の部屋から運んだ鉢入りの桃色の牡丹、やや奇をてらって銅鍋に刺したアジサイは大好評をはくしました。キクエだけでなく家族からもほめられ美戸はすっかり、自己流の生け花に自信を得たのです。

キクエは思い出も楽し気に語ります。キクエのことはなんでも知っていると思っている美戸が知らないことも随分とあるのです。何度も聞いたと思った東京旅行の話もそうでした。幼時に一緒にしたままごと、たこあげ、紙芝居見物、あやとり、川遊び、線香花火、いたち川の上流からの立山連峰の清楚な遠景、そして四季と朝昼夜で変わるその色合い、校庭先での散歩、兄のテニス見学、もちろん彼女の卓球大会と練習も、ゴム飛び、お手玉、路上でのあんたがたどこさ、それはもうキリがないほどです。

キクエには仏教や宗教への関心はほとんどありませんでした。涅槃とか救いというようなことを父や姉から聞かされていましたが、現世の楽しみにこそ関心が大きいのです。生への思いの強さとはどのくらいなのかは美戸にはよくわかりません。ただなんとなく、キクエの思いはモトエの諦観ほどは潔くなく、正雄の執念ほど粘っこくはないように見えます。「自分の肺病はたいしたことはない」と心底思っている様子です。むしろこれまで姉たちの看病で身を粉にしてきた美戸のことを不安視していると思えるほどでした。今は自分のために日々動いてくれているが、突如、美戸の方が重く発病するのではないかという疑念すら感じ取られるのでした。

兄嫁のセツは美戸の健康には非常に気をつかっていました。ちょっとでも美戸に疲労の色が見えると、自らも育児に追われているのにもかかわらず、美戸を手伝おうとします。その様子もキクエの美戸への気がかりを高めているようでした。

キクエの友人たちの訪問は夏休みを過ぎてから徐々に減ってゆきました。病状は一見さほど悪くなっていないので、そのせいだとは思えません。秋の新学期になって彼らの勉強が忙しくなったこともあるのでしょう。ただ、亡き母の友人で、以前キクエの担任をしていた教師の訪問はありがたいことに続いていました。また、少ないとはいえ何人かの特に親しい友はよく見舞いに来ます。キクエには彼女らのいたわりのことばに感涙する一方で、病状を細かく聞かれることへのとまどいも見受けられました。長姉の時と同様に「答えに窮す」のです。見かけは一見、健康人と変わらない点が、やはり姉兄たち同様に肺病患者の辛い所でもありました。

時々訪ねてくる見舞客のなかに中村という青年がいます。美戸にはどこかで会った記憶がありました。思い起こすと、確か次兄の親友のひとりのはずです。一度キクエと二人で川沿いを散策しているのを見た記憶があります。その時は気を利かしたつもりで木陰で身を隠して避けたのでした。

彼の見舞いの時は、美戸は一階に降りていましたが、茶を運んだ際に二人の会話を耳にしたこともありました。それによれば彼もまた卓球の選手ですが、大会での優勝経験などはないようでした。ともかく会話がとても弾んでいて、そのときだけはキクエの目は輝き、まるで肺病人とはとても思えないのです。

　あるとき、彼は手に小さな布袋をもって二階から降りてきました。その小袋はモトエが生前、縫ってキクエに贈ったものです。確かその中にキクエは卓球のラケットを入れていたはずです。美戸は事情をすぐ理解しました。

（キクエちゃんは、大切にしていたラケットのひとつを彼に贈ったに違いない）

　友の来ない日、キクエは読書や美戸との雑談。親しい人がそばにいて話してくれる喜びをキクエは素直に顔に表すことが長所でもありました。和裁洋裁など、キクエが詳しくないことでの美戸の習いごとなどの話題は新しい刺激となって気分が高まることも多いようでした。美戸はいつも強調します。

「キクエちゃんは絶対大丈夫だちゃ。姉さんやちい兄さんと違って痩せとらんし、咳も少ないから。わたし、もう何年も兄さんたち見てきて看護婦さん並みだから心配しられんな。健康優良児のようなキクエちゃんと姉さんとは大違いやらちゃ」

　キクエはやさしく苦笑するだけです。ただ、運動愛好家のキクエのこだわりからか、美戸だけは別として、周囲の眼を盗んではかなり無理して身体を動かそうとします。寝たままでも両手を上げ下げしたりからだを左右にやや激しく移動させます。医者からは強烈な動きは厳禁されていたはずなのですが。

　その年の秋から冬にかけての寒さはかなりキクエには堪えたようでした。いちど、美戸は一階で炊事を終え二階に戻って驚愕したこともありました。キクエが窓を開けて部屋で柔軟体操。すぐに慌てて止めさせて布団へ押し込めました。しかし、そうしたことはその後も発覚。医者の厳命を破るのは、栄光を味わった運動選手の血がそうさせるのでしょうか。

一般的に肺病の経過は実に多様です。病弱体質なのに何年も一進一退を繰り返す患者もいます。かと思えば、壮健な肉体の持ち主が数ヶ月で不帰の人と化すこととも珍しくありません。モトエは小康を繰り返し、正雄は急変したのでした。

寒気が増し、木々が葉を落としてやせ細る季節の到来。それに引きずられるようにしてキクエの身体は衰弱してゆきました。夏の暑さで消耗したモトエとは逆に、冬の寒さが打撃になったのでしょう。運動神経と同様に勘も鋭かったキクエ。自らの全身がその奥底から発する声をいつの頃からか感じ取りはじめていたようです。美戸にこんなことをときどき語りかけるのです。

「美戸っちゃん、私おらんようになっても悲しまれんなや。私ちゃ、おらんがでないがだよ。私、美戸っちゃんのなかにいつもおるがやから。だから、あんたはいつも楽しくしとられや。あんたが楽しかったら私も楽しんどるとおもうとって。だからあんまり悲しまれんちゃ。あんたが楽しく長く生きとれば私もいっしょに長いじかんをすごせるがやよ。私、いつもあんたといっしょだから。あんたが私にあいたいとおもいちがいして、はやまったことすると、あんたも私もきえてしまうさかいね。わすれられんな」

美戸は何と答えていいかと、いつも迷いました。

そして、「へんなこといわれんな。キクエちゃんも一緒にずーっと長生きするがやから」と繰り返すだけでした。

新年を迎え、それから三ヶ月の間にキクエの病状は激変してゆきます。春爛漫となるはずの四月の直前でした。桜花の散る候と時を同じくしてキクエははるかな別世界へと駆けるようにして向かっていったのです。

キクエがとても愛していた沈丁花の香りが会葬中に漂っていました。それが手向けとなったのがせめてもの家族の慰めでした。ちい兄さんが旅立ってからちょうど一年ほど、長姉が逝ってからまだ半年目の急展開でした。

病状の展開が正雄ととても似ていたのは運動で体力を使い切っていたからでしょうか。その上、勉強でも常に深夜まで努力続けたことが仇だったと思われます。それが死病を増長させたのに違いありません。自らの身体への過信も引き金になったかもしれません。

それは美戸が十六歳になってまだ一ヶ月もたたない春の真っ盛りの頃でした。回復を確信しながら看病に取り組んできた美戸にとっては、これを言葉にするすべはなかったのです。

キクエは結局、大量喀血もしなかったのに、意識混濁が一気に進みました。その前後から美戸の記憶はまるでキクエの状態が投影したかのように混とんとしています。意思が通じなくても美戸はずっとそばで看病を続けていたはずです。ただこれまでとちがい家族や医者、看護婦、家政婦の出入りがずっと増えていた気がします。

永別の瞬間さえ、また会葬の情景もその混とんのなかにありました。なにか夢か、霞のなかか、雲上をさ迷い歩いているのか、何日間もそのような時間が続いていた気がします。ただ、その中でぼんやりと残っている光景がありました。

最後の別れの時、よく見舞いに来ていた中村青年がなにかを手にして座棺に入れようとしたのです。それにはなんとなく見おぼえがありました。色彩豊かな刺繡をした小さな布袋。ただ彼はかなりためらっていました。その行為が繰り返されたのです。おそらく周囲はかなり注目してみていたことでしょう。ただ、その後の美戸の記憶は消えてしまっているのです。

（葬儀はどうだったのだろう。おおげさな葬列はしなかったはずだ。キクエは次兄が生前、希望していたことにやや辛口だったから。意識が薄らいでゆくなかで、生と死の揺れ動きはあったのだろうか。キクエはその本心ではモトエの心境に憧れていたのではなかろうか。それに近づきたいと。最期の極みに、きっとふるさとの山や川、四季の変化の移ろいの美しさを想起していただろう。それにはわたしも確信が持てる。でも、わたしのことを思い出してくれていたのだろうか）

街の火葬場は、榮三の勤務する模範工場から遠くない街はずれの田園地帯との結界のようなところに位置しています。近くには立山信仰を象徴するように登山道への道標の石柱もあります。ほとんど雲のなかでわずかにいくつかの峰々を見せている連峰を見ながら、美戸は幼き日に祖母から言われた呪文のような言葉を思い出していました。

それは「あしくらもいわくらもあいのいりくち、いわくらもあいなら、あしくらもあい」といったようなことでした。それは立山に向かう麓の二つの寺の芦峅寺《くら》と岩峅寺のことです。その両寺の「あ」と「い」で「あい」が守られるというのです。なぜそれを思い出すのか美戸自身もよくわかりません。ただ、美戸が常々祖母をまねて唱える「神様、仏様」が一緒になって一つのかたちを麓と山頂そして連山に具現しているように急に思えたのです。

会葬から数日後のことでした。美戸は二階の自宅病室に足を踏み入れました。もうそこには誰も横たわっていません。キクエもモトエも、そして正雄も。やや色あせた畳の部屋。ただ、長らく布団の回りに敷布を敷いていた部分の近くは日にもさほど焼けず、畳に少々まだうす緑色が残っています。

美戸はひとりでそこに座り込んでいました。押入れ前にはキクエが愛用していたいくつかの遺品が積んでありました。ただ一つ消えているものがあるのに気が付きました。いまやキクエの形見となってしまったあのマントです。

あの日、キクエが初めて東京に立つ日のことでした。美戸のキクエへの憧れ。そして確かに心の奥でうずいていたかすかな羨望。そのマントはいつもゆっくりとその日のことを思い起こさせてくれていました。その夜、そっと触らせてもらったあのマント。キクエが上京の前夜に枕の上においていたマント。それだけがそこにはないのです。

（そもそもマントはあったのだろうか）

美戸は何やら現実と幻夢が混濁してゆくように感じるのでした。

「美戸は人が変わってしまった」家族や周囲は、そうささやきます。今や美戸が発作的に行動を起こすのではと危惧されました。それは業病につけいられる可能性と同程度かあるいはそれ以上かもしれない、と思われるのです。十人家族が二年ほどで次々と四人を病で失ったのです。もはやこれは震災か戦災なみの被害といって言い過ぎではないでしょう。

陸続と大谷家の家計を襲う治療費用の請求書、「肺病の館」とやゆされる近隣の白眼視といわれもない噂。当時の科学知識からさえも荒唐無稽な「あの家は呪われている」とか、「はるか先祖が悪行を働いた報いだ」とかいうひどいものまでありました。闘病とは病気の本人に留まるものではないのです。特にそれが伝染性の病の場合は、家族や近しい人々にとってもまた心理戦争なのです。

美戸は、いつまでたっても茫然自失の状態から回復できずにいました。親しさにとどまらず尊敬と憧れの対象だったきょうだいたち。近しい師であり、よき先輩でもあり相談相手で散歩と斉唱の仲間。それがみるみるうちに奪い去られたのです。

一人でぼんやりしていると、深くて暗い奥の知れない喪失感が足元から忍び上がってきます。それだけでなく、「自分の看病は充分だったのだろうか?」という根拠のない自責の念も心を蝕んでゆきます。

キクエの身の回りの持ち物は、長姉や次兄の時がそうであったように、消毒と防疫のため殆ど廃棄されるか燃やされました。ただ、美戸にはどうしてもそうできない品があって、皆に内緒で自分の衣装棚の奥に隠しました。それがあのマントでした。

葬儀からどのくらいたった頃でしょうか。ようやく、隠したマントの記憶がキクエの面影とともに蘇ってきたのです。それは、キクエが冥界へと誘われる直前のことでした。

「美戸っちゃん、これ私だから持ってて」

美戸は「だって、このマントはこれからもキクエちゃんが使うがやから」と見え透いた言葉で抵抗しました。

キクエは黙ってマントを美戸の膝の方に押し付けます。美戸は重い目つきでそれを見やります。その重さは、キクエの病状の進行からくるだけではありませんでした。それがキクエに贈られた日の自らの感情を思い起こしたのです。その恥ずかしさ。そしてあのマントがこういう形で手に入ることなどあっていいはずがないのです。

キクエはここでも最愛の妹へひとことを忘れませんでした。

「でもね、美戸っちゃん、これは私だけれど、本当の私は美戸っちゃんのなかに住むがだからね。忘れられんな。マントは形だけながやよ」

そしてますます細くなった人差し指で美戸の心の臓あたりを指し示したのでした。

美戸は時々マントを出してみては、その光景を反芻します。

（わたしが、この身をどこかへ投じたら、わたしのなかのキクエちゃんまで道連れにしてしまう）

美戸はゆっくりとそれを抱きかかえて顔を覆いました。子どもの頃から親しんだキクエのほのかな香り。それが天井の薄明るい裸電球の下で蘇ってきます。


美戸には自責、懐古の反芻とともに、ひとつの恐怖心も潜んでいました。

次にだれかが……、の恐怖です。美戸はふと思いました。

（わたしだけが生き残れるということはあるのだろうか。もし永らえることができるのなら、なぜなのだろうか。姉たちや次兄が私よりすべての面で優れていたのに。わたしだってそれなりに一生懸命だった。けれども、きょうだいたちは身をすり減らすようにそれぞれの目的に打ち込んできた。たとえ、それが病魔を呼びこんだのだとしても。もし自分が生き残れるのだとしたら、それはみんなから可愛がられて愛情を受けるだけ受けて、のんびりとやってきたおかげではないのだろうか？

わたしもやられてもしょうがない。皆、病床で「美戸っちゃん、私に近づかれんな！　私に近寄られんな！」といつも言っていた。でも、わたしは平気で近づいた。わたしが病にやられないほうが不思議なくらいだ。いとしい人たちをこれほども奪われて、こんな目にあって、そんなに生きていたいとも思わない。そうでしょう。キクエちゃん、ちい兄さん、姉さん、そうでしょう！）

美戸は日々そう繰り返します。また、もしやキクエの声が空から応えてくれないかと耳をそばだててもみるのでした。

初秋に近い頃、美戸は何を考える風でもなく、電車で上滝方面に向かいました。市街地の南端の地、地方鉄道の始発の南富山駅からは家もまばらで田畑がおおらかに広がっています。揺れの激しい半木造の電車は一面の稲作地帯を進んでゆきます。まもなくところどころに大地主と思われる屋敷林で囲まれた農家が散居風に出現してきます。めざす上滝の公園駅には半時間ほどで到着しました。

下車した駅ホームには激しい水流の音が反響し、駅舎のすぐ下方を用水路が流れています。やや先には赤茶のレンガ造りの用水トンネルが怖そうな大口を開けて大量の水を吐き出し、そのほとばしりの轍音です。北アルプスの山々がため込んだ天水が地下に浸み込み、長い時をかけてど太い水柱となってここで地上へと表出してくるのです。

そこからつづら折りの苔むした坂道を十数分ほど登ると周囲を一望できる公園へと導かれます。ここは美戸にとっては正雄やキクエと何度も来た懐かしい公園です。平日の午後の昼下がりでした。幼児を伴った数組の母子連れ以外に人は見当たりません。一帯には子ども向けのブランコや滑り台など遊具などがいくつもあります。美戸はそこを抜けて、一番展望のよい突端までそぞろに歩いてゆきました。丘上の公園の足もとからは常願寺川の下流が富山湾へと向かって流れています。やや西には富山の市街地、また、その先には高岡や新湊、そしておそらく氷見の一部も望めます。万葉集でも名高い二上山が、その間に位置しやさしげに姿を横たえています。

しかも、ここからは日本海に西方からつき伸びた能登半島も遠望できるのです。その姿は実に長くて、まるで今にも水中にもぐりそうになりながら、その半島ぶりをこれでもか、というふうに富山湾へと突き出してゆきます。他方で、湾の東方は北アルプスの最北端で断崖のようにして連山の先端は海へと落ち込みます。そして湾は西の半島と東の連山の両先端が作り出すまるで内海のようです。美戸はしばしその光景を見つめ続けます。そして、そこでは、今まさにちい兄さんとキクエちゃんも一緒に遠望し続けているのでした。

しばらくして、美戸はそこを離れ、一度だけ三人で歩いた森の奥の踏み分け道へと足を進めたくなりました。なにかに憑かれるようにして少々行くと小さな草地があって、昨日の雨の名残りで居間ほどの広さの水たまりができていました。まだ、初秋には早いのに黄色や茶色の落ち葉が水回りにあふれています。

（みんなちょっと前までは生きた木の葉としてみずみずしく枝をかざっていたんだな）

美戸はしばらくそれを見ていました。晩夏を過ぎかすかな冷えを含んだ微風はその水面をわずかに波立たせ、色づいた落ち葉をすすっと立たせようとします。

（永眠したはずの木の葉たちが、まだ生きているみたい）

美戸はじっと目を凝らします。やや強い風が意味ありげに頬をなぜてゆきます。その時とっさに感じたのです。

（いま、キクエちゃんが触れた！）

そして、もうこみ上げるものをこらえることができないのでした。

どのくらい時間がたったでしょうか。どのくらい歩いたのでしょうか。薄日はすでにかなり西へ傾いていました。再び少々進むと遠方に水色の山並みが見えてきました。そこをどんどんゆけばおそらく薬師岳のふもとに向かうことになるのでしょう。美戸は歩けなくなるまで突き進んでみようかと思いました。そして、道に迷うかもしれないとも。また、家に帰れなくなるかもしれないとも。なんとなく、この先で今はもう再会のできないキクエや懐かしい人々を出会えそうな奇妙な感じがまとわりついてきます。それが美戸を奥へ向かわせるのです。

草の路からやや離れてところに、幹回りが数メートルもあるような古木が横たわるように道を防いでいます。

（こんなに大きな木も倒れるのか）

その幹には深い溝がいくつもあって、そのひとつひとつが何十年もの時間をかけて刻まれたかのようです。もう少しゆくと、今度は人の胴体ほどの幹で、かなりの高さの木がありました。その表面は絨毯のような苔で厚化粧。しかも、その濃緑色の衣装から勾玉のような形の黄緑の草が列をなして、まるで、爬虫類の背のように並んでいます。それがずっとその木の上方まで続いているのです。

（木を覆った苔が伸びてる。そして、そのまた上に草が生えている）
美戸は立ち止まったまま、その木を仰ぎました。その後方にうっすらとした山並み。もうこのままずっと歩いて行ってもいいいな、とさえ思いました。
その時です。まわりの草がかなり高く、また足元の踏み分け道がはっきりしなくなっているのに気が付きました。草の間からは、茨やよこ枝がひどく顔を出しています。クモの巣もますます増えて闖入者を捕らえたいようです。それをしきりと懸命に手ではらいますが顔面にまとわりつくのもあります。全身から汗の噴出。細い茨が足に次々と刺さりました。すぐ抜こうとするとかえって皮膚を切り裂きそうです。既に出血した細い筋がたくし上げた脚部分にいくつか見られます。ひりひりと痛い。それがなにやら底知れぬ怖さを自覚させました。（このまま奥に行ってはよくないかもしれない）
いろんな形の種子が衣服に取りついてきます。遠くで仲間を増やそうという魂胆で、美戸の体の動きを利用してきます。そして、また蜘蛛の巣が上下左右から巻き付いてくるのです。こうした妨害物と格闘を続けながら歩きます。ふと、こうしているうちに熊やイノシシが出ないだろうか。そうした恐怖心も募ってきました。（怖い。戻りたい）
来た道を振りかえりきびすを返して足早となります。ただ実際に戻っているのか迷っているのかもしれないと、全身にますます冷汗が出て焦りが生じてきます。なにか背筋に一条の悪寒も走ります。

（道がわからない。それでもいいと思って奥にやって来たのではなかったか）

しばし天を仰いで大きく息を吸い込みました。またもう一度、体全体を使って深呼吸をし周りの樹々にむかって帰りたい、と念じました。その時、木々の間から確かにひとの声がしたようです。なにか美戸に呼び掛けているようですが、聞き取れません。

（キクエちゃんはいつも、わたしがいないと自分は楽しくないと言っていた。そして今も天上から、樹々の間からそれをやはり繰り返してわたしに伝えているんだ。落ち着いて心を静めて戻れ、と言っているのだ）

しかし、どうにもその位置がはっきりしません。分かれ道でゆっくりあたりを改めて見回すと背の高い草の先が結んであるのに気が付きました。来るときに縛った記憶がないのに、と思いつつもそれがもと来た道へのしるしのように思えました。次の分岐路でも同じように草の先が縛ってありました。何度かそれを繰り返すうちに、ようやくブナ系と思われる記憶のあるY字形の高木を見つけました。なんとか、そこまで戻り着くと、足元の踏み分け道も捜し易くなり、帰路が推測できました。

（ああ、わたしはほんとうは生きたかったのだ。もしかしてあの草の結びはキクエの魂が風の精に頼んでわたしを導いてくれたのかもしれない）

そこでようやく一息つき、持参していた水筒から水を口にしました。焦りのなかでそのことすら思い浮かばなかったのです。その時、ふと美戸は父や長兄、そしてその家族のことを思い出しました。

（やはり引き返してよかった。わたしには待っている人たちがいる）

と同時にこうも思いました。

（でも結局わたしを引き返らせたのは、何だったろうか。キクエちゃんの呼び声だったのか。それとも不可解な未踏の道や孤独の恐れだったのか。無残な形での最期を予感させるいくつもの擦り傷やその痛み。そして動物や虫たちに襲われる恐怖だったではないだろうか。なにが自分を生に留めたのだろうか。肉親への思いだろうか。生きる欲望という本能だろうか。もしや、もっと直截な物理的な痛みなのだろうか）

森に入るときに見た古い倒木の所まで戻ると、かなり気持ちも落ち着いてきました。その根元の周囲には、数センチのいくつもの幼い木の芽が立ち上がっています。

（これはこの老木の種から生まれたのかな。それとも周囲の別の木からの種子からかな。そして、これらはやがて森全体としてまた生まれかわるのだろうか）

美戸が駅に戻ると、もう夕焼けの残照も消えかかり、早起きの星たちが地平からそろりと出現を始めていました。駅横の水流の轟音は以前にも増して激しく周囲に響いています。究極の静寂を無窮から届ける夜の天上界、無限のいのちを生みだす水のほとばしるざわめきの地上界。

大谷家では、父や長兄の悲嘆ももちろん奥深いものでした。ただ、自らの存在意義そのものを迷っていた美戸と違って彼らには、まず生きることがすべての前提にありました。幼い孫や子たちが健気に懸命に生きています。

他方、父榮次郎には苦しい選択をしてきたことへの誰にも言えない呵責の念がありました。それは正雄の病状が急変してからのことです。当初、モトエと正雄が臥している二階の部屋の看護は自分とキクエ、美戸の三人で対処しようとしました。榮次郎にとっての最悪の事態を想定して防衛線を引いたのです。少なくとも榮三とその家族を病魔から守り切らねばならない。さもなければこの地で十数代続いた家系が途絶えてしまう。それは、彼にとっては最も忌避されるべき事態にほかなりませんでした。いかめしい家父長制とは無縁のような榮次郎でしたが、その潜在的影響力は家庭も社会も縛っていたのです。

父は長男榮三の家族全員に二階への足の踏み入れを禁じようとしました。榮三は大反対し、話し合いの結果、子どもたちだけは行かせないことで納得しました。ただ、勤務で夜遅く帰宅することも多い榮三には父は細かに病人たちの状況を報告し、なるべく榮三にも二階へ行かせないようにしていました。そのため榮三は病床で寝入ったきょうだいたちの姿を遠目で見るということが多かったのです。妻のセツは日々、子どもたちの世話に追われていました。ただ、ときどきその合間に美戸を手助けようと二階をうかがいます。それを見つけると父は何かと用を作っては早めに一階へ戻らせようとするのでした。

家族にとっては悪夢の二年有月。父は、しきりと自分より先に鬼籍に入った子たちや孫の昔日の姿を回想します。そして一息ついたとき、ふと我に返ったように眼前の美戸が自らの意識に蘇って覆ってくるのでした。看病にやつれ、目も窪み、失意のどん底で半ば放心状態の十代の末娘の美戸。榮次郎はその姿を遠くに近くにと見つめなおします。

（最初から自分一人だけが二階に詰めるという選択もありえたのではないか。なぜ、それをできなかったのか）

その虚しさと後ろめたさがじわりと猫背気味になった身体から染み出ていました。

（しかし、おそらくどのように説得をしても美戸は姉や兄の看病を止めなかっただろう。それは容易に想像できる。また、明治人間の自分が美戸の代わりに看護できる能力も気力もあるはずがない。自分を作り上げてきた男中心の社会での経験からそれは所詮無理というものだろう。ただ、いまや残された唯ひとりの娘にもしものことがあれば、後悔してもしきれない。今度こそは、何もできない自分がともかくやれるだけのことをやるしかない。そのためにもなんとか長く生きねば）父は改めてそう決意するのでした。

父と榮三夫妻は、様々な人脈を使ってこれまで以上に結核の対応策を検討し万全の態勢つくりに向かいます。それは、結核予防に向けて様々な施策が積極的に開始される時代と重なっていました。学校では子供たちにツベリクリン検査を開始し、マスクやうがいの励行も徐々に徹底されてきました。

榮三の勤務先である模範工場の社宅に空きが出たのは丁度その時でした。これは第一級の有難い知らせで、ともかく借家代がこれまでの賃貸より三分の一近くに減じるのです。一家は踊るような気分で、西中野町の借家から市内東部の大泉町の社宅へ移転の準備を進めます。

そこは、美戸の出生地の清水町のやや南方。幼い時の記憶も街筋に多少残り、懐かしさも感じられるのです。かって、愛しき若い命たちと共に日々を過ごした土地。今やもう別世界の住人となった若者たちと過ごしたはるかな年月。

他方で忘れがたい命をいくつも野辺へ送った古い借家にも楽しい思い出がありました。そこから遠ざかることは一抹の寂しさを家族に残します。輝く頂点でいきなり枯れてしまったいくつもの青春。それを見届けていた旧家。ただ後年、そこは連日の看病に次ぐ看病の場所と化したのです。ですから、転居は遠くに消えて行ってしまった戻らぬ人々を追い続ける悲嘆から、少々でも逃れる機縁でもあったのでした。

喪失の春が過ぎて自失の夏が雲と霧と暗中のなかに流されてゆきました。

幼い睦子が他界して後の二年目の九月、命日からちょうど二週間目でした。暗い霧をようやく晴らすような朗報が移転先の大谷家の社宅に響きました。長兄夫妻に四人目の子、俊夫が新居所で誕生したのです。おでこが広くて目が大きいところが榮三とよく似ていました。英子や英夫はどちらかといえば母親似。榮三はこれまで以上になんとはない照れ臭さを初体験しました。そしてふと、今の三人の子のほかに天空に消えた四人のかわりとなる子どもを持とうと密かに決心するのでした。家族は久しぶりに明るい笑いに包まれ、父も女一人男二人の孫に囲まれて満足気でした。

社宅移転でこれまでの借家代が大幅に軽減。また、累積していた医療費を懸命に返済してきた結果、どん底状態だった家計は徐々に上向いてゆきます。


社宅十数軒は、二メートル近いコンクリート塀で周囲を囲まれた工場の広い敷地の外側前方に一列に並んでいます。ただ、社長宅だけはそのやや先の別棟。社宅は全て平屋の一戸建てで家並の前を幅約一メートル、水深三十センチほどの用水路が流れています。まさに、大泉というこの地の名に恥じない水の豊かさが工場のそばでも感じられるのです。それぞれの家屋の玄関前には、ぶ厚くて幅広のコンクリート製の小橋が架かり、ますます水との縁を感じさせます。社宅の裏には運動場がありバスケットコートも設置されていました。

生産の中心たる工場の建物はといえば、群馬県の富岡製糸工場の様式と全く同じ。建屋は赤レンガ積みでのこぎり歯型の屋根というのもそっくりなのでした。社宅と違って、独身者用の寮と男女別棟の浴場は、本社事務所や受付、警備室とともに社宅とは違って工場敷地内にあります。高い壁のなかの工場ですからやや閉鎖的に映るかもしれません。これには繊維類の布塵の周辺の家々への飛散を防ぐ意味もあったようです。全体としては、比較的住みやすい住宅環境とはいえましょう。ただ、経営者と管理者が工場の高塀の外で住み、女工などの一般労働者の住居が布塵の舞う工場の敷地内という配置が時代を象徴していたかもしれません。

転勤

年が明けて美戸は十八歳、まだ持ち前の明るさを取り戻せていませんでした。ただ、家族の看病中は美戸を遠ざけていた小学校時代の友人たちの多くは、以前のように近づいてくるようになりました。この間も、よく家に招いてくれた数少ないひとりが親友の沢村千代子でした。彼女の家は美戸の社宅より小ぶりで経済的にも余裕のある生活ではありませんでした。しかし、その家族も美戸のきょうだいたちへの献身ぶりを熟知しており、草饅頭などでよく迎えやさしく接してくれたのです。そのため、もともと饅頭好きの美戸はますますこの和菓子の愛好者になってしまうのでした。

もうひとりの良き友の棚田路子は家柄がよく、いわば屋敷住まいでした。ただ、気が合うせいか美戸はよく誘われました。裕福な家庭でも病への偏見もなく付き合ってくれる人間関係もあったのです。広い庭に泉水もある彼女の家では時には名も知らぬ洋菓子も出て、よく手入れされた植栽とともにその味わいも楽しんだのです。美戸は常々思っていました。

（この二人とは、何があってもいつまでもいい友達でいたい。もし、将来嫁ぐことがあっても交流は続けたい。だれかがすごく早く嫁ぐにしろ、結局、だれも嫁がないことになるにしろ。あるいは結婚後すぐに夫と死別や離別するにしろ。その後、女手ひとつで子らを育て、親の面倒も見ることになるにしろ。なにかにつけて相談し合える相手になろう。そして、私たちにそんなことはないだろうけれども、だれかが富農や豪商などの大金持ちの家人となるにしても、万が一路頭に迷うようになったにしても、これまで通りにつきあってゆこう）

介護に追われる生活を終えた後、美戸は友人たちに招かれると、その場では楽しそうに振舞っていました。しかし、やはり一人で帰宅する途上では、思い出したくない心持ちもよぎってくるのです。以前にキクエらと歩いた河畔の道に差し掛かると、しばらくたたずみ川面を見続けてしまうのでした。夕焼けの呉羽山を西に望むと、一緒に歌ったことも思い出されてくるのです。

その年、昭和十一年（一九三六年）の冬、東京では衝撃的な事態が発生しました。後に、それは二・二六事件と呼ばれ、風雲は急速に戦さに向かうのです。しかし、一家にとっての最大の課題はこれまでより以上に経済的に安定すること、そして足かけ三年近くの闘病と看病、永別と葬送という悪夢の連鎖から逃れることでした。

決断と直観を重んじる桀三は、東京でのクーデター未遂の硝煙をよそに、四月に入って一家そろっての京都旅行を計画しその準備を続けます。六十六歳の父を筆頭に、三十二歳の桀三と妻、それにもうすぐ一歳になろうという乳児を含めた三人の子どもに美戸、大谷家七人そろっての家族大旅行です。

昭和も十年代に入っていたとはいえ、父と兄嫁、美戸は和服の旅姿のいで立ち。知恩院、清水寺、三十三間堂、八坂神社などを回り、帰路には伊勢神宮や二見ヶ浦も訪れました。三泊四日の旅ではその費用や準備にとどまらず子どもたちの世話もなかなかの気苦労です。ただ、榮三はこれを家族の復活のための先行投資と考えていました。その頭にあったのは、家族との貴重な思い出つくりだけでなく、看護を巡っての父との微妙な軋轢の解消もありました。そして、実は最も大切なねらいとしては、美戸への感謝と半ば自失状態からの回復をはかることが大きな位置を占めていたのです。

中国戦線での戦火の拡大という状況下で、榮三は当局や近所の目を充分意識して深謀し、神社参拝を多く旅程にとり入れていました。これは「このご時世に家族そろって旅行かよ」という世間のよからぬ風評をかわすための手法でもありました。ただ、美戸にとってはその訪問先の一ヶ所一ヶ所が高揚するような旅の貴重な体験となったのです。

だれもが皆、大いに楽しみ、十八歳の美戸は東京とはまた別の大都会がはるか西方にあることを身体と頭でしっかりと刻み込みます。かつて全国卓球大会で上京した十五歳のキクエから聞いていた東京。その東京と比べものにならないくらい古くて長い歴史と文化の街並や雰囲気を実感し満喫したのでした。

「東京も面白そうだけれど、和服や洋服も勉強するには関西もいいかもしれんね。こんなところにしばらく住んでみるのもいいちゃね」

美戸が旅行中に義姉セツにそう口走ったのを、榮三は聞かぬふりでしっかりと耳に留めました。

そして、公私ともども無理をして実現したこの計画の大半は成功したと確信するのでした。というのも、キクエが他界してから後、美戸が心から楽しそうに語るのを見かけたのは、これが初めてのことだったからです。

この年にはもうひとつの事件が起こっていました。少なくとも美戸にとっては。それは、世界の喜劇王といわれたチャップリンの来日です。そのニュースは全国を駆け巡り、もともと映画好きの美戸にも映画への関心をますますかきたてます。チャップリンは神戸港に入港しました。首都たる大東京や兄との縁も深い国際港の横浜ではなくて、もうひとつの港湾都市である関西の神戸にやってきたのです。そこは、家族旅行で巡った京都からごく近い大都会なのです。美戸は考えました。

（横浜同様に神戸も港町で、そこもきっと洋裁が盛んなところなのだろう。いつか神戸も訪ねてみたいな）

あくる年の七月七日、盧溝橋事件が勃発し日中戦争は戦線をさらに拡大、ますます泥沼へとなだれこんでゆきます。模範工場ではまだ戦時体制に入っていませんでした。榮三はすでに社員の健康管理や気分転換のため昼食後や勤務後にみんなで楽しめるバスケット同好会を始めていました。それを社員だけでなく家族も含めた健康つくりと福祉活動の一環として積極的に活用してゆきます。そして、自らも会のキャプテンとして社員の先頭に立ちますます職場で人気を博します。これは職員間の友好的な雰囲気作りにも大いに貢献。それにより、当時の富山では有数の職員数二百人以上の事業体の経営トップからの榮三への評価も徐々に高まります。また、社宅や寮内でも共通話題ができ家族間の会話が増えるといういわば副次的効果もあったのでした。

バスケットコートは社宅の建屋と並行するように作られていました。コートは各社宅の裏庭の裏木戸を出るとすぐ先の位置。バスケット競技で疲れた面々は休憩や交代となると背戸から気楽に大谷家の裏庭に入り込んできます。そして、そこにある井戸で喉の渇きをいやすのです。若い男女が次々とおいしそうに水を飲んではまた試合に戻ってゆきます。

同好会には女子部もあって、二百人前後いた女工さんたちも多く参加していました。現場関係者以外に事務所では三十数人の職員がおり、このチームはなかなかの強豪でした。市内の主な企業の十数チームのうちでも注目の的。薬業界では富山を代表し全国にも知られた広貫堂のチームなども所在地が至近ということもあってよくここへ交流試合や練習に来ていました。

榮三キャプテンのもと副キャプテンを務めているのがまだ二十代後半の島崎青年。骨太で筋肉隆々とした彼は陸軍の技術系学校の卒業生でした。だが、すぐに軍籍を離れて、工場の機器保守管理の責任者として勤務し榮三を支えていました。言語明瞭、有言実行の人で榮三も一目置いていましたが、この秋になって退職願を突然榮三に持参してきたのです。理由を尋ねると、戦況も拡大し軍からお呼びがかかり、すぐに関東軍へ派遣されるということでした。

この年には日本とソ連の両正規軍が正面衝突し、日本軍が大敗したノモンハン事件が発生しました。榮三は、島崎の任務地が最前線に近いらしいことに気づきます。ただ、仕事上で深い付き合いのあった後輩の出征に際し、月並みな「武運長久を祈る」ということで送り出すしかありません。今や彼はバスケットボールを投げたその手で手りゅう弾を、そして狙う標的がゴール板から敵軍の陣地となる時代が近づいていたのです。始まって間もないプロ野球界でも名投手といわれた沢村栄治選手も例外ではありませんでした。その鋭い速球を投じた腕で銃の引き金に力を込めねばならなかったのです。

丁度そのころ大谷家では世情に抗するがごとく明るいニュースが流れました。新しい姪の誕生で幸子と名づけられました。家族にとっての恩人であり十年ほど前に永別した祖母ユキの名はこうして復活されたのでした。兄夫妻はちょうど男女二人ずつの親となったのです。榮次郎は四人の孫の祖父に、美戸には妹弟の様な姪甥が周りを取り巻く形となりました。美戸は久しぶりの女児に高揚する気持ちとともに、やや微妙な感覚も味わっていました。去りゆく人と来たる人の妙といってもいいのでしょうか。無情にも召されたうら若き四人の代わりに、天はまるで、新たな命を送り届けてきたような、そんな感じなのです。

(妹のような英子にはモトエ姉さんの分まで、生まれて間もない幸子にはキクエちゃんの分まで長く長く生きてほしい)

二人の無垢な寝顔を見つめながら美戸は心からそう願うのでした。

(五人きょうだいの末娘だったわたしが、今度は四人の長姉として新しいきょうだいたちのために生きるんだ)

抱きあげた幸子が美戸を見つめ微笑む姿に、心の空洞は少しずつ埋め戻されてゆくようでした。

翌、昭和十三年（一九三八年）三月、美戸が予想すらしていなかった知らせが入ります。ちょうど二十歳の誕生日を迎える直前のことでした。

なんと榮三に神戸出張所長への栄転辞令が出たのです。

おそらく、この人事はこれまでの彼の積極的な社内活動を評価して決定されたものと思われました。美戸はそれを聞いてもう飛び上がりたい気分でした。心労続きだった自らの十代後半。このニュースは新しい甥と姪の誕生に続く、大いなる贈り物であり、なんともうれしくてたまりません。

（神戸に行けるかもしれない。あの神戸にわたしも。世界のファッションや文化があふれる神戸。チャップリンが日本で真っ先に足を踏みいれた神戸。これは、二十歳になるわたしへの神様と仏様からの励まし）とまで思ってしまうのでした。自分と家族を覆ってきたこの間のどす暗い雲の塊。それが今や強烈に亀裂を生じたのです。そして暗雲は引きちぎれだして散開を始め、その間からスーッと晴れ間が差し込んでくるのです。

ただ事態はそうはうまくは運んでくれませんでした。父榮次郎が父祖の地、富山を絶対に離れたくないと言い張るのです。榮三も美戸も懸命に父を説得します。二人だけではなくてセツや幼い英子や英夫までも祖父を新世界の神戸へ誘おうとしました。だが、もう六十代半ばを過ぎた老齢世代にとっては、旧知の友もいない大都会は喧騒と人ごみの象徴としか映らないようでした。

心優しき父ではありましたが、一度決めたことへのこだわりやその頑固さについて家族は知悉していました。長兄夫妻は決断を迫られます。そして、今度は方向が逆を向いて、セツが美戸に対して説得にあたることとなりました。

美戸はすぐに返答はせずに考え込んでしまいました。神戸での新生活はいろんな意味で自分に転機とチャンスを与えてくれそうです。これは、自分の人生を選ぶか父の人生を優先するかの選択、とまで思いつめます。暗雲が飛び散って一気に晴れそうと思っていたのが・・・。そのすぐ後方に、いじわるそうな渦巻雲が待ち構えていたのです。大空の雹を含んだ早春の灰色雲は美戸を冷笑しているかのようです。

(父の世話をするのは、ただひとり生き残った娘としては当然のことだろう。しかも末娘として、とりわけ父から可愛がられてきた。父親のことは大好きで一緒にずっと暮らすことにも全くためらいはない。それでも「神戸からの誘い」は片時も心から去らない。それどころか夢想がどんどんと広がってゆく。雑誌で見た町風景の写真が幻灯機の写し絵のように巡る。洋裁学校への通学、三宮や新開地、外国人の屋敷が居並ぶ丘、神戸港が一望できる坂道を歩いたり、新しく知り合った友人たちとしゃれたカフェで憩い、劇場のような映画館で世界のスターを見てみたい)

「美戸っちゃん、神戸へ時々遊び来られ。いつでも来たい時に来りゃいいがやぜ。おじいさんも苦労してこられたから、全く初めての土地に住むのも大変だし……」セツは美戸を諭します。そ

して、

「それになにぶん、お義父さんもうかなりお年だし」とやや遠慮がちに一言添えました。美戸はセッと視線を合わさずにただうつ向き加減にしていました。そしてその夜、誰にも見られぬように布団の中で涙をぬぐいました。この間、相次ぐ肉親たちへの看病と別離。そのなかで悲しみの涙は数えきれないくらい流したことでしょう。ただ、自らの人生の選択での悔し涙は初めてのことでした。

「美戸っちゃん頼むちゃ。わしからもたってのお願いやから」

　場を改めて、榮三から丁重に依頼された時、美戸は故郷に留まることを決心しました。そして改めて自分の人生を振り返ってみるのでした。

（生を受けてから、ほぼ二十年のわたしの人生。それはそれなりに時を刻んできた。だけれどその時間の経過に比べて、ずいぶんいろんなことがあったような気がする。不運と幸運が大きな振幅で繰り返してきたような。生母の顔をも知らない大不運。それを償う幸運である父や兄姉たちの温かさ。そして新しく「妹弟たち」の誕生。けれども、それが大暗転して看護と介護の日々。打ち続く別れにつぐ別れ、という不運……。そして、ようやく今度はもしや、大幸運につながるかと思ったのに。長兄の神戸への異動という……）

　美戸はひとり外に出て西へ向かい少々歩を進めます。そしてキクエとよく一緒に見た呉羽山に沈む夕陽を見ながら振り返るのでした。ふたりで歌った『夕日』を低く口ずさみました。

「ぎんぎんぎら夕日が沈む　ぎんぎんぎらぎら日が沈む……」
「この歌、私たちと同郷の人が作曲したがやぜ」と言っていたキクエの声が一瞬聞こえたような気がするのでした。

趣味

榮次郎は美戸と二人の生活になってから、相手にしてくれる孫たちもいなくなって、ますます趣味一辺倒の生活となります。盆栽に鶯、そして刀剣、また、趣味というにははばかられる食道楽。

榮次郎の趣味三昧、呑気さと僅かばかりの優雅さの日常は、まるで美戸の世話と嘆息の日々と対照的なようです。こうした情景は確かに明治以来の家父長的な社会背景を伴っていたでしょう。また、個々の家族が持っていた年長者への習慣的で教義的な思い入れも働いてきたことでしょう。ただ、それは必ずしも父親がふんぞり返って、娘が家政婦のようにこき使われていたという構図にはならないのです。大谷家においては、時代背景以上に美戸の性格が大いに作用していました。美戸、そして他のきょうだいたちも、父が若くして母を失い、その後、後添い探しに明け暮れることもなく、ただただ子どもたちに心を割いてくれたことをよく理解していました。また、趣味の世界で楽し気な姿を見せてくれることは、家族にとっても歓迎すべきことであったのです。

孫や子どもたちのうち続いた罹病との遭遇とそれに相対してきた父。おそらく、その全員をいち早く病院や療養所へ入院させることは、元配薬業者として薬の知識を多少とも有する彼にとっては至上課題であったことでしょう。ただ経済状態がそれを許しませんでした。後悔と慚愧、そして長男の家族と美戸へ負担をかけてきたことへの思いは強まるばかりです。

しかし、予想もしなかった、その長男一家の移転。悩みぬいたすえに故郷から離れない選択をした自分。残って面倒を見てもらうよう、美戸へ強力に頼み込んだわけではありません。ただ、その性格を熟知している身からすれば、美戸が兄に同行するはずがない、またおそらく兄夫妻も美戸を説得してくれるに違いないという計算もどこかで働いていました。彼は彼なりに自分が趣味に徹することで、美戸も自分の好きなことに目を向けて動いてゆくことも期待していたのでした。たとえ世間からはひとりよがりでわがままと思われようとも。

盆栽への没頭は、榮三らが神戸に向かうかなり以前から始まっていました。松に梅、桜に楓など様々に手を出していましたが、彼にとっての本命は金柑。床の間に飾ってそこにかわいい実がなったときは、それこそ実にうれしそうな表情がしばらく消えませんでした。

美戸にとっては、これはいわば植物の細密鉢植えともいうべき代物に過ぎません。それがわがもの顔に家のあちこちに座したり潜んだりしています。ただ、父にとってはそれぞれに意味のある作品のようでした。特に床の間に鎮座された一品には孫といえども一切、手を触れてはいけませんでした。禁断を犯すところを見つかろうものなら、怒声こそ飛びませんでしたが、そこで正座してしばしお説教を聞かなければなりません。日頃は孫たちにとても優しい祖父でしたが、こと盆栽とのおつきあいでは例外といえました。

盆栽がもたらす家族への災禍は日ごろの気遣いにとどまりません。父の家族へのご進講も待ち構えているのです。まずは盆栽の材料の出自や系統の紹介。「金柑ちゃ柑橘類だから温州ミカンと同じように育てるがだちゃね。日本だけで百種以上もあるけれど、市場などで手に入るのは十種くらいやな」「四月に植えて八月に下枝とって……」「果実は付き過ぎるとよくないから木一本で十から十五くらいが……」などなどと。

そして、日頃いかに手をかけて木々を育てているのか。それはわが子を育てるのと同等であることも。また、ごく小さくて、見落としそうな小枝一本でも、残すか残さないかでその行く末には大変な影響が出てくることへの心細やかな配慮。それこそ子の教育に通ずとも。そうしたご高説を家族、特に孫たちは拝聴させられるのでした。

孫たちが神戸へ移転する前のことで、祖父が隣室にいて孫たちの動きに目が届きませんでした。歩きを始めてまもない英夫が床の間に近づいてしばらく盆栽を意味ありげに見ていました。次の瞬間、予期せぬ瞬間技で、こともなげに金柑の実をむしり取ってしまったのです。美戸が直前にそれを目にしたのですが抑え込む間もありませんでした。

直後に、異変を感じ取ったらしい祖父が襖を開けます。その現場を目撃したそのたいそうな慌てようといったらありません。「ありゃありゃありゃりゃりゃ」と繰り返し大騒ぎで、後々まで語り草になったほどです。とはいえ、あいてが乳児では叱咤のしようもありません。実を奪われてしまった寂しげな鉢植えの金柑を、しばし見つめているのでした。

いまやそれは過ぎ去った日々のことで美戸以外の家族は神戸の空の下で日々を過ごしています。孫たちの盆栽へのちょっかいがないことで榮次郎は却って寂しそうでした。彼の盆栽の楽しみの半ばは、孫たちとの掛けあいにあったのかも、と美戸は思ってみるのでした。

鶯もまた深入り中の趣味です。

榮次郎はわが子たちが次々と業病に侵される以前からこの小鳥を飼い始めていました。家族が闘病と看病の日々に直面してからはこの趣味から離れようと思ったようでした。ただ、それを何となく漏らすと、病気の子どもたちも「自分たちにとっても気分転換になるから」と言ってくれたのです。最初に飼った一羽は原因不明の病死。これは、子らの罹病前のできことでした。目下は二代目とのお付き合いです。鶯を飼う楽しみのひとつは盆栽同様にやはりその教育にあります。うまく啼けない若い鶯を美声の歌い手に仕立て上げるのはなかなかの醍醐味なのです。成長にしたがい、「ホウホケキョ」をうまく唱えるようになってゆく変化の妙味。また、餌になる虫やらをついばませる楽しみ。そして同好の士たちと持ち寄った鶯の鳴き声比べをするのも一興です。部外者にとってはどれもこれも似たような鶯の集団なのですが。しかし、一羽ごとに音色に特色があって、それぞれに愛でるという道楽の世界。

美戸もなんやかやと父につき合わさせられるうちに、門前の鶯小僧となります。好みの鳴き声とそうでないのが結構聞き分けられるのが、自分でも意外でした。孫たちと同居の時は彼らにエサをやらせたりもしていました。幼子たちの手元が不安なしぐさと鶯の戸惑った様子の間合いも父は楽しんでいるようでした。鶯はまた、孫たちには好奇の的で彼らもまた戸惑い半ばだったのです。とはいえ、相手は何といっても籠の鳥。日ごろは子どもたちの手の届かない天井近くに木籠を吊り下げています。祖父の不在時は、子どもたちは背伸びして見上げることしかできません。

父はこの愛玩の小鳥についても美戸に時々講義を垂れてみせます。娘の方も負けておられません。といっても対抗意識からではありません。一方的な聞き手ばかりでは、おそらく父もつまらないだろうとの思いからです。父の説明に首肯やちゃちゃを入れるだけでは芸がありません。適当な間をおいては自分からひねった質問をしてみるのです。また、自らの体験を披露することで話を盛り上げようともしました。やや突拍子もない問いかけなども含めて。

「ウグイスと犬猫を飼うのとちゃ、気持ちとしては違うもんけ」

「犬猫を飼うのは心の寂しい人たちだよ。犬猫に人の心を求めとるがやちゃね。連中は人のように余計な口をきかないからうるさくはない。うるさくない上に気持ちを分かってくれるちゅうわけやね。鳥とヒトとは二本脚だから似てるところもあるがや。犬猫は人に媚を売る時だけ二本足になるがやね」

なんともわかったようなわからないような話。なにしろ、話し相手は鶯を何年も飼っている御仁。小鳥様への思い入れと知見は半端ではありません。そこで美戸は正面からではなくて、からめてから近づくのです。それは今は亡ききょうだいたちからの薫陶の一端でもありました。

「鶯ちゃね、早春の三月から盛夏の八月まで半年近くの間もあの声で啼くがだよ。一年の半分近くもその声と姿を楽しめるちゅうわけだちゃ。大したもんだちゃね」と父の解説。

「なんか、わたしには新緑の中でさえずる春の鳥ちゅ感じだけど。そういえば、『鶯』の字に『火』が入っているのはなんやら変でないけ。インコみたいに朱色でもないがに『火』だと燃える色みたいやね？」と美戸のお門違いの突っ込み。

「そういわれりゃそうやな。あんまり考えたこともなかったけれど。あとで調べてみる必要があるのう」

「鶯は五月六月と、だんだん暑くなるにつれて盛んに啼くようになるから、熱い『火』の漢字を入れたのでないけ？」と美戸が推論。

「そういうふうな考え方もあるかもしれんの」

こうして、美戸は会話を双方向化するのです。もともと父から「一本をとる」意図はもうとうないのですが、父はやや考え込んでいます。

この小鳥のエサはおもに昆虫。その対象は広くて、跳ね虫などはもちろん、臭みがあるカメムシの類、また蜂や蟻であってもその種類によっては食します。ただ、生餌、特に飛翔する連中は手に入れにくくて高価。そこで、父は愛玩動物店から枝に巣くっている一センチほどの白っぽいうじ虫をわざわざ買ってくるのです。

「とうさん、餌、お金出して買わなんでもうちの庭で虫は結構とれるがでないけ。蠅取り紙などを使って虫を捕ってみたらどうけ」

家計への心配と誤解されぬよう気配りしつつ美戸は尋ねます。

「そういうわけにはいかんがやちゃ。そこいらにいる昆虫には病気の原因になる菌がよくついとるがや。それが鶯にうつると一大事ながやぞ」

「蜂は取るのが大変やけれど、蟻だったら庭にいくらでもおるぜ。蟻も元気に動いとる奴なら病気でないやろうし、餌にしても大丈夫でないけ」

「そこが違うがだちゃ。蟻には蟻酸という酸が多くて、時々食べさせるにはいいけれど、しょっちゅう食べていると胃腸を悪くしてしまうがだちゃね」

「鶯にも胃腸病があるがだね。小鳥もいろいろと大変だね。そういうたら、作家や歌人などで鳥の名前を付ける人ちゃ多くないけ」

「よう知っとるな」

「キクエちゃんたちから聞いたがだちゃ」

「そうかのう」

「森鴎外、正宗白鳥、芥川龍之介」

「おいおい、龍之介か。龍は鳥でなかろうがいね」

「でも空を飛ぶやろがいね」

「龍は鰐か大蛇のバケモンやぞ」

「でも、鳳凰もなんやら龍と似とるし、仲間みたいなもんでないけ」

「羽あるところが違うがや。昔から鳳凰の首のあたりは蛇といわれとるから、まあ全く関係ないわけでもないだろうけど。両方ともめでたい動物やしな」

「だって、もともと鳥の先祖ちゃ恐竜やいうから、やっぱり龍と親戚みたいなもんでないけ」

「まあ、そこまで言うがやったら、そうかもしれんけど。確か棠三は辰年だからちゅわけでないけれど、龍之介の作品が大好きやな」

「わたしも好きだちゃ。面白いし、わかりやすいし、それに短いから読みやすいがや」

「そやそや」

美戸は父から芥川の作品のことをあまり聞いたことがなかったので、少々話したい気がしました。ただ、今回は父の方が作家たちと鳥との縁の面白みを感じたようです。

「他に作家で鳥に関係ある様な名前の人はおらんかの。いま考えてみてもさっきあげたくらいであまり多くない気もするけどな。偶々有名になった人で少々いるだけのことかもしれんの」

美戸にはすぐ思いつく人がいました。

「小説家というわけでないけれど、石川啄木や正岡子規とか」

「子規か。なんか気に入らんな」

その一言で美戸は、ハッとしました。モトエ姉が子規を愛読していたからです。話題が亡き人たちの方にいってしまっては、父にとっても自分にとっても楽しいことにはなりません。

しかし、父の返事はちょっと意外でした。

「子規、つまりホトトギスは、自分の巣で自分の子供を育てないで、鶯の巣で卵を生んで鶯に育てさせるがや。自分かってな鳥ちゅわけながやちゃ」

ところが逆に、美戸が次兄やキクエと会話してきたことを思い出してしまい、つい口にしてしまいました。

「確か万葉集に五十首近く鶯の和歌があって、鶯とホトトギスの関係を歌ったのもあるらしいがやね」

「ほう」

「キクエちゃんが言うとったがやちゃ」

「そうかいの。キクエもよう勉強しとったの」

「ちい兄さんも面白いこと言うとったちゃ」

「なに言うとったがや?」

「『鶯』の漢字はもちろん中国から来たのだけれども、実際のその鳥は、日本の鶯じゃないがやと。大陸に多い、もっと黄色くて色彩に富んだコウライ・ウグイスのことらしいとか」

「正雄は中国のことよう知っとったからの」

「その時、キクエちゃんが日本ではもともと鶯は『ももちどり』とか『みみめとり』とか呼ばれていたそうだ、と言うとったがや」

「うん、それは聞いたことあるわ」

「それでキクエちゃん、わたしに言うがだちゃ、『美戸っちゃんは鶯と縁があるよ、って』とうさん、どうしてかわかるけ？」

「………さあ、なんでかね。美戸と鶯か」

「簡単ながだよ」

「ももちどり？　みみめとり？　なにか関係あるかの」

「『みみめとり』のほうだちゃ」

「うーん、なにかのう？」

「難しく考えられんな。キクエちゃんが『みみめとり』って『み・と』が入っているって、笑うがや」

「なるほどな……それはそうだちゃ」

「そんなことがあって、わたしもよう覚えとるがや」

どうしても話が今はもう再会できない忘れえぬ人たちの方にいってしまいます。

「ところで、とうさん、鶯ちゃ日本でいつごろから飼っとるがけ？」

「そりゃもう奈良時代の頃からやぞ。徳川の時代には将軍のために専門の飼育係もおったほどだちゃ」

「とうさんも将軍さんに倣うとるちゅことけ」

「まあ、そんなところかもしれんけど」

ちょっとおだてられた感じではありましたが、父はやや元気を取り戻したようでした。


父のもうひとつの趣味は、美戸にはありがたくもない刃物の一種刀剣の世話です。家には先祖から代々伝わったという太刀が短刀とセットで保存されていました。藩政時代から有力売薬商には刀剣の所持が許可されていたのです。十六世紀ごろの地元の郷義弘という著名な刀鍛冶の作品というのが父の自慢。なんでも秀吉が愛した刀鍛冶三人のうちのひとりとも言われている人物なのです。「小さな家なら一軒くらいは買える」くらいの値打ち物とのことでした。ただ、父には「小さな家」のため、この刃物を手放すことは選択肢にはなかったのです。

大谷家は明治になって売薬商売が傾きだしたとはいえ、祖父の代まではなんとか家屋敷を維持していました。家は父の代に処分を余儀なくされ、美戸が物心つく頃からはやや広いとはいえ借家生活の日々。そうなってても後生大事とばかりに売らずにきた刀剣ですから、その思い入れは大変なもので手入れが日課となっていました。

刀剣とは、美戸にとっては何の魅力もないいやたら長くて大げさな庖丁のようなもの。美戸の願いはただひとつ、父がケガさえしてくれなければ、と毎日、遠巻きに見守るのでした。美戸のそうした雰囲気を察知していた父は別の切り口から刀剣の持つ意味の深遠さを理解させようとします。きょうだいたちから新聞に親しむことを学んだ美戸の関心の広さがそれに応えます。

「美戸は刀を野蛮で危険なだけなもんと思うとるがでないけ」

「なあん、それなりに綺麗だと思うとるよ」

「見た目の良さだけでちゃないがだよ。刀ちゅもんは、日本の文化にもとても影響を与えておるがだよ。刀に関係ある言いまわしちゃいっぱいあろうがいね」

「そんなにあるかいね」

「少し考えて見られや。侍の動作を思い浮かべるといいがやぜ。手助けしたり、一気に切ったり、刀を二本使ったり、両方向に刃ついているのもあったり……いろいろと表現あろうがいね」

「そうやね、なんかいろいろありそうや」

美戸はここでも、きょうだいたちに頼まれて新聞を読んできたことの効果を発揮しようと考えこんでみました。そして、時代劇を思い起こしてみるとすぐに、いくつか思い出されてきます。

「確かにあるわいね。そやそや、まずは『助太刀』だね、それに『一刀両断』、『両刀使い』と『両刃の剣』ちゅうわけやね」

「そうやそうや、今だってふつうに使っとろうがいね。他にも漢字の四字熟語だけでも『伝家の宝刀』『単刀直入』『快刀乱麻』などあろうがいね」

「それちゃ、ちょっと難しいね」

「しかもね、刀はね、刀そのものだけじゃなくてその部分や性質、また動作そのものも日常の言葉に入っとるがや。その上、刀を作る作業の言葉もそうなっとるがや。少し考えて見られや」

「なあん、すぐ思いつかんな」

「刀の部分を言おうか。鞘、鍔、鎬、切羽があるね。手入れが悪いとどうなるか。刀を抜いたときからのことも、また刀鍛冶屋の仕事も想像してみられや。焼く、打つなどいろいろ出てくるね」

美戸は時間を取って、それぞれ想像をたくましくしてみました。

「ああ、あるある、あるちゃ。『鞘当て』に『元の鞘』、『鍔迫り合い』と『鎬を削る』そして『切羽詰まる』。それから、『身から出た錆』『なまくら』『すっぱ抜く』。いっぱい出てきた。もうこれ以上はないちゃね」

「いやいやいくつも大事なのを忘れとるよ。『抜き打ち』そして『真剣勝負』も忘れたくないちゃね。『切れ味』とか『大上段に構える』も刀の性質や使用法からきてるやろ。また、『焼きを入れる』とも言うし、まあこれ以外にもいっぱいあるだろうけど、これで美戸も刀の大切さが充分にわかっただろう」

結局のところ、結論はこれでした。表現のちょっとした勉強にはなったし、それなりに刀と生活の意味合いの大切さは理解したのですが、美戸にはやはりどうにも大きな刃物の類は好きになれないのでした。小さい刃物は調理だけではなく、裁縫でも最も大切な必需品なのですが。

父は他にもいくつか趣味らしいものを抱えていましたが、いずれも美戸の興味とは全く重なりません。ただ、美戸は自らが和裁にかける熱意の背景と同様なにかを、父の趣味三昧にも見出すのでした。そこには、おそらく悲嘆の連鎖から抜け出したい思いが潜んでいたのでしょう。

美戸は神戸に思いを寄せながら、父の趣味とのおつきあいの日々。ただ、和裁塾と華道には存分に時間をかけていました。こういう日々がいつまで続くのかと思っていた初秋のことです。予期せぬ茶封筒が届きました。達筆な楷書体で美戸の名がまるでなにか興行用の芝居役者名を記した幟の江戸文字のような見事さで記されていました。ただ、裏面の中村芳郎という名に見覚えがありません。ややためらいがちに封を切ってみました。

やや角ばった生真面目そうな文字が並んでいます。

「突然、お手紙を差し上げて申し訳ありません」ではじまる内容によれば、次兄の友人とのことです。次兄とのテニスでの思い出が少々つづられ、その後にキクエの名が現れます。その時美戸は反射的にある記憶が脳裏をかすめました。（ああ、あの人かも）

療養中のキクエの見舞いに何度か来たこと、そうして葬儀でのなんだか奇妙な行動。一旦彼の姿が出現すると、次々に彼とキクエが記憶からあふれ出てくるのです。

「実は私は来月、召集されます。その前にお渡ししたいものがあります。ご無理を承知でのお願いですが、一度お会いすることはできるでしょうか」

（中村さんがわたしに会いたい。なんだろう。出征される直前のとても大切な時に。どうしよう。キクエちゃんが逝ってしまってはや二年ほどもたつというのに）≪美戸は迷います。

（おそらくはキクエちゃんは彼とお付き合いをしていたに違いない。わたしが一人で会うのはなんだかキクエちゃんに申し訳ないような気がする）

美戸は何度かそれを頭で繰り返します。そしてふと思い出したのです。キクエの言っていた言葉を。

（そうだ、わたしが楽しいと思うことは、キクエちゃんも楽しいといっていた。わたしは中村さんに会うことが楽しいのだろうか。よくわからない。でも、会ってみたい気がする。自分の心に正直であればキクエちゃんも喜んでくれそうだ）

美戸が中村に返信を送って数日もせぬうちに再び手紙が届きました。会う場所はいたち川が立山連峰の方向にやや迂回しているところで公園風の空き地です。樹林がまばらに数十本植えられ、川面を眺め、瀬音を聞くによいところ。町並みがほぼ絶えて、田畑と林への結界といえるでしょう。

美戸は二十一歳。異性から誘われてふたりきりで会うのは初めての体験でした。約束の十分近く前に行ったのですが、既にその青年は待っていました。ほとんど二年ぶりですが、当時の実直な印象は全く変わっていません。彼は、ぶしつけな呼び出しを、まず丁重に詫び、しばらく次兄のテニスの才能を絶賛します。ただ、美戸には当然のことですし、何しろ親族でもない異性と初めて至近で話すのですから、話題をどうつなぐかに半ば腐心していました。

一通りテニス話が終わりました。するといきなり、彼は皮の手提げ鞄から布袋をとり出しました。美戸はぼんやりした既視感に襲われます。

「これ、お返ししたほうがいいかなと思っておったがです」

（ああ、あの時のラケットだ。そしてわたしがかろうじて覚えているキクエちゃんの葬儀のうっすらとした記憶に刻まれた光景。納棺時になにやらと逡巡していた人物。結局その後のわたしの記憶は揺いでいるが、彼は結局ラケットを持ち帰ったのだ）

「もしかしてキクエちゃんからの」

「ええ、そいがです。ずっと大切にしまっとったがですけれど」

美戸は戸惑いました。それを察して彼は言い足します。

「出征して、戦場で万一のことがあれば、ぼくだけでなくこの大切な形見も一緒に外地の土になってしまって……」

（ああ、彼はこれを戦地まで持参するつもりだったのか）

「かといって、自宅に置いたままにしておくのは自分にも……そしてキクエさんにとっても、淋しい気がして……結局、美戸さんへと」

黙りこくっている美戸を前に、少し間をおいて中村青年は続けました。

「キクエさんはいつも美戸さんのことを話題にしては楽しそうでした。『わたしは明るい人といわれているけれど、美戸の方がもっと明るいかもしれんちゃ』とか『そのくせ涙もろくて、喜怒哀楽はとてもはっきり。そして面白い』ともいっていました。美戸さんにこれを返せばキクエさんも喜んでくれるかと思って」

その人は空を見上げたり、森の方を見やったり、連峰を見つめたりしながら、キクエの思い出を語りました。美戸はそれを聞いているうちに、これまで異性に感じたことのない思いが心の奥底から起こって来るのに気づいていました。

（困った。これは一体どうしたことか。なんとなく、胸底がやや熱く、やや痛みをともなって圧迫するような感情。これは困った）

気が付くと、美戸の手にはラケットの入った布袋がありました。

それからすぐに中村は最初の時のように丁寧に礼をしてそこを後にしました。美戸はしばらくその後姿を見送ったのです。

帰宅してから、タンスの上にそれを置こうとしましたが父の目が気になって引き出しの奥にしまいました。夜になると、なんとなくその場所が美戸を呼ぶようで引き出しては布袋を見つめます。ただ、ためらいがあって、それを開けるのがはばかられました。

二、三日して思い切って、袋を開けてみました。使い込み少々すり減ったラケットの下の方に「大谷キクエ」がくっきりと墨書されています。美戸はそれを見つめ、キクエの試合の場面をいくつも回想しながら、目をぬぐいました。そして、ふとやはりこれは中村青年こそが持っているべきではないかと思うのでした。

さほど日を置かず、美戸は手紙を送ります。まるで待っていたかのように返信は直ぐに来ました。再会の場所は全く同じで今度は美戸がそこを指定したのです。

眼前の中村にはやや戸惑いの雰囲気とともに、先には見せなかった明るさも少々感じられました。それが美戸にほのかな憧れをますますいだかせます。美戸はすぐに用件に入りました。

「これはやはり中村さんが持ってくださった方が、キクエ姉さんも喜ぶ気がします。戦地にお持ちになるにしろ、ご自宅に置いておいていかれるにしろ、わたしはそのほうがいいかと思ったがです。わたしの近くに数日置いてみて、なんだかこの布袋がわたしにそんなふうに言っているように思えてきたがですちゃ。一旦受け取りながらすみません。やはり持っていていただけませんか」

美戸は断られるかと思っていましたが、彼の返事は意外でした。

「実は、ぼくも手放してから後悔したがです。いつも置いていた机の上が何となく寂しくて。なにか、キクエさんから『どうして返したがけ？』といわれているような気がして。とはいえ、いまさら改めて、戻してくださいとはいくらなんでも言えないし、と思っていたところながです」

その日は夕方近くまで語り合いました。夕焼けでオレンジ色に輝く西方の呉羽山の山際、その残照を映す薄ピンク色の東方の立山連峰。その光彩のなかで、美戸は家族たちとの時間とはまた違った至福の時というものを味わったのでした。

別れ際に、中村はやや思いつめたように言いました。

「美戸さんはキクエさんとよく似とられますね。話せてよかったです。会えてよかったですちゃ。ぼくも捨て鉢な気持ちの出征でなくて、元気で帰ってくる思いで戦地に向かえますちゃ」

美戸はなんと返事をしたかを覚えていません。ただそう言われたことが、とてもうれしいことでもあり、何かとても残念なような入りくんだ感情を味わっていました。

健啖

父の健啖ぶりと晩酌は相変わらずです。日本酒は徳利一本と決まっていましたから、美戸もそれほど心配はしません。問題はなんといっても過食傾向。家ではもちろんのこと招待されても、供されたものを残さないのです。それをまるで食事の場での決め事のようにしているのです。美戸が日々目にするのは、育ち盛りの娘に負けないくらいに平らげる父の姿。朝夕にそれを見やる美戸に不安は少しずつ募ってゆきます。そもそも、父は長らく慢性胃炎をかかえる準患者。医者からも節食を勧められていました。だが、それが全く改まりません。律儀なほどに、深めの茶碗二杯のご飯が胃にすんなりと収まります。それをまるで家訓のように守り続けるのです。

美戸は何とか諫めたいところでした。ただ、家計の心配から食事制限を企てていると思われるのは心外。これまでの父にはそういう猜疑心はありませんでした。しかし、加齢とともにやや僻みっぽい言い方がたまに見られて、その点も気になるのでした。

　晩春の昼下がり、美戸は父の部屋で小冊子『小鳥の飼い方』を見つけました。あまり読みたいとも思わなかったのですが、なんとなく目を通してみます。するとページをめくるうちに、「しめしめ」と思う一節を発見したのです。

「小鳥をかわいがるつもりで、えさを余り与えすぎてはいけません。小鳥も他の動物（もちろん人間もですが）と同じで、過食は病気や短命の原因となります。胃腸病、脂肪肝や心臓病を引き起こすのです。家庭飼育の小鳥の寿命はこのため、野生の小鳥たちの半分くらい、とさえいわれています」

　しばらくして部屋に戻った父。美戸はおもむろにそのページを広げます。

「とうさん、鶯に虫など頻繁にやっておられるけれど、小鳥ちゃどのくらいで満腹になるもんけ？」

「小鳥の気持ちはようわからんちゃ、まあ、食べとるうちはまだ、腹へっとるちゅうことやろうがいね」

「この本読んでたら、なんか小鳥ちゃ食べ過ぎると、かえって健康や寿命に良くないみたいがだよ」

　美戸は父にその個所を見せます。父は美戸のねらいには全く気がついていないようです。

「うーん。そうやのう。ここは読んだはずだけどあんまり気にせんかったな。そやけど、小鳥がうまそうに食うとるると、やっぱりドンドンとやりたくなってしまうがやちゃ」

　ここは間合いが大切。ありがたいことに、その文中には人間についても触れてあります。

「とうさん、とうさんと鶯と一緒にしたら悪いがやけれど、その本にはなんか人間も同じと書いてあるがだぜ。とうさんも食べ過ぎに気をつけんと。元気で長生きしてもらいたいし……」

　意外にも父は反発せずに、黙って鶯に目を移しました。

　ここで美戸は止めるべきだったでしょう。

「ちい兄さんの話では、江戸時代に『養生訓』という本を書いた人がいるそうや。結局、健康で長く生きるために必要なことは一つだけ、という結論だったと言うとられたよ」

「………」

「なんだと思うけ？」

「もうわかっとるちゃ」

「人も小鳥と同じやね」美戸は追い打ちをかけました。

　父は珍しくやや語気を強めました。

「正雄は忙しいときは小鳥みたいに少ししか食わんで、勉強と運動に頑張っていたからああなってしまったがや。人間には小鳥と違って肺病ちゅう恐ろしい病気があるがだよ。いつもできるだけ腹一杯食べて、滋養をたくさんつけておかんと死病にやられてしまうがだぞ。美戸もずいぶん苦労してきたやろうがいね。あんたもたくさん食べておかんと」

美戸は言いたいことがいっぱいありましたが、自分の一言の多さを反省しました。そのうえ、父は美戸が落ち込むような一言もつぶやいたのでした。

「わしももうすぐ数え年で古稀になるがや。美戸も古稀の意味を知っとろうがいね。男の寿命なんて四十五歳くらいのもんや。わしは、もうモトエと正雄とキクエの三人を足した分ほど生きてしまっとんがだぜ。死ぬときは大食をやめても死ぬし、死なんときは大食いしとっても死なんもんだちゃ」

美戸もきょうだいたちを思い出すし、改めて、余計なひとことを悔いたのでした。

こうして、父とふたりの日々は過ぎてゆきます。一方、美戸の和裁勉強は順調に進み、大人用の普段着や子供用の簡素な晴れ着の仕立てもできるようになっていました。また、新しいことに挑むため華道にも本格的に取り組みます。自然流を好んだモトエが学んでいた池坊流を選び、教室へ週一回、通うことにしました。

その日の新聞はやや大きめの記事を文化欄に掲載していました。女優の及川道子が死んだというのです。しかも、死因は肺病。多くの映画ファンが悲しみにくれています。ただ、美戸にはそれとは違った、深くて懐かしき哀惜の念が呼び起されていました。

実は、キクエの病がまだ悪化していないときに、せがまれて美戸は家族にはこっそりと一緒に映画に出かけたのでした。その題名は『港の日本娘』で、横浜が主な舞台。大震災のほぼ十年後のかなり復興した光景です。兄榮三が若き日を過ごし、被災下で逃げまどった横浜時代に少々思いをはせることへの期待もありました。

物語は砂子とヘレンという親友同士を軸に進みます。その二人の関係がなんとも美戸とキクエに重なるのです。特に通学する場面がそっくり。映画ではふたりは丘の上の公園通りを歩きます。そこには故郷でキクエとよく歩いたような清明な小川は見えません。ただ、映画で二人が楽しそうに語り合いながらゆくところなどはまるで自分たちの姿を映したようなのです。しかも、映画のなかでは、横浜だけでなく当時、美戸はまだ知らなかったもうひとつの大都会の街角が登場していました。それがまさに神戸だったのです。ただ、画面ではごく短い数分だけ。そして映し出された『ブラジル』というおしゃれなカフェが妙に記憶に留まり、海外への憧れも誘ったのでした。美戸は及川道子とその映画を思い出しながら、キクエのことだけでなく、兄一家が生活している神戸にも思いを改めてはせるのでした。

（それにしても妙に縁を感じる映画です。キクエの思い出と重なる女優、また神戸という符合。一旦はあきらめた神戸がまたちょっと思い出されます。思えばこの映画の上映された昭和八年はまさにキクエの闘病開始の年。その二年後のキクエとの永別。そしてその三年後のまさに今、この佳人の他界。なにかと周囲からキクエが比べられたその女優が同病で死ぬとは。なんという巡り合わせなのだろうか。今日、わたしはいま一度、姉を失ったのかもしれない）

それはますます今は亡きキクエへの憧れを強くするようでした。キクエの愛した卓球へのこだわり、それはいつの日にか自宅に卓球室を作る夢にまで広がってゆきます。うら若い女優の逝去を伝える新聞の記事。それは、美戸を長くて深い回想の世界へと運んでくれました。そして、これがキクエと一緒に見た最後の映画でもあったのです。

翌、昭和十四年（一九三九年）は、美戸が数えで二十二歳の年。世界、また日本にとっても劇的な年として長く記憶されています。硝煙が世界を覆い始め、黒雲のように大空を暗く浸潤してゆきます。この年、夜の街を飾っていたネオンは禁止され、前年には絣《かすり》が消え、そのまた前年は千人針が始まっていました。それらはまた、空の下のそれぞれの家庭内へもさまざまな出来事として微妙に反映してゆくようです。

父の趣味を巡ってもちょっとした事件が発生。いずれもこれまでになかったことであり、美戸はもちろん神戸の長兄らにも衝撃を与えます。

父は鶯に餌をやるのを日課のひとつとしていました。春の訪れから間もなく今年も初音を聞き終えて父は大満足。それからしばらくした春の盛りの候でした。気が緩んでいたのか餌を差し入れ時に、愛鳥が籠からするりと抜け出したのです。ただ、そういうことはこれまでも何回かありました。そのため父はエサをやるときは用心して、いつもは縁側の障子戸を閉めていたのです。しかし、そのときは、わずかに隙間が開いておりて愛鳥はそれを難なくすり抜けてしまいました。

父は目が定まらず焦っているようです。幸い鶯は庭先の葉桜の下方の太い枝に留まり、落ち着いた様子で家の方を見ていました。父は小鳥がまた家に戻るかと期待をかけて、音もたてずゆっくりと障子戸を少々広げました。鶯はまだ動きません。わが家に多少未練があるようにもみえます。

その時でした。突然、木の下から影のように跳びかかってくるものがありました。一瞬で鶯色の小さな生き物は視界から蒸発。父は珍しく「アッ！」と一声を発しました。桜木の少し先に野獣の肩をいからせたような猫の後ろ姿が目に入りました。そして、すばやく木塀の隙間の先に消えていったのです。

それからの父の落ち込みようは予想以上のものでした。逃がしたことへの後悔はもちろんです。ただ、それより自分のミスで愛鳥の命を縮めてしまったことへの自責の念がより強いように思えました。そして、美戸はその落ち込みように、別のなにかを見たような気もしました。

（父はきっと早逝した子どもたちの最期を鶯と重ねているに違いない。元気よく育ててきたのに。おそらく自分の判断ミスもあって、その未来ある人生を縮減してしまったのではないか、と）

縁側で座り込んで肩を落とす父の後ろ姿がこれまでになく小さく見えるのでした。

別の事件は役立たずの例の長大庖丁によって発生。鶯の悲劇から二ヶ月もせぬ晴れた午前のことでした。父の居室から突然、獣の怒号のような声が一瞬聞こえました。隣室の美戸が反射的にふすまを開けると、父は左手を抑えしゃがみこんでいます。畳の上には大きな血痕が数ヶ所に飛び散り、その先には抜身の太刀が転がっていました。

美戸が父の左手を見ると小指が半ば切断されていて、半分でつながっているよう。一瞬、気遅れが襲いました。ただ、この間の看護慣れもありすぐに手際よく止血し近隣の病院へ急ぎます。不幸中の幸いで指は骨までの切断は逃れ縫合で済んだのでした。

鶯と刀剣、この二つの出来事は美戸にひとつの現実を見せつけました。他でもない、父の加齢です。鶯の世話はここ数年間、刀剣に至っては何十年も手入れしてきて、こうしたミスは一度もありませんでした。天井近くの棚に置いていた太刀を降ろす際に鞘から抜け落ちたということは、留め金をしていなかったということです。それは刀剣を扱うものとしては最も基本的な操作を忘れていたことを意味していました。総合的な判断力の低下が容易に想像できました。

いっぽうで、それに比べると父の食への執念の方はまだまだ健在なようです。相変わらず若者並みの大食いを続けています。うまそうにほおばる父を見ていると、当分は健康の心配はいらないようにも映ります。ただ、同時にいやな予兆をますます感じるのでした。

父は、以前は孫たちと連れだってよく寺院詣りや散歩に出かけていました。特に市の中心地にある浄土真宗の別院がお気に入りです。孫がいない今は自然と美戸を誘うのですが、美戸は寺院同行はあまり好みではなく、ときどきのお付き合いでお茶を濁していました。出かけるときは父が子どもの頃、親たちから聞いた話もしてくれます。

「この辺は昔、富山城のお堀だったがだぞ」とか、すぐ近くの市内随一の繁華街である総曲輪通りを「ここも明治の初めに埋め立てた所ながや」といった具合です。そして決まって、境内周辺の露店で売られている「変わり玉」という色の変わる飴玉を買ってくれます。そんな時美戸はもう自分は幼い子供じゃあるまいし、と断りたい気持ちが強かったのです。しかし、父の行為は孫たちにしていたことを自分にも、と思い至りました。その一方で、なにかそれだけでもないようにも感じるのです。実に嬉しそうに、しかも懐かしそうに記憶を手繰るようにして、飴玉を買ってくれるのです。その姿を何回か見ているうちに別の思いも生じました。それは、今は亡きわが子たちが幼き頃にしてきたことに思い重ねて繰り返しているのでは、と気がついたのです。

同行中の寺の境内で、美戸は後方の父から「キクエ」と間違えて呼ばれるときもありました。末娘はそれを即座に否定しないで聞き流すこととします。ごく僅かな瞬間であろうとも、生きているキクエを父がそこで再現していると思ったからです。

「変わり玉」は甘くてなかなかおいしく、つい癖になってしまいます。父へ追加の催促して、幼児のように口の中でコロコロ回している自分に苦笑することもあります。白毛でやや禿げ上がり、いつも温かみのある父は嬉しそうにそれを見つめているのでした。

夏が盛りに向かおうとした頃、転機は突然に訪れました。父が食後に嘔吐したのです。「わが家の看護婦」とも呼ばれていた美戸にとっては、嘔吐の処理はお手のもの。ところがよく見るとそこに血が混ざっています。

その一瞬、(父もついに……)、と思いました。そして、直後に、(わたしがやられるよりも父が先だったか……)、と覚悟もしたのです。次いで、神戸に移った兄一家のことが巡り、(小さい子どもたちがここに住んでいなくてよかった)、と少々安堵しました。

ところが吐物を片付けようとすると、血の色が黒くまた泡がないことにすぐ気がつきました。そもそも食後の嘔吐時の出血です。これは喀血でなくて吐血だ、美戸はそう直感しました。

「とうさん、心配しられんな。肺病じゃないちゃ。みんなからいつも言われているみたいに食べ過ぎが原因だちゃ。少し食べる量を減らしたらすぐ治るがいね」

父は顔を起こしながら複雑な表情をしています。

しかし、引率していった病院では、美戸の「診断」は半ば当たり半ばハズレと判明しました。確かにそれは吐血でしたが、「重症の胃潰瘍でかなり深刻。できれば入院したほうがいい」と告げられたのです。

早速、美戸は兄夫妻に連絡し判断を仰ぎます。「すぐに入院」が兄の即座の結論でした。ただ、それには父があくまで抵抗します。往診での自宅療養を望み、美戸も父の思い通りにしたい、と兄に伝えました。榮三はこれまでの美戸の苦労を考えつつ、経済的にはきつい入院を決断したのですが、二人の意見に沿うこととします。

お盆休みには神戸から兄一家が帰省しました。この時は孫たちに囲まれて、父はかなり元気を取り戻しました。そのため、美戸も家族も、このまま父は徐々に快方に向かうだろうと予測したのです。

九月に入って間もなく、各地で空襲に備えての防空展が開催されるようになります。そのころから今度は美戸自身が体に変調をきたすようになりました。腹痛が続き食欲が出ません。父の世話、食生活の管理や通院、往診対応などで疲労がたまったのでしょうか。微熱も出て病院でかなり詳しく検査をしましたが、幸い肺病はまたも美戸を避けてくれているようでした。ひとつ屋根の下で、老人と若々しい娘がそれぞれに病を得てお互いにいたわりあうという情景が出現します。

(老いた病人が若いわたしの健康をしきりと心配する。それはほんとうに心苦しい。しかも、わたしが半ば寝込んでからは、兄が看護婦や家政婦の依頼回数を大幅に増やして想定外の出費をさせてしまった)

美戸は大いに呵責を感じていました。

幸い、十月に入り父も美戸も快方に向かい始めます。美戸の熱も下がり茶や重湯をおいしく楽しめるようになります。父はしきりと兄に手紙を送り、二人の近況をこまめに報告し続けます。独特の崩れ文字での自己流の漢文調。父が席を外した時に手紙を目にした美戸もうまく読めぬ個所があります。

「両人病気大抵全快シ左様安心被下度（くださりたく）。就テハ両人身体上ニ付、当地ヨリ暖地へ致シ方、医者皆ニ佐被申（そうもうされ）オリ如何ナルヤ。美戸儀、当冬中イテハ悪イシ保養スルヨウ申シオリマス」

自分のことより将来のある美戸のことを心配。これ以上、わが子を失いたくないという思いもにじみます。もはや故郷に固執せず自分も美戸も一緒に神戸に移住する思いも感じ取れます。

父は法事のことにも忘れずに触れます。早くに他界した自らの両親と夭折した妻、そしてもちろんこの間に旅立った子どもたちや孫娘のことです。

「年忌ヲ相勤メ度（たく）、是又思召被度（おぼしめしくだされたく）」と丁重に息子の榮三に伝えます。そして最後に、神戸で暮らしている孫たち四人の名前、英子、英夫、俊夫、幸子をひとりずつ挙げて「萬事萬端大切ニ寸直（すなお）ニ被成長事希居（せいちょうされたこと、よろこんでいる）」と祖父としての思いを語ります。そして末尾は「後便ヲ以テ申送度居也（もうしおくりたくおるなり）」で締めくくってありました。父はどの手紙でも最後は「後便」で閉じます。生きて今後もつながることへの深層の思いが現れているのかもしれません。

ところが、十一月にはいると父の衰弱が急にひどくなってきました。投薬、節食、静養などの効果がみられません。おそらく夏の暑さが悪影響を与えたのでしょう。特に中旬の大量吐血後、食欲は極端に低下。日によっては液体しか受け付けず、ほぼ寝たきり状態となります。

もともと骨太で体もがっちり型、それがひどく痩身となり目には隈が生じ頬もこけて骨ばってきました。美戸は肺病についてはそれなりに病態、病変についての経験もあり多少文献の類にも目を通してきました。ただ、胃腸病は予後の見通しが立ちません。

十一月も下旬に入ってのことでした。週に二、三回は往診に来てくれる初老の医者が、美戸を別室に呼び出しました。

「お兄さんにはすぐ連絡がつくかいね」

そういわれたとき、美戸は現況の事態を理解。病状が進行しているのはわかっていましたが、まだ来年までは充分に持つと思っていたのです。

月末になって、神戸ではセツが子ども四人を連れての旅支度を開始。父へは、セツの実家に大切な用事ができたとの口実で兄に先立って帰郷しました。また、病状の急変に備え、すぐ帰省できるように榮三は会社側と調整を終えていました。

明日からは師走という日でした。布団上の父は、清拭のため横に座って手ぬぐいを絞っていた美戸にポツリとつぶやきました。

「美戸はいろいろと大変だったね」

「そんなことないちゃ。姉さんたちの病気に比べりゃ、とうさんはずっと軽いしすぐ治るちゃ」

と答えたのですが直後に、しまったと思いました。

案の定、そちらへ話が向かいます。

「なあん、わしのことじゃなくて、そのう……そのことながやちゃ。これまでずっと」

「だってわたし、看護婦にもなりたかったがやし、そんなに苦にならんちゃ」

父はなにか心から言いたそうな表情でしたが、ただ「美戸は本当に大変だったちゃ」を繰り返すのでした。

十二月に入ってすぐの頃、美戸は病床脇で投薬の準備をしていました。

その時、父は「美戸すまんが、わし西瓜を食べたいがやけど……」と、かぼそい声で遠慮がちに一言を発しました。

大食漢だった父もさすがにこの頃は食欲がほとんどなくて、重湯などもあまり受け付けなくなっていました。そのため、この一言は美戸には希望への一灯のように思えました。しかし世は師走。これは、ほぼ実現不可能な要望でした。だが、美戸は反射的に「とうさん、わかったちゃ、すぐ探してくるから」と答えてしまいます。

それからが大変でした。親族、親しい近所、孫たちまで動員しての冬の西瓜探し。ただ、このときになって、父がどれほど人々から親しまれていたかを美戸は改めて知ったのでした。皆がこの無理でわがままな望みのために奔走したのです。翌日の夜になって、母方の一番若いいとこが「友人から聞いたがやけど、黒部の農家との付き合いの深い富山市西部の大きい八百屋にあるらしいちゃ」と、自転車で家に寄って伝えてくれました。

美戸はすぐさまその彼に西瓜の代金を渡し、ともかく手に入れてくれるよう頼み込みます。そしてその夜、家に届けられた西瓜は、バスケットボールよりは二回りは小さなもので、美戸は落胆しつつも思い直そうとします。

（これでは口が肥えている父は満足しまい。でもともかく食べてもらおう）

西瓜らしくない一物を切ってみると、幸いにして思ったより赤色はしっかりしています。居間で父の寝床の横にいた孫たちにまず一切れずつとりわけ、スプーンで榮次郎の口にゆっくりと入れさせました。

「とうさん、みんなで探して何とか西瓜が手に入ったがだよ」

美戸は内心、味について一言いわれるのではと気にしつつ言い添えました。父はもはや季節のことなどはあまり意識にないようです。ただただ、「うまい、うまい」を何度も口にするのでした。

その翌日、父の意識は既に混濁し、午後には意識不明状態となりました。ただ、時々何かひとりごとのように呟いています。誰にも意味の不明瞭なことがほとんどでしたが、美戸には時に「チョンチョンチョン」といっているのが聞き取れたことがありました。

（これはきっとあの歌だ）

その時になって美戸は幼い日に父の膝で歌ってもらった「雀のお宿は……」を思い出しました。そして、自らも小声で父のうわごとをまねるように歌ってみます。

（ああ、もう少し早く思い出して歌ってあげれば、父も少々元気を回復したのではないか）そうも思いを巡らすのでした。

父はきっとこの歌を、早逝し逆縁となってしまった三人の子どもたちにも口ずさんでいたのでしょう。今、旅立とうとする父が夢見るその忘れがたい光景を美戸も追いかけてみようとするのでした。

その四日後に榮次郎は他界しました。享年六十九歳。江戸世に限りなく近く、明治世の開始直後の一八七〇年に生を受く。大正という時代と伴走し昭和世の十四年を駆け、世界各地に戦雲が上がるのを遠目にしながら、この世から去っていったのです。

時に美戸は満年齢で二十一歳。冷たくなった父の傍らで、その姿に重ねてこれまで看病し見送った人々の様々な記憶を反芻していました。父はその生き抜いた歳月といい、孫たちとの時間や趣味においてもそれなりに人生を満喫してきたはずです。美戸は、うら若き肉親たちとの永別に比べ、老父との別離の悲哀はさほどでもないと予想していました。しかし、想像していなかった記憶が次々と脳裏に巡り出すのです。幼い日にたたつで膝に挟んでもらったこと。ひげにさわらせてもらったこと。そして、かの雀の歌。それらがついこの間のように思い出され、胸をふさいでしまうのでした。

思えば、十月末の榮三への手紙が父の生涯の最後の直筆となりました。その末筆で記した「後便」は永久に書かれることがなくなったのです。会葬の前夜、榮三は、その手紙を亡父の枕元に置き深く礼をするのでした。

兄はもちろん兄嫁のセツ、また、もう十歳になっていた最初の姪である英子は敏感に美戸の落胆を感じ取っていました。「美戸っちゃん、みんなして神戸で待っとるちゃ」などと励ましてくれます。ただ、美戸はなんとなくこれからも社宅の一人暮らしで、和裁と華道を続けるのだろうと考えていました。確かに兄の転勤当初も、一家は熱心に美戸と父を神戸へ誘ってくれました。だが、もうそれから二年近くが経過しています。子どもたちも成長し、一家も新しい家族をさほど歓迎しないのではとの思いもありました。兄夫妻の温かい言葉がやや外交辞令的に聞こえたのです。

会葬を終え一家が神戸へ戻り、人生で初めての一人住まいになると、やはり寂しい思いも覆いかぶさってきます。キクエと永別してからでも四年の月日が流れていました。住まいはその後、移ったとはいえ、にぎやかだった大家族時代を夜になると思い出します。父の生前は何だかんだと話し相手になっていましたから、その寂寥さをさほど感じなかったことにも気づいたのです。

そういう日を送るなか、神戸から予想外に早く連絡が来ます。「迎え入れの準備が整った」という兄の手紙でした。ところが二年ほど前、兄の異動が決まったときには、あれほど興奮した神戸行きの感動がさほど起きないのです。父の世話や看病、また故郷での新しい友人たちとの出会いのなかでうすらいだのでしょうか。また、自らが二十一歳にもなって、子だくさんで手のかかる兄の一家に迷惑をかけたくない、という思いも心の底ではありました。

実のところ、有力企業の出張所長の社宅といっても一般の家屋よりやや広いだけでお屋敷というわけではありません。兄榮三にとっても一人家族が増えることは家が手狭になることを意味していました。ただ、これまでの美戸の家族への貢献、子どもたちとの兄弟姉妹のような関係が脳裏にありました。そして何よりも美戸は次々と他界していったきょうだいのたったひとりの生き残りです。このままずっと一人で住まわせるわけにはゆきません。

ひとつ不安はありました。一応の検査をしたとはいえ美戸が潜在的に業病に侵されている可能性を完全に払拭できる根拠はないのです。家族には一歳から十歳までのまだ細菌抵抗力の弱い子どもたちがいます。それでもここで、美戸を引き取らないことには、自分は一生後悔を続けると判断したのです。きょうだいたちの看病をめぐる、父とのささやかにして根源的ともいえる軋轢のことも思いだしていました。過日、榮三はセツにそのことをなんとなく漏らし、美戸の引き取りを改めて相談しました。

「美戸っちゃんは、ずうっと子どもたちの姉さんみたいもんだろうがいね」

セツは生来楽天的な性格もあって快く賛同、榮三はこのことをずっと後々まで感謝したのでした。

美戸は、多少の迷いと定まらない心に問いかけながらも、神戸行きの準備を開始します。ただ、実際に身体を使って動き始めると、かっての神戸への思いと憧れが再び輝き始め、高揚感が湧き出してくるのでした。そして自分事ながら、父の他界後の心模様の変化のあやに驚くのでした。

（やはり神戸はわたしを待っているのだ）

こうして美戸は新天地で新しい春を迎えることとなったのです。

Ⅱ　大都会

立春を過ぎたとはいえまだ肌寒い日、富山駅には中塚の伯父一家や親族が、そして、小学時代や和裁仲間の特に親しい友人が十人近くも見送りに来てくれました。これらの人たちは、この間の美戸の介護生活を知っていましたから、別れの寂しさよりは美戸の新生活への希望に共鳴しているようです。ですから、惜別の涙がその場を激しく覆うようなことはありませんでした。

駅を離れた列車は黒煙をなびかせながら市の西方へ、呉羽丘陵下のトンネルへと進んでゆきます。そこをくぐるまでの数分間、美戸は駅で見送ってくれた人たちを目で追うようにして後方を見続けていました。

遥か遠方、雲間からところどころに立山連峰がその姿を見せてくれます。ふとその時、ずっと幼き日に横浜に赴任する長兄を駅で見送ったこと、そしてはるか遠い日に、元気いっぱいに東京へ向かったキクエのこともよみがえってきました。そのときもまた連峰は愛しき人々を見守ってくれていたのです。

市境をなす丘陵下の隧道内を列車が漆黒のすす煙を一杯にして駆け抜けてゆきます。そのとき、その真上の丘に大谷家の墓地があることを思い出しました。（つい先ごろ永別した父、見知らぬままに逝った母、今も生き続けているような何人もの顔と顔。みんなが眠っているのだ。そしてみんなが今のわたしを見送ってくれているのだ）

そうして、列車は故郷の郡部、まだら薄化粧の雪原となった田園地帯を抜けてゆきます。西に進むにつれ、呉羽山陵で隠されていた連峰が再び車窓に出現。美戸はゆっくりと離れてゆく近隣の山丘とその遥か遠くの山峰をただただ見続けていました。列車は富山第二の街である高岡駅で少々停車し、再び白息を吐き出して大きな動輪を回転始動。周囲の積雪は富山市より少なかったようで美しい黒瓦の家並みが展開します。美戸は目を転じ、また東を振り返りました。小さくなった連山の遠望、丘陵から無言で見守っている忘れ得ぬ人々、そして今しがた駅頭でにぎやかに見送ってくれた大切な人々。

気がつくと機関車の左手、南方にもかなり高い山々が見えました。いっぽう両側の車窓からは、樹木で覆われところどころにほのかな残雪。その斜面林のなかを切りこむように西へ西へと列車は進んでゆきます。

（ああ、わたしの故郷は三方が山だ。ほんとうに山と山の故里なのだ）

まもなく、汽笛とともに倶利伽羅峠近くのもうひとつのトンネルに近づきます。ここは越中と別れをつげて加賀へと抜けるくにざかい。

美戸は隧道に入る直前にもう一度そこからはるか東方を振り返ってみるのでした。

（今度、あの山々と再会できるのはいつだろうか）

午後は金沢駅で途中下車して市内の兼六公園などを見物。懸命に歩いたせいでやや疲れたのでしょうか、乗り継いだ夜行列車の堅い座席でも、思いの外によく眠ることができたのでした。

翌朝、機関車が黒煙と白い息を吐き終えて大阪にゆっくりと到着します。車窓から目に入った『おほさか』の駅名標札が何かとてもまぶしいのです。それは黎明のせいだけではありません。それが初めて見た大阪と呼ばれる土地の輝くような姿なのでした。

大阪はとてつもない大都会。見渡す限りの屋根に家並み、それも瓦屋根ばかりで茅葺きはもちろんのこと板張りや石置きの屋根さえほとんど見当たりません。そして今度は、電車に乗り換えて神戸に向かう途中、大阪の中心地の景観にも驚かさせられます。富山市では二、三ヶ所でしか見られない七、八階のビルがいくつも林立しているのです。そういえば、見晴らしがよいと思ったのは駅自体が高架の上にできているのです。ふと、在りし日、キクエが東京旅行を語ったことを思い出しました。東京の山手線と呼ばれる環状線もやはり高架だ、といっていました。鉄路からの街の偉容はいつまで見ていても飽きません。

ただ、大阪は一刻も早く通り過ぎなければならない所なのでした。兄やセツからは、「大阪は生き馬の目を抜くような所で、悪い人も多いから気を付けられや」と何度も執拗に言われていたからです。その言いようを思い出すだけでも怖さでぞくっときます。電車が大きな川の鉄橋を渡り始めました。川の先には、故郷では見たこともないような巨大な船が黒い煙を力強く流して航行中。周囲には細くてとても長い煙突がいくつも見えて灰黒煙を勢いよく吐き出しています。

目的地の兵庫駅には昼前に到着しました。驚いたことにここも駅舎は高架上にあってなにやら鉄橋のようにも映るのです。ホームから下に降りると大理石のような手すりがあって、そこは丸柱が並んだ小さな宮殿のよう。しかもその柱は天井部分で円盤の様な覆いに支えられています。美戸は思わずこれは洋服のデザインにも使えるのではと思うほどでした。

改札口では兄が英子と英夫を連れて迎えに来ていました。

「美戸っちゃん、よう一人でこられたね」英子がニコニコしています。

「おいおい、英子、おばちゃんはもう大人だぞ」兄もうれしそうです。

年少の子二人が風邪気味なので、セツは家で歓迎の食事を作って待ってくれています。駅周辺は大阪と違い、木造りの小屋のような売店も並びちょっとした市場を形成。また靴製造や木材加工などのいくつかの小さな工場もみられます。ちょっと富山の駅前市場に似ているな、と美戸は感じ、ややホッとするのでした。また、関西や神戸にはこういう所もあるのかとも思います。その日は日曜日で駅周辺の人出はかなり多く、和服姿のなかに洋装の女性が何人も見えます。昭和の世も既に十五年を過ぎ、世上でいう明治初めの「文明開化」からかなりの年月がたったのですが、多くの女たちはまだまだ伝統の衣装への愛着が強いようです。これから和裁を生業としようとするひとりとして、和服文化はずっとずっと残ってほしいと念ずるのでした。

四人で北の方に向かって歩くと途中から徐々に緩い上り坂となりました。しばらくして振り返ってみると坂の先に港と海の一部が見えてきます。もう少し進むと海からの距離は遠のいているのに、かえってその視界は拡大。そして、この地の港や海は故郷とは全く違うことに気づかされるのです。富山では平野部のいきつく先に港湾があります。ですから、その直ぐ近くまでゆかないと、海浜は臨めません。しかし、ここでは遠望できるのです。

（ああ、やっぱりここは神戸なんだ。いま神戸に来ているんだ）

坂を登るにつれて、門構えのある家が目立ってきます。兵庫駅から歩いてきた坂下の一帯では庭や塀のある家は少なかったのです。丘の住宅地の頂部あたりの道を左に折れ、最後のやや急な坂をまた少々上ったところに新しいわが家がありました。途中、兄の説明や姪甥と話しながらの歩行でしたから、駅から半時間ほどかかっての到着でした。ただ、慣れれば徒歩十五分くらいの距離でしょうか。

社宅の外見は以前からたびたび聞いていましたし、想像とさほど違いません。ただ、一番予想外だったのは、家の裏の庭先がゆるい崖に面していて隣家が低い位置にあって展望がきくのです。また四、五メートルの見越し松が崖から先に少々伸び出ていて、ちょっとした金満家の家のように見えるのです。和室は四部屋あって一部屋はほぼ食事専用。家は表通りに面して観音開きの二メートル幅の木造の門構え。そこから十メートル近くも石畳が続き、そこで玄関が迎えるのです。回廊はやや曲がりくねってそのまま裏庭に続いています。家は長い奥行きの造りで一番奥が台所、その横が濡れ縁で洗濯場と湯殿も備わっています。

美戸が驚いたのはガスと水道とこの自宅風呂。富山の社宅では共同浴場でしたし、飲み水も各家の井戸を使っていました。ここでは風呂を沸かすのもガス。そして炊事までも。富山では炊事にも湯を沸かすにも、まきに火をつけ火吹き竹でフーフーと息をかけてのひと仕事です。姉たちの看護中て、病身を清拭し、部屋の埃を押さえるための雑巾がけにも、湯沸かしのため火おこしは欠かせませんでした。しかし、ここではマッチ一本でガスが点火。また給水は、といえば水道からほとばしります。井戸まで汲みに行く必要は全くないのです。

美戸は一瞬でこの家が気に入りました。特に庭から崖の先が開けてとても明るいのです。大空が広く展開し、その上、海が一部だけとはいえ臨めます。こういう景観もあったのかと何度も窓から首を出しては見直すのです。なんとなく異国に来たような情緒が醸し出されてくるのでした。（富山では、呉羽山など丘に登らないと一般の家からは海を臨むこんな風景はないかな）故郷を思い出しつつも、またついつい見とれてしまうのでした。

「美戸っちゃん、疲れたろうがいね。いつまでもそこにおらんと、休まれや」

耳に親しんだセツの声が奥から聞こえてきました。それから、セツが心を込めて用意してくれた御膳が美戸を歓迎してくれます。兄夫婦に四人の子どもたち。なんともにぎやかでむつまじいことでしょう。はしゃぎの声にことばの嵐、御膳に伸びる何本もの小さな手と手。

美戸の脳裏には、故郷での二年間近くの父と二人だけの生活がよぎりました。今は何か故郷に一人残してきたような亡父への思い。そしてこれからの姪や甥たちとの暮らしの復活。新しい生活への期待と思い入れが、伸びたり引っ込んだりする子どもたちの手のようにいったりきたりと交差しています。

美戸は学校から帰った英子を誘っては連日のように神戸を探索。一方では幼いころからの夢に向かって意を固め活動を開始したのです。日曜の午後、美戸は居間で何やら作業をしているようです。畳の上には新聞の切り抜きやら折り込み広告チラシのようなものがあふれています。それを並べたり読んだり、また並べ直したり。ときどき、姪や甥たちがやって来ては立ち止まり不思議そうにそれを見てゆきます。

姉たちの看病のとき、求められてときどき彼らに新聞を読み聞かせたこと。それが、身近な知識吸収の手がかりと気づいたのです。その際、読めない字があるたびに、彼らに質問して確認したことが結果として美戸の読書力を育んでいました。そして、新聞への近親感がこの情報収集のひらめきになったのです。

そういう日がしばらく続いた後、セツと何事か相談する姿がよく見られるようになりました。間もなく、美戸は意を決したようです。わざわざ時間の約束までして、底冷えのするからりとした夜に、封にいれた書類一式を手にし榮三に相談しました。兄は美戸の前のめりの説明をゆったりとしたようすで聞いていました。だから、美戸は話しながら、この件に関してかなり脈がありそうと感じ始めます。

案の定、兄は二つ返事で「いいことだちゃね」と即回答。彼にとってもいまだに完全には失意から抜け出ていない美戸をどう立ち直らせるかは、依然大切な課題でした。実はセツからもこの件では事前に頼み込まれていましたから、すべては織り込み済み。一人で緊張したり、授業料の算段で頭をひねっていたのは美戸の杞憂だったのです。

美戸はうれしくて涙が出そうになりました。これまでで悲嘆のなかで涙したことは数知れません。悔し泣きもありました。（でも、うれしくて泣きそうになったことはこれまであっただろうか）そんなことさえ思ったのでした。

相談というのは、「今やファッションの時代」を売り物にして、二年前に創立されたばかりの神戸ドレスメーカー女学院への入学のことでした。兄の許可を得た美戸はもうすっかり入学済みの学生気分でいっぱい。ただ、大事なことを一つ忘れていました。入学試験があるのです。国語、算数、習字、図画そして実技……

（どうしよう？）

看病ばかりの日々、そして、その後も父の世話などで受験科目は全く自信がありません。実技の方はかなり自負があるにはあるのだけれども……。

兄の許可を得ての歓喜もつかの間、もしや入試に落ちたのではすべては暗転。これ以上に恥ずかしいことはないようにも思えます。美戸の脳裏に日頃、妹のように引き連れている小学生の英子の女学校への受験準備中の姿が浮かびました。

（英子から教科書や教材を借りよう）

そして次には、キクエの遺品でマントと一緒にこっそりと保管していたキクエのノートや教科書、参考書を思い出しました。ただ、ちょっとしんみりし、そして、すぐにそれを振り切るように軽く首を振ります。

（キクエちゃん、またまた、どうもありがとうございます）

空に向かって声もあげてみました。現役の小学生用に加えて思い出がこもった形見という両教材を動員して猛勉強の開始です。

女学院の筆記試験は近くの商業学校の大教室で行われました。美戸が十年ほど前に卒業した故郷の小学校では考えられないほどの大教室。講堂の半分くらいはあったでしょうか。百人近い受験生がいっせいに試験問題に取っかかり。他にも三、四の教室を使用し、かなりの受験者がいるようです。

会場を見渡せばその三分の一くらいは既に洋装姿。故郷ではまだ一割くらいでしょうか。どの子も自分よりどうにも賢く見えてきます。この中で遥か富山や北陸からやって来た受験生はいったい全体、何人くらいいるのでしょう。

女学院は創立三年目で、神戸のみならず近隣市や大阪でも話題になっていました。問題用紙に向かうどの子の目もとても真剣。そしてこの時、美戸はなによりも決定的な疎外感に気がついたのでした。

（ああ、どの受験生もわたしより五、六歳は若い！）

午前の試験が終わり、美戸の自己判断では出来は七割そこそこ。猛烈に勉強したかいがあったのでしょうか。ただ、ゆっくりと教室を見渡すと、どうにもまわりの子の方がそれ以上によくできていたようにもみえるのです。昼食はセツが作ってくれた海苔おにぎりを中庭の端にてひとりで食べました。周辺には同じように一人で食べている子も少々います。ただ、仲間たちと一緒の子が多くてちょっとうらやましい気がしました。

実技と面接試験は午後の後半です。大教室は待機室としてそのまま使用され、いくつかの小教室で実施。机が十台ほど並べられ、和洋裁経験者、洋裁経験者、和裁経験者、裁縫未経験者にグループ分け。ズラリと並んだ試験担当者の前で与えられた課題に従いひとり五分から十分間、縫い作業などを行います。美戸は和裁経験者のグループとして待機し、三十分ほどで順番が回ってきました。

優しそうな四十歳くらいの女性が美戸と対します。

「課題の作業しながら面談に答えてもいいのですよ」とのことで同時に口頭試問も始まるのです。「何年ぐらい、毎週何回くらい裁縫を習いましたか?」などと、つぎつぎと質問がされるので運針作業の気が散ります。(これも試験の一部だろうか。ここでこちらの返答態度も査定するのだろう)と推し量り、ごくごく丁重に答えようとします。それにしても困るのは方言。この間、関西弁に慣れようとして、聞くほうはなんとかなっています。ただ、わが家では、大人たちは富山弁、子どもたちは富山弁と関西弁のごった煮の状態。とても関西弁で話し果せるレベルではありません。不慣れな標準語を使うしかありません。といっても、こちらもあまり自信がないのです。

美戸がもぞもぞしていると、手元の履歴書を参照していた教師は、

「方言がまざってもいいですよ。返答の意味が分からなかったら聞きかえしますから」と温かい配慮をしてくれました。美戸は少し気が楽になって、途中で富山弁になってもいいから、標準語ではきはきと答えようと決意したのでした。

面接時間は他の人よりやや長くかかったようですが、何とか課題をこなしました。立ち上がって美戸が丁寧に礼をすると、その人は、

「私は金沢の出身ですよ。うちの学校は北陸の人がとても少ないのです。北陸の人は我慢強いといわれていますから、がんばってください」とほほ笑んでくれました。美戸は合格もしていないのに無性にうれしくて、もうここの学生になった気分なのでした。


その二十日後のこと。待ちに待った合格発表日。天気がよい日曜日なので兄は姪たちを連れて、散歩がてらに一緒に発表会場に見に行く算段です。美戸は、「合格でも不合格でも恥ずかしいから来られんな」とささやかな抵抗。ただ、子どもたちはすっかり用意万端で楽しみにしています。それなら、もう道化役者になって気分一新、出かけるしかありません。

兵庫駅を出て神戸駅で下車、北へ十数分歩くと少々畑も散見されるなかに女学院の校舎が見えてきます。その広い中庭に木製の板張りの発表掲示板。江戸時代の御触書の高札のように合格者

の名前が墨書で貼りだされています。既に家族連れでかなりの人出でした。

美戸は、しばしその人ごみに圧倒されます。そうこうしているうちに英子は子どもの特権を発揮するようにして人ごみを押し分けて、美戸よりすばやく先頭に出てゆきます。そして、下の方に出ていた、叔母の名をいち早く大発見。子どもたちは自分たちが合格したかのように大喜びの大歓声。兄はたおやかに微笑んでいました。

その日は兄が大奮発でお頭付き鯛を市場で買って、夕食は合格祝いの会。その席で、美戸は実技試験の担当だった女性教員のことを披露しました。すると、

「その人に点数の下駄をはかせてもらったがでないけ」という声も。また、

「おばちゃん、長いあいだ和裁を勉強してきたから、先生たちすぐわかったたがやちゃ」との評価も出たりと、これもまた、会のおいしい肴となったのでした。

ところで、後で聞いた話では試験全体では面接と実技採点の割合が五割を占めたというのです。

それで、美戸は少々振り返ります。

（それを知っておれば、あんなに筆記試験のための勉強するのではなかった）

他方で、この進路を選択するうえでのもともとの恩人らを偲びつつ感謝も忘れません。

（こうやって、和裁が役立ったのはモトエ姉さんのおかげ。そしてまた、彼女を指導した祖母のおかげ。またおそらく、教師だった母も祖母から和裁をならったはず。教職のあいまに若い姉に教えていたに違いない）

記憶のない幻の母もむりやりに合格の祝宴に引き出してみるのでした。

こうして、昭和十五年、美戸は晴れて憧れの女学生にようやく仲間入り。世間での卒業年齢である満二十二歳で念願を果たしたのでした。遅いといえば遅く、早いといえば早い、介護とは無縁の美戸のもうひとつの青春のはじまりなのでした。

新開地

「セツ妊娠」のニュースが飛び込んだのはその数日後のことでした。家族は「今度はきっと男の子だ」と口をそろえます。昨年の冬に逝った父の生まれ変わりとの思いを込めたかったのです。既に十一歳の英子を筆頭に九歳、六歳、三歳の姪甥集団に包囲されている美戸。彼らはまるで早逝したきょうだいたちの代役のように思えていました。そのためなのかどうかはっきりしませんが、美戸にはなんとなくこの四人以上には増員はないものと思い込んでいたのです。そのため五番目の新家族として誕生した新たな生命にやや意外感があったのでした。

とはいえ、とても驚いた、というわけでもありません。自分だって五人兄姉だったのですから世間ではごく一般的でしょう。セツの気力と体力からして「もうひとり」はごく自然とすぐに納得できたのです。

三人目の甥の誕生は九月一日でした。大正の世を生きた人々にとっては忘れ難い日といえましょう。榮三もこの日に特別の感慨があります。（若き日の横浜でのあの惨禍。はや十七年も過ぎたのか。あの時はよくもまあ生き残ったな）と改めて思いを巡らします。

その一方で、榮三には別の感情も起こってきました。（当時、故郷で安否を気遣い、わが生還を心から祝い迎えてくれた人たちがいた。そのなかで今やいったい誰が残っているのだろうか。多くは既に鬼籍に入ってしまった）

そう思ったとき、榮三の目の前で、家族と身を乗り出して話し込んでいる妹の姿に目が止まりました。榮三は思わずひとり苦笑。そして、はるか昔日にコタツでこの幼子を膝にのせてやっていたことも思い出すのでした。

第三男の誕生は、父の他界からほぼ十ヶ月目のことでした。まさに家族がいうように「父の生まれ変わり」同然だったのです。誕生となればまず必要なのはなんといっても命名です。美戸はこの間の受験勉強で今まで以上に辞書を使いこなす楽しみも覚え、兄夫妻の名付け相談にも加わりました。いろいろと漢字調べをして「厚夫」という名を提案し、結果としてそれが採用されたのです。

名前探索の過程で美戸は、厚生省が昭和九年に内務省から独立して発足したことを知りました。この年は忘れもしません。その春に正雄が、秋にはモトエが他界した年に他なりません。この新しい省が生まれる背景には結核の猛威が全国を席巻している状況があったのでしょう。美戸は、兄と姉がこの業病の犠牲になったことで国も本気で対策に取り組むようになったのだ、と思いたいのでした。それもまた、新生の甥にこの一字を付けたい思いを後押ししました。その意味で、美戸はこの「厚」のなかに、思い出深いきょうだいたちへの記憶も刻み込ませた気がしたのでした。ともかく美戸は名付け人のひとりになったことで何となく大人の仲間入りをした気分も満喫していたのです。

女学院での美戸の学習ぶりはなかなかのものでした。もともとの体力に加えて小さいころからの夢、洋裁の道です。連日気迫さえ感じるほどで、無遅刻無欠席で通学。半年もしないうちに兄にねだって中古のシンガーミシンを購入してもらい、家でも熱心に実技の課題に取り組み始めます。その一方、休日にはこれまで以上に大都会の探訪に英子を連行状態。ともかくそこらじゅうを歩くだけでも心が躍るのでした。

阪神地区は現在も日本第二の都市圏を誇り、強大な影響力を持ち続けています。しかし、当時の大阪・神戸の日本における存在感は、戦後の東京・横浜及び首都圏・南関東圏の一極集中化からは想像しがたいほどでした。

大阪は一九二五年（大正十五年）の人口が二百万人を越え、東京より多くて日本一の大都会。神戸もまた既に人口六十万人をこえていました。鉄道に関しても、日本初の新橋と横浜間開通に遅れること僅か二年の一八七四年には大阪・神戸間が開設されます。ところが、実は大都市間の連絡電車は一九一〇年開通の大阪の箕面・宝塚線が日本最初なのでした。都市交通では阪神が京浜の先を走っていたのです。そうした発展を背景にしながら、大谷家が神戸に移住するほぼ十年前の一九二九年頃からは、阪神間には学校がどんどんと開校してゆきます。

戦前、神戸の中心地は現在の三宮あたりではなくて、もっと西寄りの新開地周辺でした。その発展の契機は、一九〇一年に湊川の付け替え工事による会下山トンネル造りに伴う整地造成で、まさにそこが「新開発の誕生地」たる新開地なのでした。

榮三の勤務先の出張所の社宅があった林田区（現、長田区）は隣接の兵庫区とともに、中心地であるこの新開地に近接。ここはまた、はるか古に栄華を誇った平家の夢の跡とも縁の深い土地柄です。林田区は大都会の雰囲気をかもしつつも、歴史を直接に間接にと伝える土地でもありました。美戸は思いを巡らします。

（神戸や大阪は、キクエちゃんが全国大会で招待された、あの東京や兄さんが若き日を過ごした横浜よりもっと歴史があり、そしてまた発展する大都会に違いない）

それは、当時の阪神圏の規模ということでは、美戸の手前勝手な想像というわけではなかったのでしょう。

美戸は、わが家の所在地周辺もすっかり気に入っていました。中心地に近いのに閑静な住宅街です。そこから女学院のある雰囲気の異なった三宮方面への通学の毎日。そこは富裕な外国人の邸宅や大金持ちから小金持ちクラスまでの住宅が多く、別荘地的イメージもある土地柄です。通学しながら、丘に続く家々、通学路から望める海岸線、毎日が新鮮な発見の連続なのです。

ただ、美戸は神戸に上ったそうした自分にときどき何となく奇妙な既視感も浮かんでくるのでした。秋の夕暮れに、港を眺め浮き雲を眼で追いながら、キクエのことを思い出していた時、ふとそれが氷解しました。上京して驚き続けた、かの漱石の『三四郎』での主人公の青年のことです。キクエが病床で東京旅行を振り返りながら、ときどきこの作品のことを口にしていたのでした。初上京のキクエの驚きが三四郎の驚嘆と重なり、それが今は美戸自身の感動とも響き合うのです。地方人が初めて大都会に遭遇した驚きは、都市部で生まれ育った人々にはとても想像できないことなのでしょう。

（キクエちゃん、いまわたしは東京でのキクエちゃんのように女の三四郎だよ）と苦笑してみるのでした。

自宅から最寄りの名所といえば西の長田神社で、周囲では「長田さん」と呼ばれて親しまれています。二月に行われる古式の追儺《な》式（おにやらい、おにおい）が面白くて、毎年美戸は見に行きました。これは、災いを払ってくれる鬼に扮して踊る行事で東北のなまはげと着想は同じです。ただ、ここを参観するたびに故郷での介護の日々が思い出されることが奇妙に思えました。いろいろと想像をめぐらしてみると、おにやらいの最中にふと思い当たりました。

（わたしの家族にとって一番の災禍は病魔だったのでは）

そして社で（よい鬼さん、私たちを守って。もう愛しい人たちを奪わないでください）と願をかけるのでした。

通学に使う兵庫駅の南口から東にちょっとのところには、柳原蛭子神社があります。「えべっさん」とよばれ一月が戎（えびす）祭り。美戸は戎さんの破顔一笑が大好きで、ここを訪ねても気軽に拍手を鳴らします。

兵庫大仏のある能福寺もそこから近く、富山にいたころ何度か訪れた高岡の大仏を思い出します。ただ、故郷の大仏は二度の焼失の後、数年前に再建されたもので、その意味ではこちらの方が古色ぐあいは深そうなのでした。高岡でも兵庫でも、奈良と鎌倉の先輩格の釈迦牟尼の巨像に続き、それぞれの大仏を「三大大仏」と呼んでいます。

（北陸と関西の両大仏さんが第三位を張り合っているわけではないのだから、なかよくお互い「四大大仏」といえばいいのにな）

美戸は単純にそう思うのでした。ここには日本最初の英語で記された碑文もあって外国語苦手の美戸を悩ましたりもするのでした。

来迎寺はそのもう少し東方で、ここには松王丸供養塔があります。十七歳で人柱の代わりに身をささげた彼。やはり同じ年頃で夭折した次姉を思い出して天を仰ぎます。

（松王丸はキクエちゃんより二歳も若かったのか。きっと、キクエちゃんみたいにやさしくて明るい人だったのだろうな）

長田神社の南には源氏と平家の勇士たちの墓や父の身代わりとして討たれ、孝子の鑑とされる平知章（ともあきら）の碑もみられます。

（父と子か……）美戸はふと浮雲をみあげるのでした。

学舎

美戸にとっては学校の帰路も散策の絶好の機会です。いやはや、休みの日にも通学するかのようにして、今日も学校の周辺に出かけてゆくのでした。ともかく、故里では幼時より姉たちと散歩を続けてきましたので、もう生活の一部なのです。

はれて入学した憧れの学び舎は神戸でも初めての洋裁学校でした。昭和七年（一九三二年）三月に生田区（現、中央区）の布引町に創立、洪水の被害後に、ときをおかず中山手に移転しました。そして、学校の創立日がなんと自らの誕生日と同じで、美戸には深い縁を感じないわけにはいきません。

海外との接点である神戸のなかでもこのあたりは特に異国情緒の濃いところです。そこの雰囲気は、いやがうえにも異文化とはほぼ無縁の地方からやってきた娘の心を刺激します。異人屋敷の街、北野あたりは物見遊山の散策好みには最良の場所で飽きることがありません。また、大都会のわりには所々に畑地もあってひなのたたずまいも残っています。それがほんの僅かだけ故郷のわが家附近を思い出させてくれます。懐古と感傷の味も交えて、のんびり気分の漫歩は美戸に至福の時を与えてくれるのでした。

学校から至近、南方に鎮座するのが生田神社と生田の森。この森はモトエやキクエからよく聞かされた『枕草子』の舞台です。ここは千年もの昔の古典に出てくる土地。まずは、そこの土を踏む感激。とともに、二人の姉との日々も重なって、歩きながら少々胸のつまる思いにもおそわれるのでした。

この周囲には神社ばかりか世界中の信仰の施設も粒ぞろい。故里でも市内の中心地にプロテスタント教会が幼稚園を運営していました。ただ、こちらはカトリックの会堂ということで、同じキリスト教でいったいどこが違うのだろうかと自らの知識の乏しさも痛感します。しかも、兄によればここいらにはキリスト教に止まらず、イスラム教、ユダヤ教、ジャイナ教など初めて耳にするような宗教を信じてる人も多いということでした。

美戸が神戸に住み始めた年の夏には、ユダヤ人避難民のことが話題となりました。日本と軍事同盟を結んでいるドイツのナチス政権によって、抑圧、収容、排撃されているユダヤ人がヨーロッパから避難してきたのです。中心街に近い北野地区には元々ユダヤ人の事務所があり宿舎や生活費を援助しているようでした。神戸のキリスト教会も支援しているようで、美戸には信仰が違っても協力し合う点がなんとも、心温まる気がするのでした。ただ、兄は「もともとユダヤ教が母体となってキリスト教が生まれんだね。それぞれのなかでも宗派によって儀式などでかなり違いはあるものの、両方の信仰や聖典には共通点も多いがだよ」というのです。これまでよく見るインド系の人たちとはやや趣の違った人々は物珍しくも、またいかにも神戸の国際性を象徴しているようにも思えるのでした。

兄は絹織物の貿易仕事で、インド人とよく交渉をするといっていました。かなりの人が、関東大震災の後に横浜から神戸へ移住したということですから、被災体験を通して兄と話があうのでしょうか。兄によるとインド人にはヒンズー教徒が多いけれど、動物を殺さないジャイナ教徒やただ一つの神を信じ、絵に描いた神像や、彫りあげられた仏像などの形あるものを信仰はしないイスラム教徒もいるというのです。美戸は常々、「神様仏様」と安易に唱えて、いろいろと彫像の姿を連想しては頼みごとをしていることに、問いを投げかけられる思いもするのでした。

（神戸はすごい。東京にもこうしたものはあるのだろうか。世界がここに集まっている。わたしも将来、素敵な和服や洋服を作って、世界中の人に見てもらい、そして着てもらおう）

教会を見上げながら、そう心に念じるのでした。

そこから十数分歩くと布引の滝に出会います。これは大変な驚きでした。滝が珍しかったからではありません。故郷にはなんといっても全国に知られた日本一の滝があるのですから。それは三五〇メートル落差を誇る称名滝で、美戸も父と訪ねたことがありました。ここで驚いたというのは荒々しい滝が大神戸の街並みのすぐ近くにあることです。称名滝に向かうには市街からちょっとした旅をしなければなりません。しかし、ここの滝は街中の散策から少々横道にそれてそのまま登り切ればいいのです。

そして、その横道を登りきって望んだ神戸の街並みもまた忘れがたいものでした。家並みが海のすぐそばまで伸びきっていて、それが延々と海岸に沿って何里にもわたって続いているのです。工場の煙突、倉庫それに町屋ばかりで、田畑や砂浜はかなり遠方まで見えません。故郷の海岸線と全く逆で、そこでは家屋は河口付近を川沿いに少々占めているだけで浜には苫屋があるばかり。展望台には明治初期からの歌碑も多く、ここでも姉たちから聞いた歌人たちと出会えたのです。眺望もさることながら、この地にはなにかしら人を引き付けてきた場所のもつ力も感じられるのでした。

(すごいところに来てしまったな。でも兄さんはここでふつうに働いているのだし、姪や甥は平気で学校に通っているのだから)

大きく息を吐いて、自らを鼓舞してみるのでした。

美戸の散歩三昧には夏休みの頃までは妹のような英子をよく誘っていました。そして、秋ごろからは徐々に級友たちとの出歩きも増えてきます。ただ、ふたりだけでどこかへ出かけるほどの友人はまだいなくて、しばらくは数人で一緒の行動でした。まもなく、阪神から明石方面へ海岸線に沿って東西をつなぐ鉄道の諸沿線の南側の地区にもよく繰り出すようになります。

女学院から南へ一キロメートルほどの所に残るのが旧外国人居留地跡。明治三十二年（一八九九年）まで治外法権が存在し、まさに日本のなかの外国でした。すぐ近くには大正十一年（一九二二年）建設の商船三井ビルの他、昭和十年（一九三五年）建設の横浜正金銀行などの真新しいビルも何やら自慢げに美戸を見下ろしています。そのやや東に位置するのが東遊園地。西方の旧外国人居留地の公園に相対する公園です。ここは外国人の娯楽用にと明治八年（一八七五年）に開設されました。彼らは、ラクビー、サッカー、テニス、野球、後にはボーリングなどに興じ、いわば日本における西欧的スポーツ発祥地ともいえます。

ここは、女学院の面々にとっては見逃せないとても重要な場所でもあります。実は日本で最初の洋服はここで誕生。明治二年（一八六九年）、居留地十六番において日本初の洋服店が開業されたのです。第一号店は英国人によるものでしたが、ほぼ同時に中国人も開業しています。美戸は遠くない将来「日本近代洋服発祥地」の碑がこのあたりにできるといいな、などと空想を巡らすのでした。

秋の深まる放課後の夕暮れ、美戸は学友四、五人と当地を訪れていました。

（そうか、日本ではじめての洋服は父が生まれる一年前に誕生したのか）

七十年近い時を経て佇む美戸はただただ感慨しきりです。

同行した学友は皆まだ十代で、ひとりを除いて関西生まれの娘たち。で、その場所にさほど感動を現わさず、それぞれに将来の夢を語り合うのです。そのなかで「和服の良さを洋裁のなかに生かして」という美戸はやや異色と思われたようでした。

このとき、中国から帰国したというひとりと初めてゆっくりと話す機会がありました。彼女は父親の仕事先だった満州の鉄道会社から一年ほど前に故郷の神戸に戻ったのです。サチというその娘は学校の近くに住み、年齢はもうすぐ二十歳とのことでした。他の子たちよりはやや年長で背格好や顔立ちも美戸と似ています。皆から「姉妹みたい」と言われ、それに押されたのか、たちまちに気があったのです。彼女とは親しくなってからは会うたびに中国の衣装文化や、そこでの生活の話も聞くことができました。「支那服も作ってみたい」という美戸に、サチも中国で入手した画集、写真集などを紹介してくれるようになるのでした。サチは大陸の広範囲の服装文化を思ってか、多くの日本人ほどは「満州」「支那」ということばを使わず「中国」という言い方を好むようでした。


秋も深まり落ち葉も舞い始めるころから、ますます数人で東遊園地に出かけるようになりました。そこのテニスコートでは、幾組かがいつも熱心に練習中。女学院の若い生徒たちは、上手そうな選手や美形の青年を遠巻きにして飽きることなく観察三昧です。コートでは外国人も少々混ざっており、異国の雰囲気を醸し出し、美戸を快く刺激します。

女学生らのしばしの雑談や、好みの男性の品定め談義がひとしきりした後のことでした。

「わたしの兄さんもテニスが上手だったのよ」

美戸は懐かしい思いが臨界に達したように我慢しきれなくなってつぶやきました。すぐに、クラスで一番活発な子が反応しました。

「大谷さん、それほんま？　富山でもテニスしはる人、いはるの？」

そう言われてもあまり腹は立ちませんでした。ただ、つい兄自慢をしたくなってしまいます。

「兄は学校の中心メンバーとして県大会で優勝、全国でも六位だったんです」

反射的に口走ってから、しまった、と思いました。

「えっ、富山って田舎だと思っていたけど、そんなに強いの。そな、是非、今度みんなに兄さんを紹介してもらわんと」

「しまった」と思ったことが、すぐ現実になってしまいました。できることなら、今一瞬でも、ちい兄さんを天国から呼び戻したい。そんな思いでいっぱいです。美戸はやむをえずごく手短かに、次兄のその後の悲嘆の日々を学友らに伝えました。ほんの少々ふれた看護体験などに、サチは「大変だったのね。私にはとてもできそうもないな」と深い同情を示してくれるのでした。他方でただ、「なんや、兄さんもう亡くなってはるの」とそこだけ落胆する娘もいました。なかには、「県で優勝？　関西との実力はほんまはかなり違うやろうね。ここにくれば、ちょっと上手なだけなのと違うか」というふうな美戸には許しがたいことを匂わす生徒もいたのです。

皆はそれからもしばらくテニスを見続けましたが、美戸は涙をこらえるのに懸命でした。仲間たちとの会話で兄の実力をやゆされたから、というのではありません。ちい兄さんの姿が、目の前のテニスコートにいるように思えてならなかったのです。生前の大活躍のとき、何度も応援に行き、そのたびに勝利を得た兄。彼がいまそこでプレーしているのです。サチだけはその美戸のものうげなまなざしに気づいているようでした。

望郷

翌年になってからは、美戸の勉学にはますます拍車がかかってきたようです。長兄夫妻は早逝した妹弟たちの記憶もあって、ことあるごとに美戸に「あんた、あんまり無理しられんな」と繰り返します。ただ、兄には、感じとっていることがありました。美戸には彼らとはやや違う点があるのです。まず、健啖家で好き嫌いなくとにかくなんでもよく食べること。そして、それなりにスポーツ好きだがあくまで楽しみを第一としていること。「学校の名誉のため」「県の代表として恥じないこと」とかでの競争心や必勝精神、闘争意欲とは無縁なのでした。（気分転換で気持ちがのればそこそこ運動をやって、そうでなければほどほどや）そういう類のことを日頃も口にしていました。また、友人付き合いも節度を守っているようです。夜半遅くまでとか、ましてや気分に乗じて徹夜で仲間たちと過ごすなど、健康への過信的な行動はしないのです。それは兄夫婦の美戸への信頼感にもつながっていました。何となく病気や病院とは縁遠いような、根拠の不確実な安心感をもたらすのです。当時はもちろん、戦後もしばらくは結核は世界で猛威を振るっていたのですから、家族の期待感の先走りといった面はあったのでしょう。

まもなく、地元に朗報が入りました。自宅からほど近い新開地に新しく映画館の開館のうわさが飛来。少女時代から映画好きの美戸にとってはこれは大変な吉報です。

（まるで神戸の神さまが戸口で私を歓迎してくれているみたい）

そんな軽口さえ思ってしまい、すぐに自身の軽薄さに失笑します。ともかく早速、英子を連れ出しての、散歩に加えて映画鑑賞三昧の開始となります。まだ十二歳の英子にとっては映画の内容展開の理解がやや難しいと思われるものまでも、美戸は構わずにしきりと誘います。実は鑑賞後に英子から出されるいろいろな質問を聞き、それなりに応えるのも美戸には楽しみのひとつなのでした。子どもの純粋な感想に発見させられることも多くて、それはそれで彼女の誘いがいがあったのです。

邦画も洋画も貪欲なくらい美戸は映画にのめり込んでいきます。英子とはゲイリー・クーパー主演の『ベンガルの槍騎兵』やクラーク・ゲーブルが大活躍の『ある夜のできごと』などにも行きました。邦画の『愛染かつら』など世間で評判の作品はもちろん見逃しません。灰田勝彦などが出ている歌を盛り込んだ映画も欠かしません。その結果、日本の俳優や歌手のなかでは彼を、洋画ではクラーク・ゲーブルに一番の熱を上げるのでした。

美戸はチャップリンもとても気に入っていました。『街の灯』は何度も再上映されて、見るたびに泣いてしまいます。病人や心身に障がいのある人がもっている人生へのある種の謙虚さと控えめさが、なんとも心を打つのです。また、彼の映画には貧しい人への視線が常に感じられる点も引きつけられました。自分たちもまた、父の家業の傾きや続発する病人たちの医療費のため貧乏神に追いかけられました。そういう生活を味わった記憶と、いくつもの映画のシーンが重なるのです。そして何よりもチャップリンの映画には「微笑《スマイル》」と「人生舞台のともしび《ライムライト》」のなかにほのかな希望の灯があって、わかりやすく、そこがまたなんともいいのです。

美戸はクラシック音楽については詳しくありません。ただ、日本中を感動の渦に巻き込んだ映画『オーケストラの少女』は大変気に入ってしまいます。特に記憶に残るシーンはストコフスキーが指揮するオーケストラの練習中のコンサート・ホールでのこと。主人公の少女がそこへ潜り込み、客席の椅子の間に隠れて移動する場面。その時、彼女の羽根つき帽子の羽の部分だけが椅子の間から覗いて、まるで小鳥か小動物が椅子の間を抜けて行くように見えます。これがともかく面白くてたまりません。もう、このシーンの愉快さを一刻も早く家族に伝えたくて、いてもたってもいられません。映画鑑賞後に飛び跳ねるように帰宅。そして、家族にしきりと語って聞かせ、しまいには帽子の上に手をのせて、部屋を回ってその場面を再現してみせるのでした。家族、特に子どもたちは大喜び。その味を占めて、また学校でもそれを実演、大いに拍手喝さいを浴びるのでした。

まもなく戦時色が強くなって、敵性言語である英語の映画上映が制限されはじめます。しかし、美戸の洋画嗜好は止まず、日本の同盟国であるドイツで制作された映画を見続けます。特別のお気に入りは、シューベルトの人生を劇映画化した『未完成交響楽』。そしてウィーン会議をややコメディタッチで描いた『会議は踊る』でした。美戸はドイツ語が全くできなかったのですが、何回も繰り返し映画を見たせいか、それぞれの主題歌のメロディーを覚え込み、しきりとハミングしていました。そのため、その節を何となく覚えてしまい家族や友人などのいるところでも歌いだすほどなのです。

かの名画『未完成交響楽』での主題歌ともいえる「シューベルトのセレナーデ」。これは不安と期待の心模様をちりばめた音楽史上に残る美しい旋律といわれています。

「夜のしじまの静かな森へ、私とともに来てほしい。ナイチンゲール（夜鳴き鶯）が月光のもとに歌っている。それは憧れと悩みの歌」

そもそも、これはこの作曲家の遺作の歌曲集『白鳥の歌』の第四曲。白鳥は死ぬ直前に美しい声で啼くという古い伝説をモチーフにしていると美戸は学友から聞きました。ただ、ここでも思いはやや複雑です。

（キクエちゃんと歩いた懐かしい鎮守の森。そして語り合ったこと。一方で、深い喪失感のなかで悩み、投げやりな思いで彷徨しかけた怖い森。また、ナイチンゲールはどことなく父と鶯の思い出と重なる。そして、恋と愛とを歌うセレーナーデ。自分にはなんと縁がないことだろう。むしろこの曲は、それよりはもっと深みを増して幽界の人々との交流の調べとなって響くようだ）

この佳曲は美戸の心情と実によくつながり、心模様に染み入ってくるのでした。

一方、『会議は踊る』の主題歌『ただ一度の機会』は、若い世代をとらえて離さない弾むようなリズムと歌詞に満ちています。

「夢の中？　いや現実？　泣いたり笑ったり、どうしたらいいの？　この世に生まれて人生はただ一度だけ。美しい思い出は二度とは帰らぬ。青春の花咲く時よ。光きらめき、樹々はとても青く、心地よき夢のごとき花の香りよ」

（遅くやってきたわたしの青春。それをこの歌と一緒にかみしめたい。これらの映画もチャップリンの作品も、その物語の結末は失敗や失意のことも多い。でも、底に流れるのは、灰から花が生まれ出るような希望を失わないこと。遅かった青春は神戸というシンデレラの街でようやくその夢をはぐくんでくれそうだ）

神戸になじんでくるにつれて、クラス仲間たちとこれまでは行事や催しに際してだけ出向いた界隈も、徐々に行きつけの地となります。元町通りや商店街などもそのひとつ。そして、その近くに位置するのが中央郵便局と向かいの貯金事務センター。そして、今日も気のあう仲間たちとのその辺りのぶらぶら歩き。美戸は早速気に入りそうな商店の物色を始めます。そこは、鈴木商店の本店もすぐ近隣。大正七年（一九一八年）の米騒動時に焼き討ちされ、また昭和四年（一九二九年）の金融恐慌の発火点になった歴史的な一角です。

ここで登場するのがクラスきってのインテリの評の高い、地元出身の薫です。皆で散策中、彼女はここでおもむろにその教養の一端を披露し始めます。

学友によるひと昔からふた昔前の話に美戸はいつも以上に真剣な表情です。というのもよく家族から、「おまえは米騒動の年に生まれた。それは富山から全国に拡がった」と聞かされていたからです。と同時に「そしてそれは時の政府までを倒す大事件になった」となんとなく恐ろしげな雰囲気でも伝わっていました。

世のこと全般に広い関心のあった次兄からは「それは、働く人が日本の社会を少しでも暮らしやすくするために積極的に動いた歴史的事件だった」と聞きました。故郷富山の田舎の小さな漁村。魚津や滑川の人たちが起こしたことが、この神戸という大都会にも及んでいたのか。そのことに美戸は奇妙に屈折したような優越感を覚えたのでした。薫が一通り近辺の説明を終えると、美戸は遠慮気味に話をつないでみました。

「確かそれは富山で起こって、全国に……」

すると、「大谷さん、よう知ってはるわね」と薫はやや驚きの表情。

そこで、美戸は「わたし、生まれが……」と少々、自らの生地や生年の騒動との奇縁を披露してみたくなりました。しかしふと気づいて、生年だけは巧みにぼかします。というのも彼女たちとの年齢差が白日の下にさらされるからです。

語り終えると、インテリ嬢は「なるほど」とやや安心したふうにうなずきます。それからは、再び薫が講師となって金融恐慌のややわかりにくい説明も続けるのでした。

ひとつだけこの辺りで心に残ることがありました。キクエとつながることです。神戸とは全く接点のないはずのキクエと？　そうです。及川道子の主演映画で一瞬だけ出現した神戸市内のカフェ・ブラジルを探し出したかったのです。何かそこを訪れればキクエとつながるものと再会できそうな、まったくの夢想の世界。そのカフェに行けば、姉と似てるこの大スターの肖像画でも貼ってあるかも。そしてそれはまさにキクエとそっくり、いやキクエそのものではないかという幻夢。もし、たとえその肖像がなくとも、そこを訪ねるとキクエの幻影が、及川の姿と重なって生き返り現れるようなそんな思いです。ただ訪れるだけでもよかったのですが、結局は探しだせなかったのでした。それはキクエがちょっと遠のいてしまったほどの寂しさなのでした。

メリケン・パークあたりでは明治二十九年（一八九六年）日本で最初の映画が上映されました。これまた、その四十年後のチャップリンの神戸訪問にも直結したように美戸には思えます。そして彼の来日から五年後、映画好きの娘は映画とは切っても切れない街に住んでそこを思う存分に楽しんでいるのです。

（将来、この辺に映画記念館でも建ててほしいなあ。チャップリンの映画はもちろん、及川出演の映画もすべて揃えて）　そうもまた夢想するのでした。

南京町もお気に入りの街。明治四年（一八七一年）の日本と清国の国交開始以来、中国人も増えてこの町は大発展。昭和初期からさらに大変な賑わいを呈し、週末などは人の往来で通りがあふれるほどです。ここへは中国通の級友サチともよく散策。彼女からは映画館でのニュース映画やラジオ放送などだけではわかりにくい日本と中国との事情もいろいろと伝えられました

サチは日本と中国の戦争の拡大を非常に心配していました。家族と十年近く満州の各地に住んだことがあるからです。父親は昭和七年（一九三二年）に成立した満州帝国での鉄道事業の管理で勤務、休みには家族で各地を訪問したのでした。ただ、こうした時もサチは「満州」とか「支那」という言葉をあまり使わず「中国」と言うことが多いのです。父親が家でそうしているからということでしたが、海外の歴史や社会に詳しくない美戸には、特に不自然には思えませんでした。

美戸は映画館で劇映画の前に上映されるニュース映画もけっこう楽しみにしていました。そこで、遥かなかの地の多少の知識も得ていました。そのなけなしの部分を総動員してサチにいろいろと尋ねるのです。

「満州は広くて地平線の先までずーっと見えるみたいね」
「山や丘が全く見えなくて海も見えないところもあるのよ」
「山も海も見えない。ずーっと平地だけ？　本当にそういうところってあるんだ。富山は北が海で東と南が高い山。そして西には丘が続いている。神戸はその反対。南が海で北に山。山も海も見えないってなんだかよくわからない」

「山を全部削って平らにして、海にその土をどこまでもどこまでも撒いて海がずっと陸地のような感じなのかな」

「何かすごく恐ろしいみたい。そういえば、映画や写真で見たことあるような気もするけれど、そこまではっきりと想像しなかったな」

「夕陽は丘や山あい、また水平線に沈むんじゃなくて、ただの広い広い平原に沈んでゆくんだよ。だから影も長く長くなるし。ほんとうのぎんぎんギラギラ、夕焼けもいつまでも続くの」

美戸はニュース映画でよく見ていたことを尋ねます。

「日本から満州各地に送られた満蒙開拓団の人たちはすごく働いて、米や野菜をいっぱい作っているみたいね」

するとサチはやや顔が曇ります。美戸は直ぐにそれに気づきました。

「どうしたの？」

「………」

しばらく迷っていたサチはちょっと意を決したようで何かを思い出すように、

「大変苦労している人たちも多いのよ」というのです。そして続けて、

「人の住んでいない荒地に日本人が行って開拓しているところは、冬はとても寒いし、農作物の生産も楽じゃない。それに……」

サチはまだためらっているようです。

「それに、もともと中国人の農夫がいたところを追い出して、入り込んでいる所も多いのよ」と言い添えたのです。それは美戸を大変驚かせました。

そのため「入植した日本人が反感を待たれているところも多い」というのです。それがサチの言う通りならば当然のことでしょう。自分たちが長年苦労して耕作した土地が外国人に取り上げられてしまう。腹が立つのは自然です。しかも、そこら中で日本人が威張っていて地元民を見下しているらしいのです。　劇映画や映画ニュースから美戸は「満州は日本本土の一部みたいなもの」と思っていました。そして映像では地元民と移住した日本人がとても仲良く暮らしていると、常々伝えていたのです。ただ、サチは「このこと他の人には言わないでね。父からもそういわれているから」と念を押すのでした。

そよ風とともに沈丁花の香りが漂う春の盛りが訪れたころ、サチが自宅に招いてくれることになりました。美戸の友人たちは少しずつ増えていたのですが、自宅招待はサチが初めてなのです。

（どんな家に住んでいるのだろう）

高い塀で囲まれ樹木のあふれる小高い丘の上の邸宅や兵庫駅の周辺の目線位置に広がる小造りの平屋。これまでの街歩きのなかで出会ったいくつもの神戸の家々を回想してみるのでした。

三ノ宮駅からの歩を休めて、サチが藁半紙に書いてくれた地図を手にし眼が皿になる美戸。家は学校から予想外に近く、十五分ほどでそれらしい地区に着きます。その一帯はいかにも高級住宅街という感じです。洋館風の家も多く、どの家にも門構えがあってレンガやコンクリート作りの高塀、また日本の伝統的家屋もあって輝くような白壁やかまぼこ状に盛り上がったなまこ壁が目に沁みます。ただ、やや威圧的な感じの建物も多くて人を遠ざけようとします。

（うんうん、わたしの勘も想像力もまんざらでもないな）

内心、したり顔で再び歩を進めます。ところが少々ゆくと高塀が生垣に代わり、瓦屋根の和風の平屋が目立つようになりました。そして、そのうちの一軒がめざす家で、生垣の先にお盆のような石畳が続いています。美戸は少々ホッとしました。

（わたしの家とそんなに変わらない）

ただ、庭はずいぶんと広く、植栽ゆたかで幹回りが一メートルほどの大木も数本デンと鎮座しています。玄関前の格子状の引き扉の横には風鈴をやや大きくした鐘が掛かっています。どうもそれが呼び鈴のようです。分銅を振ってみると意外に大きな音。それが庭にさわやかに響き、来訪は伝えられたはずです。

すぐに扉が開き、明るい笑みがいっぱいのサチ。美戸はたったいま目にしたばかりの庭のことにふれます。

「大きい木もあるんですね」

「家族が中国にいたときはここは親せきに貸していたけど、うちはずいぶん昔から住んでいるんですよ」

「どのくらい前から」

「おじいさんのおばあさんよりもっと古くから」

「そんなに前から。すごい、すごい」

「源氏と平家が合戦していたころからよ」

「えええっっ、ということはほとんど千年くらいの……」

「というようなことをときどき冗談で家族で話すけれど、実際は、幕末の神戸開港の頃に、地方から出てきたみたい」

「幕末か。父がよく言っていたなんだか懐かしい言葉だなあ」

「でも、先祖が神戸にやって来たはっきりした年代は父もよく知らないみたい。系図のようなものはあったけれど、そんなに昔でもないときに、それらしく作ったものみたい」

「うちでも、わが家は富山では幕末まで地元の名家やと、よく父が自慢していたんですよ」

美戸もお付き合いをかねて少々同調してみせました。

「なんとなく正式の氏名がわかって直接関係ある感じの先祖は、三代か四代前くらいまでがいいとこだよね」

「そんなもんだちゃ、人間ちゃ」

「アアッ、それ富山弁でしょう！」

そこで二人は大笑い。どうにも友と親しくなると、つい方言が飛び出すことがあるのです。

「家に入りましょうよ。今日は両親も外出しているし」

「わたしここで話す方がいいな」

美戸はすっかり庭が気に入ってしまいました。結局、サチも小さな泉水のそばの太い竹で組んだ座卓に美戸を誘い、一緒に腰を下ろしました。

サチはクラスの友たちと一緒のときには語らない、家族のことを話してくれます。父親は京都帝国大学卒業後にしばらく貿易会社に勤務。その後、大学の先輩の紹介で、満州の南満州鉄道（満鉄）に勤務するようになりました。サチは神戸生まれでしたが、父親の仕事の関係で満鉄本社のある長春のほか中国各地の支店などでも暮らしたことがありました。満鉄で勤務する父の同僚である何人かの中国人の家族とも同じ社宅でした。サチには中国人の幼友達もいく人かいるようです。

二人で話している庭の端に半ば枯草の混ざった草むらが見えます。そこに雀が五羽、並ぶようにしてやってきました。美戸とサチからほんの一、二メートル。二人の話し声に驚いたのか四羽はすぐに飛んでゆきました。ところが、一羽はそのまま夢中で草むらに餌を探して穂先を跳ね歩いています。よく見ると、ほかのスズメよりやや小造り。そして実に忙しく、また楽しそうにチュンチュンと悦にいっているのです。

美戸は目が離せず耳をそばだてます。その真剣なまなざしと表情にサチはやや驚いたようです。

「チュンチュン、チュンチュン」美戸が子雀を目で追いながらつぶやいています。

「チュンチュン」サチも繰り返します。美戸はかるく微笑。ふたりは一緒になって子雀を見つめ続けます。そのうち、サチは美戸の目に僅かに光が浮かんでいるのに気づきました。

そのとき近くの木枝に雀が一匹、音もなく飛来。そして、「チュン」とやや強くひと声。すると、草むらがぶるっと震えました。直後に、夢中にかけっこ中の子雀めが飛び出し跳ねあがって空へ向かいます。枝上の雀はそれをすぐに追い、二羽は屋根の先に一気に消えてゆくのでした。

二人はそれを見送り、しばらくすると美戸はサチに聞きました。

「ご両親はお元気なんですか」

「ええ、どうして突然?」

美戸は幼いころの父の「チュンチュン」の思い出、そしてその父の末期の水が季節外れの小さな西瓜であったことを語りました。子雀を迎えに来たのは、父親だったのかな。それとも母親なのかな。

物知りのサチはひとりごとのようにいいます。

「雀の親って、子雀が枝から落ちたり、いつまでも遊んでいる時、近くの枝から見守っていることが多いそうよ」

二人はもちろん裁縫の話もしました。サチは、美戸が教室で「洋裁に和裁のいいところを活かしたい」といったことをよく覚えていました。サチは自分の思いを披露します。

「わたしは和裁は全然心得がないけれど、中国服のことは少々勉強したの。だから私はそれを洋裁に活かせばいいのかなって。でも、和裁は何となく難しそうね。勉強してみたいけど、また父が中国に転勤になるとその機会は少なくなるしね」

「そうでもないよ。直線裁ちの和服は形が単純で裁縫としては簡単。和裁独特の縫い込みや襟の付け方などややこしいところもあるけれど、それもなれればそれほどでもないです」

自慢めいたことが好みではない美戸ですが、サチとは気が置けないのでつい自分以上の自分が出てしまいます。

「美戸さんは小さい時から、おばあさんやおねえさんから習ってきたからそう言うけど、ふつうはなかなかそう簡単にはいかないでしょうけど」

「和裁はもともと並幅一反の仕立てが基礎、それから標準寸法を決めるから広幅裁ちでも自分にあった寸法でいいの。洋裁はなにか寸法やルールがいっぱいある感じだけれど」

それからちょっと間をおいて、サチの優しそうな表情を少々見てから言い足します。

「生活で一番大切な衣類……、和服の腰巻と洋裁のズロースを比べるとよくわかるね」

それを聞いたサチは思わずニコリ。それを見て美戸も微笑み返します。

「ズロースは二本足入りで局部を保護できるけど、和服と一緒では大事なことをする時とか不便でしょう。腰巻なら楽だけど。そして、洋服って体の線に沿わせるの。だからよく計算して裁断するところがコツ。反対に和服は体の線は無関係。布を体に巻き付けるようなものだから。極端にいえば布地をそのままに縫いつなぐようなもの縫うことがコツということ。けれども、日本では文明開花以来、洋服が早く入り過ぎて、和裁の伝統の良さが活かされていないといつも感じています」

つい、祖母や姉からの聞きかじりも含めて美戸の持論が出てしまいます。

「中国服も和裁の方に近いのかな？」

「でも、今はあまり多くないけれど、ウールやこれから増えるだろう化繊は絹物と違って洋裁とやり方が似ているの」

「どんなふうに」

「へら付けがしにくいので型紙を用いてチャコで標じるしをつけ、切りしつけをします」

「何が一番違うのでしょう」

「何か違うようで実際はそんなに違わないような気もするけれど」

「そういうのなんとなく美戸さんらしい」

二人は声をあげて笑いました。

「洋裁の場合、一度作った服はお下がりにするくらいしか再利用はしないけれど、和裁はそうでないところがいいのかな」

「『くりまわし』のこと？」

「そうそう。仕立て直しで前後や左右を入れ替えたり、袖付けと袖口を工夫して長く持たせたりするところがいいですね」

「和裁するの楽しい？」

「楽しい。洋裁ももちろん好きだけれど和裁もずっと続けたい。端切れも上手に利用し楽しく作る。だから、着る人たちも楽しく使ってほしい。将来、学校を始めるのは無理としても、小さな和洋裁のお店を持ちたいなあ」

　こうして楽しい時間はあっと過ぎ、夕陽が落ち庭の日差しも消えたころ、美戸は次は自宅にサチを招くことを約束して家路についたのでした。


　ドレスメーカー女学院の教室ではそれぞれの将来のことについて珍しく大いに議論になったことがあります。職業の選択と進路、また家庭生活と裁縫で身を立てることとのバランスは、学生にとっては真剣な課題でした。

　女学院の普通科や速成科から師範科に進めるのはそれぞれ五十人のうちの五、六人だけ。ただ、すべての生徒がそれを希望しているわけではありませんから進級率が十倍の狭き門というわけではありません。サチのように家族の転勤による中途退学の不安で悩んでいる仲間もいます。一方、既に洋裁店へ見習いが内定し、就職活動もほぼ終了のちゃっかり級友も少々。それに加えて、目下お見合い中や、なんとお嫁入直前という早熟娘までもいるのです。

　自宅の美戸の座卓上にはいつも女学院の教員たちの手作りの教材が置かれていました。また、そのすぐ横には愛読中の基本書の昭和十二年初版『洋裁の秘訣』（杉野芳子著・杉野女学院出版部発刊）も仲良く並んでいます。同書は美戸が入学した十五年に改版され、その後九刷というベストセラーです。

その本には、洋裁は芸術であること、理論と実践の合理的な関連付けの大切さ、そして、これまでの既刊書にはこれらの点が欠落していたことが強調されていました。この書は難解なことばを使わずわかりやすく書かれているので、美戸お気に入りなのです。師範科への進む面接試験のときはもちろん、学院の教員たちによるこれまでの指導と教材をベースに回答を続けました。とともに、この書から適宜、味付けと理論強化しそれなりの混紡を施したのでした。

そして、その配合の作戦が功を奏したのか結果は合格。美戸は晴れて、習う立場から教える立場への第一歩を踏み出したのです。

その一ヶ月ほど後のこと。この年の暮れ近く日本は新しい試練に突入してゆきます。東アジアで日中戦争が続く中、ついに太平洋のはるか東の超強大国とも戦端が開かれたのです。身を焼くようなアジア・太平洋戦争の嵐の時代の始まりでした。

すぐに年が改まり昭和十七年（一九四二年）。人々の生活は軍事色が濃くなりますが、美戸はあくまで自己流で日常を過ごしています。洋裁勉強にはますます脂がのり、努力の甲斐あって三月には優等で女学院普通科を卒業、四月には師範科に進級。そしてその年から導入された制度、卒業生対象の師範補佐にも教師たちから推薦されました。これは文字通り教師の助手的役回りで、実際上、師範が不在の時には教員に近いこともこなせるのです。美戸はますます意気軒高、お調子屋の一面にも油が注がれます。なにかと時間を作っては、姪甥らのために洋服を仕上げるのです。子どもたちはもちろん、長兄夫妻も大喜びですが、もともと学費は全て長兄頼り、ささやかな恩返しにすぎません。

ただ、ひとつ問題がありました。時には斬新すぎ実験的な衣装デザインも飛び出すのです。姪の英子が着衣に逡巡するような類のものもたびたびと登場します。「芸術的」と美戸が強調する作品にかぎって十代半ばの乙女心に着用へのためらいを生じさせるのです。もちろん気がのらなくてそれを着ない、という選択もありえます。ただそうすると、今後気に入った洋服を作ってもらえなくなるかもしれません。それは英子以外の子どもたちも彼らなりに察しているのです。だから彼らは気恥ずかしい類の作品も着て、次にあらわれる本当に気に入った衣装に期待するのでした。

妹待遇の英子は常々可愛い実験台とされます。それはかなり奇抜なワンピースでした。首の周りがダリアの花びらの様なフリルで囲まれています。上部は体の線に沿ってはいるのですが肩の両端が極端に上へ伸びあがって強調。人によっては羽を縮めた巨大な蝙蝠と見まごうかもしれません。その上、肩から胸の上にかけての刺繍がなんともいえぬ凝りようなのです。格子の線が斜めで抽象模様に並ぶのはまだ無難な方です。しかし、その線の奇数番目と偶数番目で色と刺繍のスタイルを変化させます。そして、それがリズミカルに繰り返されるのです。しかも、その線ごとに別のタイプの結び糸でつなぐという技法を駆使。

英子はためらいがちに着衣し鏡台でわが姿を見つめています。そこまではいいのですが、外出する決意がつきかねているようでした。しかし、美戸に半ば強引に誘い出されます。そこで英子も知恵を絞るのです。

「なんとなく肌寒いので」と、その上からカーデガンを羽織ります。そうして二人は住宅街を離れ、電車で神戸の中心街にくりだします。そこでは外国人や観光客がめだち、逆に近所の知り合いや英子の学友と出会う機会は減じます。

英子は美戸からカーデガンをいつ脱ぐように言われるかと緊張感を押し止めつつ歩いています。ただ徐々に、その斬新な服が繁華街ではそれなりに溶け込めそうな気もしてきました。そこで、やや美戸の顔色を窺いつつも、おもむろにカーデガンを脱ぎます。そして、それを手にし、ごく自然に歩こうとするのです。

「英ちゃん、寒気取《さむけ》れて暖かくなった?」

「ええ、まあ……」

美戸はちょっと不思議そうな表情をしつつ、うれしそうでもありました。

羽目外し

美戸の休日の行動範囲はますます広がります。ちょうどその頃、神戸の中心街、新開地にスケート場が誕生。美戸は水泳を得意としていましたが、冬の運動、スキーやスケートの経験は皆無でした。故郷の富山は雪国とはいえ、まだスキー場は開業間もない上滝くらい。また、手ごろな湖や池がなくて長野のようにスケートが盛んではありません。

（よし、スケートをものにして、冬の楽しみと健康作りに役立てよう）

美戸は「夏は水泳、冬はスケート」と呪文のように唱えて決心、さっそくスケート場通いを開始します。美戸や友人たちは当初はやはりふらふらと氷上を千鳥足で歩くだけ。そして友人たちと出かけるときにも、しきりと英子も誘うのです。ただ、英子にとってはスケートはいかにも危険そうでなじめません。美戸たちは通ううちに徐々に慣れ親しんで、まもなくそこそこに滑れるようになります。しかし英子は結局リンクに降りる気にはなれず、みなが楽しそうに滑っているのを横目で眺めているだけです。寒い中、氷上を臨む座席を温める苦行が続くのでした。

実のところ美戸のスケート通いは兄には内緒でした。兄はきょうだいが結核を引き込み病没したのはスポーツや仕事から来る過労が遠因と考えていました。ですから、美戸のスポーツ好きにも警戒の目をゆるめません。そして、特にはまり込んだり危険を伴うスポーツはしていないかと常に気づかいを怠りませんでした。それが、スケートに凝っているとわかれば止めるよう忠言されるに決まっています。ですから、美戸は英子に兄へ告げぬようにしっかりと頼みこんでいました。そして口の堅い姪はその約束を忠実に守っていたのです。

どんな物事も習い始めよりは、少々慣れてきて慢心が生じ始めた頃の方がはるかに危険です。スポーツについては特にそれがよくあてはまるのでしょう。

スケートリンクでの美戸の大転倒は見事なものでした。それは、自らを女ぽくないと信じている美戸らしい転び方ともいえました。スピードを上げ過ぎて止まれなくなったのです。ふつう初心者は速度がかなり出て不安になったとき、早々に壁面か誰かに寄り添って制止するのが最良の策。ところが、制止行動の機会が遅れ、慌てて人を避けようとしてつまずきます。そしてひと回転するようにして倒れ、壁に激突。身体が曲がりくねり全身打撲の状態でしたが、友人たちに支えられ何とか立ち上がりました。彼らが職員を呼ぼうとするのを美戸は必死で引き留め、病院直行を避けました。というのも美戸の脳裏に兄榮三の顔が反射的に出現したからです。

英子はその一部始終を観客席で目撃。驚愕天を突く思いでした。すぐに、友人たちに交じって一緒に美戸を抱えるようにそこを出て、めったに使わないタクシーにみんなで乗せて、二人で帰宅したのでした。

夜の食卓では、美戸が休日の課外活動中に学院の階段から足を滑らせて怪我をしたことが話題となりました。英子は美戸との約束をここでもしっかりと守ります。榮三からはただ一言だけ。

「とにかく、人はいつも健康と安全には全身で注意を払わないといかんがやぞ。人生どこに落とし穴があるかわからんからの。気をつけられや」

　左足の打撲と両手足の擦過傷は一ヶ月ほどの外科通院でほぼ治癒しました。ところがそれと前後してどうも体調が思わしくないのです。全身に倦怠感が漂い、時に吐き気もします。そのうち腹部に疼痛が続くようになりました。そういう体験は初めてだったので、対応に窮します。

　まずはいつものようにセツに相談。すぐに医者に診てもらうよう勧められます。大したことはないと思っていましたが、素直に従い近隣の内科へ向かいました。

　診断では「腹部が発熱しています。どうも炎症しているようなので、大きい病院で検査してもらうように」とのこと。どうにも事態が怪しい方向に進んでいるのを直感します。セツに伝えるとすぐ、榮三に報告するように直言されました。

　美戸はまだ迷っています。やはり医療費のことが頭を巡るのです。部屋でひとりぼんやりしていると、隣室から全てを見通したように、セツの声が聞こえてきました。

「美戸っちゃん、あまり心配しられんな。うちは富山にいるときより余裕あるさかい。身体が一番やからね」

　美戸はそれでも決断がつきません。夕食が終わって、セツと子どもたちが居間を離れた後、榮三はタバコをくゆらせて新聞を読んでいます。美戸は一旦、部屋を出ては、また戻り、二、三度それを繰り返します。

「兄さん、ちょっと話が……」

「うん？」

「あのう、ちょっと腹痛のことながやけれど」

「もう聞いてる。医療費のことは心配せんでもいいから、すぐ検査に行かんとだちゃかんぞ（いけないぞ）」と厳命。セツがもう話してくれていたのでした。


三宮近くの四、五階もある大病院での検査の結果は、予想を絶していました。たいそうな病名が医師の口から発せられたのです。なんとも「卵巣捻転」という偉そうでまた、怖そうな病なのです。

（卵巣といえば子どもを作る源泉のような重要臓器ではないか。その捻転とは、要するに捻じれ込んでいるということなのだろうか。いったいどうなっているんだろう）

兄くらいの年代と思われるいかにも知的な顔立ちの医者は、ややけげんな表情で尋ねます。

「ここ、一、二ヶ月で腹部に強い衝撃を与えるようなことで、なにか思い当たることはないですか」

もはやこれまでです。いつまでも「学院の階段で……」ではすまなくなりました。考えてみれば英子にもずっと、自分との約束を守るように半ば強要し、真正直な彼女の心をしめつけ続けてきたわけです。その反省もしつつ美戸は観念して、医者に全てを告白しました。

「それは相当の衝撃でしたね。もっと早く来ないと大変でしたよ」

そう言い残すと医者は一旦奥に消え、しばらくしてもう少し年配の温厚そうな別の医者と一緒に戻ってきました。彼は聴診、触診などを先の医者以上に慎重に繰り返し、その後、二人は再び席を外します。まもなく若い方の医者が戻ってきました。そしてひとこと事務的に告げたのです。

「大谷さん、今日からそのままここに留まることになります、ご家族に急ぎ連絡してください」

（事態は完全に予想を覆している。間違いなく状況はかなり悪い。まさか、また嫌な方向に人生が向かうのでないだろうか。せっかくこの憧れの神戸で良き日々を過ごしているというのに。今度は身近な親しき人ではなくて自分自身の方に。いったい卵巣がどうなっているのだろうか）

夕方になって、育児に忙しい中をセツが駆けつけてくれました。その場で、最初の医師は、入院治療どころか一刻も早い手術が必要だと宣告したのです。

美戸はとっさに思いました。いや、思い込もうとしたのです。

（これは夢だ、悪い夢を見ているのだ。もうすぐ覚めるはずなのだ）

しかし、頭の方はどんどんとさえ、厳然とした現実であることを迫ってくるばかりです。「卵巣捻転」「入院」「手術」……医者の言葉が脳裏を大急ぎで迷走しています。続いて兄の苦渋に満ちた顔の出現。また、心配そうなセツや育ち盛りの五人の姪や甥の表情と目もとが眼の周囲を巡ります。そして、とどめの医療費が目の前を灰色の幕となってふさいでゆきます。

その後、医者とセツの間で何が話し合われたのでしょうか。セツがどういう対処をしてくれたのでしょうか。なにやらわけのわからない医学用語がその場を占拠し、また手術の日程と準備が話題になった様子です。たぶんなにか自分も二人からの呼びかけに応えたような。でも、それははるかに上の空だったのです。記憶から消し飛んでしまっているのでした。

ともかく、いつもの自分が戻ってきたのは病室のベッドの上でした。夜になって一旦は家に戻っていたセツが榮三と一緒に再訪してくれました。美戸はふたりに一部始終を告白し、涙ぐんでこの間のことを詫びました。

榮三は厳しい表情を崩しませんでしたが、声は一切荒げません。

「もう、あんたしか残っとらんがだよ。ふたりだけのきょうだいになってしまったがだよ」とだけ言い残して立ち去りました。美戸はしばらくベッドから顔をあげることができませんでした。入院中のことと手術についての説明は、残ったセツがしてくれました。そしてセツも帰ってまもなくのこと、上弦の月が病室の窓越しから足元に差し込んできたのです。そのやわらかな光を眺めていると、兄夫妻への感謝の思いと自分の軽はずみな行為への悔悟がこみ上げてきました。そのうえ、今はもう帰らぬひとびとが薄明りのなかに走馬灯のように浮かび出てきます。そうこうしているうちに夜空も足元の月光もみるみるうちにかすみうるんでくるのでした。


事態は美戸にとって絶望的でした。何ともおそろしき「卵巣摘出」とは。医者はそれをいささかの憐みの表情を示しつつも、こともなげに言い放つのです。

(わたしの卵巣がなくなってしまう。というのに、医者は実に無情だ。わたしのために涙を流さないまでもせめて心からの同情を込めて励ましてほしいのに。それにしてもああ、なんという愚かなスケート。まさかあんなに楽しかったことが、わたしのこれからの人生の半分以上を奪ってしまうなんて。調子に乗ってそんな上手でもないのにスピードを出して。もうとてもいやだ。この自分が）

　美戸はそうやって自らを責めつづけるのでした。

ことは急を要します。炎症がかなり進んでいるので手術はできるだけ早く、との診断です。美戸はなんとか「摘出なしに！」と再訪した兄夫妻にも懇願しました。しかし、医者は「摘出しないと命にかかわります」ときっぱり断言。そして「他の選択の方法はありません」ととどめを刺すのです。二人が帰った後、美戸は再び煩悶と後悔を繰り返し、なかなか眠れません。

　翌々日、意外にも転院の連絡が病室に届きました。セツに付き添われて、タクシーでそんなに離れていない、別の大病院へ移動します。セツによれば、榮三が仕事上の人脈を使ったようでした。神戸一番の手術上手といわれる外科医の隈《くま》医師に連絡を付け執刀を依頼したというのです。美戸にとってはとてもありがたいことのはずですが、手術は手術です。願いはただひとつ、卵巣を残し、切らずに薬でなおしたいという一心です。

　検査が再び繰り返されました。冷たい感触のベッドに横たわって強い照明を見上げていると、そのなかから浮かび出るのはやはり忘れ得ぬ人々です。自分が介護し、見取り、そして、大空へと白煙になって消えてゆくまで見送ってきた面影。彼らが天井の煌煌たる照明灯の光線の奥から見つめているようです。

（ああ、みんなが見ている。わたしの十代、わたしの青春を共に過ごしてしてきたみんな。キクエちゃん、姉さん、ちい兄さん、わたしを守ってください。とうさん、まだ人形みたいだった睦子ちゃん、わたしをもう少し生かしてください。わたしの大切な卵巣を残してください）

執刀医は兄よりやや年長、この世界ではたいへんな権威らしいのですが中肉中背の優しそうな人です。美戸に心配し過ぎないように励ましの声をかけてくれました。

「病変の進行具合によりますが、なんとか卵巣半分は残すようにやってみますからね。気持ちをしっかり持ってください。それが大切ですよ。うまくゆくという希望を強く持ってください」

「残りの半分でも役立つのですか」

「もちろんです」

美戸は天にも昇る思いでした。だが、医者が部屋を退出してから、ふと「進行具合による」がよみがえり、また落ち込むのでした。

二十歳までに五人をごく身近でみとってきた美戸。しかし、その全員は手術という事態とは無縁な状態で旅だってゆきました。ですから、これまでこの恐ろしい手術という凍り付くような舞台前に立ち会ったことはありませんでした。そして、もちろん、自らは初体験なのです。

灰色の壁の薄暗くて狭い廊下の先に手術室はありました。横たわる台座が目の前に現れます。教室での集団実技の裁縫台よりはかなり大きいその台座。身近でいえば、とてつもなく大きいまな板に似ていないこともありません。なるほど、「まな板の上の鯉」とはこのことだったか。もはやこの場で、できることは祈ることだけ。ここで再び、見送ってきた懐かしき人たちの魂に呼びかけて総動員。ともかく助けを求めるのでした。そして、隈医師のことばの「希望」を念じ反芻するのでした。


目覚めるとベッドの上で、腹部はさらし巻き。よく映画で見たまるで賭場風景に出てくるやくざ連中の胴元のようです。夜になって、手術後一旦は帰宅していた兄夫妻が見舞いにきてくれました。セツが最初に身をのり出すようにして口火を切りました。

「美戸っちゃん、手術うまくいったがだよ。卵巣も半分残ったよ」

美戸は万感の思いが身体じゅうにこみ上げました。その直後、なんだか全身から力が抜けて、うれしいのやら、もうどうでもいいのやら、わからぬような混沌とした感情に巻き込まれました。実のところ病状はかなり進行していたのでした。

「もう数日遅かったら大変だったがやぜ。炎症どころか化膿していてそれが破裂する直前だったがやちゃ」セツが続けます。

美戸はぞっとしました。腹部に爆弾が埋め込まれていたような気分が体を覆います。そうなれば「卵巣の半分温存」どころか、命が危なかったのです。美戸はすぐに眼を閉じて、天上の五人の姿を思い浮かべます。しかも、今度は自らが看護に関わってこなかった亡母や祖母まで巻き込んで、今の自分を守ってくれたと確信するのです。そして、彼ら天上の七人の守護神に手を合わせるのでした。

しばらくしてからようやく、兄が八方手を尽くして、名医を探してくれたことも思い出しあらためて感謝をします。ずいぶんと遅れてやってきた美戸の青春。それがその絶頂からいきなり奈落の底に突き落とされるところでした。しかしながら、その寸前のがけぷっちでなんとか踏みとどまったのでした。

その後、回復にも時間を要し結局、退院までに一月半ほどもかかりました。そして、それからはきっぱりとスケートを断念。年頃の女性一般に期待されるようにかなりおとなしくなったのです。

ようやく日常生活に戻り始めた晩秋の十一月、美戸の全快を祝うかのように新しい命が大谷家をにぎわしました。その子はこれまでどの子よりも大きくて、泣き声も激しく、皆からきっと大きく育つだろうと話題になります。神戸の出張所長社宅では、厚夫に続いて二人目、榮三・セツ夫妻にとっては睦子も入れれば七人目の子ども。その子は良夫と名づけられ美戸の四番目の甥となりました。手術後、体調が徐々に回復する美戸にとって、まさに最良の気分をとらえた命名と思うのでした。

美戸はこの年、二十五歳。時候はまさに晩秋であり、そして当時としては女の人生もまさに盛秋を超えつつあるようにも思えます。六歳しか年の違わない義姉セツは今や六人の母親に。妊娠の重みと痛みに耐えながら、またいく人もの育児をこなしつつ義理の妹のため奔走してくれたセツ。そうしたことへの思いも込めて美戸は新生児の誕生を心から祝うのでした

立派な体躯をもった赤子が生を受けたのは昭和十七年。時はまさに日本史上最大のアジア太平洋戦争に直面している真っただ中です。巷では新生児へ「国運」を背負い、「戦意高揚」を謳い「勇」や「強」など、また「紀元二千六百年」からの「紀」、「八紘一宇」からの「紘」などを使った命名が流行していました。そういったなかで、厚夫と同様に良夫もまた、まったくいくさとは無縁の名を残すこととなりました。

実は、女学院での教養科目の授業で、漢詩の読解から話題が広がり「厚夫」の命名が話題になったことがありました。そのとき、美戸は結核の介護体験を紹介しつつ、命名と厚生省の開設との関連にも少々触れました。その教師によれば「厚生」という言葉は「生を厚くし、和を惟（おも）う」という古典から来ているそうです。その意味するところはズバリ「税、労働を軽くし生活を豊かにし、平和を思う」こと。そのことを指摘され、美戸は教師からこの命名についてお褒めにあずかったのです。美戸にはそんな知識はなかったのですが、時代が時代だけにその意味深長さに密かに喜びを感じたのでした。「良夫」の力は美戸の発案ではありませんでしたが、美戸はこの命名に大いに賛意を表しました。また、教室での評価でもこの原義も「よい」の他に「すなお」「おだやか」の意味もあるとかで、やはりいくさやあらそいとは真逆の言葉なのでした。

翌年、十三歳の英子は女学校の二年生に進級しました。少しずつ知見を広めてゆく若さにあふれる姪との話題の深まりが、美戸にとってはますます楽しみとなってゆきます。一方で学友たちとの行動範囲も一段と広がり、東は灘から北は六甲山、また西方は須磨やその先の神戸西端の垂水までも散策活動を展開。日々その行程の印象を覚書にとどめることも怠りません。

灘の街では、宗酒造記念館近くに住んでいる有名な作家の谷崎潤一郎邸へも近づいてみました。美戸はまだ彼の作品を読んでいませんでしたが、長姉が何冊か愛読しそのあらましを聞いていました。ただ、「小さい子にはわかりにくい話ながやちゃ」とかで、断片のみの記憶が三々五々の状態です。それは、なにか目の不自由な女性を慕った人が、その人と同じ気持ちになろうと自分の目を針で突いて失明するという話でした。そのことがとても恐ろしくて忘れることができなかったのです。

次兄は、谷崎の随筆の方を好んでいました。「鋭い人やね。とても感覚が鋭敏ながやちゃ」とよく口にしていたのを覚えていました。谷崎は「西洋の人は明るさを好み、東洋の人は影などのうっそうとしものを美しいと感じる」といっているのだそうです。その一節を思い出すたびに、なぜか次兄を看病していた二階の部屋が頭に浮上してきます。美戸はできるだけ病人の気分向上に、好天の日には障子を大きく開け風通しよくしようとしました。でも、彼はよく「美戸っちゃん、障子締めておいていいよ」と言うのでした。なにか、そのほうが天井の木目がやわらかさがかえってよく見える、と常々いっていたのです。

谷崎は、美戸にとって文学鑑賞とはまったく無縁の名前でした。ただ兄姉たちとの思い出をつなぐささやかな糸口ではあったのです。谷崎は六年前の昭和十一年（一九三六年）に芦屋から移住。引っ越し好きの人らしくまた近々引っ越すのではとの噂です。なにごとも自分に引き当てる癖のある美戸です。ここでも物ごころがついてからの自らの居住地の変転を振り返ってみるのでした。

その近くの、白鶴美術館は私立美術館の草分けで、昭和九年から公開。神戸というところは私鉄の発展にしても国とか県庁とは別に、民間会社の力を実感させられます。そこの開館の二年前、ちょうど今から十年前の昭和七年に六甲山ケーブルは開通していました。最高点が九三一・三メートルで神戸市がごくまじかで一望でき、ここもすっかり気に入ってしまいました。

富山市にも市街のすぐ近くの西方に呉羽山や城山といった展望の良い丘陵があります。でも、海抜は百メートルから百五十メートルくらい。立山連峰と富山湾、市街地もよく眺望できますが、この標高では街景観のはるか奥までは深くは臨めません。ただ、天気がよければこうした丘陵帯から東方の立山連峰の雄大な遠望は可能です。峰々のやや下方の一角を占める、標高二千メートル近い弥陀ヶ原高原もはっきりと目視できます。故郷の人々にとってうれしいことに、この呉羽丘陵へは市街地から歩いて三十分少々で到達できるのです。ただ、この神戸ではそうはいきません。市街地から六甲周辺までは交通機関を使っても一時間以上、景色に見とれながら行けば二時間はゆうに越すのです。美戸は、それはそれで故郷の小丘と同じようにとても気に入ったのです。

この六甲からの景観は、何度来ても丘陵と海浜の超近接が新鮮です。これは故里と比して異界ともいえる味わいで、佇んでいるだけで心が踊るのでした。ただ一つ気になったことがありました。それは、英国人グルームの明治四十五年（大正元年・一九一二年）にできた碑が破壊されようとしていたことです。この人は六甲山を人々の憩いの場とするきっかけを作った、いわばこの場所の開祖。碑の撤去の理由はどうも「英国は敵性国家」ということかららしいのです。（神戸のために役立った外国人も今やないがしろか。政治や戦争の背景はよくわからないけれど、なにかとても嫌な予感だな。英国は紳士服だけではなくて、婦人服でも素敵なデザインがあるのだし）

美戸なりにそう思ってみるのでした。

兄の仕事

神戸西方の須磨浦やその周辺は風光明媚で、古来から文人らに愛された土地です。ただ、須磨と聞くと美戸には少々心に痛みを覚えることもありました。それはたしか、子規の愛読者だったモトエから、聞いたように思うのです。子規は結核の治療のために日本で最初にできた結核患者用施設である須磨浦療院にしばらく滞在していたはずなのです。しかし結局、改善せず徐々にむしばまれていきます。そこは、明治二十二年（一八八九年）に富裕層を対象に開設され、コッホが結核菌を発見してからまださほど日がたっていませんでした。とはいえ、ここはなんといっても舞子同様に関西ではよく知られた海水浴場です。陽光と潮風はそういった過去の陰鬱さを吹き飛ばすだけの自然力を発散しているようでした。大谷一家も時々それを求めて出かけ、英子もここで水泳が上達、泳ぎ好きの美戸には得意満面の場となりました。

八月に入って間もないころ、壮年から乳児までの九人の集団が、須磨海岸で思い思いに甲羅干し。その時、やや離れてタバコを吸っていた兄に突然、声がかかりました。「ミスターエイゾー！」と周囲に響く大声。家族が皆そちらの方へ振り向きます。兄の真ん前には長身で赤茶色のターバンをした褐色肌で彫の深い顔立ちの中年外国人。その御仁が目を輝かせ白い歯を見せ笑っています。濃い口髭を生やしたインド人のようです。美戸はインド人もターバン姿の人物も雑誌で見ただけで、実際にお目にかかるのは初めて。まるでその人はシンドバット物語の登場人物のように思えます。大冒険の途中で神戸に立ち寄ったのではないでしょうか。一瞬そう思ったほどでした。

兄は英語がさほど得意ではありません。その外国人の前にゆっくりと立ち上がり、日本語と混ぜ合わせながら何か話し合っています。ただ、よく聞き直してみると両者ともにほとんどが日本語のようでした。インドネーションがインド風なのか英語風なのか、最初は外国語のように聞こえたのです。数分後、彼は兄と握手した後、家族の方を見て少々笑みをうかべ浜辺の人々の先に消えました。美戸も子供たちもやや遠巻きに目をこらしてその後姿を見つめていました。

「とうさん、あの人だれやの？」皆が次々に聞きます。改めて思ってみれば誰もが兄の日頃の仕事についてはほとんど知らなかったのです。そして、これがきっかけで、家族は父親が海外関係の仕事をしていることにあらためて気づかされます。そして、このインド人との遭遇がきっかけで、家族間では珍しく仕事のことが話題となります。

うかつにも美戸は、兄が神戸でも当地の絹織布工場の管理と現場の監督をしていると思い込んでいたのです。神戸出張所長の主な業務は貿易関連で、外国の会社との交渉や折衝が中心なのです。特に、インド人は昔から神戸とは縁が深く、欧州系の会社の責任者になっていることも多いのでした。兄によれば、声をかけてきたインド人の会社とは関係が良好でした。ただ、なかには商売上で緊張関係にある外国系企業もありました。一度、交渉相手との議論が高じて、応接室の眼前のテーブルを思い切り叩いたこともあったそうです。そこに敷いてあったガラスが衝撃で亀裂。外国人代表はびっくり仰天。

「オオタニサン、オオタニサン、マアマア」とかなり狼狽。決裂寸前の交渉が最終局面で強く出て、却ってうまくいったこともあったのでした。家ではいつも子どもたちにニコニコ、穏やかな面しか見せないのにと、美戸には信じられない思いで聞いていました。そして、ややまぶしそうに兄の顔を見直してみるのでした。

その日、兄は珍しく、仕事で付き合いのあるインド人たちの故国のこと、大正の世に横浜で被災した自らの経験を子どもたちにも少々披露してくれました。はじめて聞く子たちもいて、皆、興味津々。

「インドはね、今は英国の植民地になって、自分たちの国を奪われとるがや。そして、インド人は命令に従わされ圧迫されているがやね。だけれども、きっと近いうちに独立して自分たちの国をつくると思うわ。百年ほど前に英国が来る以前の長い間、ずっと自分たちの国だったがやからね」

「インドちゃ、日本より大きいがけ?」英夫が尋ねます。

「ずっと、何倍も大きいよ。中心の方にはヒンズー教といって、日本の神様みたいにいろんな神様を信じている人が多いがや。いろんな神様の絵や彫刻もたくさんあって面白いぞ。でも東と西の方には回教とかイスラーム教とかいって、一人の神様しか信じない人たちもたくさん住んどるがや。この人たちは神戸でも力持っていて、五年ほど前にモスクといってお祈りの場所を日本で初めて建設したほどやちゃ。ほかにも、北の方の高い山脈の近くや、南の島にはわしらと同じように仏教を信じる人たちもいるんだね」

「さっき話していた人はどの神様を信じとるがけ?」今度は英子が聞く。

「あの人の神様はまた別ながや」

「まだ他の神様もいるがけ?」英子は不思議そう。

「あのひとは頭にターバン撒いていたろうがいね。シーク教という別の教えを信じている人ながや。西の方にたくさん住んどるね」

「なんや、インドの男の人ちゃみんながあれを撒いとるがかと思うとった。でも、なにやらいろいろ神様がおられて難しいがやね」

美戸の一言が他の子どもたちの感想も代弁したようでした。

榮三は、昭和十三年の神戸に赴任前後のことも少々皆に語ります。

「わしの前任者から聞いて新聞も見せてもらったけれど、十一年ごろに神戸港で海軍による観艦式といわれる大演習があって、それはすごくて街も盛り上がったようだよ。夜半にも何しろ港内中が戦艦や巡洋艦などからの何十というサーチライトで照らされてて、光の大円舞会のようだったらしいがやちゃ」

皆が「見たかった。見たかった」と繰り返す。しかし榮三は静かに続けます。

「ただ、わしが赴任した翌年からは、皆も今、神戸駅前で見ているとおりになったというわけやちゃね」

すぐに英夫は「何のことけ」と反応。英子は即座に「あんた気がつかなんだけ」と口をはさみ「木炭スタンドがあったろうがいね」と続けました。

「そうや、この頃は戦争で石油も輸入できなくなって不足しておるから、木炭を燃料として車を動かすちゅわけだちゃね」

榮三は過ぎし日の大震災のことにも触れました。

「インド人たちも大勢が被災地から神戸に引っ越したし、当時、横浜の人は絹織物をはじめ繊維産業がほとんど神戸へ移ってしまうかと心配していたもんや。若き日をそこで過ごしたわしが、その横浜の人たちから商売敵のように思われた神戸で仕事をするのだから、不思議な縁と言えば縁だちゃね」

兄は大震災の恐ろしい体験の一端を話した後、月日の速さを噛みしめているようでもありました。

舞子の浜近くには移情閣という八角形の一風変わったコンクリートの建物があります。家族との海水浴からしばらくしたころ、いまや親友ともいえるサチと初めてその近くを散歩しました。そこへは将校風の人たちが車で乗り付けたり出入りしているので、美戸は軍の建物かと思っていました。ただ、この場所はサチによれば大正の初め頃、中国の有名な政治的指導者の孫中山を迎えた由緒ある屋敷だということです。もともとこの建物は神戸在住の中国人商人で大富豪の呉錦堂の旧宅で、彼は中華同文校を創立したり当地の商業発展に大いに尽くしました。中国帰りのサチは中国の人々への思いは深くて、彼のことやこの館の歴史を詳しく説明してくれます。ただ、美戸には中国人の知り合いはひとりもいなくて何となくうわの空で聞いてしまうのでした。その一方で、サチを通してえられる中国の事情によって、広大な大陸への根拠のない憧れも膨らんでゆきます。また、きょうだいたちから聞いていた中国の文化や文学などの日本への影響も反芻していました。ただ、サチから聞いた、現在、中国では多くの住民が日本の軍人や植民者によってないがしろにされているという経験談も重なって思いを複雑にするのでした。

(中国人は神戸のためにも尽くしてくれているのに、もっと仲良くできないのだろうか)

その日は、サチから「大切な話がある」と聞いていました。おそらく父親の満州国への再転勤のことでしょう。前からなんとなく話題にされていて気になっていたのですが、外れてほしい予感が当たってしまったのです。

サチとの出会いは神戸での最も大切な思い出のひとつです。二人とも澄んだ空を見つめながら涙をながすこともなく、これまで一緒に訪ねた場所や思い出を語りあいました。移情閣を背にして潮風を受け、ふたりならんで若い髪をなびかせながら語り合います。

そのうちサチは暗い表情になってうつむき加減でやや口ごもります。

「今も戦争は続いているけれど、日本と中国の関係はこれまでよりもっと悪くなるかもしれんね」

「そうなのかな」

「父の話では日本の航空隊は中国の南方の街に爆弾を落としているらしいの」

「そうらしいね。映画のニュースで見たことある。軍隊の施設や飛行場などやね」

「でもそれだけではないらしいの」

「ということは」

「普通の民家や学校のようなところにも落としているらしいの」

「ひどい」

「だから、もしかしたら日本もそうなるかもしれんよ」

「ええっ、中国から日本へ爆撃に来るの」

「ううん。今、まだ中国の軍隊にはにそんな力はないらしいということや」

「だったらだれが？」

サチはしばらく口をつぐみました。そしてゆっくりと、

「米英が……」と口にしました。

「米英？」

「うん。このままずっと日本が戦争を続けたら」

「そんなことが、日本の町に」

「米国は工業の大国で日本の何倍も飛行機や爆弾をつくれるみたいよ。日本が中国に落としているより何十倍もの爆弾を日本に落とすかもしれない」

「そんな恐ろしいことが」

「そうなると、いい港があって工場も多い神戸も真っ先にねらわれるから危ない。美戸さん一家も故郷に帰ることになるかもしれんね」

こういった類のことはサチの話にとても説得力があったので、美戸はおそらくそうなりそうな

気がしてきました。そこで、念のためにサチには兄の勤務先の富山本社の住所を伝えておくことにしました。

いつもは明るいサチの横顔がとても寂しげに見えます。それは美戸との別れのためだけではなくて、自らの今後と日本と中国の関係への言い知れぬ不安感とつながっているようです。

ふたりはしばらく、海を見つめました。

「日本はほんとうに海と山と川の国ね。中国にも海浜と山河はあるけれど、私の住んだ町や、多くの街からは海も山もとても遠いのよ。だからわたしは満州にいて、日本の自然がとても懐かしかった。美戸さん、日本で海や山を見るとき、わたしのこと思い出してね。中国の北の大地で日本を想っているわたしのことを、きっとね」

美戸は声なく、ゆっくりとうなずきました。

なにやら、目の前の夕暮れの水平線がやや曇ってみえてくるのでした。そして、サチがこれからゆく満州の大地はここから見える海面のすべてが大平原なんだろうと想像してみるのでした。

美戸は目をぬぐってから、浜辺の手前で夕陽の反映を浴びて半ば影絵となったサチへ近づき「必ずまた会おうね」と声を絞ったのでした。

新聞やラジオは相変わらず、戦線の拡大と連日の戦果を伝えています。だが、町全体になにか薄暗いもやがかかってくるような雰囲気を美戸は感じていました。新聞や画報では、大陸の中国でも太平洋の南方の島々でも「大日本帝国」と「大東亜共栄圏」が地図の上でどんどん広がっているようなのです。それなのに、巷では疎開の準備がこれまで以上にしきりと口にされ始めます。美戸は持ち前の自己流で、こうした時流に抗するというよりは、なんとなくかわすように動いていました。ただ周囲は確実に平時ではなくなってきていたのです。

美戸がまだ富山にいた昭和十四年（一九三九年）には、既にパーマ整髪が禁止となっていました。ただ、もともと美戸は髪を後ろで束ねて止めていただけでしたので特に気にもしませんでした。その年の師走になって、各地で白米食用が禁止、七分突き使用となったときもそうでした。というのも、大谷家の経済状態が厳しかった時には、玄米や麦入り米の日々だったので、別に苦にもならないのです。

翌年、神戸に移転したころから、やや様相がかわってきました。塩、味噌、醤油などが配給となります。また木炭、マッチ、砂糖なども使用量が制限されるようになります。ただ、思い起こしてみると十三年の国家総動員法が公布される前後から日常品の制限は始まっていたようです。綿糸やガソリン、革やゴム製品等といった軍需と直接関係ありそうなものだけでなく、鉛筆やクレヨン、机や本立てにまで切符制など制限が加えられ始めていました。

十六年になると今度はコメが配給制に。そして、その年の暮れの日米開戦が勃発した影響が大きかったのか、翌十七年には塩、味噌、醤油が配給に。そして防空法が制定されて避難訓練が盛んになってきます。それに関連して、「無用の音を発する」ということで音響品の使用制限も強化されるのです。

そして、まもなく代用食までが話題となりはじめます。七分突き米どころか、押し麦、コーリャン、トウモロコシ、ジャガイモ、サツマイモが主食に入り込んでくるのです。それに加えて、空襲時の爆風対策でガラス窓への飛散防止の紙貼りも徹底されてきます。美戸は夕食後の家族団らんの席で兄に何気なく尋ねました。

「兄さん、戦争に勝ち続けているのにどうして避難訓練や地方疎開の話が出てくるがけ？」

頭の回転の速い英子や年長の子どもたちも美戸と同様に関心を示しています。外国人との付き合いの深い父のことですから、わかりやすい答えが聞けると皆期待しているのです。

「確かに変といえば変だちゃね」兄は苦笑しながら続けます。

「敵もどんどん航続距離の長い飛行機を作っているからね。それで、日本の本土にも空襲に来る可能性も高まっているということだろうがいね」

「そんなの高射砲でドンドン落としてやればいいのに」

ひとり英夫は勇ましいのでした。

こうして、大谷家にとっては六年目、美戸にとっては四年目、昭和十七年の神戸での年が暮れてゆくのでした。

Ⅲ　帰郷

翌年になると都市空襲の可能性と対処が報道関係でもよく見受けられるようになってきました。日本の最も重要な都市のひとつである神戸は間違いなく標的にされるといううわさが広がってきます。実は、神戸は既に昭和十七年（一九四二年）四月に東京同様に本土の初空襲を受けていました。ただ、このときの被害は後の大空襲と比べれば微小で、その後はしばらく深刻な空襲はありませんでした。とはいえ、そのとき、神戸では大谷家が住む社宅のある林田区の一角にも焼夷弾の雨。そのため、その周囲の住民の危機感は被災していない他の地区よりも非常に高いものがありました。

富山県繊維模範工場の神戸出張所内でも今後のことが話し合われます。その意見をもとに本社の判断を仰ぐこととなりました。しばらくして出た結論は、地元神戸生まれの職員数名を残して、全社員とその家族の富山への帰郷疎開でした。実際、昨今は海外との商談も新しい販路開拓への交渉業務も激減。会社にとっては今後の戦況の悪化を予測しての一歩後退というわけです。こうして大谷家では、神戸生まれの三歳と一歳の乳幼児たちを伴って、ゆっくりと近づく早春の陽ざしなかを北陸路に向かうこととなりました。まだ春浅き肌寒い弥生のことで二人の幼子には人生初めての長旅でした。

故郷では以前同様に職場の借り上げ社宅は工場の近くの大泉町で、神戸転勤以前と間取りもほとんど同じでした。そこは美戸にも年長の子どもたちにもなんとなく懐かしく、また親しみやすい新居なのでした。

美戸は複雑な思いの中にありました。正直にいえば神戸に住み続けたかったのです。親しい友人が何人かできたこと、また、師範科を卒業でき、助手役とはいえ、まるで師範のように後輩たちに裁縫やデザインを指導できること、それはこれまで味わったことのない喜びをもたらしてくれていたのです。

神戸では確かに望郷の念に駆られることもありました。ただ、故郷は十代の半ばを悲しみでくゆらせた土地でもあるのです。故地での日々が蓄積させた悲嘆は、神戸という新世界で徐々に薄らぎ、はるかな過去の出来事になりつつあったのでした。

「戦争なんか大嫌いやちゃ」

美戸は家でよく口走りました。それは、世界平和をこよなく愛する天使の思いから、ということではなかったのでしょう。いくさは自分の新天地、大都会神戸での可能性を奪ったのです。そして、懐かしくはあるけれども痛ましい記憶をも呼び起こす帰郷を強制するものだったのです。

ただ、実際に帰郷してみると、神戸に向かう前の自分とは違った自らの姿もなんとなく感じ取れるのです。

（幼さを引きずり、なにも充分に出来なかった以前の自分。看病に明け暮れ、裁縫の腕も未熟だっ

た自分。今の自分はその時の自分とはあきらかに違う。故郷は新しいわたしを求めているのかもしれない）

美戸は知恵を絞って、故郷での新しい試みとして出張も含めて洋裁と和裁の指導をすることとしました。そのため、いろんな伝手で生徒を募ってみます。すると予想したよりもかなり多く、十数人も希望者が応じてくれたのです。うれしいといったらありません。おそらく故郷では「神戸ドレスメーカー女学院」の名称そのものを知る人はほとんどいないはずです。ただ、そこの卒業証書と「師範助手」の経歴が意外にも評価され好感を持たれているようなのです。

もう、はるかな古のような祖母や姉の教え子たちの和裁人脈。また、亡母の教員時代の関係者、兄の会社の知り合いなどからの広がりも効果的でした。数年間の不在期間があったとはいえ、故郷にはありがたい地縁が残されていたのです。美戸は再び教える喜びを見出します。時には神戸の街角を思い出しながら、ミシンを踏んだり運針を進めたりするのでした。

翌年になって、周辺の状況に変化が表れだします。すでにかなり強化されていた生活全般の統制化や節約が徐々に極限に近づいてゆきます。一般人に限らず、軍服の仕様にさえにも些細な変更が求められます。襟を立てるだけの衣類の余裕がなくなって折り襟に、階級章なども肩章から襟章へ、そして牛革だった軍靴は馬革や豚革に、やがて鮫皮までが使用される有様となります。「和洋裁を教えるご時世でもないだろう」の声が近隣からも聞こえてきます。

「もっと、防火頭巾やモンペなど、空襲に備えて準備することがあるだろう」

直接言ってくる人こそほとんどありませんでした。ただ、近所の人が間接的にそうした非難を流したり、他方でそのことを伝えてくれる友人もありました。裁縫の指導を受ける生徒たちが漸減してゆきます。兄夫妻はこうした忠告まがいに耳を傾けませんでしたが、戦意高揚のけたたましい声はますます身近に迫ってきます。


この年、美戸が満二十六歳の誕生日を過ぎて間もない早春の昼下がりのことでした。夫が町会長を務める近隣の夫人が突然、社宅に来訪。つるりとした顔立ちで目が細く表情の読みにくい人です。

「美戸さんは神戸の学校を出られて縫い物がとてもお上手だ、と聞いておったがやけれど……」

美戸は一瞬で血の気が引く思いでした。というのは、何か似たような情景を最近二、三度、夢で見ていたからです。

「モンペに防火頭巾、家の取り壊しの時の防塵用の布作り、そしてもちろん、兵隊さんを送る時の千人針などにもご協力いただきたいことがたくさんあるがですちゃ。あんたはん、裁縫経験も豊富だし若い人たちの先頭に立って是非お願いしたいがやけれど」

言葉は丁寧でしたが雰囲気は強圧的でまた語調は命令的。断れないと直感したのでした。

（それにしても「若い人たちの先頭」か。ああ、鏡を見直したいな。あのおばさんはいったい、わたしを「若い」方に入れているのだろうか。いや、きっとあの言い方はわたしを「若い」方に入れたふうで、実はそこから除いているに違いあるまい。老獪な女性のことば巧みな挑発なんだろうな）

文化の中心地たる関西の、そのまた最先端の街で、最新鋭のモードを身に着けてきたという自負。それが頭から冷や水をかぶせられ縮こまってゆきます。

「神戸帰り」の美戸にとっての憤りの日々の始まりです。

家族は素早くその落胆ぶりを察知しているようでした。特に兄は彼女の無表情さなどから危機を感じとったようです。美戸や子どもたちが寝静まった後、セツを厨房に呼び出し何やら話していることが多くなりました。

美戸は近隣や町会関係者などから銃後協力の要請がある度に思い出すことがありました。神戸でのサチのことです。

（サチは嘘をついたりものごとを大げさに言うような人ではない。日本からの移住民は満州にもともと住む人たちと本当はうまくいっていないのではないだろうか。映画館でのニュースでは、相変わらず満蒙開拓のすばらしさを伝えるばかり。それなのにどうして戦争がひどくなっているのだろうか。

サチがわたしをだます理由も必要もない。ニュースの方はどうなのか。もしかするとこちらの方がうそなのだろうか。でもどうして私たちを騙す必要が？　このことはしっかり考えたほうがいいのだろうか。なにか変だなと思ったり理屈に合わなかったら、どうすればいいのだろうか。

ひとにとって大切なこととは何だろう。一生懸命自分で考えることか。そうしないと家畜と同じになってしまう。偉そうな人の考えで流されたり、ニュースだけに自分を預けてしまっていいのだろうか。後でだまされたと後悔しないだろうか。

サチのような人と出会わない人たちは自分の気持ちの背景について考える機会があるのだろうか。自分の頭でしっかり考えることさえできていないのではないだろうか。それは自らを棄ててしまうことと同じで自身へも裏切りではなかろうか？　学校では修身や道徳を厳しく教えられた。それは実のところは本来のまことに反するのではないか。うそや悪いことを憤る心が欠けている道徳なんてあるのだろうか。そして、それに気付いて何も言わないことは、わたし自身だけではなく、社会や多くの人々に対しても嘘をつくことではないだろうか）

しばらくして、美戸は神戸住所宛にサチに手紙を送ります。満州国へ転送されることを期待していたのですが一ヶ月近くしてから、「移転先不明」で戻ってきてしまいました。美戸はこれまでサチと話したことどもを反芻し思い起こます。そうして、そのうちきっとサチの方から便りが来るだろうと念ずるのでした。

朝方まだ眠い目をこすっていると「隣組から千人針の要請が来ているよ」と英子が声をかけます。手渡された回覧板の要請文書を見ると大きなゴム印で『大日本婦人会・富山支部』と最後に押されていました。

千人針というこの奇妙な風習が人々に拡がったのは日露戦争の頃。開戦の三年前の明治三十四（一九〇一）年二月に立ち上げられた愛国婦人会などの活動からです。これは銃後で家族らが、出征兵士の武運長久を祈るための願かけ。白地木綿の日本手ぬぐいやさらしのような布に千人の女性が赤糸で一針ずつ縫って千個の縫玉を作って贈ります。「虎は千里往って千里還る」の故事が起源で赤色にも災厄よけの意味がこめられていました。

昭和世となってからは五銭と十銭の穴あき硬貨の縫いつけも開始されます。なんのことはない「死線（四銭）を越えて、苦戦（九銭）を免れ」のダジャレの語呂合わせ。ただ、家族にとってはなにがあっても、かけがえのない人が無事に戦火を逃れ戻ることを熱望するのは当然です。そのためには、どんなことでも良いといわれることは、しないよりはまし、というけなげなさの反映であり祈りなのでした。

「千」にも隠された意味があり怖い気もします。鶴は千年の寿命があるとして、折鶴を千羽連ね特に女子の吉兆を願う千羽鶴という慣習があります。他方、千人針は男の成人兵士に向けたものです。女と男それぞれに「千」の幸運願いと危難除けの魔力なのでしょうか。美戸はこの伝承をだれから聞いたのかどうにも思い出せません。ただ、ふと、幼い日に目にした、物置を改築した長姉の裁縫室に数十の千羽鶴が飾られていた光景に、もしやとも思うのでした。

数日後、英夫が学校から進学向けの参考本や小冊子を持参しました。美戸はそれ見て驚愕。というのもどうにも、子どもたちにも軍隊式の教育をこれまで以上に強化しようということのようです。小冊子の表題は『国体の本義』（文部省刊、昭和十二年）となっているのですが、ともかく強い精神を持つように教育する内容です。確かこれは神戸の洋裁学校の一般教科の教室でも何回か読まされました。その徹底を図ろうということでしょう。

街ではいろんな団体が、元気よく「戦争に勝利を！」と大声で連呼。他方では連日、主に海軍の米軍との激戦のニュースがラジオや新聞をにぎわしています。ただ、いつだってそこでは「わが方の被害は軽微」。私たちをこんな目にあわせる連中、英米に対する敵がい心は否定しようにもできません。だからといって、街に繰り出している彼らと一緒になって叫びたい気分にもなれません。自分の生活のことで手いっぱいなのです。

新聞では、政治家や資産家、大学や高等学校の先生、また作家や画家、結構有名な人たちが「打ちてしやまん！」「贅沢は敵だ！」「進め一億火の玉だ！」などの怒声を機銃掃射のように連載。農村から青年や学生たちも、街で爆音よろしく声をそろえています。上の人から声をかけられた大きな団体だけの活動で一般の人々は無関心、ということでもないようです。呼びかけにただ応じるというよりは、風潮に煽られて踊らされているという感じもします。けっこう熱心な参加もあるようですが、最初は少数の人が太鼓や鐘を鳴らしそれが響かせるようです。すると、周辺の人々がより強く音を出す。それが最初の音よりもっと大きく反響する。そんな感じなのです。

なにかが社会をどこかに引っ張ってゆくような。それは、なにやら掛け合いのようでもあり、祭りの盛り上がりにも似ています。政治家や軍人や偉い人たちが黒子で後ろの方で見え隠れ。わたしたち臣民がともに声を発するようにしむけ、それを山彦としてこだまさせたいようです。それらが反響しあって、良識をそして常識をも変えてゆくのです。

美戸はこの小冊子を久しぶりに拾い読みしてみました。以前は小学校で、また数年前に女学院で読まされたときも、わかりにくいなと思ったので再挑戦の気分です。

「久しく個人主義の下にその社会・国家を発達せしめた欧米が、今日の行詰りを如何に打開するかの問題は暫く措（お）き」

ここで一息つきたいところですが、文章は続きます。

「我が国に関する限り、眞に我が国独自の立場に還り、萬古不易の国体を闡明し」ここで国体が出てきます。これがわかりにくいのです。ただ、文章はまだ終わってくれません。

「一切の追随を排して、よく本来の姿を現前せしめ」

まだまだ続きます。

「而も固陋を棄てて益々欧米攝収醇化に努め、本を立てて末を生かし、聡明にして宏量なる新日本を建設すべきである」

こうした文章が『国体の本義』の全百五十六頁にあふれているのです。ともかく手にとって再読しても、抽象的でもってまわった表現に目がしぼみます。天皇様は神様でわたしたちは臣民。自分を捨てて忠誠心で天皇様を「扶翼し奉る」のです。昭和十二年四月には、この冊子は全国の尋常小学校、中学校、高校、専門学校、大学などのほか、各地の図書館や官庁にも配布されました。

（ああ、むずかしい。よくもこんなものを小学生にも読ませようとするなあ）

英夫がもうひとつ持参したのは最近の発行資料で、『東京府中等学校入学案内・昭和十八年』と標題にはありました。東京の中学校の面接試験で出された口頭試問の事例の掲載です。

「いま日本軍はどの辺で戦っていますか。その中で一番寒い所はどこですか。君はそこで戦っている兵隊さん方に対してどんな感じがしますか。では、どうしなければなりませんか」

「米英に勝つにはどうすればよいですか。君はどういうふうに節約をしていますか」

「日本の兵隊は何と言って戦死しますか。何故ですか。いま貴方が恩を受けている人を言ってごらんなさい。どうすれば恩を返す事ができますか」

こんな質問を児童一人ひとりにするのです。「君はどうするのか」と思いを誘導させる。美戸は英夫や子どもたちのことが心配になります。そして、このような時代への不安を思うときには、サチの存在が見え隠れするのです。サチの話を全て信じているわけではありません。サチ自身の体験だけではなく伝聞した話もあったからです。ただ、美戸は自分たち普通の人々がなにか大きなウソの泥沼の中に入れられているのでは、という思いだけは消えないのでした。

心遣い

一ヶ月ほどした日曜日の午後のことです。兄が珍しく美戸をいたち川河畔の散策路に誘いました。他のきょうだいとはよく歩いた道ですが、長兄とふたりだけで歩いた記憶はほとんどありません。そのせいか、なにか懐かしさと同時に新鮮さが入り混じった妙な気分です。

誘われたとき「何かあるな」と美戸はすぐに察知しました。

途中、若葉を広げ始めた大きめの桜木の下で、兄は口火を切ります。

「美戸っちゃんは、先月でもう二十七歳になったがだよね」

予感は的中です。見せられた写真の男性は軍服姿でした。刀剣も備え尉官くらいで職業軍人かもしれません。ただ、何となくその顔に見覚えがあるのです。

「兄さん、このっさん（この人）どっかで……」

「そうけ、あんた、すぐわかったけ。島崎君だちゃ。あの模範工場で一緒に働き、バスケットボール同好会で副キャプテンもしていた。今や関東軍の小尉やそうや。だいぶ感じも変わってしまったけど」

「関東軍の……だいぶ偉いがけ」

「そうやの、何十人、時には何百人の兵隊の責任者になることもあるがや」

「しっかりした真面目な人だったような印象はあるけど……今は職業軍人さんになっとられるが

け」

「そうやちゃ」

「………」

「心配しられんな。お見合い断ったから……」

「なんや……はやもう断ったがけ」

「がっかりしたけ」

「なあん、いかった。いい人でも今のご時世、関東軍の軍人さんやろがいね。もし嫁いだら満州へ行くちゅことやね。そしたらいつまたみんなと会えるかわからんし」

「わしもそう思うたがやちゃ」

（これは見合い話とはいえないのかもしれない。もともとお互いに知り合いなのだから。ただ、正直なところ、わたしに他の見合い話はもうないのだろうか）

意外にも安堵感と同時に残念な思いも去来したのでした。

そう思ったとき、なぜか反射的にふとひとつの面影が現れました。四年前に出会い、中国戦線で兵役についているキクエの心の友であった彼の人のことです。

「美戸さんはキクエさんと似ていますね」

その一言が胸の奥から蘇るのでした。どうしてそれが今、そしてこんな話題のときに出現するのでしょうか。それが美戸にはなにか不遜のような、いやむしろ不道徳なような思いと錯綜するのでした。彼の人に対して、そして、それ以上にキクエに対しても。

数ヶ月後、次の話がもたらされました。どうも榮三の本当のねらいはこちらの見合いの方にあったようです。最初の話は美戸の心の準備として、用意されたのでしょう。ところが、今度の相手というのはなんと親族なのでした。しかも、幼少の頃に一緒に遊んだ記憶がわずかに残っています。ただ、その後ほとんど会ったことはありません。今回もまた、ふつうの見合い話とは違うな、というなんとなく気が抜ける思いが美戸をよぎります。

「ええっ、親戚ながけ？　そう言われりゃなんとなく覚えとる気もするちゃ」

美戸は実際の記憶をやや薄めるように答えました。

「嫌だったらもちろん断ってもいいのがだちゃ。無理する話でないから」

女は二十歳前後で結婚するのがふつうの時代。しかも戦時争中で、「産めよ増やせ」の風潮の真っただ中。また巷では「未婚の人は病人」という恐ろしい言い草さえあるくらいです。平気で未婚のまま暮らせるご時世ではありません。それでも、おおらかで外国情報にも詳しく、諸方面で経験豊富な兄は「世間では……」という表現での説教じみた説得はしません。

これが神戸にいた頃の話だったなら、おそらく美戸は写真も見ないですぐ断ったかもしれません。遠戚というだけでなんとなく避けたい気持ちなのです。だが、ここ富山では時代の空気も、とりまく状況も美戸に転機を求めていました。

実にこの時も、彼の人が脳裏に出現してきたのです。そして、気がついたときは、折角のこの話を断っていたのでした。

「そうか、人柄はよいし、経済的にも安定してるし、あんたも家でゆっくり裁縫に専念はできるけどな。まあ、正直な気持ちが一番だから」

少々残念そうな兄の言葉が耳に残りました。

美戸は、見合い話の度に脳裏に出現する彼の人の記憶が気になりだしました。神戸にいた頃は中国の彼から時々来ていた軍事郵便ですが、美戸の帰郷後は却ってその頻度は減っていました。先方からのその内容といえば、これまではキクエとの思い出や昔日の卓球試合の内容などが多かったのです。だから、時間の経過とともに、もうそういったことを思い出したくないのかとも考えました。また、美戸が書き送っていた神戸にいた時分の大都会の生活の話題より、故郷に戻ってからの出来事を伝えることがまずいのかとも思いました。というのも望郷心を掻き立てられて辛いからでは、と想像してみたのです。

春先から、珍しく四ヶ月以上も便りがない日が続いていました。丁度美戸がミシンを踏んでいると、英子が後ろから声をかけ、小さな白い封筒を渡してくれます。裏返すと「中村テル」と封にはありました。誰だかすぐに思いつきません。手紙を開けようとしたときに、まるで声でもかけられたように人物が思い浮かびました。「ナ・カ・ム・ラ……」

その筆致は冷静そのものでした。その内容に比してあまりにも沈着としていました。おそらくその人は気を失いたいほどの衝撃の後、かなりの時を経て、自分を突き放した後で、まるで他人事のようにしてこれを書かざるを得なかったのでしょう。それは美戸も打ちのめすような記述でした。膝がガタ付き、周囲が突然暗くなって眼前のミシンの上に身体が覆いかぶりそうでした。

彼の人は既にこの故地へ帰ってきていたのです。ひとつの小石と一枚の紙と化して白い無垢の木箱に入れられ無言にして無体で。

ただ、箱とは別にたった一つの遺品も届けられていたのです。彼の母上の手紙には続けてこう記されていました。

「義郎は最初に負傷した時、野戦病院でしばらくお世話になりました。責任者の看護婦長さんはちょうど私と同年代の人で、その人も若いころ卓球が好きで話題が弾んだようです。一ヶ月ほどで回復した後、負傷以前よりもっと厳しい前線に送られることになり私物は制限され、大事に持参していた卓球板をその方へ預けたようです。そのとき故郷の住所もその方に伝えておいたのでした。その後、義郎の中隊が砲弾の直撃を受けた時、その婦長さんの機転で、遺骨代わりにこちらへ送るよう手続きをしてくれたようです。私はこの方にとても感謝しています。卓球板には、伊勢神宮のお札や親しき人たちの寄せ書きがはられて一見「武運長久」祈願の板札のようです。それらをはがして取り除いてみると義郎の名前の横に別の字で『大谷キクエ』とも書かれてあります。そこで、もしかしたらもともとは大谷さんの物だったのではと思い、お便りした次第です」

美戸は遥かな遠い日のキクエの葬儀のこと、そしてちょっと前のような河畔での彼の人とのひと時を思い起こしていました。

（汗と涙と魂が入り込められた一枚の卓球板にキクエちゃんとあの人が一緒になって帰ってきたのだ）

そしてまた、美戸は思ったのです。

（それでこのところ、彼がしきりとがわたしの近くに現れていた。あれは別れの挨拶に来てくれたのだろうか）

手紙によれば、彼の母はその遺品を返却したいようでした。ただ一方では形見として保持していたい言外の思いも感じられるのです。美戸は対応を迷い、外へ出て空を仰いで千切れ雲を少々見つめました。そして、意を決して返信をしたためます。そして、「よろしければそちらでお持ちください。姉もそれが望みだったはずです」と書き添えたのでした。

手紙を投かんした後、帰り道は遠回りをして、キクエとよく歩き、そしてありし日の青年とも話した場所を訪ねてみました。夕日に染まって家路を急ぐように流れて行く雲たち。それを見ながら、戦地の彼も故郷に帰りたかったろうと思いを巡らせます。その時ふとまた、遠き日の呼び声のように、

「美戸さんはキクエさんに似ていますね」との風音が耳をすり抜けました。

（あれは、わたしに向けられた言葉ではなくて、キクエちゃんとの思い出をいつくしんでのことに違いない。中村さんはキクエちゃんがわたしに残していった形見のような存在だったのかもし

れない。あの人と話している時はキクエちゃんもそこに一緒にいるような不思議な懐かしさが漂っていた）

その時、一陣の風が美戸の髪をさっとかきあげてゆきました。

見上げると、ぼんやりとかすんだ白い月が天上にあって広い畑地を照らしています。その微光を受けてでしょうか、遥か遠方では連峰もほのかにこちらを見つめているかのようです。

（ふたりもいつかこのような月をみたのだろうか。今もみているのだろうか。みているに違いない。そして、わたしも一緒に見ているのだ。いまは天上と地上で見ているけれどもいつかは、ほんとうに一緒にみることだろう。それまでずっと、見守っていてください）

それから数日後のことです。美戸の方から兄に改めて例の写真を見せてもらうよう依頼しました。兄はやや意外そうでしたが、特に心変わりの理由は尋ねませんでした。遠戚であり、成人した幼友達の写真を改めてゆっくりと見ると昔日の面影がごくわずかに残っているように感じられます。今の美戸の正直な心情としては伴侶候補としては「可もなく不可もなし」といったところでした。神戸での活動写真館の銀幕で英子とよく見た憧れの色男たちとは、もちろん比較すべきではありません。美戸は映画でいい男を見すぎたかな、と少々思ってみるのでした。かといって、写真のその人は好みを逸脱して思わず目をそむけたくなるといった類ともまったく違います。しかも、不思議なことに何となく懐かしいような感情も起こるのです。

美戸は兄にやや事務的に尋ねました。

「いまどんな仕事されとるがけ？」

「売薬だちゃ」

「ええっ、とうさんと同じの」

「ただね、昭和六年から三回も戦争に行ったことあるがやそうや」

「ええっ、三回もけ。やっぱり、このっさんも元職業軍人だったがけ？」

「なあん、そうでないちゃ。島崎君と違って軍属みたいなもんで、薬の知識を活かして衛生班みたいな任務をしていたらしいがや。本人は、『三回も戦争に行って負傷もせず無事に帰ってきて、自分は不死身だ』と自慢の種にしとるらしいや。実際は前線から遠いところにおったのかもしれんけれども」

「わたし、戦争の話なんか聞きたくないがやけど」

「家では戦争のことはほとんど話さんそうや。変な自慢はしている割に周囲が戦争体験を詳しく聞くと、本人は嫌がったり避けたりするようだちゃ。だから家族もあまり聞かんようにしとるらしいや。まあ、自分から戦争の話をすることはあまりないやろうけど」

「そんならまあいいけど」

「花火も嫌いらしいちゅことやちゃ。音や光が戦争を思い出すがやろうね。『自分は不死身』ということだけはよく口にするようやけれど」

「売薬の仕事をされとるがなら、よく家を留守にされるがやね」

「先代からの近隣県が対象地域らしいちゃ。一回行商に出ると二、三ヶ月旅の空でそのあとしばらくは在宅の繰り返しやちゃ。長旅の続く他の配薬業の人たちより楽だちゃ」

実は美戸には留守が多い点は内心、都合がよかったのです。

（その間は「良妻」として旦那に尽くさなくてもいいし、好きな裁縫がたっぷりと自宅でできる。また大日本婦人会の目を避けて、親しい生徒に個人的に裁縫指導の機会も作れるかもしれない。英子らを誘って映画にも行けるだろう。それに今は戦争で若い男は戦地に取られている。想う人と劇的に出会い、結ばれる時代ではない。でも、特技を活かして暮らすことができるのなら、ともかく新しい生活を始めてみようか。兄も安心してくれるだろうし。そして、もしかすると子どもも持てるかもしれない。残されたひとつのたいせつな卵巣。だいじょうぶかな。医者は太鼓判を押してくれたけれども。ああ、それにしてもセツ義姉さんはわたしの歳、数えで二十七歳でもう五度も出産経験があったんだな）


なにぶん戦時です。その日は大谷家と小森家の両家族あわせて二十人ほどが華燭というには程遠い雰囲気で小森家に集いました。そこは、この市で一番の中心地といえる総曲輪という地区。地名からわかるように、加賀藩百万石の分家である富山藩十万石の城郭の掘割のすぐ手前に位置していました。祝いの式といえるほどのものはなく、ささやかに形ばかりの会食でお頭付きのブリや石鯛がようやく祝い事をなんとか醸していました。そして、そのままその日からそこでの新生活の始まりとなったのです。

とはいえ、それは二人だけの生活というわけではなくて、小森久蔵の母セキとの三人暮らしです。久蔵の父親は既に十年以上前に他界、姉多美子は嫁いでおり、そこまでは、美戸が聞いていた通りでした。だが、すぐに自分の算段の甘さを知らされます。というのも姑の皮膚病が事前に聞いていた話よりかなりひどいのです。伝染こそしないのですが肩甲骨あたりから背一面がただれており、姑ひとりでは容易に湿布もできません。そして長年の中途半端な治癒で慢性化していて通院の引率も欠かせません。

姑は小顔で造りも上品なのですが歯が全滅状態。その上、手入れが面倒なのと歯茎に合わぬからと入れ歯が大嫌い。ということで、美戸はいわゆる「歯無しばあ」の表情と日常的に対面することとなります。また、歯抜けのせいもあってか、上下の唇が口の中に少々入り込み、多少の悪意を持って絵に描かれるような老婆の姿を呈していました。こうして、美戸は父の末期以来の久方ぶりの介護に付き合わされることとなります。ただ、昔日、きょうだいにかけたほどの愛情も姑にはわかず、どうしても義務感が先立つのでした。

ひとつ幸いなことはこの姑は饒舌とは無縁なこと。これも「歯無し」の結果だとすれば同情心もわきます。口を利かない限りではその表情は優しく性格もほぼ温厚。そのうえ、ある日、気がついたのですが、微笑む表情が祖母ユキの面影とやや重なるのです。母代わりだった祖母。いつも何か和菓子を用意して待っていてくれた祖母。泣きべそをかきそうになるとしっかり抱きしめてくれた祖母。そして、十一歳の美戸が人生最初の永別を味わされた悲嘆の記憶。

確かに婚姻前に久蔵はまたいとこだとは聞かされていました。しかし、祖母はきょうだいが多かったようで、甥姪も十数人はいました。美戸は、またいとこであることをほとんど意識もせずに幼少期には久蔵と遊んでいました。ただ、祖母ユキの妹の子である姑セキとその息子の久蔵の面影に、なにやら懐かしさを感じる理由が腑に落ちるのでした。

祖母は臨終の場で、並み居る孫のなかで、ただ美戸の手だけ握ってくれました。姑はその姪なのだ。そういえば、口元をモゴモゴさせない限り、写真でしか見たことのない生母とも似ていないこともありません。生母と義母は従姉妹同士、時として姉妹以上に似ることもあります。

(顔も知らないわたしの母、忘れがたいわたしの祖母、そうだ、この姑を母か祖母と思って介護してみよう)

美戸はそう決心しました。もちろんそれを口にすることはありません。ただそれを決心して行動に移してからは、姑も美戸にこれまで以上に優しくなったように思えます。また、「お義母さん」「美戸っちゃん」ともすぐに自然に呼び合えるようになったのでした。

先代から続く久蔵の家はかなり大きく、しかも、そこは城下町を象徴する地名の総曲輪地区の丸の内という中心地。また、駅からの大通りと県内一の幹線道路の国道との交差点から数軒目に位置しています。家は京都の家屋のように大通りに面した玄関の正面部分に比して奥行きが長い造りです。そして突き当りの裏木戸を開けると、そこは広めの庭でその先が富山城の堀となっていました。家から城の石積みが借景として眺望でき、そこの縁側での一服は訪問者たちからも気に入られていました。ただ残念なのは、天守閣がはるか昔に失われていたことでしょうか。

新しい共同生活が始まって二週間もしないうちに、久蔵は売薬配置業の旅へと出かけて行きました。配薬業の多くでは、春周り秋周りと年二回、しかもかなり遠方の県に出ることも多いです。ただ、久蔵の場合などは先代からの関係で北陸や長野、岐阜などの近隣が多かったため、四季をとわず小回りもしていました。

女二人が家に残り、姑の話はといえば思い出話ばかり。また、久蔵が軍隊に行っていた時の一人住まいの寂しさもよく話題とされます。久蔵が近隣ではよく「不死身」と口走っていると聞いていましたが、彼の軍隊での任務内容については姑はよく知りません。ただ、軍のことにはまったく無関心な美戸にとってもなんとなく気になることがありました。多くの壮年者たちがつぎつぎと徴兵、召集・再召集されている時に、なぜ彼が逆に帰国できたのか、どうにも合点がいきません。とはいうものの、詮索しても実生活に直接関係しないことなので、そのうち気にもならなくなるのでした。

美戸には、既に鬼籍に入った祖母や若き日の母のことが姑から聞けるのではとの期待がありました。ただ、祖母とその妹である姑の母親とはかなり歳が離れていて共通の思い出がほとんどないのです。これには心底がっかり。また、姑のいとこは数多くて、そのひとりである美戸の実母の記憶もないことにも落胆させられました。

一ヶ月半ほどして久蔵が売薬の旅から帰宅しました。さすがに配薬をしながらの旅の疲れは隠せません。美戸は姑と一緒にごちそう作りで歓迎準備。飛び切り新鮮な魚介類が御膳の半分を占めます。富山湾で漁師が夜明け前からの漁で取ったキトキト（とても新鮮）の賜物、これを漁師の連れ合いの婦人たちが行商人として午前に各家庭へ売りにくるのです。この小売は美戸の幼少の頃から全く変わっていません。神戸では美戸も和漢洋食といろいろのごちそうを満喫しましたが、新鮮な魚介類だけは神戸も富山にはかないません。ただ、このところ、物資の統制で配給制やモノによっては切符制まで導入。みそや醤油まで手に入れるのが面倒となりつつあります。

『決戦生活のしおり─食べられる雑草』と題された小冊子が巷を徘徊しています。そこにはいろいろな雑草の名前さえ出ていました。たんぽぽ、すみれ、よもぎ、れんげ、なずな、おおばこ、よめな、のびる、すいば、くこの芽、あざみ……などなど。なかには七草粥で食した馴染みのものもありますが、多くはどうやって食べるのか、いやはや食べても大丈夫なのかと思うのもあります。それを、見ているうちに本土でもこういう状態であるならば、戦地では一体ぜんたいなにを食べているのだろうか、そもそも食い物はあるのかと思わずにはいられないのでした。

市中では薬局に出回る薬品類も質量ともに減少してきました。そのため逆に配置薬への期待が高まり需要はそれなりに維持されています。製薬業者との長年の関係もあって高価薬品や希少品も入手がとても困難というわけではありませんでした。しばらくは商売の方はほどほどの状態を維持していたのです。だが、昨今はそれすらも戦況の厳しさが増す中で徐々に滞りがちとなり、この先は厳しい見通しが予測されました。

また、統制経済が進む中で、家庭薬の配置も業者間の過当競争を避けるために、一軒の家庭に一業者という方式が要請されるようになりました。同時に、業者の全国での担当地域についても、行政からの指示や介入が強まってきます。ただ、久蔵はそれなりの人脈を維持し、自分の営業に悪影響が出ないように手をつくしていました。

そうした話題の後、疲れ切った久蔵は二人を居間に残したまま、隣室で先に床に就きました。それから間もなく姑も自室へ去り、美戸は縫物を始めました。ふすまを通して久蔵の寝息が聞こえてきます。

しばらくすると、久蔵の部屋から唸るような声が漏れてきました。その直後に怒号が響き、聞き取れない助けを求めるような一声が発せられたのです。悪い夢でも見ているのでしょうか。ただ、それが何度も重なるので、美戸は急いでふすまをあけ彼の体を軽くゆすって起こしました。水を浴びたような大量の汗、ともかく病人を介護するようにして汗を拭きとります。身体もかなりの熱っぽく、やや落ち着くと久蔵はかすれ声で語りかけてきました。

「わし、なにか妙なこと言わんかったけ？」

「なあん、大声だったけどなにも聞きとれんだちゃ。なんか助けを求めるような言い方だったけど、だいじょうぶけ」

それを聞くと久蔵は深刻な顔に一変。美戸はその表情の暗さになにか近寄りがたさを直感します。なんだか彼との距離が急に遠のいてゆきそうな予感。ただ、その夜は、そのあと同じような反応は見られませんでした。

数日後、今度もまた同じような就寝中の咆哮があったのですが幸い、先のように激しくはありませんでした。ただ、その後も時々似たような現象で発声をすることが続くのです。時には激しいこともあって、美戸は声をかけるのですが、病変ではないようだと気付いてからは、適当に聞き流すようになってしまいました。

それにしても、彼はいつもやや疲れ気味の様子で先に寝床に消えてゆきます。そして、老若の女二人が居間に残されるのでした。もともと、久蔵は母親似なのか無口で話題にも乏しい人のようです。そのなかで、美戸の楽しみは時々姪の英子や甥の英夫が家を訪ねてくれることです。これは二重の意味でありがたいことでした。二人と存分に語れること。また、くつろいでいる久蔵は若い二人の質問に、それなりに明るく答え、そのときはよく座が持つのでした。

過去

明けて昭和二十年、今年も久蔵は自宅での休養期間を過ごした後、次の旅への薬の仕込み中です。その間に英子と英夫がそろって訪ねてきました。心待ちにしていた美戸は和菓子などを用意して大歓迎の体です。久蔵も姑も一緒に茶菓を楽しみ、快い時間が過ぎてゆきます。薬のことやら旅のこと、久蔵は二人と、すっきりした表情でぽつりぽつりと談笑しています。英夫もご機嫌で元気よく尋ねます。

「小森のおじちゃんは中国へ何回も戦争に行っとられたと聞いたけど、ケガもせんとすごいがやね。今、街のあっちこっちで白衣姿の傷痍軍人さんたちがおられるし、病院も兵隊さんでいっぱいながに。それに骨になって白い箱で帰ってくる兵隊さんたちも多いがに。おじさんちゃ強いがやね」

久蔵は微妙な表情をしました。

「おじさんは鉄砲玉が当たらん力があるがみたいやね。すごいがやね」

英夫が畳みかけると、久蔵の表情がますます曇ってゆきます。

それを見てとった美戸。

「英夫ちゃん、おじさんもう戦争の話をしたくないがやから、他の話せんまいけ」と話題転換を図ります。そして、話をやや強引に二人の学校生活に移したのでした。それにしても自分からは外で「不死身」を自慢げに言っておいて、親しい者たちからの問いかけにはだんまり。どうにも美戸は腑に落ちません。

それから数日後のことです。既に久蔵が行商の旅に出た後、留守の家で美戸は姑から思い出したように告げられました。

「久蔵はなにか軍部の薬品研究所みたいところにおったらしいがだちゃ。だから、弾の下はたぶんあんまり潜っておらんがやろうね。でも、なんかそこで事故があったと言うとった。直接関係者じゃなかったがやけれど、帰国ということになったがやそうや。なんでもその事故では自分の名前も言えんようになった人もおったとかいう話や。そこでは、現地で捕らまえた匪賊などにも薬飲ませて、効くかどうか試しとったということ、ちょっとだけ話したことあったちゃね」

美戸は久蔵がそんな類の話をするのを聞いたことがありません。

「久蔵さん、戦争の話、今はほとんどしられんね」

「軍から帰ってきて間もない頃は変な自慢したり、何回か発作的に戦地のことを口にしとったちゃ。このところだいぶ落ち着いてきて、余りそんなことも言わんけど」

「どんな時に言うとったがけ？」

「そうやね。寝るちょっと前とか、夜中に目が覚めてからとか。何かぼんやりしている時だったちゃ」

「去年みたいにひどくうなされることもよくあったがけ」

「一時期はひどかったがやね。千葉県の国府台という所にある病院にもしばらく入院したこともあったし」

「なんで、わざわざそんな遠くの病院へ行かれたがけ？」

姑はハッとした表情をしました。言い過ぎた、と気づいたようです。取りなすようにして付け足しました。

「その病院ちゃ、上手なお医者さんが多いとこらしいがやと」


しばらくして、美戸は兄の家を訪ねたとき、久蔵のことには触れずにこの病院のことを聞いてみました。

「世間ではあまりよう知られとらんけど、そこは軍人用の精神病院やちゃね。でも、美戸ちゃん、なんでそんなこと聞くがや」

美戸の全身からは愕然と力が抜けてゆくようです。なんということでしょうか。

（そうか、わたしは親子がともども病人の家へ嫁いだのかもしれない。皮膚病と精神病か。よくよく病人たちと縁のある人生、というわけか）

「美戸の知り合いでそこに入院しとる人でもおるがか。まさかのう」

兄は、ややいぶかし気です。

「神戸での友達の兄さんが、しばらくいたらしいがや」と美戸はごまかしました。

久蔵が中国でどのような研究を手伝っていたかはわかりません。けれども、その精神にかなり強い影響を与えたようなのです。

久蔵が配薬業の旅に出ている最中は、ちょうど薬の整理の時期と重なることも多いです。美戸は姑と一緒に薬ダンスの使用期間の検査と再利用可能の対象薬の整頓を開始。びしりと詰まった薬のひとつひとつ、一袋ごとに表示を確認。使用期間内でも、多少でも紙箱や包装紙にしみが付着しているのは廃棄します。似ている包み紙で誤分類されている薬品の揃え直し、などと作業が続きます。そのとき、タンスの上方に書類用らしい桐箱が数個あるのに気が付きました。

「お義母さん、その上のも整理するがけ?」

「なあん、そこはやらんでもいいがやちゃ」

「なんか珍しい薬でも入っとるがかね」

「なあん、懸け帳など商売上の重要な書類が入っとるがやそうや」

「そいがけ。なんかそう言われると、どんなもんかちょっと見てみたなるわね。別に、見て迷惑はかけたくないがやけれど、人間ちゃそんなもんでないけ」

「一番大切な懸け帳は、久蔵がカギを持っていて私も見れんがだちゃ」

お茶を飲み干して再び作業をしながら、姑はやや不満げにつぶやきます。実のところは、美戸は別にとりたてて見たいという気もありませんでした。

するとまもなく、姑は「あれ、どうしたがや」と不思議そうな表情。

美戸が振り向くと、姑はやや曲がった腰を思い切り伸ばしてタンス上からとった大きめの菓子箱のような桐箱を開けています。

「なんや、鍵かかっとらんがや」

美戸はそれを聞いてふと思いつき、言い添えました。

「最初から鍵かけてなかったがやないけ。余り触られると困るから、久蔵さんがそうゆうとっただけでないがけ」

姑は不審げですが、ゆっくりとそれを下ろして座り込み、書類を取り出して黙読を始めました。美戸がちらりと覗き見ると、ともかく数字や人名地名が蟻の兵隊のように並び、手書きの表やグラフ、地図のようなものもあります。

薬の整理の仕事から関心がすっかりそちらへ移った姑。美戸は時々目をそちらへ向けながら、所在なげに薬品の整理作業を続けます。

「ようわからん字の覚書もあるがいね。美戸っちゃん、これわかるけ」

「わたしが見たら久蔵さんに悪ないけ。お義母さんとわたしとちゃ立場も違うし。亡くなられたお義父さんから引き継がれたもんやろうから」

「いいわいね。わしがいい言うがだから、あんたも見てもいいちゃ」

美戸は気乗りしないまま、懸け帳を手にしてみます。

箱のなかはほとんど懸け帳ですが、一番底の方に変色したような中封筒がいくつかあって、姑はその中の紙片も見ているようです。

こちらも日付や数字や地名のようなものが並んでいます。ただ、懸け帳とは明らかに様相が違います。しかも封筒によって時期も場所もかなり違うようです。

「なにかね。ようわからんね。久蔵さん戻られたら、正直に聞いてみたらいいがでないけ」

姑は、美戸の意見も気にせずに黙々と紙片をめくって、少々してからひとりごとのようにつぶやきました。

「戦争となんか関係あるかもしれんな」

「戦争け?」

「母親のわしの勘やちゃ」

姑はしばらくその文書を読んだり、タンスの隅辺りをまさぐったりしていました。一息つくと、台所へ行き茶の準備をはじめました。それから居間へ戻ると薬品類の整理を続けていた美戸を呼びます。美戸が近づくとやや額に皺をよせて、「あまりいい話でないがやけれど」と姑が自分で裏紙を使って書いたらしいメモ類の束を見せ指し示すのです。それは、久蔵がうなされて吐いた言葉、寝言、日々の生活のなかでとっさに口走ったこと、そして、あまり酒が飲めない彼が、珍しく酔ってつぶやいたことなどが未整理に混ざったままのものでした。

そこには話の場所と日時については記されていません。発声した久蔵がそもそも忘れてしまったのか、意図して口外しなかったのかはわかりません。どうも、そのメモからすると銃後の人々にはほとんど知られていないことが、戦場の周辺では起こっているようなのです。美戸はそれまで戦死というのは敵軍と銃火で闘ったり砲弾を浴びせられたりして命を落とすことと思っていました。もちろんそうした兵士たちは非常に多いのです。しかし実際は戦病死やわずかな食糧さえもなくなっての餓死、精神が錯乱しての同士討ち、上官に逆らっての処刑などもかなりあるようなのです。戦地の兵士のあいだでは、「兵営ではイモ虫、戦場ではウジ虫」という言葉すらあったらしいのです。姑はまだまだ、話し足りないようでしたが、結局、少々でもこのことを身近な誰かに話したい一心で漏らしてしまったといったようすなのでした。

三週間ほどして久蔵が帰宅しました。その夜、三人での夕食後、美戸が厨房で食器を洗っていると、薬置き部屋から、母子の言い争いの声が聞えました。物静かな久蔵がいつもと違ってかなりの剣幕で、母を問い詰めていました。

美戸が止めようと急いで部屋に入ったところ、すでに休戦状態となったようでした。ホッとしたものの、久蔵はこれまで見せないような怪訝な目つきで美戸を見やります。

「美戸っちゃんも見たらしいね」

「ああ、懸け帳け。ううん、ちょっとだけやけど。わたし、商売のことあまり関心ないがや。数字が一杯並んでいるやつやろうがいね。数字ちょっと見ただけでわたしなんか気持ち悪くなってしもうて」

久蔵はそれを聞いてわずかに疑惑の表情をゆるめたようでした。

数日して美戸は久しぶりに実家を訪問し兄夫妻や姪たちとおしゃべり。その後、珍しく兄に、二人だけの時間をとってもらいました。これまで美戸と兄の間に隠し事はありませんでした。ただ、嫁いだ後からは、些細なことのようですが、なんとなく秘密めいたことが芽を出してきて気が晴れません。この際に思い切って、この間の姑と久蔵との一切を話そうと思っていたのです。ひととおり語り終えると、兄はやや落ち込み考え込んでしまいました。そしてポツリと、

「そうか、そうだったけ。まさかね。そういう事情があったがやとはね」

すぐに美戸はとりなすように言い添えます。

「でも、久蔵さんもお義母さんもわたしになにか嫌なこと言うわけではないし、ふつうは優しくて気をよく使ってくれるいい人たちだちゃ」

兄はちょっと間をおいて吐息のように絞りだしました。

「そうやけども、意外と深刻なのかもしれんね」

それから兄が話してくれたことは、美戸が思いもしないことばかりでした。

「こんなこと誰にも話すつもりでなかったけれど、そっちの事情も事情だから話すがやちゃ」

その多くは、職場の元部下だった嶋崎少尉が満州から一時帰国した時に、他言無用として聞かされた話ということでした。

「とはいうても、もちろん彼もほんとうに重要なことは話してくれなんだと思うは。だから、わしの推測も少々入っとるがやけれどね」

　美戸は身構えました。

「実は、昭和十二年の徐州作戦でも、十四年のノモンハン事変でも日本の軍兵にかなりの犠牲が出たがやそうや」

「そいがけ。映画のニュースも新聞も『勝った勝った』言うとったけど」

「まあ、よくても引き分けというところらしいがや。それで、ここからが嫌なところながやけれど」

「…………」

「とにかく、死んだ兵も多かったけどかなり負傷兵も出たがやそうや」

「前線の近くでも立派な野戦病院があるとニュース映画で見たがやけれど」

「病院まではとても運べんくらいひどい負傷兵もおるがやちゃ」

「そういう人たちちゃ、もちろん救急手当てして助けるがやろがいね」

「…………」

「昔、ナイチンゲールの映画で見たけれど、赤十字の旗を出している人はどの軍隊も攻撃できないとか聞いたけど。中国やロシアの軍隊ちゃ日本の負傷した兵隊さんを攻撃するがけ？」

「違うがや……」

「違うがけ？」

「日本兵だちゃ。日本兵が日本兵を処置させられるがや」

「処置け。処置ちゃどういうことながけ？」

「仏様にするちゅことや」

「ええっ！」

「その仕事をするのが、衛生兵のこともあるがや。それが久蔵さんが軍隊でやっとったことかもしれんがや。もちろんふつうは負傷兵の手当をしとるわけだちゃね。だけれどそれだけでない恐ろしいこともさせられていたわけや。出てきた紙片の数字が、治療した人の数かもしれんけど、実は処置した人数かも知れんがやちゃ」

「そしたら、夜中のときどき大声をあげるのはそのせいだちゅことけ」

「苦しい気持ちは想像つくわいね。重傷兵に『痛み止め薬や』いうて、毒薬を飲ませるちゅわけやからな」

「そんなことちゃあるがけ」

美戸は絶句しました。榮三は続けます。

「第一次世界大戦が終わって十年ほどして国際的な協定ができたがや。それによると戦闘中にけが人が出た後、いったん小康状態になった時は、衛生担当者を付けることになっとるがや」

「兵営まで連れて帰らんがけ」

「帰れんほどひどいけがの時ということや」

「それでどうするがけ」

「協定通りなら、負傷兵と一緒に衛生担当者がその場に残るがや」

「敵が来てしまわんけ」

「負傷兵ちゃ降参しとる兵と同じことやから、敵も捕虜にするにしても攻撃したらダメながや。それが協定で決まったことやちゃ」

「だからいろんなナイチンゲールが活躍できるちゅわけや」

「そういうことやね」

「それやったらそれでいいがでないけ」

「重傷兵は傷で大変やけれど、まあ、敵とはいっても捕虜になれば手当してくれるわけやからね。日本の軍隊でも元々はまあまあ守られとったらいしいがやちゃ。でもだんだん変わっていったらしいね、ノモンハン事変あたりから特にひどくなって。情況は変わってきたがや」

「さあ、どういうことけ」

「負傷者の残留を認めず、ということやちゃ」

「味方の陣地にも帰れんし、けがした場所にも残れんちゅうことけ」

「それで処置ちゅうわけだちゃ」

美戸はようやく事態を理解しました。榮二はまだ続けます。

「久蔵さんは衛生兵だったのやろうな。きっと、処置をさせられたに違いないちゃ。退却するときに、『熱が下がる』とか『これで楽になる』などといって、昨日までの親しい仲間の重傷兵に毒を打つがやからそりゃ苦しいちゃ。兵士の中には勘のいいのもいて、叫んだり、抵抗するのもいるらしいがや。それをだまくらかしたり、無理やり押さえつけて注射するがやから、する方も心が変になってあたりまえやちゃね」

（かなり前から耳にしていた言葉があった。『生きて虜囚の辱めを受けず』だ。将兵は捕虜になっていはいけない。捕虜になるくらいなら、命を絶ちなさいという戦陣訓といわれる日本の軍隊の教え。幼いころからナイチンゲールに憧れたわたし。肉親たちを懸命に看病してきたわたし。それとは全く逆の世界。これは一体何なのか。こんなことがあってもいいのだろうか）

美戸は身体が硬直しそうでした。そして、なんだか涙が出てきそうでした。

深夜、久蔵は叫んで飛び起きるとき、いったいどんな夢を見ているのだろうか。注射を打たれたり、無理やり毒薬を飲み込みさせられる兵士たちの恨めしそうな眼の色を見ているのだろうか。注射に抵抗して、他の兵士に押さえつけられている負傷兵から呪いの言葉を投げかけられているのだろうか。

その二ヶ月ほど後のことでした。軍属用らしいと思われる濃い茶封筒を兄から手渡されました。裏返すとサチの名が眼に飛び込んできました。美戸は軽く震えるほどに驚喜しました。長く音信不通でしたが、神戸で別れた時に伝えておいた兄の勤務先の本社宛で届いていたのです。早速、封を開けると満州国での日常が淡々と記されていました。

ただちょっと理解しにくかったり不自然な個所もあるのです。

「この国の人たちは身体じゅうに汗してよく働いています。ここに住んでいる日本人はあれこれとよく命令するのですが、多くの人は素直に従います。そうじゃない人も少々いますけれど、わたしたちは仲良くしています」

神戸にいた時、多くの日本人は中国人を「支那人」と読んでいましたがサチはその言葉を使いませんでした。今、手紙ではなぜだか「中国人」も「満州人」も使っていません。なにか、手紙に違和感が残るのです。なにか言いたいが充分に言えないといったそういう感じなのです。

当時、神戸でサチが話していたことも思い出されてきました。確か美戸が卵巣摘出の手術を受けたあとの入院中、サチが見舞いに来てくれたときでした。病院の一番奥に霊安室があって、そのもっと先に高い木々で囲まれた暗い一角が見えます。そこでは死後献体され、医療の進歩のために解剖された後の遺体用に焼却炉がありました。ふたりで病室から、そこの煙突から白い煙を見つめました。空に舞い、気流となって還ってゆくいのち。美戸は看病体験や人の命のはかなさ、また自失の日々とその後の立ち直りをサチに語ったのでした。

再び手紙に眼を戻すと「毎日毎日、満州のお空には白雲も白煙もたくさん、神戸で見たよりもっともっとたくさん」とあります。また、「お馬さんたちも、またたくさんたくさん白い煙のなかに」

ともありました。最初、美戸はその文章の意味がつかめませんでした。ただ、何度か読むうちに、なにかぞっとしてくるのです。

以前、サチは匪賊の話をする時に「お馬さんが好きでよく乗ってくる」「匪賊といっても盗賊の悪党はとても少ないのよ。昼、日本の部隊が農村を襲って奪った作物などを夜、それを奪い返すために攻撃を仕掛けることもあって、むしろそちらの方が多いらしいよ」とも言っていました。

サチは何か伝えたがっている。

（「白煙」「お馬さん」これはわたしとサチしか知らない隠し言葉ではないだろうか。とすれば、匪賊とされる人たちがたくさん日本の兵隊と戦って双方に犠牲者が出て白煙になっているということではないだろうか）

しばらくして美戸は再び兄に満州の状況を聞いてみました。榮三には島崎の他にも貿易業務を通じて知り合った何人かの上級軍人や、また同盟国であるドイツやイタリアなどの商人の知り合いもいました。榮三の推理もかなり入るのですが結論的には、戦局はかなり日本に不利。しかも日本軍は資金も資材も不足に直面しているようです。そのため金のかからない武器を開発している可能性があるというのです。それは、おそろしいことに毒ガスと細菌兵器。そして、しばらく考え込んだ後で「もしや久蔵さんは、なにか人体実験みたいなことにも関係させられていたのかもしれないな」とぽつりと言うのでした。

（そうすると懸け帳を入れた箱に会った覚え書き帳の数字は、あるいは）
そう思うと、足に軽いふるえが生じ、しばらく止まりません。

夏も盛りとなり蝉たちが大日本婦人会のように巷に声を張り上げているころでした。七月の最後の週に久蔵は予定より数日早く旅から帰ってきました。いつものようにぐったりと疲れていましたが、仕事上では特に問題はなかったようです。留守中に美戸がいつも心配なのは、旅の宿泊先で久蔵が夜中に妙なことを口走ったり、大声で飛び起きたりを繰り返していないかということでした。家庭薬配置業の地方回りでは山間部や旅館のないところで、お得意さんの家庭になにがしの礼金か薬の割引で、宿泊をお願いすることも多いからです。そういった宿泊先でも問題は起こしていないようで一安心したのでした。

久しぶりの三人の生活に戻ったのですが、真夏の暑さのせいか姑の背中の皮膚病の状態がよくありません。美戸は翌日から彼女を連れて市の中心からやや南の古宮鉱泉へ一週間ほど湯治に出かけることにしていました。そこは昔から地域ではよく知られ、とくに高齢の市民にとっては憩いの場所でもありました。鉱泉の周囲には居酒屋や一膳飯屋なども数軒あって、ちょっとした温泉地のたたずまいさえあるのです。

美戸は予定よりやや早く戻った久蔵にも、一緒にと誘います。しかし、その返答は「そんな病人臭いところには行きたくないちゃ」でした。美戸は「あんたも疲れ切っとるし半病人みたいから行かんまいけ」と喉まで出そうになったのですが、何とか押しとどめました。

ただ、しつこく誘うことには多少の気がかりもありました。というのも、鉱泉で三人でゆっくりしているうちに、久蔵の留守中の姑のよもやま話がふと繰り返されるかもしれません。あれやこれやと美戸に語った彼の軍隊体験が再び話題になるかもしれません。久蔵が知ったらきつく咎めることとなるでしょう。復員し帰宅してから、あまりスムーズにいっていない親子の関係をこじらせることは美戸としても避けたいところです。そこで、無理してこれ以上は誘わないでおくこととしました。そのとき、なぜか、久蔵との婚姻には小森家の裏の意図が潜んでいたらしい感触が心を急に抜けていったのです。

（姑が、久蔵本人以上にわたしとの婚姻に熱心だったというのは、なぜ？「美戸さんは伯母のユキさんと似とられるね」という姑の口癖は口実なのかも。実は、姑は、わたしが姉たちを親身に看病してきたことを、誰か親族から聞いていたにちがいない）とまで思い至ってしまうのでした。

このごろ、久蔵は気分が高揚している時、再び近所でも親戚の子たちにも自慢話をし始めました。

「わしは簡単に死なんがやぞ。戦争から三回も生きて帰ったがだちゃ」の口癖を繰り返しています。しかも最近では家でもその発言が増えだしました。美戸も姑もただ聞き流すだけです。

実はその日、美戸は湯治の前に、久蔵に伝えておかなければならないことがありました。

「なんでも、数日前に米軍の飛行機が市内にビラ撒いていったちゅ話だぜ」

「なんちゅうビラけ?」

「富山を空襲するというがだちゃ」美戸より先に姑が答えました。

「そんなもん、人心攪乱のためやちゃ。敵の作戦やぜ。脅しやがいね」

「でも、ほかの街でも同じようなビラがまかれた後で、実際に空襲にあっとるちゅ話やぜ。昨日もまかれたという話もあるし、ほんとにあるかもしれんがやちゃ」美戸が続けました。

　実は美戸もこのビラのことが気になって、前日、兄の判断を聞くために訪ねていました。

「そうやね、はっきりゆうて本当に空襲すると考えてまず間違いないちゃ」兄はそう断言します。この間、新聞やラジオのニュース以外にも、いろいろと情報を集めていたようです。

「どうも米軍は昨年末あたりから作戦をかえたようだちゃ」

「どういうことけ?」

「軍事施設より一般の民家を焼き、住民そのものを殺そうとしているらしいがや。二月の神戸の空襲でもそういう傾向があったらしいがやね」

「神戸以外の街でもそんなことあるがけ?」

「三月の東京空襲のことは知っとるね。あの時もそうやったがらしいちゃ。でもね四月、五月にも大きい空襲が東京であったけど、亡くなった人の数は三月の十分の一だった。どうしてかわかるけ?」

「爆撃機が少なかったがでないけ」

「なあん、そうでないがや。四月も三百機以上でやっぱり多かったがやぜ。どうしてかというと、三月と違って今度は多くの人は、空襲の初めからまず逃げたがやちゃ」

「だって逃げるが、当たり前やろうがいね」

「そうでないがやね。防空法では市民は消火することが一番大切となっているやろがいね。そのため三月の空襲の時はかなりの人が、まず消火しようと思って逃げ遅れたがや。四月の時は、人々がそれが無謀と気がづいて、まず避難したがや。米軍のビラのことだって、発見したら届けろと三月に義務化されたやろ。届けないと懲役刑になってしまうがや。だもんで火消しをしないと監獄送りか、と考えて火炎のなかにとどまって命をなくしてもんも多かったがやね。しかも今度は七月になって、首相自らがカエルやイナゴまで持ち出して食い物を自分で何とかしろというたやろ。また、農商相にいたっては空腹でも戦え、と叫んでいる始末やちゃ」

「なんか、ジャガイモを畑から盗んで逃げる途中に自警団に殺された人もいたと聞いたけど」

「ひもじがっている子どものために、つい魔が指して畑に入った、というのだからかわいそうなもんや。おそらくこんなふうにして表に出てくる事件は氷山の一角で、もっとひどい場合もあるがやろうね。あっちこっちで焼け跡の家の物干しの布団や毛布、銭湯の燃料になる木材、自転車泥棒や防空壕荒らしは続出ちゅ話や。ただ犯人のほとんどは焼け出された罹災者らしいから、生きるために必死で、あまり責めれんちゃね」

話題はどんどん厳しい方向に進んでゆきます。美戸は兄に伝えるというよりは自分に言い聞かせるように、別れ際に言い添えました。

「空襲の時、わたしとにかく逃げるちゃ。何が何でも、這いつくばってでも逃げるわ」

兄から空襲の可能性の高いこと聞いていた美戸は再度念を押しました。しかし、結局は平行線で、久蔵は湯治に同行せず家に残ることになりました。いつものように久蔵が先に寝入ったあと姑はポツリと美戸に漏らします。

「やっぱりあのっさん、また最近ちょっと変やわ。わしが言うことにはこれまでもっと素直だったがに。なんか、もうこの世にあんまり未練がないような、この先のことどうでもいいような、そんな気になっとるがみたいだちゃ」

「お義母さん、いくらなんでもそんなことなかろうがいね。久蔵さん、三度も戦場から生還されたがやし」美戸は反射的に応えます。ところが、

「ほんまは一回だけで、それも前線からでなくて駐屯地での兵務だったらしいちゃ」

と、姑は意外なことを口にし、そのうえで言い足します。

「それに、いつも死なん、死なんというとるから、わしはかえって気になるがやちゃ」

美戸は、久蔵の実母の勘を軽く聞き過ごせないとも思うのでした。

翌朝、ふたりが湯治に向かう直前に美戸は迷いつつももう一度久蔵を誘いました。

「わしは死なん、と言うとろうがいね」

珍しくむきになり、近寄りがたい雰囲気で彼は言い返すのです。そばで、もうひと押ししようと思っていた姑もそれを見て躊躇してしまったのでした。

未明

古宮鉱泉の湯治場での三日目のことでした。昭和二十年八月一日の夕暮れのすがすがしい時間です。呉羽丘陵の上空は見事な茜一色。いつものように天上にはカラスの群れが飛翔するシルエットとなって輪を描いています。

まもなく闇がゆっくりと周囲を覆い始め、小丘もその影絵を強めてゆくのです。そのときふと、動物好きの美戸は奇妙なことに気がつきます。いつもはその頃から西の山の方向かって帰るはずのカラスたちが日没後しばらくしても市街地の上を舞い続けているのです。しかも、その声が常日頃よりもかん高くて妙に気に障ります。気になりつつも、美戸はいつものように姑を湯治場の個人利用の浴槽に入れた後、皮膚病の肩から背中にかけて貼薬を塗布して寝かせました。その後、洗濯場で包帯などを洗っていると、同宿の線の細そうな中年女性が衣類をかかえてやってきて不思議な噂を語り出します。

「いたち川の少し上流に蛍がよく出るところがあるがですちゃねえ」

「ええ、よう知っとるちゃ。きょうだいたちと何度も行ったことがあるがやさい。静かでいいとこですね」

「でも何かそれが変で、この時期にいっぱいで飛んどるそうやちゃ。それもいつもより多くてあふれるようで、集団の塊になってなにやら人魂がいくつも飛んでいるみたいながやと」

その婦人は何かの持病のせいか、やや悲しげな表情のまま語りつづけます。カラスの群舞と蛍の狂舞。美戸は彼女を横から見つめながら、これはなにか不穏な前兆かと思いつつ寝入ったのでした。

真夜中を少々回ったころでしょうか。かなり遠方でなにか激しい音が聞こえました。西の呉羽山の方でしょうか。市街地の中心あたりのようにも思えます。花火大会で聞く破裂音に近く、それがいくつか続いていきます。そしてその頻度がだんだんと高まり、しかもこちらへ接近してくるようなのです。不可解な音はすぐにやや違う方向からも聞こえてきました。今度は北の富山駅の方でしょうか。自宅のある市の中枢、総曲輪地区の方角です。

美戸は起きて、蚊帳の裾をめくり廊下へ出てみました。すると、驚いたことに北方の市街中心地とそのやや東の空が赤々としているではありませんか。黎明にしては早すぎ。目を凝らしてみるとその赤い空の中にいくつもきらりきらりと光るものが見えています。朱に染まる雲塊のなかに飛行機の機体が反射しているようです。

（空襲だ！　空襲に間違いない！）

美戸は膝ががくがくするのを感じました。

（でもまだ遠い。充分に逃げられる）

美戸はすぐに姑をゆり起こし、たった今見た光景を吐き出すように告げます。ですが、彼女にはそれが現実とは思えていないようです。眉間に皺をよせ悩ましげな表情のままです。

「お義母さん、直ぐに服着て逃げんと。遅れると大変やぜ」

懸命にせかしますが、動こうとしません。

美戸は焦って、羽織をとって着せようとします。だが、老女はまだ動きません。次の瞬間、十数軒ほどしか離れていないところで火柱が上がったのが窓越しに見えました。

まだ先ほどから数分しかたっていないはずです。しかし、すでに市の中枢だけでなく周辺部にも焼夷弾の投下を広げているようです。急いで窓から再び中心地を見ると、何十ヶ所からも火の手や黒煙が上がり、空も一面真っ赤です。

湯治場の他の客たちも気がつきだしました。着の身着のままで、つぎつぎと外へ飛び出し、火炎とは逆の思い思いの方向へ逃げのびてゆきます。湯治場は郊外に近く、すぐ先には田畑と家屋が入り混じっています。だが、その周辺にも次々に焼夷弾が情け容赦なく落下、火炎を噴上げ、またまた落下。

美戸はやや強引に老女の手を取ります。その時とっさにその場の敷き布団を手にすることがひらめきました。ひとつは自分の背に、もうひとつは姑に掛けます。そして、せかしながら引きずるように外へ出ます。

　もうひとつひらめきがありました。水泳の趣味が勘を刺激したのでしょう。反射的行動でしたが、布団を古宮鉱泉前の道路近くの細くて浅い水路の流れに軽く浸したのです。足裏に砂のやわい感触と水藻もからまる感覚が妙にはっきりと残りました。決断したことには果敢に動く美戸。ですから、水浸し布団をあらためて老女と自分にそれぞれ頭からかけます。布団が水を含んでグンと重みを増しています。連れを半ば抱えるようにし、背を低くして進みます。飛び跳ねる火の粉を防ぐべく這うように歩くのです。

　幼き日から今日まで周囲一帯のあちこちをずいぶんと歩き回ってきました。また最近も運動を欠かさなかったことが、この場で役立つとは思いませんでした。近くのいたち川は川幅が十メートルもなく、河原も狭い。避難には不充分だ。そのとき幼児以来の散歩コースが忽然と脳裏に出現します。広い神通川の方へ逃げよう。

　北方の駅や中心地はすでに一面紅蓮の炎の中。とても現実のものとは思えません。幸い神通川のある市の西方は火炎が弱いようです。燃える空には米軍機が何十も機体を光らせ、まるで異次元世界からの襲来者のようです。

　炎上する街並み、崩れ落ちる家々、影絵となって異物体のようにさまよい逃げる人々、なんとか町屋を避けるようにして河原へと向かいます。

（河原、河原……そこにたどり着けばなんとかなるだろう）

なんの根拠もなしにただ、そう思い込んでいました。姉たちや兄とよく歩いた道が、何か命の道につながっているような思いがどこかにあったような気もします。しかし、周囲に展開する光景はこの世のものとは思えません。

これまで、地獄とは想像上の世界のものでした。しかし、実はこの地上界に厳然と存在していたのです。この目の前がそうではないか。地獄が炎の牙をむいて襲う。地獄が炎柱の中から真っ赤な歯牙となる。轟音が響き、火炎の嵐が叫ぶ。人間の断末魔の魂をえぐる絶叫がそれに混ざる。「すべて生あるものを焼き尽くすぞ」、火炎が揺れ動き、まき散らす火花とともに人々に掴み掛らんとしてきます。

（ずっと昔の少女時代だった。父に連れていかれた高岡の大仏殿の下段部分の回廊の恐ろしい絵。赤鬼や朱鬼に炎を投げつけられ追われる裸体の飢餓集団。火で焼かれ血の池に落とされるぼろ姿の男女。剣や槍のような火炎柱、怖くてすぐに目を背けた修羅の場面。地中に落ち込んでゆく人々。それがいつまでも記憶の底に残り眠っていた。それが絵から抜け出して襲い掛かってくる）

燃え盛っているのは家や工場、木々や草むらだけではありません。火炎の隙間から眼前に突然、真紅に染まった地蔵尊が目にはいりました。

（時々見ていた路傍の石造りのお地蔵さま！　ああ、なんと石像までが真っ赤に）

だが、何か様子が変です。目を凝らしました。すると、それは座したままで燃えている人間そのものなのでした。

天を衝くような獣の声が突然、周囲を覆う。振り向くと軍馬が何匹か煙の先から出現。狂乱し跳ね飛ぶようにしてこちらへと駆け馳せてきます。それがすざましい速さで接近。そして人々がしゃがみこんでいる横の数メートルを疾風のように駆け抜ける。そして、いななきというよりは怒号のような奇声を発して火の中に飛び込んでゆきました。真っ赤な光を浴び、たてがみを逆立てて漆黒の影を残すようにして消えていったのです。

人も動物もその生身を生きながらに燃やしています。馬たちがもう数メートルそばを駆けていたなら、周囲の人たちは蹴り殺されていたでしょう。

「もう歩けんな。私置いていかれ、美戸っちゃんだけでも逃げられ」

かすれきった声で姑が何度も繰り返します。それを無視して、ときどき休み、背負った濡れ布団の下、亀の匍匐でただただ進みます。ともかく焼夷弾の直撃や火炎が襲ってこないことを祈るしかありません。そうしながら、周囲を見渡し、少しずつ神通川原へと近づくのです。

しばらくすると一団の人が反対方向から疾走。ふたりを見つけると「どっちへ逃げるがけ？」と問いかけてくれます。

「神通川原へ避難してから、連隊橋を渡って五福の方に逃げようと思うとるがですけれど」

「あっちはダメやちゃ」

「なんでけ？」

「橋で憲兵が止めとるがや」

「なんでね？」

「今、街から逃げ出すもんは非国民や言うて、街へ引き返して消火しろ言うとるらしいがや」

「さあ、なんちゅうこと言われるがやね。こんなに燃えとるというがに」

「とにかく、火の来んところへ早く逃げんと」

そういって、その人たちは煙の中に消えてゆきました。

（連隊橋を止められていても、河原に逃げ込めば火は避けられるのではないか）でも、そこらじゅうに憲兵がいるのかもと、不安にもなりました。

紅蓮の炎光と火煙で霞む先にようやく、土手らしい一端が目に入ります。しかし、そこで姑は腰が抜けたように座り込んでしまいました。

「もう歩けんな。今度こそもう無理やちゃ。わし、置いていかれ」と言い置き倒れ込みました。背の布団を見ると水付けが十分でなかったところにいくつも焦げ跡が刻印されています。自分のも見ると焦げ跡がはるかに広範囲。なにか急に疲れが全身から噴出。その場で美戸も布団と一緒に転がり臥すのでした。

どれくらい時間がたったかわかりません。一時間かもしれませんし、四、五時間もたっていたようにも感じられます。いつまで意識があったのか、いつ気を失ったのかもはっきりしません。

東の空がやや白んでいました。見渡す限りの焼野原のあちこちでまだ火災がくすぶり黒煙が上がり続けています。ただ、周辺の炎はほぼ収まっていました。そのあたりは所々が畑地や水路、防火帯の役目を果たしたようです。気がつくと空にはあの恐ろしいキラキラしていた銀翼群が全く見えなくなっていました。

美戸はようやく、生き残ったのだと思いました。涙が止まりません。かなしいのか、くるしいのか、それともくやしいのか、あるいは命が保たれた喜びなのか、その理由さえよくわかりません。そのまま倒れ込んで、再び眠り落ちてしまいました。

焦土

気がつくと既に太陽はかなり昇っていました。横の姑はまだ眠り込んでいますが大ケガもせず命に別条はないようです。美戸はおそるおそる立ち上がって周りを見渡しました。視界の限り、思い出と懐かしさの故里は完全に消滅して街はただの焦土と化しています。神通川の土手の位置から町の中心方向を推測しつつ探ってみます。

焼け残ったビルは数棟だけ。ひとつは、商店街の中央に位置していた市内唯一の大型百貨店の大和《だいわ》でしょう。呆然としつつ、しばらく見渡し続けます。電電ビルや県庁、神通中等学校の中層のビルは立ちすくむようになんとか残っていました。それ以外のほとんどが焼けつくされて広大な炭と灰との荒れ野。まさに市街地全滅の惨状です。あの劫火の下で生きぬいたことが不思議でたまりません。

ひととおり周囲を見回した後、大息をつきました。現実を取り戻したのです。しかし、まだ悪夢のなかにいる気分から抜けだせません。しばらくすると、長兄の家族のことが記憶に蘇ってきました。そして自宅の久蔵のことも心配になります。

まずは、足元で眠りつぶれている姑をどうするかです。灰燼と化した街の状態から察するに、中心地の自宅はもちろんのこと郊外の長兄宅もおそらく焼失は逃れていないでしょう。ともかく連れ合いや親族に負傷や犠牲が出ていないことを願うばかりです。再び姑に目を戻します。姑をすぐに確実に預けられるところといえば、義姉の嫁ぎ先だけでしょう。ここからは一里ほどの距離のはず。美戸は姑を目覚めさせ、しばらくこの場で待つように言い含め、ひとり歩き出しました。

そのころ、近郊の農家に嫁いでいた義姉の多美子とその家族は実弟の久蔵からの連絡待っていました。庭に向いた建屋の縁側では、家族が衣料品や食物などを持ち出して運搬の準備を始めたところでした。

そこへ、生垣の間の木戸をゆっくりと開けて、全身すすだらけでぼろをまとったような妖女が幻影のように出現。その姿を見た義姉は一瞬凍りつき、すぐその正体に気付きしばし絶句。一息おいて駆け寄って美戸の手をとってしばらく涙ぐむばかりでした。

「お義母さんが土手近くで疲れ切って待っとられる。すぐにリアカーを貸してもらえませんけ」

美戸は親族への挨拶もそこそこにまずそのことを伝えます。

「わしが行くちゃ。あんたは家で休んどられ」

横にいた多美子の夫は気遣ってくれます。

「でも場所もわかりにくいし、わたし、まだ大丈夫やから一緒に行くちゃ」

義姉夫妻は用意していた飲み水やおにぎり、毛布などを手早くまとめます。そして。すぐに物置から引き出したリアカーで姑の待つ場所へと急ぎました。


日はもう高くなって、街をまだらに漂っていた白黒のばい煙もやや薄らいできました。途中には焼け死体が累々。真っ黒に焦げて枯れ木のようになった焼死体にはまだ目を向ける勇気がありました。むしろ白い肌が残っている屍、焼けただれた顔面を表に向けているものは正視できません。しゃがみこんでじっとうずくまりかすかに息をしている人を何人も見ました。けれども、こちらには他を助ける余裕がありません。ともかく姑を家まで運ばねばなりません。

ほどなく、土手の近くに着きました。横になっていた姑は薄目を開けていましたが視線が定まりません。放心状態でまるで幼女のようです。命を守ってくれた布団をまだ背にして空を見ています。用意してきたぬれ手拭いで美戸は手際よく老女の身体を拭きます。水は少々飲みましたが空腹感はないようで食べ物は受け付けません。義姉夫妻がゆっくりとリヤカーに載せ、美戸はその後から、放浪人のようにしてついてゆきました。夫妻の家に戻り、美戸も奥の間に通され、改めてお茶やおにぎりにありついて、ようやく生気が戻ってくるのでした。

ラジオはずっと臨時ニュースを続けています。千人以上が死んだり行方不明になっているようです。地方都市に限らず、平時であれば、数人が事故で死んでも大事件のはず。「千人」という数字は想像を絶します。学校の校庭に並んでいる数百人の生徒の姿を思い起こしてみました。

（それ以上の人々が数時間でまたたくまに。ああ、なんということだろう）

姑の手当てや介抱は義姉の家族に任せ、美戸と義姉は早速、城堀の横の自宅に向かいます。予想通り家は全焼し跡形もありません。近くにかなり焼け焦げた数人の遺体があったのですが、一人は三、四歳の子ども、その幼い腕を伸ばしたすぐ先にモンペ姿で泥にまみれた若い女が息絶えていました。

隣家の焼跡には、久蔵と似たようなやせ型のまだ肌色の残る横向きの遺体がありました。義姉と手を取りあって恐る恐る顔を覗いてみます。かなりの高齢で全く別人でした。自宅回りの近隣の焼け跡も探してみますが、手掛かりはありません。ということは、ともかくどこかへ逃げきったか、途中で被災したか、病院などに搬送されているかもしれません。姉の嫁ぎ先にも来ていないということは、空襲から逃げおおせたにしても無傷とは思えません。あるいは精神状態が悪化してひどく錯乱し、どこかで保護されているか、などといくつか辛い可能性も巡らせてみます。

二人でともかくあたりを数時間ほど捜索。このころから、救助隊や近郊の農家などへ疎開している人たちも街へ駆けつけてきました。彼らは、疎開していなかった肉親や親族らの安否確認を開始。美戸たち同様に近隣の顔見知りなどに次々と聞いて回っています。一方、その後も久蔵の行方はまったくつかめません。

「おれは死なんがだぞ」　美戸の耳にこびりついた口癖が後方から幻聴のように聞こえるような気がしました。

疲労も重なり、今日はいったんそこは打ち切り、義姉は家に引き返し美戸は長兄宅を訪ねることにします。その途中でもあらためていくつもの死体との遭遇。半ば黒焦げ状態は特に無残。また、普通の大人の半分くらいの黒石のような固まりも。これは、子どもだか動物だかわからない。あるいは身体のどの部分なのかよく判別のつかない肉塊も。ただ、手足が散乱しているものは意外にもそれほど目立ちません。（爆弾で吹き飛ばされた人よりも焼夷弾で焼き殺され人たちの方が多いのだろうか）そんなに損傷が激しくないものは死体安置の仮小屋に移されて始めています。既にかなり片付けられて、そこら中が屍という状態ではなくなっています。

美戸は歩きながら思い巡らしました。

（疾病死と戦災死、いずれも不運で不幸。病死もつらいけれど、まだ見とってくれる人がいる。とても悲しいけれども火と熱の阿鼻叫喚の地獄ではない。でも戦争は地獄だ。誰も見送ってくれないし、皆が命がけで逃げるのに懸命だ。自らの生肉が燃える。息も苦しく激痛や苦悶のなかで麻酔薬もない。姉たちや次兄とも辛い別れだった。でも長引く病のなかで遠くはないだろう永別への予感もあった。また、ともに思い出を語る時間も残されていた。しかし戦争はまったく違う。すべてを拒絶し、人の心身とその人生を奪いはぎとってゆく）

街の様相を激変させた瓦礫と炭化世界の焼野原。美戸は黄泉のむくろ世界を自らも半ば死者のようにして歩き続けます。

（街が消えた。わたしを育ててくれた街が完全に消えた。でも、わたしの頭のなかで街はまだ生きている。

米屋、八百屋、魚屋に肉屋、そして精米所に市場。味噌屋に醤油店。田畑を支えた農機具店に肥料店。生活のさまざまを彩ってくれた小間物店や各種商店。兄の仕事とも関係に深かった糸屋、呉服屋、足袋店、洋裁店に製綿店。ああ、呉服店は多かったなあ。わたしもめざしている裁縫教授所もあった。和傘、洋傘、下駄屋に靴屋、木材店や石材店。味覚を楽しませてくれた、そば、和菓子、洋菓子にパン屋、そしてカフェやいろんな小食堂。わが家の病人たちの貴重な栄養源となった鶏卵を育てた小さな養鶏所、移動の必需品たるリヤカーもとり扱う自転車屋。金物屋にはガラス店や陶器店。なによりもきょうだいたちや父がお世話になった街の医院と病院、もみ療治に鍼灸按摩。信仰の地もまた侵され、神社も燃え寺も灰燼に帰し、キリスト教会もまたその例外ではなかった。人々の疲れをいやした銭湯はもちろん湯治場も消えてしまった。そのすべてが今や炭やけしつぶに、そして、まだらにくすんだ灰色の世界と化してしまった。でもでも、わたしのなかでは決して消えない）

そして、重い足のまま市の南東部の郊外にあった長兄一家の社宅近くにようやくたどり着きました。予想通り、ここも全焼。ただ、一帯にはかなり田畑があったため、焼けずに残った家もかなり目立ちます。そこで、美戸は社宅の近隣で焼失を逃れた家々を回り一家の安否を尋ねます。

（大勢の子供たちをかかえて兄たちはどこに消えたのだろうか）

まさか、一家もろともに、と思い、すぐに頭を振って打ち消します。

（あの関東大震災さえ生き延びた兄だ。まさか、ということはない。ここで、きょうだいで最後に残った兄とその家族まで奪われてはとてもたまらない）

兄一家が付きあいのあったやや遠方の家々も巡り、十数軒目でようやく、手掛かりをつかみます。その家族によれば、兄と親しくしていた富農の家に一時的に避難させてもらっているはずというのです。

（ああ、兄も皆も生きている！）

疲れ切った足を速め、かなり歩いて美戸はそこを訪ねあてました。広い水田地帯の一軒家で元庄屋のようです。門構えも大きくてその脇には門番の家族用の小宅さえも備わっています。以前に何度か兄の一家と来た記憶がおぼろげに蘇ってきました。街全体の焼失で周囲の風景が変わったせいでそのことに気づかなかったのです。

美戸はその玄関先で持ち前の元気さで声を張り上げます。

実に久しぶりで、しかも突然の来訪。当家のどのようなご仁が出てくるのやらと思っていました。すると、真っ先に飛び出してきたのがなんと英子と英夫。元庄屋の一家は、被災者の救援のために出払い、避難させてもらっている大谷家が留守番役の体になっているのでした。

セツや他の子どもたちも予期せぬ美戸おばさんの登場に大喜び。一家が仮住まいしていた敷地内の小さな平屋ではなくて、広い客間に通されます。美戸は、ともかく皆に囲まれて心から安堵を得たのです。ところがそこには肝心の兄の姿が見えません。

セツはお茶を注ぎながらゆっくりと語り始めました。兄の以前の勤務先だった模範工場はすでに統制経済化のなかで吸収合併されていました。セツによればその新しい勤務先の富山化学へ空襲の前夜、当直の様子を見に行ったというのです。兄は子どもが多いこともあり、この間、できるだけ休暇をとり、なるべく在宅して万一に備えていたのです。また、この親しい富農宅にも非常時の避難のお願いも怠っていませんでした。ところが七月を過ぎようとしても、一向に空襲の気配がないのです。月が変わって、先送りにしていた仕事の急ぎ案件の進捗の確認と夜勤者へのねぎらいも兼ねて工場へ出かけたのでした。

まさに、その夜にＢ２９の大編隊が襲いかかったのです。もともと空襲の最大目的は、軍事関係施設や武器製造に直結する重機械関係の生産設備の破壊だったはずです。多くの人々はそう信じていました。ただ、隠されたもう一つのねらいは人々の戦意を喪失させるため、人命と住家を焼き尽くすという恐ろしい点にありました。実は後に知らされることになるのですが、米軍の方針はそのための「人殺し」を主とする方に変わっていたのです。富山空襲では、多くの市民は主だった工場は跡形もなく焼失した、と思ったに違いありません。しかし、市街地の焼失率九九・五％という空前の状態であったにもかかわらず工場の被災はかなり軽度だったのです。

戦後、日本国が勲一等を与えたのが米軍の最高参謀のカーチス・Ｅ・ルメイ。彼こそは「女や子どもも工場生産を支えている」としてその大殺戮の策謀を立案した張本人です。後のキューバ危機でも、対ソ連への核攻撃に一番固執した男。その彼のねらいのひとつとして富山空襲も行われたのでした。三千人近い犠牲者の六割は女性と子どもであったとの報告もあります。

炎の中の人々にとっては、今回の空襲がそのどちらに重きが置かれたかは問題ではありません。どうすれば焼き殺されずにすむか、生身が傷つかずにすむか、それだけが問題でした。美戸と家族にとっても、今、目の前にある最大の不安は、かけがえのない人物が行方不明だ、ということだったのです。富山ではそれに加えてもうひとつの不運がありました。それは、当時の富山があまりにも大日本帝国の政策に従順だったということです。疎開の促進にはそれなりに熱心な街も全国には少なくなかったなかで、富山はそうでもなかったのです。「疎開は逃亡、卑怯者のすること」という雰囲気、またそれが人々の口にのぼることもあったのです。そのことが多くの婦女子が犠牲になった背景にあるといわれ始めていました。

セツをはじめ大谷一家の面々は美戸にその夜の家族の様子をつぎつぎに語ってくれました。空襲が始まってさほど間をおかずに、自宅の周辺民家のいくつかが被弾、火炎が発生しました。セツはまず生後二ヶ月の重夫を背負いました。実はセツはこの大惨事の少し前に八人目の子を出産していたのです。

そして年長の子らをせかし、弟妹らの手を引かせ、おんぶもさせて離れ離れにならないようにひと塊になって家を飛び出しました。小走りで十数分、やや離れた水田の用水路に身を隠したのです。そこから、家まではほぼ田んぼが広がり住家も少なく散居状態です。

自宅の建屋はそこから丸見え。また市街中心の爆撃と空に立ち上る炎もよく見えました。周辺でも時々焼夷弾が落下し家々が燃え上がります。ただ、田畑が多いので身の直接的な危険までは感じません。しばらくすると、市街地からけが人も含めて多くの人が農道やあぜ道にも避難してきました。背や両手に重い荷物をかかえ疲れ切って、すぐ近くで身をかがめる家族も少なくありません。大谷の一家は水路で小さくなってそれを見つめ、鉄片と炎の嵐が過ぎるのをそこで耐えたのです。

米軍機の大編隊が立ち去った後、しばらくしてから、ようやく家族はそこからはい出します。やや離れて黒煤と白煙の先に、けなげに立ちすくんでいたわが家が見えました。なんとも幸いに家は焼夷弾の直撃をまぬがれていたのです。皆、おもわず顔を見合わせたのでした。

家族ははやる思いで家へ戻ろうと歩を進めたときでした。突然、わが家が内側から火を吹き出したのです。そうこうするうちに一気に、家が丸ごと燃えあがります。そしてみるみる炎に包まれて、瞬く間に焼け落ちたのでした。

そういったことは特に土蔵など各所でよく見られました。家の室温は周囲の炎上で発火点に近づいていたのです。それが扉などが開いたりガラスが割れたりして急に空気が入って、一気に燃え上がる現象です。それがここでも発生したのでした。

セツも子どもたちもただただ呆然と立ちすくんでそれを見ていました。

まもなく、英子が「ああ、でも、トランクが」と思い出したようにつぶやきました。セツも我に返って辺りを見回し、英夫も「そうやそうや」と声をあげます。

実は、空襲の一週間ほど前に榮三の指示で、家族総出で裏の空き地を掘削。そこへ非常持出用トランクを埋めて隠したことを、それぞれが思い出したのです。

それからはしばらく、小さい子どもたち以外はみんなでトランク探し。火炎柱が吹き飛ばしてきた黒焦げの木片や鉄片、塵芥、煤や灰、それらをより分けてそれらしい場所を探します。すぐに英夫が小さい窪みを見つけました。確かにそのあたりに埋め込んだはずです。セツも英子も必死になって、その窪み周辺の泥を素手で掘り返しますが、そこに出現したのは窪んだ穴だけ。

このような事態でも、いやこのような事態だからこそ、善も悪もそれぞれ極端に動くのでしょうか。顔も知らない悪意の権化が情け容赦なく、一つの家庭が紡いできた歴史と思い出、そしてささやかな財産を奪いとってしまったのでした。

セツから話をそこまで聞いて、美戸はその場でへたり込みたい気分にかられました。トランクの中には父母や祖母、そして姉兄らの若き日々の写真も、父が家宝のように大切にしていた刀剣も含まれていたはずです。

（嫁ぎ先も実家もまる焼け。キクエちゃんとの写真もすべてもう空のかなたに消えてしまった。ちい兄さんのテニスの写真、モトエ姉さんが裁縫をしている写真も。わたしの身体から大切なものがもぎ取られてていくようだ）

その上、もっと大切な宝物を思いだしました。キクエからもらった形見のマントです。美戸が久蔵と所帯を持った時に、大切に持参したのが今や灰燼と化してしまった。ああ、あのマントにはキクエちゃんの香りが。美戸はしばらく天を仰ぎました。でも、その時、キクエの言葉もまた思い出したのです。

「美戸っちゃんが楽しく生きる限りわたしも楽しいがだよ。悔みたい時は悔やんでもいいよ。けれども悔み過ぎてはいけないがだよ。哀しい心、悔しい思いの切り替えをいつも忘れないでおられや」

（キクエちゃん、マントのことごめんなさい。でも、キクエちゃんのことばでわたしは必ず元気になります）

セツの話は続きます。

焼け出されたセツたちは、戻らない夫を案じつつ七人の子供を抱え途方にくれます。ふと、夫が親しくし、なにかのときは相談するよう言われていた中川さんという農家を思い出しました。ともかく訪れてみて、大家族を受け入れてもらえるか相談しようと決心します。

まだ所々くすぶっている人家や樹木を横に見ながら、乳飲み子も抱えた八人の避難民は東方の常願寺川方面へ歩き続けました。元庄屋で近隣の信望の厚い中川家では、焼失した市街地への救援のため炊き出し中でした。使い古した衣類や食器類などの支援物資をそろえリヤカーに積んだりしています。突然訪ねてきた大家族一行にやや驚きつつも、榮三からの事前の手回しもあって厄介者視線は全くありません。また、榮三の姿がそこになく、まだ連絡さえついていないことを知り、さらに同情を示してくれます。ともかくすぐに広めの一部屋が用意されて皆一息をつきます。セツは遠慮がちに「とりあえず、二、三日だけでも」と口にしました。ところが、老夫妻は「しばらくは滞在してもいいから」と穏やかに笑顔を向けてくれるのです。

その中川家と榮三とは実はもともとはヤミ米を通しての付き合いでした。食料統制の厳しいなかで、育ち盛りの子沢山の一家は半ば飢餓状態で食糧確保はなんといっても至上命題。榮三は、その人脈や財力を使いその農家と関係をつけ、相場より高い値で米を買い取っていました。また、それだけでなくその家族の病気に際しては地元の有名医を紹介したりと心遣いも欠かしませんでした。双方の家族同士の行き来もあって。また、子どもたちとも時々遊んだこともありました。結果としてそれも幸いしたのです。美戸はここでもあらためて榮三の慧眼に思いをはせます。そういえば美戸も入籍する前はこの家とは、少々付き合いがあっことを思い出しました。

セツの話が一区切りした後、美戸も自らのこの間のいきさつを淡々と語りました。セツも年長の子たちもしっかりと聞いていましたが、皆表情はどんどん暗くなってゆきます。おそらく行方知れずの久蔵を、まだ帰らない自分たちの父親と重ねていたのでしょう。

夕方になって中川家の老夫妻らが焦土から戻ってきました。ふたりは美戸の事情をわがことのように眉間に深いしわを寄せて聞き続けます。そして、「短期間ならもう一部屋用意できるので、しばらく大谷の家族と一緒に住むように」と誘ってくれたのです。また、「もちろん、旦那さんやお姑さんもご一緒に」と中川の人々は言い添えてくれるのを忘れません。そう言われてみると、まだ久蔵の手がかりがないことに改めて気づかされました。

屋敷といってもいいくらいの家には、ほかにも使用人の家族用の小宅が空いており、また広めの物置もいくつかありました。短期の滞在であれば問題はなさそうです。この家のひとびとは、他にもう一家族、被災者の受け入れも思案中のようでした。美戸には実にありがたい申し入れでしたが、姑とともに義姉宅でしばらく暮らすことにしていました。久蔵の身の上に万が一よからぬことがあったにしても、姑にとってはそのほうがよく思えたからです。そして、夕方には、丁重にお礼を言ってそこを辞したのでした。

その夜遅くのことでした。気がつくと美戸は、焼失した総曲輪の自宅跡に立っているのです。

空を仰ぐと機械仕掛けの真っ赤な胴体の巨大な怪鳥群から、あの夜のように無数の槍のような焼夷弾を落とし始めました。それが、焼けた空から一気に突っ込んできて周囲の屋根を直撃、突き抜けて吹き出た火柱で家が燃え上がります。ところが、そこでなにか一所懸命に探し物をしている人が浮かびました。どうやらそれはわが姿のようです。けれども、どうしても見つかりません。意識の奥底でそれが、キクエの形見のマントであることが浮かびます。別の焼夷弾が数メートル先に音もたてずにサイレント映画のシーンのように落下しました。それでも、そこいらを物色続けているのです。その時、天上から声のようなものが聞こえてきました。

「美戸っちゃん。もう捜さんでもいいがだよ。いつも、わたし、あんたと一緒だから」

その直後に目覚めました。全身、大変な汗。すぐに涙が湧くようにこみあげます。身体中の水分すべて絞り集めて汗と涙が止まりません。

二日後の昼下がりのことでした。中川家近くの神社の林からの蝉時雨が夏の盛りを奏でています。その喧噪のただの中を抜け出るように痩せた中年男がその門前に忽然と姿を現したのです。男の夏用の薄手の作業衣はところどころは引っかかれたように破れ、泥水でも被せたようにくすんでいます。顔には煤、ひっかいたようなかすり傷、頬はげっそりとこけています。

玄関に出た老夫妻の呼び声が家じゅうに響きました。反射的に飛び出したセツをはじめ子供たちの喜びようは尋常ではありません。榮三は皆の顔を見て直立不動、湧き上がる感慨を抑えているのでしょう。その喜びのなかには奇妙な既視感もありました。

それは、すでに二十二年も前のこととなりました。その時、稀代の大震災で壊滅した横浜から故郷のわが家へ息も絶え絶えに生還したのです。当時そこには、まだ五歳の美戸が、また他のきょうだいたち、父や祖母の姿がありました。そして、今日は妻、十六歳の英子を頭に子どもたちがそこにいました。一世代という月日の流れ、その中で変転を続ける人々。天災と人災、震災と戦災、原因や形態は多少異なったといっても同じように苦しみを背負わされる人々。その一方で、迎えてくれる忘れがたくありがたい姿と顔と瞳。榮三は過去と現在が入り混じり交差するなかで皆を見まわし、中川夫妻へあらためて感謝を伝えるのでした。

セツは空襲から逃れてきた状況をさっそく夫に説明。その間、英子や英夫も合いの手を入れたり、家の焼け落ちる場面を強調します。父親はひと通り聞きおえると、ゆっくりとわが子たちを見回しました。

「わしもわが家の焼け跡を見てきてからここへ来たがやちゃ。家屋は全焼やったね。家財も全て焼失だちゃ。しかも、トランクまでなくなったてしもたがやのう。わしらのモノというモノは全部なくなってしもうたちゅことや」

父と再会し輝いていた子どもたちの表情がやや曇ります。榮三は苦渋の表情を示しながらも、妻と七人の子を前にして言葉の重要さをよく理解していました。

「そうやけど、全部モノがなくなっても皆が元気でさえいればいいがやちゃ。他のことは働いてまた手に入いるがや。モノちゅうもんはそういうもんや。皆が元気なのが一番大事ながやちゃ」

皆のやや沈んだ面々がまたすすっと明るくなりました。

この時まで、家を不在にしていた榮三は従業員の安否確認、焼けた工場の整理や諸手続きなどで、ほとんど寝ずの日々を過ごしていたのです。榮三の生還はすぐに美戸の留まる義姉の家にも知らされました。

美戸は心からの安堵をかみしめながらつぶやきます。

（やっぱり兄さんは本当にすごいがや）

日頃、強がったことは言わない兄だからなおのこと、美戸は心からそう思うのでした。そして、はるか昔のような幼時、まるで亡霊のような姿で横浜から帰還した若き日の兄を回想するのでした。

（ああ、神様も仏様も残った二人だけの兄妹を生かしてくださったのだ）

現実に戻った美戸は、今後について榮三と話し合わねばならないこと思い出しました。翌日、中川家を訪問、ともかくまずお互い生き延びたことを喜び確認しあいます。父と娘のような兄妹はそれぞれ逃げ延びた状況を伝えあったのでした。

空襲は工場をあまり激しく爆撃していませんでした。榮三の会社も直撃弾はわずかでむしろ類焼気味。多くの市民は、米軍機はまず主な工場を爆撃して、それから周辺を包囲し焼夷弾を落とした、と思っていました。しかし実はそうではありませんでした。人々は、工場はわずかにしろ残ったのに、民家は無残に全戸焼失していること当初とても不思議に思えました。やがて徐々に、米軍は最初から火災による蒸し焼き殺人というむごい仕打ちを狙ったようだと理解を始めるのです。

巷間では、「なんでも、大手町とか総曲輪あたりが最初に爆撃されたらしいぞ」という声も出ていました。それはなにかとても象徴的に思えます。なにしろそこは富山城址の真ん前なのです。米軍は日本の戦国時代の研究までしていたのでしょうか。たかが古城の跡地といえども、そこをつぶせば人々の士気は砕けるとの深謀なのでしょうか。ただ、戦国時代とは大きな違いがありました。というのも、かっては落城すればほとんどの場合、城下町の住民まで焼き殺されることはなかったのです。それにしても総曲輪とは、まさにわが家の立つ位置ではありませんか。空襲開始地点の噂を聞いて美戸は突然ありもしない妄想に襲われます。

（久蔵は中国での日本軍の秘密作戦のなにか重要なことを知っていたに違いない。戦場で重傷を負った日本兵への非道、中国の民衆と兵士に対する暴虐、そして匪賊と呼ばれた集団に対する攻撃。またおそらく、薬物毒物を使い中国兵捕虜を実験台にした研究なども。だから彼は精神的に不安定だった。ところが、この事実は米軍にとってもなにか重要なことだったのではないのだろうか。だから秘密を知った米軍は、まず久蔵の家、わが家をねらった。

そしてもうひとつ恐ろしい想像が浮かんでくる。もしや、久蔵はもう生きながらえたくなかったのではないだろうか。あれだけ姑やわたしが湯治場に誘ったのに、最後まで断った。「死なん、死なん」といつも言っていたのはあるいはその裏返しでは。上官の命令で薬殺せざるを得なかった、足手まといだった重傷の日本兵の幻影、そしてまた、おそらくは捕虜の中国兵や農民たちの残像から逃れたかったのではなかろうか）

実に荒唐無稽の妄想。それなのに、美戸はこのとんでもない連想にやけにとらわれて、一旦は榮三にも話してみようかと思ったほどでした。ただ、話す直前に、あまりにも唐突で飛躍と感じ、急に気持ちが萎えました。兄から、かえって自らの精神状態を疑われるのではと考え、思い止まったのでした。

火と水と

久蔵の消息確認がともかく急がれました。また、榮三の大家族や美戸たちの安定した住まいの確保も同時に進めねばなりません。兄夫妻との話し合いでは郊外に住む親族や親しい人たちに相談することが話題に上りました。日頃の密接な関係から受け入れてもらえる可能性の高いこと、避難先に過重な負担をかけないことなどを細かく検討。これまでの中川家のように短期の急な駆け込みでなく、少なくとも年単位の滞在になるので候補地選びは難問でした。その結果、榮三の家族については、セツの長姉が嫁いでいる小杉村黒河の農家が受け入れてくれることになりました。そこは富山市と高岡市の中間に位置し、富山平野のやや西方の田園地帯です。

他方、義理の姉宅は子どもが多く、他にも関係の深い義理筋からの避難の依頼があり長期滞在は難しいのです。思案している時、中川家の親族が、被災者を少々受け入れるらしいとの話が耳に入りました。そこは、立山連峰の山麓からやや西方の立山町五百石の蔵本新という地区で、豆腐屋も兼ねた田中という農家です。ただ、そこには受入れの条件ぽい要望がひとつ付いていました。それは、避難家族にできるだけ農作業に協力してほしい、ということでした。戦死、戦病死、戦災死による男性若手の労働力の激減により、村での共同作業をする担い手が決定的に不足しているのです。働き手があるのなら、皮膚病持ちの老女も一緒に受け入れてもいいとの話でした。

この間、榮三の年長の子どもたちもそれなりに年齢に応じて家族のために動いていました。セツは空襲の直前に誕生した乳児の世話でともかく手一杯。その分、女学校に学ぶ英子が十歳の俊夫から三歳の良夫までの弟妹四人の面倒を見て殆ど母代わりです。美戸は、妹のような英子がその若さでまるで母親のようにかれらの面倒を見ているのに敬意を感じざるを得ませんでした。

美戸の回想癖が巡ります。

(英子はまるでわたしの長姉のモトエみたい。育児に関してはわたしは英子の足元にも及ばないな。でも、自分も十代半ばで三人を看病介護をしてきた。そして今、姑の面倒もそれなりに見ている。そんなに卑下したもんでもないな)

そう自己肯定をしっかりするのも忘れません。

十二歳で小学六年生の英夫も家族の役に立っています。焼失した市役所に代わり事務を行っている仮設事務所での罹災証明の受け取りにも出かけます。つい先ごろまで焼け野原のところどころに積み上げられていた黒く焦げた死者の街。英夫は夕方、それらを思い出すまいと怖さを押し殺しながらも歩き続けるのでした。

まもなく、大谷家の中川宅からの移転の日がやってきました。焼けた工場の処理に、まだ連日泊まり込みで追われている榮三は、数日後に合流することとなります。家族は十数キロメートルも離れた小杉町黒河まで歩いての移動。セツの父親も実家から手伝いに来てくれて大人二人に子が七人、リヤカー一台の避難民の隊列が進みます。子どもらにとっては楽しみとは無縁の文字通りの遠足。家の外に置いていたため焼失を逃れた自転車に、英夫は三歳の弟良夫を乗せて引いています。土のでこぼこ道はよくはねて、後席の弟が舌をかまないかと気になります。しきりと振り向き名前を呼んでは、安全を確認しつつゆっくりと行くのでした。

一家が黒河に落ち着いて二日目の昼下がり、美戸が突然の来訪。空襲から既に一週間も過ぎたというのに、久蔵の消息が一切ないのです。美戸は連日の尋ね歩きで疲れ切ったようすで、セツや家族にこの間の捜索の様子を伝えます。

地獄絵図には二つの顔があります。火炎のなかを逃げ回る、生ある存在が死の釜口へと飲み込まれてゆく灼熱の地獄。もうひとつは水のように静謐で、冷厳な死が温くあたたかい生を誘い、羨み恨みを見据えて密やかに迫ってくる凍るような地獄。

見渡す限りの焦土には、それこそ亡骸のありとあらゆる姿が息絶えていました。そのいずれもが業火の地獄をその眼底にとどめてきたことでしょう。そして、美戸は何日も歩き、首筋背筋に冷や汗を流してもうひとつの地獄を見続けてきたのです。確認のためには一番見たくない顔面を実見しなければなりません。だから何度も「これは蝋人形だ、作りものだ」と自分に言い聞かせることにしました。そうしてはまた歩き、また検分もしたのです。しかし、猛烈な臭気がその自己暗示をなかなか許してくれません。手ぬぐいを口から鼻へ二重に巻いてもそれをすり抜けて、鼻腔内に襲いかかってくる毒臭の地獄。もともと匂いに敏感な美戸。どれほど鼻がなくなってほしいと思ったかしれません。

（火炎のなかでの最後の生の無残。燃えて燃えて紅蓮とつむじ風の逆巻く恐怖の世界。そこでは少しでも生の可能性を手繰り寄せるため全身をかきむしられるような光景が展開されていた。転がり、のたうち回るすざましいばかり生への葛藤と闘争が人々へ重なる津波のように襲い掛かっていた。それに比べてなんという静かな死後の世界であろうか。そしてなんと多様な死にざまであろうか。

一体いくつの屍を見ただろうか。完全に炭化してしまった彫像のような人々。身体のあるゆる部分の四散。石膏の人体像を叩き潰したように肉片が散っていた。なんだかわからない異物塊が、道路端や焼け落ちた家々に散っていた。焼け残った電柱や垂れ下がった電線上の破れ布の様な物体は、かっての生体が爆風か火焔流で吹き飛ばされて付着したのであろうか。

他方で、人間の感性とはこうしたことにも徐々にある程度は慣れてしまうらしい。恐ろしいことではないか。それもまた生きるための無意識の知恵なのだろうか。ただ、生命を絶えた人々の首実験だけにはなかなか慣れない。炎との戦いの煩悶が顔に現れているからだ。もちろん爆発で吹き飛ばされた半分だけの尊顔もあれば、まったくのかけらのような異形もある。これは人ではない。これは人ではない。私はろう人形を捜しているだけだ。これはろう人形捜しなのだ）

あまたの死体は一旦ムシロをかけられて市内の各所の遺体安置所に運ばれます。家族の確認があったものから番号の並んだ茶色い帳面に連絡先と捺印か署名。その後、そのムシロか遺族が持参した敷布などに包まれています。そして、リヤカーか大八車、時には小型トラックに乗せられて、神通川原に運ばれ荼毘に付されます。美戸はその河原にも何度も足を運び荼毘直前の遺体にも次々と目を通しました。ここでものすごい匂いが一帯を覆い、きつい残暑と相まって美戸はめまいを覚え何度もしゃがみ込んだのでした。

小杉町黒河へ訪ねてきた美戸から、こうした話を聞いていた子どもたちのうちで、幼い連中はいつの間にかいなくなっていました。もう死体を見慣れているはずの英子や英夫も顔をしかめて聞いています。そこには、黒河在住のセツの姉大妻一家の他に近所の人やその親族たちも一緒でした。ただ、中にはその惨状が信じられずただ呆然の人たちもいます。というのも農村地帯の人にはまだ灰燼化した市街地に行ったことのない人も多かったのです。この一週間、都合をつけては榮三や義姉の多美子、また時には英夫も一緒に久蔵の消息探しに回り美戸を激励していました。

その翌日のことです。工場の片付けがひと段落した榮三は英夫を連れて城址の堀端に来ました。久蔵の捜索で手が回っていなかった小森宅の焼け跡の整理を始めるためです。しばらくすると元の家の庭があった位置から城の石垣下の濠を見ていた英夫が、焦げた建材類の間に布団が浮いているのを見つけました。

「とうさん、あんな布団の下にも人がいるかもしれんね」

堀一面に燃えた木材や建材の端や布切れなどが浮遊しています。ただ、死体は既に全て片付けられていました。

「一応、美戸おばちゃんに伝えておこうかの……」

榮三は子どもの視覚と勘の鋭さを漠然と感じとったのでした。

父子が黒河へ帰宅して間もなく、今日も美戸がなにか手掛かりを求めてやってきました。城堀の布団のことがすぐに伝えられ、美戸は疲れたその足で榮三と一緒に市街へ引き返します。そして焼け跡の自宅に立ちその布団を遠望しました。どうもうちのものらしい、そう判断してすぐに消防団に連絡します。

まもなく、数人の団員たちが到着。彼らは丸太を組んだだけの小さな筏を手際よく出して石垣近くまで接近してゆきます。そして、火消し竿のような道具で布団を苦労しながら手前にずり寄せていました。堀の水をたっぷり吸いこんだ布団。いたるところが破けて綿がむき出しになっています。そこに紫陽花風の花模様がわずかに残っていて、美戸は確信を深めました。

団員たちはかなり苦労して、まるで別物のように重くなった布団を何とか一回転しました。その下からは巨躯の男性がうつぶせ姿で出現したのです。そしてそのままの姿勢でゆっくりとこちらへと引いてきました。美戸は切れ切れになっているその着衣で久蔵本人と即断。痩身だった身体は水を一杯に吸って変貌。二回り以上に膨らんで別人のようで、はち切れそうです。体中にいくつもの小さな穴が開いていていました。おそらく家を直撃した焼夷弾の一部が散弾のように散って、反射的に堀に飛び込んだのでしょうか。あるいは堀に飛び込んでから近くに焼夷弾が落ちたのか。

ようやくの発見でした。すぐに戦災死亡の本人確認手続きを進めねばなりません。腐敗も激しいので消防団員たちは書類に要点だけ記すよう気遣いをしてくれ、それが無性にありがたいのでした。また、神通川原まで運ばないでその場所での荼毘も認めてくれました。美戸はすぐに、姑と義姉にそれを知らせることとします。

義姉宅へ戻った美戸からこの間の事情を聞いたふたり。ところが意外なほどあっさりしています。もう空襲から日数を経ており覚悟をしていたようで、ひどく落胆した様子は見せません。

「家から近いところで見つかったがが、せめてもの慰めやちゃ」と姑はつぶやき、むしろ義姉のほうが「あんなにみんなが疎開するように言っていたのに」と口惜しそうでした。

翌日夕方の荼毘には、姑は体調が思わしくなくて立ち合いを断念。結局、榮三と義姉の多美子だけが参列しました。遺体は土座衛門のような状態だったのでなかなか燃え上がらず地上死の場合よりはかなり時間を要し、消防団員たちの負担も大きいのでした。朱色の夕陽が一面の焼野原の先の呉羽山に落ちてゆきます。幼いころ姉たちや次兄とよく呉羽山の夕陽を見て歌ったものです。美戸は、この場でなにか永別の一曲を口に出したい気分となっていました。しかし、どうにもすぐに気のきいた別れ歌を思い出すことができません。ふと『仰げば尊し』を歌いたくなり、ごく小さな声で場違いの一節一節に心を込めたのでした。夕陽を背にして、そのささやくような歌声のなか、水分を一杯に含んだ身体から湧き出た白い煙がしずかに昇ってゆきました。夕暮れの朱色、それを背に浮き出る丘陵の漆黒、そこを流れる白き水煙のなかの荼毘。

翌日、遺骨は美戸の他に姑と義姉また榮三の手で、紹介された寺に移され簡単に勤行が施されたのです。その後、呉羽丘陵の北端にある八ケ山の市営長岡墓地の小森家の墓に納骨を済ませたのでした。

こうして、美戸の一年ほどの新生活は終わりをつげたのです。愚かな戦争が終わったのはその数日後のことでした。

義母

一ヶ月ほどして、美戸と義母セキは義姉宅から中川家の親戚のある立山町の五百石蔵本新の避難先、田中家に移動することになりました。そこは、富山市の中心から東に十キロメートル少々の位置。榮三と家族が住む黒河もまた市街地から西にほぼ十キロなので市中枢からはほぼ対称に位置します。美戸は、この程度の距離ならばリヤカーを引きながら義母と日常品を運ぼうと考えていました。ただ、幸い栄三が会社の小型トラックと運転手を手配してくれたのです。

五百石に向かう日、義母を助手席に乗せてもらい、美戸と義姉は荷物と一緒に荷台に座し、でこぼこ道を新しい住まいをめざすのです。美戸は時々運転席後方の窓からなんとなく義母の様子を伺います。すると、義母は何度も何度も焼け野原の富山市を振り返っています。自宅のあった城壁辺りに目をやっているのでしょうか。かっての居宅はなかなかの造りの建屋だったとはいえ借地だったし、今やその地とはすべての縁が切れたのです。美戸は義母のその視線に自らの目線を重ねました。すると、なにかそこでの月日が夢の中の出来事のようにも思えてくるのでした。そして、ふと自らの今を少々、皮肉ってみたくなったのです。

（若くはない戦災未亡人と皮膚病持ちの老女のこぶ付きのふたり組。そろいにそろって農家へお嫁入り……）

ただ、なぜか悲壮感はそんなにはまとわりつかなかないのです。それがやや不思議でもありました。

美戸にはひとつ決意がありました。それは、農家の女たちに負けないように働く、ということでした。田中家は当初、久蔵も含め家族三人で避難してくると聞いていたようです。だが、今やひとりは一片の雲になって天空を漂っています。ささやかな豆腐店を営む農家にとっては、人手がとても欲しいのです。しかし、期待された労働力が一人分消えたにもかかわらず、他からの避難依頼を断り自分たちを快く受け入れてくれたのです。

（だから「精一杯働く」のは感謝の気持ち。この間、自分や義母、また大谷家の大家族もこうした農家のおかげで生き延びてきた。その恩返しのつもりもある。戦災避難者の間では農家への恨みつらみも噂されている。多くの場合、上等な着物や家宝に近い骨董などの貴重品をわずかな食料と交換。弱みに付け込んで不当な要求や脅迫じみた要請に責めたてられたはなしもよく聞く。しかし、自分たちの周囲では心優しき人に恵まれていた。今は家を再建する資金もないし、とにかくただで泊めていただくだけでもありがたい）

義姉夫妻は理解ある人たちですが、住まいは子沢山の上に両親と同居。セキと美戸を引き取れない口惜しさを痛感していたようです。夫妻は当然に養母の介護を続ける美戸にも田中家にもとても感謝していました。ただ、義母の皮膚病はこの間の心身の疲弊も加わってかますます悪化しているのが気がかりです。


新しい避難先で少々落ち着いた頃でした。美戸は久しぶりに黒河の兄の家を訪問し、珍しくゆったりしたり、子たちと話し合ったりして時間を過ごしていました。そして、空襲から久蔵の野辺送りのことどもを反芻していました。

そのとき、榮三から声がかかったのです。

「美戸っちゃん、ちょっと話が」

黒河の家の裏にはかなり広い竹藪があって、その一部を一家は苦心して切り開いて採卵用の三十羽ほどの養鶏場を作っていました。作業工具などの置かれた一角で、榮三は切り出しました。

「美戸っちゃんはセキさんと一緒に避難生活を続けているが、だいじょうぶながけ」

美戸はとっさに問われている意味がわかりませんでした。

「だいじょうぶちゃ、なにけ？」

「ああそうか。そんなこと考えとらんがやなのう」

少々沈黙がありました。ただ、すぐに美戸が兄の意図を理解したようです。

「ああそういうことけ。なあん、いいがやちゃ。あのっさん（あの人）、空襲で亡くなられたというても、もう『お義母さん』と呼ぶのにも慣れたし。もう姑さんでもないちゃ」

「そうか、それでもいいがか。でも、皮膚病の世話は大変らしいな。英子も英夫も薬の塗布や包帯の取り換えなどの様子を何回か見て、そう言うとったわ。無理せんでもいいぞ。わしが持ち込んだ縁談だったからというて、気を遣わんでもいいがやから」

「なあん、違うが。おかあさん、わたしのこと頼りにしとられるし」

「でもな」

そういいかけて、榮三はちょっと口をつぐみました。一呼吸おいて、

「でもな、そうなるともうあんたに縁談話は来んかもしれんよ」と継ぎ足しました。

美戸はしばらく考えてこんでいました。

「おかあさん、しゃべると歯抜けお婆さんで話も聞きにくいし、印象あまりよくないちゃね。けど、黙っとると、写真で見た本当のかあさんとどことなく似とるがや。そやから、ほんとうのかあさんのつもりで、やれるとこまでやってみるちゃ」

「そうか、そこまで言うがやったら、これ以上わしからは何も言わんちゃ。ただ辛くなったいつでも、わしやセツに相談してくれんけ」

「ええ、そうするわいね。看病は慣れとるし、力だけはあるさかいに」


ともかく農家の一員になった美戸。気力、体力あふれる働きぶりは田中家の人たちの町育ちへの先入観を払拭してゆきます。その上、美戸には和洋裁の技術がありました。もちろん時世もあって和裁にはなかなか時間は取れません。ただ、農作業のあいまをみては古い和服の再利用で簡単なスカートやスラックスを作ったり、縫い繕いを手短かにこなします。近隣での評判も自然と良くなってゆきました。季節が巡って秋の稲刈り季節にもまた大活躍。また、その際にも端切れをうまく使って、農作業に便利な袋や小物入れを近隣農家の分まで作ったりして重宝がられます。

長くまた早かったその年が明けて昭和二十一年三月。美戸は数え年で二十九歳になりました。美戸は両手を目の前で広げてみて、さし出すようにし「一回、二回、三回」と軽く振ながら繰り返します。「指十本が三回で三十本。あと一本でそうなる」と人差し指を立ててひとり苦笑です。それから、すぐにちょっと「ふふん」と言ってみるのでした。

（青春がだんだん遠のいて行くがいね）

それと歩調を合わせるわけではありませんが、義母の皮膚病は日を追って悪化してゆきます。もともと、空襲前からも自宅での毎日の内湯の準備は大変でした。だから、街の銭湯に行くことも多かったのです。そして、湯治にもよくでかけました。そうしたとき、共同風呂利用の際には一番遅い時間に入るようにしていました。事情があって早い時間に行く時は、とても周囲の人に神経を使います。できるだけ義母を一番隅にやり、その横に自分が寄り添い義母を隠すようにするのです。症状が悪化してくると街の銭湯には徐々に通いにくくなり、夏は子ども相手のように家の裏庭で行水をすることもありました。

避難先の五百石では近隣に銭湯がなく、そこの家族がすべて内湯に入り終えてから、義母を入れます。そして義母を部屋に戻した後でようやく自分の入浴となり、その後はもちろん丁寧に掃除することは怠れません。

冬の洗濯はさすがに辛いものでした。農家の裏の小川の洗い場にて皮膚病で汚れた衣類をしっかりと洗うのですが、冷たさで手が切れそうです。真夏でも連峰の谷間の残雪から流れ出る清流は見た目はとても美しいのですが冷え冷えとしています。ましてや厳冬ともなれば、それは冷たさを越えて痛みやしびれの感覚となってきます。しかし、想えば農家の人々はそれを古来から何代にもわたって続けてきたのです。

ただ、冷たい湧水をもたらす立山連峰は時々雲間から姿を見せて安らぎと慰めをもたらしました。ここでは富山の市中から見るのとは異なり角度も高く距離も近くて山系も親し気で、かつ神々しいのです。冬の富山では晴れの日が少ないだけに意外な時に見せるその白冠の山峰は見る者の心をとらえて離しません。洗濯を終え疲れ切った腰を伸ばし、山々を望むときかすかな希望のようなものも感じ取れるのでした。古人が山岳に神を見た、というのはこうした希望への暗示だったのかとも思うのでした。

久蔵の生前、その精神状態もあってか母子の間の溝は徐々に深まっていたようでした。とはいえ、なんといっても実の親子。わが子が逝った後の方が、義母は若いころの思い出話をよく口にするようになりました。美戸は病人の繰り言と思い、嫌な顔をしないで聞き流していました。やはり肉親の喪失感は後からじんわりと効いてくるのでしょう。それは自分がこれまで何人もの近しい肉親を見送ってきて、よく納得できるのでした。

義母の皮膚の状態は夏の暑さで湿潤さを増して文字通り泥沼化。と同時に体力の衰弱が日に日に進行してゆきました。秋になって清涼な季節が訪れ病状が回復するかと思っていたら、逆に食も細くなり目に見えて痩せてきたのです。

戦災死した久蔵のささやかな一周忌を終え、重陽の節も過ぎてしばらくしたころでした。義母はついに寝たきり状態となったのです。美戸はこれから皮膚病の手当てと同時に全身介護の両方をするのかと思うと、さすがに気が重くなりました。ふと、昨年の兄からの心配りを思い起こします。ただ一方で、兄に対して高らかに宣言したことも頭をよぎり、雑念を飲み込んでみるのでした。

（これは義理、ましてや義務ではない。義母とはいえ親孝行であり、自らの喜びであるはずなのだ）

病状が急変したのは、その数日後でした。田中家の人々はみな田圃へ行っていて、美戸がひとりで看病中でした。急に義母の息遣いが荒くなり、美戸が水枕を外して呼吸をしやすくしようとしたときです。消え入りそうな声で義母は絞り出しました。

「美戸っちゃん、ありがとう」

美戸は反射的にいく言か元気づけます。しかし、義母は感謝を何度か繰り返したかと思うと、大きく息をし、こと切れてしまいました。その余りのあっけなさに現実感が伴いません。

（本当に絶命したのだろうか。すぐまた息を吹き返すのではなかろうか。きょうだいたちを送って来た末期に至るまでの時の流れと全く違う。彼らとはいろいろな会話や思い出話で、心に留めるゆったりした時があった。それが今回はすっ飛んでしまった。いや、実は義母とのこれまでの日々の会話がそうだったのかもしれない。皮膚病の痛みや痒みがどのくらい彼女を追い詰めていたのだろうか。それは本人以外は知る由もない。いく種類もの投薬で肉体だけでなく精神も痛めつけられていたのだろう。ようやく安眠できたのだ。きっとそうに違いない）
それは、一人息子の戦災死からちょうど一年と一ヶ月半後のことでした。

彼女の死から美戸はさほど動揺は受けまいと思っていました。現に、久蔵との別れでは、捜索での歩き回りの日々の中で、悲しみは遠くに置き去りにされた感がありました。義母の場合はその別離とはやや違う感じです。義母の臨終の場での懇願し詫びるような表情が思い起こされます。そして、何度もお礼を言われた時のその目つきの記憶からは深い悲しみが蘇ってきました。そして思わず目頭を押さえてしまうのでした。彼女はこれまでの世話の最中にも感謝のことばを口にしていました。けれども、この世を去る瞬間にもそれが繰り返されたことに、美戸はこれまでの心労が薄らぐように思えるのでした。そしてまた考え込むのです。
（人には心で感謝するだけでは不充分なのかもしれない。それはもちろんとても大切。でも、それと同時にその気持ちをきちっと伝えたい。義母の最後の言葉はそのことを教えてくれたのではないか。それで、わたしは報われたのだろう。救われたような思いさえ心をよぎる。少なくともそう思えるようにしてくれた。義母の『ありがとう』はそのままわたしの義母への『ありがとう』なのかもしれない。真底からそう思えるように生きなさい、ということかもしれない）

親族だけの形ばかりの葬儀が終わって、田中家の人は美戸にはずっと住み続けるように言ってくれます。とてもありがたい申し出です。ただ、美戸には一度ひとりで住んでみたいという気持ちが日を追って高まってきていました。

（二十九歳。その上に戦災未亡人。戦さでたくさんの若い男たちが殺され、今や二十歳前後の年頃の女が町や村にあふれている。若い娘で器量がよく、才智が備わっていても、現状ではよく気のあう伴侶探しは難しいだろう。もうすぐ三十代のわたしに一緒に住みたいと思えるような相手を探すなんて、もはやとても届かぬ願い）

それは冷静な判断だったのでしょう。

義母を失ったことは美戸の予想を超える形で心境にさざ波を与え始めていました。確かに道義的、社会的責任からは解き放たれたのでしょう。入籍してこのかたというもの、義母の看病に明け暮れていました。それこそ、早朝に背中の痛みからくる唸り声で起き、疼痛を抱えて日中を過ごして疲れ切って就寝するまでの長い一日のお付き合いです。そして、そんな日々さえ吹っ飛んだようなあの日。火炎が渦巻く、燃える空からの恐怖。焼野原でたたずみ、煤だらけの身体の横で、焼け土の一部になったように横たわっていた老体。そして、その後の農家での慣れない生活。美戸にとっては緊張感から逃れる途がなく、やはり強いられた面は否定できない日々でした。

（義母を疎む気持ちはもちろんなかったはずだ。年老いた実母がいても同じように面倒をみただ

ろう。そして、かつてな思い込みかもしれないが義母は実母の幻影に似ていた）
ただ、身体は正直なものでした。休みのない介護に加えて農家の人々の働きに負けまいと力んだ日々。疲れ切ってしまった蓄積はじんわりと二十歳をとうの昔に過ぎた女を心身ともに蝕んでいたのでした。緊張の糸がプツリと切れたせいもあったのでしょうか。義母の他界後もしばらくはこれまでのように農作業を手伝っていたのですが、まもなく高熱が出て手伝いを休ませてもらう日が続くようになりました。

寝床の中で深いまどろみの沼に落ちていくなか、夢に現れるのは空襲の火炎の中で死に追いやられた人のさまざまな耐え難い姿でした。生と切り離される瞬間のそれぞれの表情は恐怖、絶望、抵抗、悲嘆と哀願、苦渋や苦痛、諦観に嫉妬までも、それは死に対する人の悶えそのものでした。ああ、死んでいくことになんと人間は恐怖を感じるのでしょうか。

何か声を立てて布団をはねのけて飛び起きると、体中が寝汗で水を浴びたようになっていることは義母が存命中も多くなっていました。しかも、その頻度が日々高まっていくのです。

眠りの前後、また睡眠中にも、最愛の家族たちとの別れの場面が想起されることもありました。思えば十五歳から生と死の狭間にいる人間の看病を担ってきたのです。この世で一番愛する人たち。若さもあり、心を込めて懸命に尽くせば必ずや祈りは叶うはずだと信じ続けていました。けれども、死神は容赦なくその命をからめとっていったのです。ただ、その姿や態度はまるで映画のシーンのようにやけに美しくてほのぼのと思い出されます。だからこそ、その哀しさはひとしおで反動となって心を襲うのです。

ただ、それは戦災でみた人間の赤裸々な姿のように苦悶を表に出してくることはありませんでした。肉親たちは遠ざかってゆく命の響きの中で、どんなにか怖い思いをしたろうに。本当は空襲で見た人々のように思いっきり苦しみで叫びたかったかもしれないのに。まだとても若い、妹への配慮だったのでしょうか。遠慮でしょうか。それともなにかもっと広い情けのようなものなのでしょうか。

そして、再び今更ながら力が及ばなかった自分の責任を申し訳なく思ってしまいます。続いてまた自分を責めるのです。枕を濡らしながら意識が遠のいてゆきます。高熱がより深い眠りへといざなってゆくのです。


そういう日が一週間近く続き、何度か医者が来てくれたようで、ややはっきりと目が覚めたときは、何となく生まれ変わった気分がしました。まだ、頭は重かったのですが熱は下がったようでした。すると、急に人が恋しくなりました。誰かにこれまでの自分の話を聞いてほしかったのです。すぐに、神戸で親しかったサチのことを思いだしました。

（何度か便りを交換したけれど、入籍後は結局。介護やらで絶えてしまった。その後、サチは異境の空の下でどうしているのだろうか。ずいぶんと便りも来ていない。ああ、そういえば日本と中国は、日米が戦争を始めるずっと前から、十五年近くも戦争をしていたんだな。サチの父親は軍隊とは関係ないといっていたけれど、戦いに巻きこまれていないのだろうか。ああ、神戸で別れてから今までの、いろんな思いをサチに洗いざらい話して、当時のようにわたしの肩を抱いてほしい。二人で抱き合って泣いたなら、再び歩き出せるような気がする）

翌日、五百石を訪れた榮三がやや大きめの茶色い紙袋を携えて部屋に入って来ました。熱が引いて少し落ち着いた美戸の様子をみて表情を緩め、布団の横に腰を下ろします。そして、美戸をしっかりと見つめ、あらためて、容態を訊ねました。

しばらく世間話が続き、榮三はゆっくりと紙袋から封筒を取り出して美戸に渡しました。奇妙なことに会社気付けですが受信者の名前が美戸になっているのです。中国のサチからの最初の手紙以降の数回来た手紙は大谷家宛になっていましたからサチかその関係者のはずはありません。会社の関係先をほとんど把握している榮三には、未知の人物からの美戸宛てのことがどうにも腑に落ちませんでした。太い万年筆で書かれたらしい、しっかりした文字運びの男の名前には見覚えがありません。

「珍しいな、工場の住所で美戸っちゃん宛ての手紙が届くがちゃ」

ただ、それは美戸も知らない名前で、「私も知らん人やちゃね」とつぶやくと、「ひと間違いの手紙にしては不自然だし」と榮三が応えます。

ただ、なぜか美戸には紛れもなく自分宛の手紙だと勘が動いたのです。そして、反射的に、いい知らせでありますようにと、思いを込めました。

（もうこれ以上、悲しいことはたくさんだ）

祈るような思いでした。濃い茶色の封を開けながら指が震えてしまいます。

（どうか気分が明るくなるような内容であってほしい）

そのとき、背筋がゾクッと来ました。昨夜の夢とサチへの回想のことが頭をよぎったのです。

（サチだ。この発信人はサチの関係者に違いない）

「兄さん、きっとサチだちゃ。サチの関係者だちゃ。サチには神戸で別れるとき、富山の兄さんの会社の住所を教えていたかがだよ。それに、このところよくサチのことを思いだしとったがやちゃ。きっと風の知らせだったがや。でもどうして、この人は大谷家宛てに出さずに会社宛にしたのかな。家は焼けてしまって、結果的には会社は残ったからよかったけれど」

兄は、やや難しそうな顔で表情を変えません。

美戸は急いで封を切ります。輝いていた顔がみるみるうちに暗い表情に落ち込んでゆきます。

その筆跡は強く文字角も鋭くて見るからに男性ぽい手紙でした。誰が、何のために、どうしてこれを、と思いつつ冒頭の自己紹介を部分を読み始めてすぐに、視線が文章の先に飛びました。まぎれもなく、「サチ」という文字が目に飛び込んだのです。心臓が高鳴ってゆきます。視線を前後に迷わせませせながら、差出人が、満州でサチと一緒だったことがすぐに読み取れました。

強くぶつけるような筆致は悔しさを表すかのようでした。手紙の主は悲しみを怒りにかえて紙面にぶつけているようでした。美戸の目から徐々に文字がかすんでゆき、ついに両眼を掌で抑えます。もう、その先を読むのが怖かったのです。そこまでで充分でした。昨日のそれはまさに虫の知らせだったに違いありません。

兄は黙ったまま座っていました。美戸は顔を覆ったままで封を兄に渡し、榮三は涙に濡れた和紙の便せんを目で追いました。

手紙の主はサチの婚約者で、満州からなんとか日本へ引き上げてきたのです。そして、そこにはかの地でのサチ一家の最後のようすが書かれていました。八月のソ連軍の突然の満州侵攻直前に、関東軍はその情報を何らかの手段で入手していたようです。日本人移住者を守るはずだった軍隊は真っ先に退却し、移住者たちは大混乱におちいったのでした。

その騒乱状態の中で鉄道会社の管理者として国境に近い地方都市にいたサチの父親はソ連軍に連行され家族は離散。近所住まいだった手紙の主とサチは途中まで一緒に逃げました。しかし、サチは逃走中に負った傷の化膿がひどくなり、破傷風に感染したのです。何日も飲まず食わずの逃避行の中、大河の近くで渡し船を待つうちについにサチはこと切れたのでした。

サチは親しい友人らの住所をノートに記して大切に保存していました。そしてその婚約者に無事に帰国できれば自分の最期を知らせてくれるよう頼んでいたのでした。おそらく住所を大谷家に変えずに兄の勤務先のままにしていたのは、美戸の婚姻での転居の可能性を伝えていたからでしょう。結果として手紙が着信先不明で宙を舞わなかったのは幸運でした。

サチが天界へ戻ってから既に半年以上の時がたっていました。美戸はしばらく窓の先の空を仰いでいました。雲の流れを見つめていると、遠くから風が懐かしい声となってささやいてきます。

「私は先に旅だってしまうけれど、美戸さん、思った通りしっかりと後悔なく生きてね」

美戸はしばらく顔を伏せながら、何やら既視感に襲われている自分に気がつきます。

（なんだろう。これは？　ああそうだ。中村の母からの手紙だ。中村は砲撃を受けて骨ひとつ残さずに大地に散った。サチは破傷風の苦しみの中で息絶え、やはり中国の土となった。なんということだろうか。二人ともこの列島で生を受け、かの大陸の土となって帰って行った。昨夜は、かくもはっきりとサチを思い出した。あれはきっと、この手紙より一足先にサチの魂がやって来たのに違いない。なにも知らずに手紙を読んだら私がどんなにか、がっかりするだろうと思って。それを思って心配してくれ、先に知らせに来てくれたのだ）

森と堤と

気がつくと榮三がそばで座したまま立山連峰の方を見つめていました。そこからは日差しや風向きによっては、鋭くとがった剣岳がとても近くに見えるのです。

「いい人ちゃ、みな早々といってしまうがやね」

美戸はこうべを下にむけたままでつぶやきました。

榮三は無言のままでした。すぐに言葉が見つからないようでしたが、

「これだけ悲しいことが続いたのだから、楽しいこともきっとやってくるちゃ。わしはそう思うわ。きっとそうだちゃ。これが美戸っちゃんの最後の悲しみのような気がするがや」と継ぎました。

それから念を押すように、「わしの家族がおることを忘れんとおいてや。近々またここへ来るちゃね」

美戸は顔を伏せたままでしたが、ゆっくりと頷きました。兄は、それを見届けてからそこを離れたのです。


美戸の部屋をあとにして榮三が向かったのは、黒河の自宅ではなくて上滝の公園でした。サチを失った美戸の落胆は遙か古の情景を榮三に想起させたのです。そこは、キクエとの永別直後に美戸がさまよった地。五百石駅からはかなり近く、地方鉄道で常願寺川を南へとさかのぼって数駅です。榮三は岩峅寺駅で下車し長い橋を渡ります。

周囲の自然を見渡し、あの頃と全く変わっていないことにある種の感慨を覚えます。ゆっくり眼を閉じるとあの時のことが目に浮かぶようです。

当時、まだ十代半ばの美戸はキクエを失い、まさしく抜け殻の状態でした。榮三はその美戸の様子を細心の注意で見守り続けていました。その日、美戸は家族に行き先も告げず忍びぬけるように家を出たのです。榮三はそれを見逃しませんでした。反射的にこれは追わねばならないと判断したのです。なにかに憑かれたように進んでゆく美戸。その後ろ姿は周囲へ関心を全く示しません。心を宙に浮かせたままに駅で下車します。すぐ近くの奔流の轟音も悲嘆を増幅してくるようでした。

美戸は公園への坂道を修行僧のようにして上り、やがて森の中へと進んでゆきました。樹々に問いかけるように時々立ち止まり、大空を仰いだり、なにか思いつめてしゃがみ込みます。十六歳の背面と体全身に悲しみを漂わせたままに、再び歩いてゆきます。

どこかで声をかけようと思ってついてきた榮三。ただ、ある種の近寄りがたさと緊迫感とで、きっかけをつかみきれぬまま後をつけていました。うかつに声をかけて森の奥へと逃げ込まれたり、崖先に飛び込まれたりする危惧も脳裏をよぎりました。

やがて藪笹や背高の雑草の叢林、蔓やクモの巣の先で、美戸は疲れ切ったように腰を落とし、思いつめた表情で考えこんでいます。どうも、何か森に向かって語りかけてもいるらしいのです。彼岸の世界へ旅立った姉兄たちと対話しているにちがいありません。その世界に自分も行きたいと懇願しているのでしょうか。榮三は早逝した妹弟たちに、どうにか美戸を説得してくれ、この世での生に心を戻すように働きかけてくれ、とすがる思いでした。榮三は黙想して念じ続けます。

遠く遥かな空からも何か声が聞こえてくるような気がしました。なんだろう、どこかで確かに聞いたような、どことなくなつかしいような。何となくやさしげであかるくかろやかな。そして、そのもうこの世のものではないようなこえはこの世の榮三にも唱和しているように響いてくるのです。

かなりの時間がすぎていました。美戸が突然立ち上がって深呼吸をしているようです。木立の一部から覗く連峰に向かって何か礼をしたり目をぬぐったりしているのが伺えました。それから大空を仰いで再び大きく息を吸い込いこんでいます。

美戸が帰路を確認しだしたのを見て、榮三は一足先に引き返します。この間、踏み分け路の分岐ごとに長い草の穂先を折ってきたのを確認しながら森を出たのでした。その後、民家の軒先から美戸が電車に乗り込むのを確認しました。夕暮れの残照もほぼ消えかかっている中、近くの激しい水流の音ばかりが耳に流れ込んくるのでした。

あれからすでに十年以上の月日が経っていたのです。

榮三は美戸を乗せた電車を見送ったはるかな日の光景を思い起こしつつ、森の入り口まで歩いてみました。そこも時が止まったように以前と全く同じ景色でした。足下には陽に照らされて緑に光るコケの群生、においたつようなふっくらとした黒い土。樹々が生い茂りツタとツルとがわれ先へとからみあって上へと伸びています。一陣の風が林間をすり抜け、ゆっくりと揺れる木の葉たちのざわめき。野鳥が一声を残して彼方へと去り、背高草の下ではスズメ達が声を限りに遊びまわっていました。生気にあふれる森。肺いっぱいに深呼吸すると細胞が生き返るようでした。美戸に生を呼び戻したのはこういった森のもろもろの精霊たちの力もあったにちがいあるまい。榮三はそう思うのでした。今日も近くで虫が鳴いています。一定のリズムでかぼそくささやくようで話かけているようでもありました。そのとき、そのささやきがまるで誘い出すかのようにして脳裏にキクエの姿が浮かんできたのです。ああ、あのときのキクエ。今思えば、それはキクエが亡くなる一ヶ月ほど前のことでした。

いつものようにわが家の一階で新聞を目にしながら、ゆっくりと休日を過ごしていた榮三は二階から忍び泣きする小さな声に気がついたのです。その日、父やセツは孫たちと連れだって、また美戸は友人との約束で出かけ、そこにはキクエ一人でした。父から、孫への感染を恐れできるだけ二階へ行かぬようにくぎをさされていたものの、榮三は様子を見に階段をのぼります。のぼり切って廊下に立ち、ふすま越しに中のキクエに声をかけます。キクエは驚いたようで、すすり泣きは消えて一瞬の沈黙が場を覆いました。少し間があってから「兄さん二階に上がってきて大丈夫ながけ」と訊ねました。

榮三はゆっくりふすまを開けながらやや無理に笑顔を作ります。

「とうさんはうるさいが、少しぐらいは平気だよ。空気もよく入れかえているし。わしがいつも子どもたちと一緒に寝るからといって、わしや子どもにすぐうつるというもんでないちゃ。とうさんは年だし心配し過ぎや。二人きりも久しぶりだし、わしもなんか話したくなったがや。今日は美戸ちゃんもいないし寂しいかろがいね」

「なあんそうでもないがや。たまには美戸ちゃんには外のいい空気をいっぱい吸ってほしいがやから、わたしかえってホッとしとるがや」

「なんでも気になることがあったらわしに言うてや」

榮三はキクエのしのび泣き聞いたことには触れません。

キクエは眼を天井の方にやってなにやら考えているようでした。榮三が横に置いてあった新聞を広げたりしていると、キクエが目を合わせずに語り始めました。

「兄さん、ごめんなさい。私もう駄目だと思うがや。そんなことない、と言われるやろうけど。でも、自分でよくわかるがやちゃ。どんどん悪くなっていくし、まだ十九歳ながに、もう生きられんちゃ」と言ってすぐに絶句します。

「そりゃ悔しいちゃね」と榮三はそう言ってからややあわてて「また元気になれるよ」と言い足しました。

「わたしほんとはまだ生きたい。もっともっと生きたいがや。まだ、やってないことばかりながや。勉強して、スポーツして、旅行して、結婚もしてみたかったがや。たくさん頑張って、たくさん笑って……せっかく生まれてきたがだし、もっと知りたいこともいっぱいあるがや」

「キクエ……そうやちゃね。そりゃそうやちゃね」

榮三は目をつぶりました。

「兄さん、わたし亡くなった母さんにお願いしとるがや。そして、ばーちゃんにも、仏様にも。もっと生きることが出来たらなんでもするからいうて。身体を大事にするし、人の為に働くし、精一杯頑張るがや、いうて。だから、もっと生かしてください、どうぞ、どうぞとお願いしとるがや」

榮三は目をつぶったまま幼い頃からのキクエの姿を思い浮かべていました。いつも精一杯でがんばってきた子。そして、だれにも優しかった子。そして、とても明るくさわやかで賢い娘に成長していたのです。

榮三はかける言葉が見つけられません。それから、ゆっくりと目を開けましたが、キクエは振り向かず天井を見つめたままです。ただ、意外にも悲嘆というよりは憧憬のまなざしをそこへ向けているのです。それは、溜まりにたまった哀しみと無念を吐き出した後の表情かと榮三には思えました。おそらく、兄にこのように吐露する機会はもう二度とないだろうとの予感がキクエにはあったのでしょう。そしてこれは、美戸には知られたくないことだったに違いありません。全快を信じてただただ看病を続ける美戸。キクエは美戸の顔が曇るようなことを言いたくないのです。でもだれかに本当のことを伝えたかった。

「兄さん、もう少し話を聞いてもらってもいいけ」とキクエはようやく少々顔を榮三に向けて続けます。

「辛いことだらけの闘病生活だったけど、ひとつだけいいことがあったがです。美戸ちゃんのこと。美戸ちゃん、いつも、ずっと私のことを思ってくれたがや。熱がでて苦しい時も、心配そうな顔をして楽になるように体をさすってもらった。むかし母さんがよく言っていた。天使ちゃ空からやってきてみんなを慰めてくれるそうや。美戸ちゃんは子どもぽいところもあるし、もしかしてそうなのかな思ったりしたがやちゃ。私を楽しませるためにいつもラッパや木琴のおもちゃを持って来てならしたり、いろんな写真を見せてくれたり、いつも笑顔をむけてくれたし。赤ちゃんを見守るお母さんみたい。愛される喜びって、そういうことかなと満たされた時間がよくあったがや。だから、ありがとう、ありがとうといつも心で思っておるがや」

「美戸ちゃんはよくやってくれるね」

「私がいなくなったら、美戸ちゃんがどんなに悲しむか。それがとても心配ながや。でも美戸ちゃんには言いにくくて。兄さんに私の気持ちを伝えておきたかったがです。私は空からずっと見守っています。美戸ちゃんがいつも笑顔でいることを願っています。私の分も精一杯生きてほしい。美戸ちゃんのことお願いします」

「それは、わかっているよ」と応えてから榮三はすぐに言い足します。

「病気、そんなに悲観しられんな。治っとる人もたくさんおるがやし」

「兄さん、私、病床の姉さんやちい兄さんを美戸ちゃんと一緒によく見てきたがや。だから自分の病気のことわかるがや。兄さん気にせんでいいがです。私たちいい家族でずっと楽しかった。

みんな優しくて幸せだった。懐かしいなあ。ずっと長く生きてきたみたい」

「キクエちゃん、わかったよ。いいたいことはよくわかった。わしに治す力がなくて申し訳ない。わしもキクエちゃんが妹で誇りに思っているがだよ。でも何度も言うけど　治っとる人一杯おるがやから」


夜風に気がつき榮三がそっと目を開けると森の周辺は陽はすっかり落ちてうす闇の世界となっていました。虫の音が再び耳に勢いよく飛び込んできます。その奥底の方ではキクエの声が今も耳に鮮烈に響き渡っているようです。今、この森ですぐそばにいて話しているのです。きっと追い詰められていた美戸にもそうやって思いを伝えたのだろう。駅へ戻ると、少々前の夕焼けの風景が消えて、小さな外灯が山小屋のような駅舎をうっすらと照らし出していました。

榮三は思いを巡らし続けます。

美戸が見送った人たちはその強弱の違いはあっても、みな死への恐れを抱えていたはずです。モトエや正雄、父も義母も、一番に若かったキクエも。ただその誰もが美戸の身を挺するような介護をうけて、ささやかな幸福感を感じていたと信じたいのです。榮三は静かに目をぬぐいました。そして、いつの日か美戸にキクエとの話を伝えねばとおもうのでした。

その夜、はるけき空はいつもよりももっと満天の星世界でした。

長兄は末妹の性格を熟知、このまま五百石の田中家に住み続けるよりはひとりで住ませた方がいいと考えていました。実は義母の死後すぐに、美戸には内緒でいくつか伝手を頼って空家を探し始めていました。そのうち、友人の元県会議員が諏訪川原《すわのかわら》という水と縁が深そうな土地の物件を紹介しました。そこは美戸が短い新生活を過ごした市中枢の総曲輪からは徒歩で十分ほど西方の土地です。

当時、市内で焼け出された人は数万人。一年以上たっても仮住まいの人も多く、特に市街の中心地はまだまだ居住希望者であふれています。榮三は独断で借家の仮契約を結び、五百石の美戸を再び訪ねました。

まず、兄は改めて一言、ねぎらうのを忘れません。

「美戸っちゃん、長いことよう頑張ってきたね。なかなかまねできんことだちゃ。実の妹であってもそう思うちゃ」

「なあん、新生活だって一年くらいやったし、義母さんとの生活をいれても二年ほど、そんなに長いことでもなかったちゃ」

榮三は、やや迷いましたが、その前の美戸の介護三昧の生活には触れませんでした。そして、この間の部屋捜しの経緯を手身近に報告します。すると、榮三の予想をはるかに超えて美戸は即座に目を輝かせました。そして話を聞き終えるや、その物件の詳しい内容や近隣の人模様の確認をすることもなしにいきなり転居の準備や日程を相談してくるのです。榮三はそれに応じながら、美戸の新しい旅の出発に少しは協力できそうだと思うのでした。亡き人々たちのことに思い巡らしつつ、そう信じたいのでした。

西方呉羽山丘陵に眠っている、美戸が愛してきた多くの魂たち。そのみんなが美戸の新しい人生を見つめているはずです。動ける場があれば、全力で取り組むのが美戸。なんといっても富山生まれのキツメロ。万が一にも、美戸にもその姉たちや次兄の生まれ変わりのような子どもたちを授かる機会があってほしい。榮三はそう念じるのでした。もちろん今のご時世ではとても難しい夢物語なのでしょうが。

そして榮三があらためて、美戸の半生の長旅を思った時、これまでずっと逡巡してきたことへのけじめをつける決心がついたのです。


「美戸っちゃんにはずいぶん無理をお願いしてきたちゃね」

「さあ、なんのことね」

榮三はしばらく遠くの連峰の方を見てからゆっくりといいました。

「わしは、結局父親に言われるまま、あんたにきょうだいたちの面倒を見させてしまったなあ」

「なんや、もうずいぶん昔のことの話やね」

「そうか昔か。そういえばそうやけど、なんかそんなに昔でもない気もするは。わしはずっと気になっておったせいかな」

「でもなんか、わたしちゃ昔から皆に言うとったと思うけど、わたし看護婦にもなりたかったがやぜ。それに姉さんたちが大好きやったから、そんなに苦にならなんだがやちゃ。病気が治らんだことだけはほんとに悔しかったし悲しかったけど」

「もっと早く皆を病院や療養所へ入れることもできたかもしれんかったし、家で見るにしても、わしももっと協力せんといかんかったがやな」

「でも家に余裕なかったことはわたしも知っとたし、その頃どの施設も患者で一杯やったろうがいね。それに最初は姉さんたちの病気ちゃ、そんなに重いように見えなんだし」

「そうやの、たしかに当時はもっと重い人もたくさんおったちゃね。若い人もどんどん死んでいったな。今だって、いい薬ができたといってもなかなか手に入らんでけっこう死んでる人も多いがやね」

榮三は少々迷いました。当時自分も美戸と一緒に、きょうだいたちの看病の手伝いを思いを込めてしたかったのです。父の方針に反対し何度も言いあったこともありました。ただ、それを美戸の前で口にすれば今更弁解にしか聞こえないでしょう。それにともかく美戸は「昔のこと」と言ってくれてたのです。ただ、それだって自分をおもんばかってのことかもしれません。

「ひとつ言いたいことがあるがや」榮三はやや思いつめたように声を発しました。美戸は、そういった兄の表情をあまり見たこともないので不思議そうに見つめます。

「ずっと、思っていたけれどなかなかきっかけがなかったがやね」

榮三は視線をやや落としました。

「わしはね本当はね、美戸と交代で二階でみんなを看病したかったがやちゃ」

ここで榮三はまた迷います。父親に触れてしまうと、榮三には父親を裏切るように思えるのです。

「どうにも迷いがあって、小さい子どもたちのこともあって決心がつきかねておったがやちゃね」

そう発してみて、それは当時の自分が今ここでもまた同様に迷い、優柔不断で弱気にも思えるのでした。

すると美戸が予期もしないことを言います。

「わたし、実は兄さんの気持ちを前から知っとったがですよ。そしてそれがとうさんのせいだということも気づいておったがです」

榮三はその大きな目を見開いて息をのみました。

「にいさんの家族が神戸に行った後、わたしとうさんと二年近く二人だけで住んどったし。胃腸を悪くして看病したとき、何かにつけてよく口癖で『美戸はがんばったね。がんばったね』と繰り返し言うとられたです。そして、なにか言いたそうで、結局言われなんだがだです」

「で、とうさん、きょうだいたちの看病のことではなにか言うとったがかな」

「なあん、別にいわなんだし、同じことを繰り返すばかりやったがやちゃ」

「で、どうして、自分の看病の役目がとうさんのせいと気が付いたがや」

「時々とうさんはへんな寝言をゆうとられた。よく聞き取れんけど、『美戸、いつもお疲れさん、大変やね』とか、『お前ばかり看病させておいて』というようなことゆうとられて。私は親子だから当たり前と思うとったけど」

その一言を聞いて榮三はそれは寝言ではないと確信しました。長年付き合った長男の勘として父親は寝言を装っていたに違いないはずです。しかも、それは父榮次郎自身への看病のことではなくて、おそらくはモトエたちのことを言っていたに違いないのです。そして、それは自分も含めて明治の男の悲しさのようにも思えました。

美戸は続けます。

「それに、わたしとうさんと兄さんの夜のひそひそ話を耳にしたこともあったがですよ」

「そうか」榮三は吐息のように発しました。

自分が悩みぬいてきたことが、朝風のなかの霧のように消えてゆきます。

美戸はまた続けます。

「でも今日はうれしいちゃ、兄さんがとうさんを悪く言うまいと悩んでいるのをみたから。兄さんもとうさんのことが私と同じように大好きなのだということが改めてよくわかったがやちゃ」

榮三は霧が晴れた上になにか贈り物ももらった気分につつまれるのでした。そしてそれは美戸にとっても同じことでした。というのもこのところ、美戸と接する榮三の態度はなにやら後ろめたそうで歯切れに悪いのがずっと気になっていたからでした。

兄と別れた後、美戸はあらためて考えてみました。

(わたしはこの人生で三十歳近くまでほとんど一人で暮らしたことがなかった。一人住まいはちょっとした冒険かもしれない。やはり不安も。でももちろん期待がずっと大きい)

新聞はときどき戦災孤児のことを伝えていました。美戸は少々迷いました。

(二、三歳の幼女ならば引き取れるかもしれない)

そうして、しばらくそのことで少々新聞を調べたり、一緒に暮らすいろいろな場面も想像してみるのでした。でも、結局決心がつかなかったのです。

(わたしちゃ、そんなにいい人じゃないしな。それに……それに、はじめての)

やはり一人暮らしへのささやかな挑戦の魅力の方が勝っていたのです。ひとりで暮らす。昨今の年頃の男女数の違いのなんともしがたいその大きさ。その状況と自らの諸条件を考えると、おそらくずっと一生そういうことになるのでしょう。もちろん、周りにはそんな女があふれています。それで、これからの世の中、婚姻はそんなにおおごとではなくなりそうな予感もなんとなくするのです。

(わたしには生きてゆくための技術がある。その特技を生かしたい。うまくいくかどうかはわからない。でもやってみたい)

美戸は近くの常願寺川の河原に行って堤から夕陽を眺めました。避難先の集落からの南方、川のやや上流の大川寺公園は姉兄たちと何度も遊びにいった思い出の地です。そういえば自分を失いかけてさまよったこともありました。そこに少々目をやった後、また西に目を戻しました。やや遠景の呉羽山の後方に日輪がゆっくりと沈んでゆきます。

（生き残っている者のために生きよう。未来を携えているものと共に生きてゆこう。過ぎし日を心ゆたかにときどき振り返ろう。そして先に旅立った人たちとも、いつも一緒に共に生きるのだ）

突然、キクエの姿が目の前に浮かびました。

「キクエちゃん、わたし生きるよ。先に逝ったいっぱいの人のためにも、わたし生きるよ」

遠くの丘陵は、もやを周りにたたえたような残照朱色いっぱいに燃えています。その明るさには、明日への期待を込めたやさしさが感じとられました。夕焼けは人が見ることのできる最もおごそかな存在なのでしょう。地上が暗黒世界に隠れ入る直前の最良にして審美的輝き。それは暗闇をのりこえやがて光明の再生につながる希望へのいろどりです。朝陽は憧れの源泉。ただ、そこには再生への暗示がありません。また、月光も星空も清楚すぎます。再生は期待のうちでは最高のもの。夕雲に映ずる顔と顔は期待と憧憬の象徴。陽と雲は光と水と同体であってかつ異体、見れば見るほど多彩な色の変幻自在。毎夕、毎回、毎刻その姿は千変万化で同じことがなく、そして実にたおやかです。

美戸は輝く地平と澄み切った大空に再生力を感じて見つめ直し、心の中でつぶやきました。

（三十歳、まだこれから）そして、

「三十歳、人生はこれから」

今度は、少し声に出してみました。それから、風とともに「ぎんぎんギラギラ夕日が沈む　みんなのお顔をも真っ赤か」と小声で上空へと届くように歌いました。

夕陽はちょっと微笑んだようで、今日のなりわいを終え、明日に向かって丘陵を一気に影絵に変えてゆくのでした。（了）

あとがき

三十年近く前の八月の上旬のころ、病院のベッド横でのことでした。「自分の人生と病気との縁を書き残してほしい」と八十歳すぎの女性が控えめにつぶやきました。血縁者でもあるその人は、大腸がんの摘出と人工肛門の措置手術を直前に控え、万一のことをおもんばかって吐露したのでしょう。幸いに手術は成功して一命を取り留めました。たまたまその数年前に私が民族移動史関係の本を出版していたためか、彼女は自分の半生をしたためてもらおうと思いついたようでした。

彼女にとっての「病気」とは、戦前は自らが汗を流した肉親らの看護と介護と看取りの体験です。一方、戦後は逆に自分が長年の闘病生活を強いられます。戦後の彼女は、整腸剤のキノホルムによる薬害（「スモン病薬禍」として知られる）に発すると思われる十種近い疾病に責められる日々。その四十年ほどの年月の中での苦闘のことかと思いました。

ところが、そのころ高校生だった彼女の孫娘からの「人生で一番大変だったことは何？」の問いに「病人を抱えて空襲で逃げ回ったこと」と答えたのです。長年の闘病生活以上に戦争体験とはすざましく、またその最中も病気と縁が切れなかったことが特別に忘れ難いようでした。そして、その体験が彼女の中でとても強い影響を与えていることに気づかされたのでした。

彼女の病状が急変して他界したのはその約二年後のことでした。

長くこの依頼はなにか遺言のようにして脳裏にあったのですが、私が定年退職するまでは所用に追われて手がつけられない日々が続きました。また、定年後は以前から続けていたＮＰＯや地元の市民活動などにこれまで以上にコミットすることになりました。それに加えて家族の認知症発症、東日本大震災と東京電力福島第一原子力発電所の爆発事故の発生での支援などの対応がしばらく続きました。

十年ほど前からようやく資料などを整理し始め、移動途中の電車内にもパソコンを持ち込んで入力を開始しました。ところが、いくつも壁があることがわかってきました。彼女が残したメモの類がとても少ないのです。また、病状が急変するとは予想もしていませんでした。当初、時間をかけてゆっくりと病室で話を聞いてゆけばよいと思っていたのです。ところが医師から彼女の家族へ「余命一、二年」と宣告されて日をおかず急逝したため、聞き逃したことも多かったのです。

もうひとつの問題は、一九四五年八月の富山空襲で家族や親族の写真や資料が焼失したことです。また、市役所も被災したため公文書の調査もできなくなっていることでした。

その結果、当初ノンフィクションでまとめるつもりがどうしても資料でカバーできないところが生じてしまいました。幸いだったのは彼女が妹のようにして付き合ってきた、今年九十四歳になる姪の村上英子さんが健在で、かなり詳しい話を聞くことができたことです。また、甥の中谷英夫さんからも聞き書きや覚書の送付などで協力をいただきました。（ただ、同氏は五年前に八十五歳で他界されました。その後は同氏のご家族が古い写真を捜し出し、提供して下さいました。）英子さん、英夫さんともども感謝しております。

それでも、事実関係でカバーできないところが残り、結局はフィクション、いわば「小説もどき」として発表することにしました。（私は小説作法のきちっとした講座や教育を受けていないため「小説」とするには恐れ多くて「小説もどき」と表現せざるをえないところです）。拙著の内容の時代設定や家族構成や関係の基本はすべて事実ですが、想像と類推で記述されている部分があることをご了解いただければありがたいです。また本人から生前に直接聞いた話と関係者のそれが少々齟齬する点もありました。その場合は、私の方でより事実に近いと考えられる方を採用するようにしました。登場する人々が天界からあるいは地上で、本書の内容に少々「私の回想と違うのでは」と疑問を呈される可能性は否定できないことを告白いたします。

本書はできれば若い人にも読んでもらいたいと思っています。

「なんだ、むかし話か」と思われるかもしれません。確かにそうですが、結核ひとつをとっても、つい最近、世界を席巻した「新型コロナ」に対する人々の動きとかなり重なるところがあります。また、十代半ばの青春時代の日常は、まさに今「ヤングケアラー」と称される若い人たちの先例ともいえます。そして何千何万の「美戸」が当時もいたし今もいるはずです。

また、内容のひとつのキーにもなっている家父長制度は、今では全く過去のこと思われるかもしれません。ただ、それに通底する現象が今日でもジェンダー差別などというかたちでしつこく残っています。また、DVやセクハラやパワハラと変異しつつも発生しつづけています。
　震災や戦災に関してもそうでしょう。残念ですが国内外を問わず過去のものとはなっていません。昨今でも東欧や中東の戦争にとどまらず各地での内戦や紛争も絶えません。また、日本は戦後八十年にしてまたまた戦争への準備を始めています。一方で二〇二三年は関東大震災百年でいろいろな行事が開催されました。戦後も阪神淡路、中越、東日本、熊本などと、そして二〇二四年の元旦には能登地震と発生が続いています。

　表題の「きつメロ」ということばについては、今では富山県内でも若い人にとっては理解されない語彙とのことで、半ば「過去方言」となっているようです。「この題名では何のことかわからない」と差し替えの提案もいろいろといただきました。富山や北陸の一部の中高年以外の方には「謎掛け」のようなものかもしれず恐縮しております。ただ、この言葉の持つ表面的ニュアンスとは逆の対照的意味あいの深さと両義性が何とも魅力的で、少しでも生き残ってほしいという思いからの勇み足ということでご理解いただければ幸いに存じます。

　末筆になりますが、桂書房代表の勝山敏一さん、編集担当の田中綾乃さんには大変お世話になりました。デジタル社会化で厳しい出版事情のなか、拙稿をよく精査してくださり出版に非常に前向きに取り組んでいただいたことに心より感謝申し上げます。また、資料関係では、特に産業史関係や富山空襲などでは富山市立図書館の、また戦前の新聞記事関係では富山県立図書館のお世話になりました。あわせてお礼申し上げます。

美戸がその半生を暮らし、また私にとっても十八歳までを過ごした故郷で出版でき、美戸の青春を読者の方と一緒に辿れたことを、美戸は立山連峰の天上から微笑んでくれていることでしょう。

読者の皆さん、拙文に目を通してくださり、どうもありがとうございます。

二〇二四年六月

小林孝信

一家での二見ヶ浦訪問（昭和 18 年、美戸が神戸に移住した後）

一家が神戸へ発つ日（昭和 14 年）

榮次郎とキク夫妻（美戸の両親）、榮三とモトエ（長兄と長姉）（明治43年）

美戸、美戸の親戚（昭和 10 年）

参考資料・文献

Ⅰ

『越中能登と北陸街道』深井甚三編、吉川弘文館、二〇〇二年

『富山県の歴史散歩』富山近代史研究会歴史散歩部会編、山川出版社、二〇〇八年

『富山県の百年』吉田隆章他、山川出版社、一九八九年

『富山県女性史』高井進編、桂書房、一九八八年

『富山市史通史下巻』富山市、一九八七年

『富山縣写真帖』富山県、一九〇九年／復刻　巧玄出版、一九七五年

『富山縣織物模範工場　沿革　及　現状一般』（紹介パンフ、一九二六年まで触れられている）

『富山市の地図類』　一八九三年版、一九二二年版、一九三六年版　北陸出版社ほか

『反魂丹の文化史』玉川信明、社会評論社、二〇〇五年

『広貫堂のあゆみ』広貫堂、一九六六年

『蛍川』宮本輝、角川文庫、一九八〇年

『昭和生活なつかし図鑑』太陽編集部、平凡社、一九九九年

『昭和ニッポン　昭和元―二十年』佐々木毅他監修、講談社、二〇〇五年

『グラフィック・レポート　痛恨の昭和』石川光陽、岩波書店、一九八八年

『報告書　横浜・関東大震災の記憶』横浜市史資料室編、二〇一〇年

『横浜市震災誌　第二冊』横浜市役所市史編纂係、一九二六年：未定稿

『関東大震災』吉村昭、文春文庫、二〇〇四年、初版一九七七年
『横浜会社要覧』横浜市立図書館デジタルアーカイブ「都市横浜の記憶」より、一九四〇年
『関東大震災―消火・医療・ボランティア検証』鈴木淳、ちくま新書、二〇〇四年
『横浜の関東大震災』今井清一、有隣堂、二〇〇七年
『レンズ越しの被災地、横浜』横浜開港資料館での展示、二〇二一年
『開港のひろば 150号』横浜開港資料館報、二〇二一年
『図説　関東大震災』太平洋戦争研究会編、河出書房新社、二〇〇三年
『葬送のかたち』佼成出版社、二〇〇七年
『民俗小辞典　死と葬送』新谷尚紀編著、吉川弘文館、二〇〇五年
『墓と葬送のゆくえ』森謙二、吉川弘文館、二〇一四年
『寄生虫』　島田修三（「昭和遠近」　東京新聞　二〇二二年六月八日）
『結核を防ぐ、治す』森亨監修、講談社、二〇〇九年
『結核と日本人』常石敬一、岩波書店、二〇一一年
『風立ちぬ』堀辰雄、講談社文庫、二〇一一年
『病牀六尺　及び　墨汁一滴』正岡子規、岩波文庫、一九二七年ほか
『結核の社会史　対策組織化と患者実像』青木純一、お茶の水書房、二〇〇四年
『グラフィックカラー昭和史1大正から昭和へ』研秀出版、一九九〇年
『昭和のはじめタイムトリップ地図帖』井口悦男他、講談社、二〇一三年
『三四郎』夏目漱石、岩波文庫、一九九〇年
『家政学辞典』一般社団法人日本家政学会編、朝倉書店、二〇〇四年

『盆栽と鉢植え』小学館、一九九五年
『盆栽―癒しの小宇宙』九島秀夫・南伸坊、新潮社、二〇〇三年
『日本鳥類大図鑑Ⅰ』清棲幸保著、講談社、一九七八年
『野鳥の時点』清棲幸保著、東京堂、一九六六年
『野鳥の世界：雀の子』上田恵介・日本野鳥の会、赤旗日曜版、二〇二一年五月二十三日
『原色日本鳥類図鑑』小林桂助、保育社、一九五六年
『図説日本鳥名由来辞典』菅原、柿沢ら、柏書房、一九九二年
『コンパニヨンバード百科』編集部、誠文堂新光社、二〇〇七年
『日本刀を嗜む』刀剣春秋編集部監修、ナツメ社、二〇一六年
北陸タイムズ（現、北日本新聞）一九三一年二月二日：縣下女子卓球大會　市立高女優勝
富山日報　一九二九年七月二十二日：炎天下に展開した富山縣庭球大會

Ⅱ
『兵庫県の歴史散歩』編集委員会、山川出版社、二〇〇六年
『KFI』神戸ドレスメーカー学院　ジャーナル第七号　一九七五年九月二五日号
『「洋裁の時代」とはどういうことか―日本人の衣装革命』小泉和子編著、農文協、二〇〇四年
『生田神社略記』生田神社
『東遊園地と旧神戸外国人居留地』神戸市立博物館、二〇一一年
『KFI2018（神戸ファッション専門学校）八〇周年ガイド』福富学園、二〇一七年
『婦人子供　洋裁の秘訣』杉野芳子、杉野（ドレスメーカー）女學院出版部、一九三七年

Ⅲ
『日本帝国陸軍と精神障害兵士』清水寛編著、不二出版、二〇〇六年
『戦争とトラウマ―不可視化された日本兵の戦争神経症』中村江里、吉川弘文館、二〇一八年
『日本軍兵士―アジア太平洋戦争の現実』吉田裕、中公新書、二〇一七年
『PTSDの日本兵と家族の思いと願い』
PTSDの復員日本兵と暮らした家族が語り合う会（代表 黒井秋夫）、あけび書房、二〇二三年
『ルメイ・最後の空襲―米軍資料にみる富山大空襲』中山伊佐男、桂書房、一九九九年
『総曲輪校下・星井町校下戦災時の家並地図』各町会編、二〇〇一年、二〇〇四年など
『戦争・朝日新聞の秘蔵写真が語る』朝日新聞社取材班、朝日出版、二〇〇九年
『山室郷土史』同編集委員会、一九九三年
『東京空襲下の生活日録』早乙女勝元、東京新聞、二〇一三年
『年表昭和史』中村政則編、岩波ブックレット、一九八九年
『怪物たちの満州帝国』洋泉社MOOK、二〇一三年
『図説 満州国全史 消えた帝国を歩く―現在も姿をとどめる「満州」残影』
太平洋戦争研究会編、平塚柾緒著、河出書房新社、二〇一〇年、新装二〇一八年
『戦時下日本の事物画報』モリナガ・ヨウ、学研、二〇一七年
『戦中戦後のくらし』昭和館ガイドブック、二〇一五年

著者　小林　孝信（こばやし　たかのぶ）
1948年、富山県生まれ。2019年、（財）海外技術者研修協会（AOTS：現、海外産業人材育成協会）を定年退職。1990年代より、松戸市民ネットワーク、PARC（アジア太平洋資料センター）、日墨交流会などの会員。著書に『民族の歴史を旅するー民族移動史ノート』（明石書店、1992、新装版1996）、『世界の小さな旅路より』（現代書館、2001）、『超エコ生活モード』（コモンズ、2011）、『メキシコ・地人巡礼』（現代書館、2020）がある。

愛し、きつメロ　ー看取りと戦争とー

2024年7月15日　初版発行　　定価　1,800円＋税

著　者　　小林孝信
発行者　　勝山敏一

発行所　　桂　書　房
〒930-0103
富山市北代3683-11
電話　076-434-4600
FAX　076-434-4617

印　刷／モリモト印刷株式会社

ISBN 978-4-86627-153-8

地方小出版流通センター扱い